女帝

卷十一

第一章　收買人心

平陽城外還未來得及換下鎧甲，身上帶血的大周將士和大燕將士分列兩邊，涇渭分明，吵吵嚷嚷指指點點地相互靠近，各個怒目橫眉，火藥味十足，大戰彷彿一觸即發。

「天鳳國難不成是你們大周一家打下來的嗎？憑什麼平渡城你們大周占了，平渡城內的巨象你們也占了……韓文山裡的巨象也是你們的！我們大燕出兵就白出嗎？」大燕將士聲音高昂，嗓子都要喊啞了。

大周將士不甘示弱，上前一步，怒吼道：「我們高義君殺入城中，把這些巨象都逼到平渡城南門來，你們燕軍不就在南門設伏，你們想要巨象，你們倒是自己殺啊！你們自己沒本事讓象軍跑了，現在又眼熱我們收穫多！想要……你們怎麼沒捨得帶更多兵力去韓文山設伏呢？」

「既然是兩家合兵攻城，那所得就必須平分！」燕軍將士滿臉不服。

燕軍將士紛紛附和：「對！就是！平分！必須平分！」

大周將士怒火再次竄上頭頂，擼起袖子就破口大罵：「平分你娘的腿！我們大周出了多少兵力，你們燕國才出了多少？我們大周出兵多早？我們出兵時你們還在被窩裡睡著，好意思和我們大周談平分！不過是後來想要撿便宜……還真拿自己當盤菜，要我說……給你們一個屁！」

「就是！平渡城是我們大周奪下來的，韓文山伏擊戰是我們大周打下來的，你們過來助個威就想要平分一半，做什麼夢呢！」

大周將士們越說越氣憤：「上一次象軍圍攻平渡城，你們等到我們都快打完了，就忙趕過來撿便宜，分走了我們兩頭活著的巨象，我們大周死了那麼多將士，那個時候怎麼不見你們說以陣亡人數來分戰利品？合著不論戰怎麼打，人怎麼死……好處都必須讓你們燕國占了！你們大燕還要不要點兒臉！」

大燕將士被羞辱的臉色發紅，帶頭那位亦是上前一步，踮起腳尖，手指幾乎快要戳到那個大周小將的臉上：「這一戰，我們大燕死了多少將士！是你們大周的數倍！這些巨象本來就是我們死去的兄弟們用命換回來的，就該屬於我們！」

大周小將一副被燕軍噁心到了，一把拍開燕軍指著他的手，冷笑喊道：「這話成笑話了，哦……你們死的人多，就要拿的多？那天鳳國死的更多……我們是不是還得把這些巨象身上的鎧甲搜集好了給天鳳國送去，你們主帥沒本事，讓你們死了這麼多人，你們還驕傲了？」

那被拍開手指的燕軍瞬間拔刀：「你敢說我們九王爺！兄弟們和大周這些雜種拼了！」

兩軍將士齊齊拔刀……

突然，鞭子破空之聲，在平陽城北門外響起。

鞭子抽在那兩個帶頭拔刀的大燕兵卒和大周兵卒手上，兩人手中的刀應聲落地。

白錦稚單手勒馬，一手拿著極長的鞭子，面色冷沉看向差點兒打起來的大周將士和燕軍。

「怎麼？剛把天鳳國的人打過丹水河而已，就以為我們大獲全勝，自己盟國間就開始準備內鬥自相殘殺了！」白錦稚面色冷沉，聲音威嚴而高昂。

一看來的是高義君，大周將士們咬緊了牙，將手中的刀刃收了回去。

燕軍見大周將士已將刀都收了回去，也紛紛收了刀，雖然還都是一臉不服氣，但……高義君雖然是女子，可當初滅樑的名聲在那裡放著，作為軍人……即便是燕國的軍人，對強者天生就有著敬畏。加上白錦稚來了之後沒有偏幫大周，而是各打一棍，倒也沒有讓燕軍那麼抗拒。

「如何分此次戰勝所得，我們陛下正同燕國九王爺商議，一切自有陛下和九王爺做主，你們在這裡爭什麼？」白錦稚不緊不慢將鞭子收了回來，掛在腰後。

「高義君！」燕國的將士對白錦稚行禮，「我們燕國這一次損失慘重死的將士最多，我們提的也不是什麼無理要求，只是要求平分這些戰象身上的這些鎧甲，畢竟打仗這種事情，雖然是合作……大周也總需要我們燕國的配合吧！既然是分工合作，那自然應當平分！更何況我們燕國死了這麼多將士。」

「呸！見過不要臉的，沒見過你們燕人這麼不要臉的！分工合作也得講究一個多勞多得，少勞少得吧！」大周將士剛被壓下去的火，再次竄高，「要按照你們燕國這不要臉的說法，下一次打仗的時候我們大周軍隊往後面一躺，等你們快打完了派人上去送死就行了！反正都是死人……死的人多就能分到的好處多！我們大周也省心了，兄弟們說是不是！」大周將士紛紛附和。

「好啊！你們大周下次就躺在後面！等快結束去送死啊！」燕國將士也不服氣怒喝，兩軍再次陷入劍拔弩張的狀態之中。

「陛下到！」

「九王爺到！」

遠處突然傳來魏忠和馮耀的唱報聲，謝荀率先快馬上前，高聲喝退燕軍，與白錦稚並馬而立：「都幹什麼！造反啊！才剛剛小勝了一場，就著急著對自己的盟友揮刀了?!」

「謝將軍！我們就是不服氣！既然是兩國合兵，我們死傷還如此慘重，憑什麼我們不能和周國平分巨象！我們死了那麼多兄弟，就只得到這一點點！那些巨象雖然都在韓文山裡！還不是我們兄弟們捨命打傷了它們，才能讓周軍埋伏成功！」那將士說著哭著跪了下來，「將軍，我們營……打得就剩下我們兄弟七個了！這樣慘重的犧牲，若是換不來我燕國的好處，我們為什麼要打這場仗啊！」

燕軍紛紛跪了下來。「是啊將軍！我們那些已經死去的將士們，若是知道他們的死，只能換到這麼一點點所得，其他的都歸大周，他們也會死不瞑目的啊將軍！」

燕軍將士們想到自己失去的戰友同袍，一個個眼眶發紅。

謝荀回頭看了眼騎著馬正緩緩朝這個方向而來的白卿言和慕容衍，又收回視線看著自己的將士們，高聲道：「你們都起來吧！九王爺同我此次入平渡城與大周皇帝談的，本就是巨象分割之事，原本……我的意思也是巨象大周應當同我們平分！可大周女帝大度，稱願意將大半數的巨象分給我們燕國，所以都不要在這裡鬧了！」

燕國的將士們頗為意外，沒想到他們在這裡鬧想要平分的時候，人家大周皇帝卻已經表示大半數分給他們燕國，這是不是他們小人之心了？

大周將士們一聽瞬大了眼，又都滿臉不甘心朝著白卿言的方向紛紛跪了下來。

就連白錦稚也攥緊了韁繩，喚了一聲：「長姐……」

「陛下，我們不服！」大周將士們仰頭望著白卿言，眼中全都是急切。

「陛下！不能啊陛下！」帶頭的那位大周小將直叩首，高聲道，「陛下，我們不服！要是按照誰家死傷慘重就照顧誰家，那以後我們大周將士都不打了！我們就派人送死，反正哪一國死的人多，哪一國得利！」

大周將士們連忙應聲，懇請白卿言三思：「難道我們大周就沒有死同袍嗎？陛下如此劃分戰利所得，那些捨命拼殺犧牲的將士們又怎麼甘心啊！」

大周帶頭的將士擺了擺手示意大傢伙兒安靜，繼續同白卿言說：「若陛下真的如此處置，我們大周將士還有什麼心氣兒打仗啊！主帥謀略好，我們打的好……戰死的兄弟少，反倒成了我們的錯了！這是什麼道理？我們從軍開始就沒有怕死過，打仗也是為了為國取利，今日燕國九王爺也在，若是九王爺敢說，日後打仗時，哪一國死的人多，哪一國得到的戰利就多，我們都敢為大周捨命！」那小將直視慕容衍，語氣誠懇。

「是啊陛下！小人朔陽時有幸同子源先生讀過幾天書，知道兩國互盟是為了兩國利益，可難道我們與燕國互盟，就是要讓我們自己吃虧嗎？末將不服！」

「屬下不服！」

沒有軍銜的普通大周兵卒也跟著嚷嚷：「這兩國定盟是要考驗兩國胸襟嗎？那小的心胸小，絕對不服！大不了不定什麼盟了！我們大周將士難不成還打不過天鳳國那群宵小嗎！」

大周小將又道：「我們此次妥協……將多數戰象分給燕國，來日合作，我們此次的退讓難道不會激起燕國將士的貪慾嗎？這個頭不能再開了！」

「這一次燕國敢嚷嚷著要平分，不就是上一次天鳳國象軍圍了平陽城，我們都快打贏了他們才攪和到戰場之中，卻分得了半數的巨象，才使他們貪心不足，這一次來要求同我們平分這些巨象的嗎?!」

「對！兩國所得不能同能力還有付出對等的收穫，誰還願意在往後合力抗敵之時出力！與其如此還不如不定盟！」

「不定盟就不定盟！」燕國將士也開始嚷嚷。

謝荀緊緊攥著韁繩，換個位置……若謝荀是大周的將士，的確不會服氣這樣的分配，他高聲喊道：「燕國將士安靜！」

白卿言提韁上前，抬手示意大周的將士不必激動：「的確，這一場戰大周投入的兵力很多，兩國將士各自取各自所得，這對你們來說才算是公平，燕國九王爺也是如此說的！」

大周將士朝著白卿言身後那戴著銀色面具，騎在通體黝黑的黑馬背上，甚至挺拔的男人看去，忍不住點頭，這燕國的九王爺是個明白人，不像傳言中那般是個心狠手辣唯利是圖之人。

白卿言騎在馬背上，一手攥著韁繩，一手攥著馬鞭，控制著色澤純白的駿馬在兩軍將士前面站定，面色冷肅：「我們兩國是為了什麼定盟的？是為了共抗天鳳國象軍！你們以為……這一次對天鳳國象軍的重創就結束了？就可以分戰利所得了？天鳳國這裡的象軍只是一小部分，還有主力象軍或許已經在趕來的路上，我們竟然要為分這巨象屍體而自傷心肺？」

沈青竹跟在白卿言身後，沉默不語，她心中因為燕國的行為也多有不痛快，畢竟他們家大姑娘還在想著多給燕國分一點兒呢，燕國的兵卒倒好……竟然因為想要平分和大周鬧。

大燕將士和大周將士們都不吭聲，但這並非是因為發自內心的服氣。

白卿言望著自家將士，看著他們一個個不服氣的面龐，提韁上前，視線掃過自家將士，開口問：「這一戰之後，你們或許覺得象軍也並非如此難對付，即便是不同燕國定盟，我們大周也可以獨自滅象軍，可是如此？」

帶頭的那位大周小將抬頭，大著膽子朝白卿言叩拜行禮之後，仰頭看向白卿言：「正是如此，高義君率兵攻城，逼得天鳳國不得不從城中逃出，楊武策將軍也已率兵在東門堵住了天鳳國東側去路，往西就是燕國的地界兒沒有天鳳國的退路！」

這位大周小將腦子十分清楚，目光沉著，語聲篤定：「所以，即便是燕國不來圍攻西門和南門，天鳳國的象軍依舊是過韓文山渡丹水河，以犬牙城作為退路！」

說完，這位大周將領朝著燕軍看了一眼：「陛下用兵如神，早已經安排妥當，燕國不過是來撿了個現成的，所以陛下如此分配，末將不服！」

白卿言沒想到朔陽軍中還有這樣的人物，是個將才，問道：「你叫什麼？」

「回陛下，末將安青山！」安青山忙道。

「你分析的不錯。」白卿言倒是覺得這個安青山很有意思，視線從安青山身上挪開，望著大周將士，「今日一戰，的確燕國出兵人數並不多，甚至是燕國不出兵，天鳳國都會過韓文山渡丹水河，可是……若無燕軍在平陽城門外，捨生忘死不懼強敵的一戰，能否讓天鳳國明白，我們大周已經與大燕合兵，是鐵了心共同對抗天鳳國？能否在氣勢上讓天鳳國知道我們兩國英勇的將士不怕死，哪怕同歸於盡都要將天鳳國的象軍趕走！」

「高義君帶著朔陽軍攻城，這是戰端的開始，而後讓天鳳國得知燕國加入攻城之中，才會使他們亂了方寸，明白大周和燕國一體，一國戰……另一國必戰！」

白卿言坐下太平踢踏著馬蹄，鼻息噴出粗重的白霧。

她制住太平，語聲高昂接著說：「再有燕軍在這裡伏擊視死如歸一戰，才能打亂天鳳國將士的心！那韓文山中死去的象軍，多少是被燕軍重傷之後在韓文山倒下的，你們算得清楚嗎？打仗……拼人，更拼的是將士們的戰意和士氣！燕國南門伏擊就是在亂天鳳國的士氣，接下來……韓文山的兩處伏擊，才能打得天鳳國士氣全無只知逃竄，我們才能占盡優勢！」

安青山剛要開口辯駁，就見白卿言的視線落在他的身上：「你對戰局的分析沒有錯，但你卻沒有理解兩國互盟到底是為了什麼……」

「兩國互盟，是為利而盟這麼說沒有錯！可互盟……更是為了相互扶持而盟！」白卿言視線又落在抬頭看向她的燕國將士，「燕國如今比我們大周更缺這些可以重新打造成禦敵利器的鐵甲，比我們更缺糧食，所以……燕國將士才會在戰後，同我們大周將士爭搶這些天鳳國的戰象，否則都是硬骨鐵血的漢子，誰又願意為了這點子東西，來傷同盟將士之間……一同捨生忘死浴血奮戰的情分？我們都是軍人，難道理解不了軍人的尊嚴和情誼無價？」

燕國將士聽著白卿言的話，垂下頭顱，或許在爭搶這些巨象屍身的時候，他們從未想過什麼軍人尊嚴，從未顧忌過同盟之間浴血奮戰的情分……

可白卿言點出來，有燕國將士便想到昨日他們在平渡城南門下戰鬥之時，大周將士奮力奪下北門，在城牆之上用弓箭射殺那些巨象，改變那些巨象的方向，也救了他們燕國不少將士，的確算得上是有過命的交情了。

再想到人家大周皇帝正和自家王爺商量，要將大半數的巨象都給他們燕國，而他們卻在這裡吵吵嚷嚷，甚至險些同大周將士打起來，只為將事情鬧大可以為燕國爭得一半巨象。

燕軍帶頭鬧事的小將眼底，已經有了愧疚之意。

「我們大周今日在戰利所得上，讓一讓燕國，來日戰場上繳獲我們大周所缺的，燕國也自然會讓一讓大周，這才是結盟的意義，這才能使兩國在相互扶持之中走得更遠些！」白卿言看著情緒已經逐漸平靜下來的燕軍和大周將士，「既然兩國為互盟，兩國將士就該視彼此為兄弟！戰場上可以放心交託後背，戰場下……可以互為對方讓步，若是私心太重只顧母國利益，這盟約又有何意義？難道就是為了聚在一起打一座城池，然後再讓自己打起來嗎？」

慕容衍提韁上前，冷冽的目光看向燕國將士：「按照各自戰區來劃分戰利所得，不公平嗎？這是最公平的！因為我們並沒有派出那麼多兵力，哪怕如周帝所說……很多重傷的巨象在韓文山倒下，那也已經出了我們戰鬥範圍！」

「周帝顧念互盟之義，正在勸說我們大燕收下大半數的象軍，你們倒好……反倒在這裡爭奪戰利品，我們燕國是缺糧食缺鐵，可沒有缺到讓我們大燕去惦念不屬於自己的東西！沒有缺到臉皮都不要了同自家盟國爭搶！你們是我們大燕的銳士！應該是我們大燕的脊梁！可你們做出的事情卻讓大燕蒙羞！」慕容衍語聲低沉，「你們應該感到羞愧。」

白卿言和慕容衍都明白，這樣的風氣堅決不可助長！將來兩國是要合為一國的，即便是現在還不能同將士們明言，也要在接下來的相處和共戰之中，讓他們相處如同兄弟，這樣等來日兩國合兵，甚至是周軍和燕軍和兵，軍隊的阻力才會最小。

的確，周帝正在勸說他們九王爺收下多數戰象，比他們鬧騰想對半分還要多，這的確讓燕國羞愧。

「搶奪戰利品，只能讓盟軍分心，甚至鬧到敵視的地步，將來如何能堪同象軍一戰？」白卿言清亮的聲音，要比慕容衍更為和煦一些，她的話是對兩國的將士說的，「互盟變成了互仇，來日象軍主力來襲攻打燕國或是大周中的任意一國，另一國冷眼旁觀，難不成要等象軍滅了一國，掉頭再滅另外一國嗎？」

「陛下！我們錯了！」安青山朝著白卿言抱拳，「是我們氣量小了！」

「是我們錯了！」燕軍帶頭鬧事的將領也對慕容衍和白卿言叩頭，「是我們小人之心，周帝大度，今日又教會了我們何為盟國盟軍！」

燕軍帶頭鬧事的將領，轉而看向安青山和大周將士：「在這裡，我向大周兄弟們道個歉！」

燕軍小將一帶頭，燕軍將士們都抱拳朝著大周將士致歉。

安青山也帶著大周將士，對燕軍像是還禮：「我們陛下說得對，既然互盟……應該是你幫幫我，我幫幫你！就像是一家子兄弟，齊心協力把日子過好，而不是在這裡為爭奪戰利品自己先打起來！對不住了！」

兩頭這麼一道歉，都不好意思的笑開來，剛才還劍拔弩張的氣氛，一下就消散。

謝荀心底偷偷鬆了一口氣，看向白卿言的目光除了因白卿言戰事上算無遺漏敬佩之外，對白卿言對兩國之間關係的預見也敬佩不已。此刻，別說是下面這些將士，就是謝荀，也很是願意同大周這樣不計較自家得失，願意幫扶盟國，為大局著想的國家共同浴血而戰。

白卿言看著大周和燕國的將士面對面傻笑，笑道：「好了，將戰象數目統計，多半數送到燕軍手中的事情就由安青山負責！」

「是！」安青山抱拳領命。

「你叫什麼？」慕容衍問那位燕國小將。

「回九王爺，小的叫王大狗！」王大狗忙道。

白錦稚聽到這名字忍不住低笑一聲。

瞧見白錦稚笑，那王大狗不好意思的搔了搔頭道：「我娘說，名字取的賤一點兒好養活！小的曾經也為這個名字苦惱了好久，想改名字，後來……後來我娘和我爹在西涼騎兵搶糧之後餓死了，什麼都沒有給我留下，就給我留下了這麼個名字，我就捨不得改了！」

王大狗似乎也想起了爹娘，帶著憨笑的眼睛發紅。

聽到這話，白錦稚臉上的笑容僵住，而後消失，瞧著那王大狗憨笑的模樣，竟然也覺得沒有那麼討厭了。

「從周軍手中接收巨象……且運回的事情，就交給你負責！」慕容衍同王大狗說完之後，轉而對白卿言道，「周帝，我們還要儘快商議這仗下一步應當如何打！」

「九王爺請……」白卿言調轉馬頭，對慕容衍做了一個請的姿勢。

慕容衍亦是一本正經的模樣，對白卿言做了請的姿勢：「周帝請！」

目送白卿言、慕容衍、白錦稚和沈青竹、謝荀走遠之後，王大狗站起身，對安青山說：「如同周帝和我們九王爺說的，若非我們燕國實在是太缺鐵和糧食了，我們也不會這般斤斤計較，但這次大周幫了我們燕國，來日咱們再戰……我們也願意幫大周的！」

「好說好說！」安青山忙道。

回去的路上，慕容衍同白卿言並肩騎著馬，因為惦記著白卿言有孕在身，慕容衍速度很慢：「西涼女帝李天驕抓到了沒有？」

白卿言搖了搖頭：「派出去的人還未曾回來稟報，也不知道這李天驕有沒有留後手，不過這一次……倒是有意外之喜。」如今雲破行已死，李天驕是壓不住西涼八大家族的，即便是讓李天驕逃走了，也無傷大雅，他們原本要對付的就是李天驕請來的天鳳國。

「什麼？」慕容衍問。

「李天馥被抓住了，還有一位……是天鳳國大巫師的大弟子。」白卿言笑著道。

天鳳國當初因為李天驕的邀請，才能排闥直入西涼，後來又因為李天驕不聽話，將李天驕拉下位，給了李天馥西涼皇帝的身分，帶著李天馥這位西涼皇帝……以西涼皇帝做幌子盡是為天鳳國找好處。

而今，李天馥在大周的手中。

若是李天驕不再冒出頭便罷了，要是她冒出頭來，大周為何不能如法炮製？用李天馥這個名正言順的藉口來捉拿李天驕，回頭等到戰事結束，將李天馥如同戎狄王一般處置，封一個西涼王，終身幽禁在大都城也就是了。自然了，若是李天馥找死，白卿言也不介意送李天馥一程。

而這位大巫師的大弟子嘴巴也並非那麼緊，稍微用了刑，便將玉蟬的秘密說了出來。

因為白卿言在李之節處已經得知了這個秘密，知道大巫師的弟子並未撒謊……

而後經不住酷刑的天鳳國大巫弟子，又說了些薩爾可汗其他事情，說薩爾可汗不敢直接強奪大周和燕國土地的原因，是因為大巫預言天神為這片土地選擇了主人。

慕容衍聽白卿言說起天神之事，倒是沒有感覺到震驚，只覺好笑：「就因為他們大巫說，天神已經為這片土地選擇了主人，所以……他們便不敢打了？恐怕不會這麼簡單吧？」

「我原本正要去問問，你就帶著謝荀來了！」她側頭望著慕容衍，「你若是感興趣，一會兒不妨一同去審一審。」

但白卿言不懷疑天鳳國人對天神的信仰，更不懷疑天鳳國人會對天神忠誠到這種程度，但要確定這話是真是假，白卿言要親自見了這位大巫的弟子再說。

慕容衍略微想了想頷首：「好，我讓謝荀帶人先走，今夜……我陪你過除夕！」

「那阿瀝呢？」白卿言看著慕容衍道，「你是他的叔叔，除夕還是陪著他吧！阿瑜和小四、青竹，還有白家軍的幾位將軍都在，我除夕倒不會寂寞。」

「燕國太后來了蒙城，今夜……就讓他們母子一起過吧，這麼久未見，想必他們母子之間還有話要說，我也想多陪陪你和孩子。」慕容衍克制著想要攥住白卿言手的衝動，低聲同她道。

「你嫂嫂來蒙城也許就是想陪著你們過除夕的，你留在這裡合適嗎？」白卿言說。

瞧著白卿言清明的眸色，慕容衍想到自家嫂嫂同他說得那一番話，他目光沉了沉同白卿言笑道：「除夕之夜，我還是想陪在你和孩子身邊。」

看出慕容衍情緒上的細微變化，她並未追問，今日除夕他能在……白卿言自然是高興的。

幾人回來時，白卿瑜和沈昆陽正立在輿圖前，商議這仗下一步應當如何打。

沈昆陽的意思是乘勝追擊，渡過丹水河攻打犬牙城，在象軍主力到達之前活捉薩爾可汗，如此阿克謝若是想要救薩爾可汗便只能束手就擒。

白卿瑜卻道：「薩爾可汗不蠢，昨夜進入犬牙城得到了喘息的機會，想來已經離開犬牙城了，畢竟他所率的天鳳國象軍幾乎全部損失殆盡，李天馥又被我們活捉，即便他們稱天鳳國是西涼的盟友，此時對西涼的控制定然大不如前，除非……」

「除非？」謝荀看向白卿瑜。

「除非，沈良玉將軍和程遠志將軍沒有能抓到李天驕，還讓李天驕和薩爾可汗碰上了！李天驕已然和大周撕破了臉，若如同牆頭草再次倒向天鳳國，天鳳國就有兵力同我們周燕合兵抗衡！」

白卿瑜望著犬牙城，「可我倒覺得可能性不大。」

白卿瑜對沈良玉和程遠志的戰鬥力還是清楚的，虎鷹營老兵前去捉拿李天驕，要是這樣還捉拿不到，那李天驕未免也太走運了些。

沈青竹打簾從門外進來，低聲在白卿言身邊耳語道：「三姑娘送來了信，送信的暗衛說比較緊急，大姑娘要不要避開燕國的人去偏房看一看？」

「給我吧！」白卿言接過沈青竹遞來的信，立在燈下將信紙展開仔細流覽了一遍。

白卿瑜和沈昆陽、謝荀他們還在討論著下一步這仗應當如何打。

信中，錦桐說……大燕太后悄然出城，是前往蒙城的，如今燕國上下都以為太后在宮中養病，她的人也是因為一直盯著燕國太后母家的緣故，才發現燕國太后悄悄出城之事。她故意接近燕國皇帝慕容瀝那位喜歡吃喝嫖賭的表兄，費了好大的功夫終於打聽到，燕國太后不放心大燕九王爺慕容衍帶著燕帝在前線，怕九王爺慕容衍是要害死燕帝，故而是來蒙城要帶皇帝慕容瀝回都城的。

旁人不知道燕國皇室內錯綜複雜的關係，白卿言可是清楚的……

慕容瀝和慕容衍兩人叔侄情深，不睦也不過是對外演的一場戲罷了。還在大都城時，慕容衍就同白卿言說過，慕容瀝非常贊成兩國合併之事，還說要同慕容衍演場戲，來說服自家母親。

是因為慕容衍的嫂嫂提前知道了此事？白卿言倒覺得可能性不大，慕容衍也好慕容瀝也好，都是生性謹慎的人，沒有開始動作，絕不會走漏風聲。

她聯想到今日慕容衍說留下來陪她過除夕的話，敏銳的垂眸落在自己的腹部上……

雖然慕容衍和慕容瀝不會走漏風聲，可若是慕容衍的嫂嫂知道他曾經有一個大魏富商蕭容衍的身分，且還用這個身分同她這個大周皇帝成了親有了孩子，怕是內心也會惶惶不安，怕慕容衍為了他自己的骨血，將整個燕國設法籠絡到自己手中。

白卿言回頭看了眼立在輿圖前側頭正同謝荀說些什麼的慕容衍，又覺得自己可能是小人之心了，慕容衍的兄長慕容彧……還有侄子都是能為百姓著想之人，尤其是慕容瀝能被教養的如此之好，想來同燕太后必然有脫不開的關係。

她將白錦桐的信疊好，又遞給沈青竹：「你先拿好……」

「是！」沈青竹應聲。

白卿言端起桌几上的茶杯喝了兩口，擱下茶杯時瓷杯與桌几磕碰的輕微聲響引起白卿瑜回頭，他望著白卿言問：「下一步這仗應當如何打，阿姐心中已經有數了？」

白卿言頷首，朝輿圖的方向走去。

帶著十幾頭巨象逃到犬牙城的薩爾可汗，如今獨木難支，定然會前往同阿克謝所率領的主力象軍匯合。「先不管李天驕能不能抓住，若是薩爾可汗派人傳信給阿克謝，讓他帶象軍與他匯合。」她立在這碩大的輿圖前，笑著道，「對我們來說……這仗反而好打了！」

慕容衍同白卿言並肩而立，看著輿圖道：「你的意思是借助地形，在他們匯合之前再打一仗？」

「阿克謝所率象軍數目龐大，若是薩爾可汗下一步是要同象軍匯合，那麼他的速度就要同阿克謝所率象軍的速度都快一些！」白卿言轉而看向慕容衍和白卿瑜，「而阿克謝若是得到消息，薩爾可汗所率象軍是在山谷之中被伏擊的，他會怎麼做？」

「避開山谷，再擇最快的路和薩爾可汗匯合。」白卿瑜抬眸朝著輿圖望去，唇角勾起，「讓人快馬加鞭給三哥送個信兒，讓三哥在山谷伏擊一次，以確保逼得阿克謝不敢圖快再走山谷。」

白卿瑜這倒是同白卿言想到了一起，她笑著頷首。

「陛下……沈良玉將軍和程遠志將軍回來了！」魏忠在門外低聲說道。

「請沈將軍和程將軍進來。」

白卿言朝外迎了兩步，就見一身風雪寒氣的沈良玉和程遠志進門，兩人對白卿言行禮後，沈良玉道：「陛下，末將有負陛下所托，雖然剿滅了來鞍山中剩下的火雲軍，可沒能抓住李天驕，讓她給跑了，後來抓住了李天驕的貼身宮婢才知道，李天驕在雲破行出發之後，就帶著高燒不退的李之節出了來鞍山去求醫了，具體去了哪座城池求醫那婢女也不知道，我和程將軍按照留下的痕跡追了一夜，也沒能將人抓回來！」

「不打緊。」白卿言吩咐魏忠給程遠志和沈昆陽準備熱湯和餐食，又讓人去請軍醫過來給程遠志包紮傷口，「你們先歇一歇，今天除夕……我們先過個好年！」

目送兩人應聲告退之後，她盤算了一下李天驕如今的出路，如今薩爾可汗手中的象軍折損，李天驕又已經和大周撕破了臉，或許會找燕國合作，又或許會直接回雲京號召八大家族，趁著大周和燕國與天鳳國象軍打起來，好圖謀自己的小算盤。

她轉而看向慕容衍：「大周和燕國兩國說好了各自為戰，互通戰報，所以……我們大周在除夕過後，便要兵分兩路，我帶著一路動身前往大周與西涼邊界以南與白家軍匯合，同阿克謝手中象軍作戰，沈昆陽將軍帶著一路越過丹水河攻打犬牙城而後進軍雲京。」

她踱著步子走到慕容衍面前，道：「昨日西涼派火雲軍攻打平陽城，已然同大周撕破了臉，下一步或許會前往燕國求和或是求援，你們燕國打算如何？」

「燕國既然已經同大周定盟，自然不會朝秦暮楚。」慕容衍轉望著白卿言道，「燕國援兵已經在路上，明日便能抵達泉州，現下大燕手中十萬人馬，留下駐防兵力，渡過丹水河後，沿丹水河一路東進，與大周一同正面迎擊天鳳國象軍。」

謝荀跟著點頭，大周與燕國定盟之後如此仁義，而且白家世代將門，家聲又擺在那裡，比起和首鼠兩端的西涼合作，謝荀這樣的戰將定然是更願同大周合兵定盟。

慕容衍走至輿圖前，點了點泉州的位置，又指向雲京：「本王即刻派謝荀率兵回蒙城，遣人前往泉州送信，讓燕軍從泉州出發，進軍雲京！」

謝荀點頭之後反應過來，問了一句：「王爺，我率兵回蒙城？您呢？」

慕容衍轉而看向謝荀：「兩國定盟之後，本王還有些事情要同周帝商議，你先帶兵回去……」

「九王爺，今日是除夕，我們諸事都放一放，畢竟燕帝還在蒙城，九王爺合該回去陪陪燕帝，一家子好好過一個除夕才是，燕國先帝不在了，您這位做叔叔的沒道理讓燕帝一個人過除夕。」白卿言笑著道。

慕容衍錯愕回頭看向白卿言，見白卿言對他頷首便知道白卿言是有意想讓他回蒙城，又強調了一家子三個字。嫂嫂已經到了蒙城之事，他剛才已經同白卿言說過，她心思向來敏銳想來是察覺他情緒不高，擔心他和嫂嫂有了什麼矛盾，所以才催著他回去過除夕？

慕容衍知道嫂嫂的心病，是擔憂他來日會為了白卿言腹中的孩子將慕容瀝拉下皇位，若今日他留下陪阿寶，恐怕會讓嫂嫂心病更重，阿寶這是在擔心他。

他眉目未動，心中卻又難以言喻的暖意，抬眸望著白卿言點頭：「周帝所言甚是！」

將慕容衍和燕國一眾將軍送出府後，白卿瑜往白卿言手裡塞了一個手爐，沈青竹又送上了一個細白貂絨的手籠：「這平渡城雖說離平陽城不遠，卻冷上許多，大姑娘還是帶上手籠的好。」

她笑著依言將手爐和手都藏進手籠之中，往回走。

富貴天成的奢華府邸，朱瓦飛簷被積雪掩蓋，遊廊兩側掛著夾棉的竹簾，還未點亮的六角羊皮燈隨風搖曳。白卿瑜跟在白卿言的身側，陪著她在九曲長廊上緩慢前行。

「阿姐為何要將多數巨象分給燕國？按照此次戰況……長姐即便是照顧燕國，平分已經算很不錯了，多數給了燕國，我們大周將士們心裡多是不服的，否則城外也不會鬧事！」

「這我知道……」白卿言笑著頷首。

「五哥！雖然說咱們將多數巨象讓給了燕國，可長姐說這樣能讓我們兩國更好的合作！」白錦稚繪聲繪色將今日在城外安青山和王大狗鬧事的後續同白卿瑜說了。

白卿瑜略思索了片刻，心中頓時清明，他看向白卿言：「阿姐這是在……收買燕軍之心？」

「不錯，是收買燕軍之心！」白卿言點了點頭，「人心不足，即便是公平分配都會覺得自己吃了虧，覺得公平了，對方必然是吃虧的！既然圖的是長遠合作，就不能斤斤計較，我們大方一些接下來兩國能夠更好的協作，打好接下來的戰役，將天鳳國趕回天山那頭！更重要的是……來日兩國要合為一國，可真正最難合二為一的，不是朝臣和世族，他們大多會望風而動……」

白卿瑜見前方有臺階，一手拎著衣衫下擺，伸手扶住自家阿姐的手臂。

陰沉沉的天空又紛紛揚揚飄起了雪花，落在抄手遊廊一側石臺上擺放著的矮子松盆景上。廊外落雪小片小片梨花似的簌簌落了下來，遠遠望去，白卿言、白卿瑜和白錦稚三人走在最前，沈青竹與魏忠帶著一眾太監在身後遠離十步的位置不緊不慢跟著，倒是顯出幾分悠閒來。

走上臺階之後，白卿言才同白卿瑜接著說：「你也是軍人，必然明白何為軍人鐵血……寧折不彎，兩國合併真正令人頭疼的，往往都是軍隊，若是兵將心生不滿，再有……有身分家世之人藉機生事振臂一揮，那便會憑白惹出許多麻煩來！但若是燕國的將士念及大周曾經的仁義，或許能避免再戰讓百姓受苦。」

白卿瑜點了點頭，總算是明白了白卿言的意圖：「阿姐的意思我明白了。」

白錦稚也恍然大悟：「原來長姐背後還有這層深意！」

「小四，這件事如今還未定下來，絕對不能外傳。」白卿瑜叮囑白錦稚。

白錦稚點頭保證：「五哥放心，我知道輕重。」

白卿瑜相信，自家阿姐所帶領的大周若同燕國以國政相較量，必定會勝出燕國，在白卿瑜的心裡將來必然是燕軍併入大周，若是如此……他們多付出一些也是應當的。

「另外，我瞧著今日城外那個安青山不錯，算和燕國那個叫王大狗的小將不打不相識，你將這安青山收入麾下，日後和燕軍打交道之事倒是可以交給這個安青山來辦。」白卿言叮囑道。

「好，這件事阿瑜來辦，阿姐不必憂心！」白卿瑜聽白卿言說完之後，又道，「阿姐等過完除夕，還是回大都城吧！二月底三月初就要春闈，殿試需要阿姐主持，且算日子……阿姐四五月份應該就會臨產了！留在戰場阿娘和嬸嬸們也不會放心，朝臣們怕是也不會放心！」

「是啊長姐，這裡有五哥和我，二姐也在趕來的路上了……」白錦稚話剛說完，突然想起白卿言之前命她將任世傑給燕國送回去，結果她將這件事兒給忘了，提起二姐這才想起來，面色一怔，腳下步子也頓住，滿臉歉疚看向白卿言，「長姐，你讓我把那個任世傑給燕國送回去的事兒，我給忘了……」

白卿言：「……」

瞧見自家長姐這欲言又止的表情，白錦稚眉頭緊皺道：「這也不能怪我啊！這一個大活人到現在還沒給燕國送回去，他燕國自己也沒有提，燕國的人燕國自己都不操心，我這一天天的忙成這樣，又是個馬虎的性子……」

白錦稚底氣十足的聲音在自家長姐的注視下越來越小，最後偃旗息鼓，怯生生望著自家長姐。

「趁著燕國的人還未走遠，將人提了追著送過去吧！也讓任世傑回故里過個好年。」

白錦稚連忙領命，抱拳前去提人。

「追上了就趕緊回來，今天晚上除夕，咱們一起吃餃子！」白卿瑜對著白錦稚的背影道。

「知道啦！」

沈青竹看了眼白錦稚，上前同白卿言行禮後道：「大姑娘，我陪著四姑娘一同去！」

「好，有你在我更放心些！」白卿言點頭。目送風風火火的白錦稚離開，她又聽白卿瑜說，火頭軍那邊兒試著用象肉包了餃子，味道不錯，她想了想都是在外面過除夕，今夜她想同祖父、父親他們一樣，與將士們一同吃餃子，湊在一起過個年。

白卿瑜笑著點了點頭：「聽阿姐的！」

呂元鵬一行人剛剛入城，就瞧見白錦稚快馬橫衝直撞的往城外狂奔，高聲喊著讓開，正在入城的將士們連忙讓開門口……

呂元鵬瞧見是白錦稚，放下手中的帕子喊了一聲：「白錦稚，你火急火燎幹什麼去？」

跟在呂元鵬身邊的將士們都倒吸一口涼氣，沒明白他們將軍怎麼如此生猛，竟然直呼人家高義君的名字，這高義君可是陛下的妹妹！

聞聲，白錦稚勒馬回頭，瞧見眼睛腫成核桃的呂元鵬，笑著道：「去給燕國送個人！你沒事兒嗎？沒事兒一起去啊……」

呂元鵬看了眼跟在白錦稚身後的沈青竹，頓時眼睛放光……

別人都說沈青竹是個冷面女羅剎，可他知道這沈姑娘是自小跟在白家姐姐身邊的護衛，身手極好，還是白家姐姐的女子護衛隊中的一員。幾次他看到這沈青竹在戰場上殺敵，那叫一個乾淨俐落，他本想好好請教請教，只是苦於這位姓沈的女護衛成日在白家姐姐身邊，他沒個機會請教。

白錦稚突然相邀，這可不是瞌睡送枕頭麼！

呂元鵬二話沒說，一躍翻身上馬：「走了！」

任世傑在大軍攻下平渡城之後，就被押上了囚車，這會兒還沒有來得及入城，白錦稚還得先去城外接人。此時的任世傑坐在搖搖晃晃的囚車內，靠著囚車木欄，伸著手接那簌簌落下的雪花，想著一會兒雪大了能不能接滿一捧，可以讓他墊墊肚子，他實在餓得受不了了。

白錦稚不僅忘記將任世傑給燕國送還回去，還忘了給任世傑送飯。

主要是這看守任世傑的兵卒已經接到了上面的命令，說高義君會在臘月十五四國會盟的時候將任世傑帶走，所以臘月十五之後便沒有人再給任世傑送飯。後來見高義君遲遲不來提人，這看守的兩個兵卒還以為這是高義君故意給任世傑下馬威，也不敢冒然將自己的飯菜分給任世傑。

可他們作為任世傑的看守，又不能真的讓任世傑死了，任世傑要水的時候有時候會偷偷摸摸給點兒乾糧，但都不多，一直讓任世傑苟延殘喘到今日。短短十幾天，本就已經瘦得不成人形，加上這幾天幾乎一天就一口乾糧，即便是任世傑的意志力如同鐵打，可這身子也撐不住，已經虛的連站起來都費勁，餓得心慌的不行。

從聽說自己要被送回大燕開始，任世傑的心態就發生了變化，畢竟背井離鄉這麼多年，他從未想過有一天自己能活著回到母國。人在絕望的時候，最不能有的就是希望，有了回去的希望卻又遲遲沒能實現，這對任世傑來說比將他關押在那一點聲音都沒有的牢獄之中，更讓他絕望。

突然，搖搖晃晃的囚車停下，身上和睫毛上落滿了雪的任世傑抬眼朝著前方看去，見幾個騎在高馬之上的將士攔住了囚車，很快負責看管任世傑的兩個將士就小跑了過來，一邊從身上翻找出鑰匙將囚車打開，一邊道：「任世傑，高義君要送你回燕國了！」

任世傑聽到這話，扶住囚車木欄想要站起來，卻因為饑餓又頭暈眼花的跌坐了回去。

「可趕緊將人送走，我們兄弟兩人也就能鬆快了！」其中一個看管小卒同自己的同伴說道。

帶著鐐銬的任世傑被扶住，下了囚車。

白錦稚提韁上前，用馬鞭指著任世傑腳上和手上的鐐銬：「鐐銬打開，不必如此！」

兩個小卒應聲，將任世傑手上和腳上的鐐銬打開，呂元鵬也提韁上前，問：「怎麼放出來了？那要怎麼送回去？他這小身板能騎馬嗎？」說著說著，呂元鵬瞇起自己腫成核桃的紅眼睛瞧了任世傑幾眼，又道：「我怎麼瞧著這人有點兒眼熟啊！」

「自然是眼熟的，晉朝太子身邊的謀士任世傑……」白錦稚望著任世傑說，「如今燕國和大周互為盟國，長姐命我送你回燕，我不想用囚車傷了你的臉面，能騎馬嗎？」

「見過高義君，呂公子……」任世傑朝著白錦稚和呂元鵬行禮之後才道，「雖然身體不適，可騎馬還是勉強可以的，多謝高義君！」

呂元鵬點了點頭用包著雪的帕子往眼睛上敷了敷，對任世傑伸出大拇指：「小爺都成這個樣子你還能認出小爺，厲害了！」

白錦稚一回頭，就瞧見呂元鵬用一個粉色的帕子在眼睛上左右沾了沾，抬眉盯著那繡著展翅飛鳥的帕子，心中頓時了然。

飛鳥？大鵬展翅……呂元鵬！白錦稚忙收回視線，覺得自己好像又發現了什麼大秘密。

這帕子要說是誰家姑娘送的，可也不能送一個這麼娘氣的帕子給一個漢子，還繡個大鵬展翅的！這孩子……內心難不成還是個嬌滴滴的女兒家？竟然用如此娘氣的帕子！

白錦稚瞧著呂元鵬用那粉色的帕子，一臉十分舒坦的模樣，心中越發肯定了自己的想法，也越發肯定了為何呂元鵬每次都能把呂太尉氣得吹鬍子瞪眼。

這呂元鵬紈褲樣子都是裝出來的吧？從軍也是為了增加男子氣概吧！

白錦稚是個好姑娘，她絕對不會嫌棄自己的戰友，即便呂元鵬內心如此娘氣，可好歹也是入了白家軍的，她和呂太尉那個老頑固不一樣，她應當包容呂元鵬，將他當做兄弟……呸！當做妹妹！好好照顧他！

餘光瞧見白錦稚看他，腫著一雙核桃眼的呂元鵬回頭瞅向白錦稚，絲毫沒有意識到自己用這個粉色的帕子有多麼不妥當：「怎麼了？」

「沒事兒，眼睛疼吧？」白錦稚笑著問。

呂元鵬說到這個就來氣，點了點頭：「你不知道，你五哥太壞了！竟然讓我去燒辣椒……太辣眼睛了，弄得旁人都以為我是瞧見死了那麼多人被嚇哭了！你來評評理……我呂元鵬好歹也是大都城的混世魔王，是那種會被嚇哭的人嗎？」

白錦稚裝模作樣的表面附和道：「哎！你當然不是！都是我五哥的錯！」

呂元鵬見白錦稚這麼好說話，說她五哥的不是都跟著附和，朝著身後一言不發的沈青竹瞧了眼，得寸進尺湊近白錦稚，低聲道：「你要是真替你五哥覺得過意不去，等送完人回來，幫忙讓青竹姑娘指點指點我幾招唄！」

「小意思，包在我身上！」白錦稚越發同情呂元鵬了，肯定是戰場上把他嚇哭了，這會兒才知道戰場多麼殘酷，想要同別人學兩手，又怕被人嗤笑娘氣，所以才想請青竹姐姐指點，這點兒小忙白錦稚怎麼能不幫？

見任世傑已經爬上馬背，白錦稚調轉馬頭，帶著任世傑一路快馬騁馳去追燕國回程的大部隊。

任世傑雖然身體虛，眼前也一陣陣發暈，可一想到要光明正大的回燕國了，心中還是難以抑制激動，他緊緊攥著韁繩快馬跟在白錦稚身後一路狂奔，生怕被落下。

謝荀和慕容衍帶著軍隊回蒙城，速度到底沒有白錦稚快馬飛奔來得快，很快就被白錦稚追上。

慕容衍聽說是白錦稚將任世傑送回來了，連忙戴上面具調轉馬頭親自去迎。

白錦稚一見到慕容衍就拱手致歉：「對不住，長姐命我把人送回來，結果我這個人一遇到要打仗就什麼都顧不上了，耽誤了這麼多日子，還請九王爺見諒。」

「高義君客氣，任先生能回就好！辛苦高義君了！」慕容衍亦是朝白錦稚拱手。

呂元鵬瞧著這大燕九王爺，只覺有種極為熟悉的感覺，卻又說不上來熟悉在哪兒，交接完任世傑調轉馬頭回去的時候才和白錦稚說了一聲：「這大燕九王爺我怎麼覺得特別熟悉？」

「慕容瀝以前不是同你交好麼！這侄子像叔叔正常的……」

說完，白錦稚就催促呂元鵬道：「咱們快些回去，今日是除夕，五哥說晚上吃餃子，咱們白家軍的傳統……若是在外面過年，主帥過年的時候會同將士們在一起過除夕的！」

「對對對！聽說是象肉餃子！我還沒吃過象肉呢，你等等我！」呂元鵬快馬去追白錦稚。

入夜，雪越下越大。昨夜平渡城大戰之後的痕跡已經被清理乾淨，燈火通明，平渡城內還未被巨象撞毀的重簷屋舍到處都亮著燈籠，在茫茫大雪之中暈開一團又一團紅色的光暈。

將士們還在紅光燈火之下，熱火朝天忙著清理昨夜被巨象撞毀的屋舍。

「都快著點兒！清理完這些咱們就要回去吃餃子了！」

「我可是聽說了，聽說小白帥這會兒就在傷兵營裡包餃子呢，還給餃子裡包了銅錢！我一定要吃到咱們小白帥包的餃子，這樣一年都有福氣！」將士們說說笑笑，手下動作更快了些。

傷兵營輕傷已經包紮好的將士們都湊在一起，在火頭軍送來拌好的餃子餡後就開始動手包餃子。

白卿言和白卿瑜、白錦稚、沈青竹、肖若海、沈昆陽、楊武策還有程遠志、沈良玉，包括呂元鵬和司馬平都在傷兵營內，和將士們一同包餃子過年。

白家軍的將士們早就知道白卿言會來，因為這是白家軍在外過除夕的傳統。

自白家軍的主帥白威霆和副帥白岐山還有白家諸位將軍走後，他們的小白帥便扛起了白家軍的大旗，成為他們的主帥！即便現在小白帥已經成為了大周的皇帝，可在所有白家軍的心中，小白帥……依舊是小白帥，他們知道小白帥一定會延續白家軍的傳統。

大戰之時，必定會身先士卒！大戰之後，必定會巡視傷兵營！

除夕之夜，必然會同被她當做家人的將士們一起過。

傷兵營外搭了大棚，火頭軍又在外面用泥巴糊了爐子，大鍋都是熱氣騰騰的，燒開了準備下餃子。將士們的人數多，不可能人人都同白卿言坐在一起吃餃子，可白卿言在努力讓更多的將士吃到他們包的帶著銅錢的餃子。白卿言與將士們包餃子的速度很快，等到將士們清理完平渡城後，回來就已經能吃上熱騰騰的餃子。

白卿言就坐在傷兵營的上首位置上，洪大夫、白卿瑜和白錦稚、沈昆陽、沈青竹、程遠志、沈良玉、楊武策他們依次落坐。

餃子一盤一盤往上端，不少將士都說自己吃到了帶著銅錢的餃子，高興的不得了。傷兵營內，燒得火紅的炭火輕微作響，即便是那門敞開著，將士們也不覺得冷。

今年因為不在長輩身邊，白卿言為長姐，便給白卿瑜和白錦稚準備了壓歲紅包，早在來傷兵營包餃子之前，便給了兩人。

洪大夫照舊樂呵呵的準備了幾個紅包，給白卿言、白卿瑜和白錦稚這幾個孩子分了下去。

白卿言忙推辭：「洪大夫，我都已成親了，怎還能算是個孩子！今歲我就不拿紅包了吧！」

洪大夫笑得越發慈祥將紅包放在白卿言的手心裡，道：「大姑娘就算是成親有孕，即便是將來當了祖母，在老朽眼裡也還是個孩子，老朽能活著陪大姑娘過幾個除夕，這紅包……就要給大姑娘幾個，這有一日老朽要是去追隨鎮國王了，就是想給也給不了啦！」

搖曳燭火之下，白卿言看著曾經頭髮花白的洪大夫，如今已經是一頭銀絲，許是跟著軍隊風吹日曬的緣故，臉上褐色的老人斑也越發的明顯。

白卿言緊緊攥著手中的紅包，忍住眼底濕紅，同洪大夫道：「洪大夫可要長命百歲，將來……不止我要收洪大夫的壓歲紅包，這腹中的孩子也等著收洪大夫的壓歲紅包呢！」

「長姐要是生上十個八個的，洪大夫您老人家的小金庫還能撐得住嗎？」白錦稚手裡攥著洪大夫給的紅包掂了掂，「我瞧著這壓歲紅包的分量不少呢！」

洪大夫聽到這些話，笑得越發高興：「撐得住！撐得住！一定給！一定給……」說著，洪大夫轉頭去看沈昆陽：「你瞧瞧，大姑娘和四姑娘這就要為肚子裡的小人兒來要紅包了！」

「我覺得四姑娘說得對，就為了您老人家這紅包，我們小白帥也一定要多生幾個，這紅包……怎麼給都高興！給的越多……越高興！」說著，沈昆陽也笑著從胸前拿出紅包來，遞給白卿言，「我與副帥是生死之交，小白帥又喚我一聲沈叔，托大……便自認同副帥是一輩人，這是我給小白帥的壓歲紅包，小白帥千萬不要推辭！」

白卿言眼眶濕紅，笑著點頭，朝沈昆陽行了晚輩禮：「多謝沈叔！」

「五公子，這是給你的！」沈昆陽正要讓人將紅包遞過去，白卿瑜忙起身朝沈昆陽行了晚輩禮，恭恭敬敬雙手接過紅包：「多謝沈叔！」

沈昆陽笑著點了點頭，還不等他說，白錦稚已經起身率先朝沈昆陽行了一個晚輩禮，笑著道：「沈叔，過年好，祝沈叔平安康健，百歲不老！」

一群人被白錦稚這小皮猴的模樣逗得哈哈大笑，沈昆陽立刻將紅包遞了過去：「四姑娘也年好，新的一年平安喜樂！自然了……要是能找到一個護住咱們四姑娘的好兒郎，就更好了！」

白錦稚雙手接過紅包，笑著道：「我還用男人家護嗎？我已經天下無敵了！沈叔你要是不信，咱們一會兒比劃比劃！」

「越說越沒規矩了！」白卿言笑著嗔了白錦稚一句。

「肖若海，這是沈叔給你的紅包，我這兒的紅包沒有洪大夫的厚，可不要嫌棄啊！」沈昆陽笑盈盈望著肖若海，對於肖若海能夠跟著白卿言重回戰場，心中十分安慰。

肖若海連忙上前同沈昆陽行禮後說了吉祥話，雙手接過紅包。

「副帥要是知道如今你已成長的如此出色，定會心懷安慰！」沈昆陽十分欣賞肖若海，他又朝身邊的沈青竹看了眼，接著同肖若海道，「副帥之前，一直希望看到你成家，可要抓緊啊！」

肖若海垂著眸子，餘光瞧了眼低著頭吃餃子的沈青竹，甕聲甕氣應了一聲，便退下了。

沈昆陽又笑著看向坐在自己身邊的沈青竹：「青竹，這是義父給你的紅包！義父……也希望看到你早日成家啊！」

沈青竹雙手接過紅包道謝，大過年的她不想掃義父的興說她這輩子都不打算成親，只守在大姑娘身邊，便道：「等大姑娘平定天下後，青竹定然會好好考慮終身大事，義父不必憂心。」

「小白帥！您看……這洪大夫給了紅包！老沈也給了！我老程的紅包，可不能不收啊！」程遠志也拿出給幾個孩子準備好的紅包來，笑呵呵給他們分了。

「哎呀！你們準備紅包怎麼也不通個氣兒！」楊武策一臉懊惱，「我這兒什麼都沒準備！」

「我們幾個這是仗著年紀倚老賣老呢，你一個小夥子湊什麼熱鬧！」沈昆陽笑著同楊武策說道。

呂元鵬瞧見洪大夫和沈昆陽還有程遠志給白家姐姐和白家五郎還有白錦稚……就連沈青竹都發了紅包，有點兒眼熱，慫恿司馬平同他一起去要紅包。

「呂元鵬你丟不丟臉？人家洪大夫認識你是誰嗎？」司馬平用眼睛睨著呂元鵬，「你家翁翁要是知道，你朝連你都不認識的洪大夫要壓歲錢，非抽你不可！」

「洪大夫不認識，可沈將軍咱們認識啊！咱們去找沈將軍要！」呂元鵬倒不是想要什麼紅包，就是想自家翁翁和爹娘，還有兄長和姐姐他們了。去歲過年的時候他人在南疆，沒有看到白家姐姐他們這樣熱熱鬧鬧的發紅包，和下面將士們過的到也算是熱鬧，思鄉情少一些。今日，瞧著白家姐姐他們在上面熱熱鬧鬧發紅包，他就難免想到自家親人，要是他這會兒在大都城呂府，少不得祖父和伯父、伯母、父親、母親要給他紅包的，姐姐和兄長也會，誰讓他小呢！

「呂三、馬三……」沈昆陽朝著下面喊了一聲。

剛把熱餃子放在嘴裡的呂元鵬就被司馬平一把給拽了起來，呂元鵬幾乎是將剛出鍋的燙餃子囫圇吞下去的，燙得直捶胸。

「屬下在！」司馬平上前單膝跪地行禮。

呂元鵬也跟著行禮：「屬下在！」

「來……」沈昆陽對著兩人招手。

兩人連忙上前，再次行禮起身後，呂元鵬搔了搔頭道：「沈將軍，您就別呂三呂三的叫了！我都快臊死了！我還以為沒人知道我是誰呢！結果好嘛……全軍上下都知道我是呂元鵬，就我一個人不知道，還真以為別人打從心底裡敬佩我，結果都是陪著我鬧著玩兒！」

白卿言瞧著呂元鵬的模樣笑道：「這都是後來的事情了，你在軍中能吃苦是真的！沈將軍和程將軍都看在眼裡，同我誇了你！」

「這是你們兩個臭小子的壓歲紅包！來年要多多努力奮勇殺敵啊！」沈昆陽將紅包朝著呂元鵬和司馬平扔了過去，瞧見兩人接住之後道，「軍中將士們可不是你們在大都城中見到的那些趨炎附勢之徒，你們二人若是沒有一點真本事，他們是不會服你們的！他們能服就說明你二人還是有些真本事的！不必妄自菲薄！」

白卿言也笑著點頭。

見狀，呂元鵬露出自己一口大白牙，笑著道：「我信沈將軍！」
「今歲你們二人不能回家與親人團聚，可同你們一起浴血同戰的將士們，也是我們的家人！」白卿言說著，也拋出兩個紅包給兩人，「你們兩人比我年紀小，又喚我一聲白家姐姐，阿瑜和小四有的，你們也有……」
司馬平抬頭朝著白卿言看去，見白卿言眉目間盡是溫情平和，搖曳燭火將白卿言無瑕精緻的清豔五官映得暖意融融，司馬平一時也捉摸不透白卿言是想要通過他二人收買呂家和司馬家的人心，還是真的把他們二人當做弟弟。
呂元鵬見司馬平望著白家姐姐愣神，壓著司馬平的腦袋給白家姐姐行禮道謝。
「去吃餃子吧！」白卿言瞧了眼司馬平，這孩子心眼不壞，可心思似乎越發多了，不過沒心沒肺的呂元鵬身邊有這麼一個朋友在，兩人也算是互補。
熱熱鬧鬧的傷兵營，不知道是誰忽然起了個頭，唱起了白家軍軍歌。
「佩護我之甲冑，與子同敵同仇。」
白卿言和白卿瑜抬頭，朝著那最先開口的將士望去。
更多的將士跟著唱了起來……「握殺敵之長刀，與子共生共死。」
沈昆陽和程遠志聽到白家軍軍歌，表情肅穆，亦是放下筷子跟著唱：「衛河山，守生民，無畏真銳士。」
「不戰死，不卸甲，家國好兒郎。」傷兵營內的歌聲，傳到了外面，更多的將士們轉頭看向傷兵營內，也紛紛放下了手中的筷子或者餃子湯，高聲歌唱……
被飄雪紛紛籠罩的整個平渡城燈火璀璨，將士們的歌聲在城池上空久久不散，唱盡了白家軍的堅毅，唱盡了白家軍的使命，更是唱出了白家軍每一位將士……護民的決心。

楊武策聽說過，但卻沒有完整的聽過白家軍軍歌，此刻見白卿言和白卿瑜、白錦稚還有沈昆陽他們眼含熱淚唱起這首歌，心中的震盪久久不能平息。原來，這就是白家軍深受百姓愛戴的原因，衛河山，守生民，不戰死，不卸甲，百姓被這樣的軍隊守護著，又怎麼會不安心呢？

歌聲漸漸停止後，白卿言望著眼眶發紅的將士們，緩緩站起身來……

將士們轉頭朝白卿言的方向看去，紛紛放下手中的筷子。

「今年，咱們是在外面過年，便湊在一起吃頓餃子熱鬧熱鬧！為了保家護國，辛苦諸位……跟隨我等一同上戰場，不能與家人團圓！但你們的辛苦不會白費，我們會將天鳳國象軍趕回雪山那邊，護住我們的親人和孩子，永享太平！在這裡……白卿言替百姓多謝諸位了！」

將士們紛紛握拳，頷首。「我們是軍人，生來就是為了保家衛國的！今日是除夕，但是陛下在這裡，浴血同戰的同袍也都在身邊，我們都是彼此的家人！哪裡有不能同家人團圓之說！」有輕傷的將軍端起面前的餃子湯，舉向白卿言，「咱們有軍法，行軍的時候不能飲酒，屬下便用餃子湯代酒，敬陛下！願陛下帶領我們……平定天下！完成天下一統的壯舉！使四海之內……再無戰事！讓所有百姓都過上安定富足的日子！海晏河清！天下太平！」

傷兵營裡的將士們受到那小將軍的感染，紛紛舉起自己的餃子湯，三呼喊道……

「海晏河清！天下太平！」

「海晏河清！天下太平！」

「海晏河清！天下太平！」

白卿言眼眶濕潤，她端起自己面前的餃子湯，扶著沈青竹的手站起身來，高聲道：「白卿言必不負眾位所托！」喝了餃子湯，她又笑著説：「好了……都吃餃子吧！今日餃子包的多！又是用大傢伙兒獵到的巨象做的餡兒，大家敞開了吃！」

將士們高聲應了一句，又都高高興興的吃起了餃子。

熱鬧一直持續到後半夜，白卿言和白卿瑜帶著白錦稚，挨個巡視了一遍，有的將士吃完餃子已經倒在一起睡著了，發現白卿言他們的小將軍原本要將人叫起來，白卿言忙笑著阻止。

將士們打了一夜仗，未曾休息就立刻去收拾平渡城裡的爛攤子，也是累極了，該讓將士們好好休息休息。

巡營之後，已經後半夜了，白卿瑜心疼自家阿姐：「阿姐如今還懷著身孕，不能同以前一般熬著不休息，對腹中孩子也不好！以後巡營這樣的事情，我同小四做就是了。」

「不要緊，我精神很好，孩子也很乖……」白卿言摸了摸腹部，「放心吧！」

「長姐本就身子虛弱，這孩子對咱們白家來説……是上天的恩賜，孩子乖巧長姐也不能總是不上心，當好好珍重才是！」白錦稚也憂心的瞅著白卿言的腹部，「要好好照顧我的小外甥或者小外甥女兒！」説完，白錦稚又突發奇想問白卿瑜：「五哥，我瞧著最近長姐的肚子大的很快，會不會有兩個小不點兒！」

白錦稚不知道白卿言這身孕要比外面知道的多一個月，白卿瑜可是知道的，他眉頭一緊拍開白錦稚要去摸白卿言腹部的手：「不要毛毛躁躁的去亂摸，不管是一個還是兩個，都是上天賜給我們白家的禮物！」

白錦稚嘿嘿一笑，點頭。

沈青竹扶著白卿言回了寢室，白卿瑜與白錦稚沿著回廊往院子外走的路上，白卿瑜也給了白錦稚一個紅包，嘶啞的聲音帶著疼愛和縱容：「年紀又長了一歲，日後要更穩重些才是！」

紅色的燈籠映著白錦稚嬌俏的五官，她仰頭望著自家五哥，笑得眼睛彎成新月的形狀：「多謝五哥！」

天鳳國大巫的弟子全身是血癱倒在潮濕發霉的地牢之中，全身已經疼到沒有知覺，動也動不了，只有眼睛能動一動，看向窗外燈籠之下不斷飄落的雪花。

不是他不忠於天鳳國，而是周人太過凶殘，這審人的法子，他們天鳳國聞所未聞，還不如一刀殺了他。但，他說得……都是對大周來說重要，但對天鳳國來說即便是被他們知道也無關緊要的，除了玉蟬這個消息，他是真的撐不下去了才說出來的……

可是這會兒沒有受刑，回想起來，對天鳳國來說……對他們的君王薩爾可汗來說，現在最重要的就是這枚玉蟬，他連這個都告訴周人了，真的是不知道還有何面目去見陛下！

他是大巫的大弟子，將來天鳳國的大巫，他從小學的就是如何同神溝通聆聽神諭，他並未學過如何來抵抗這些酷刑的折磨。雖然羞愧，雖然覺得對不住陛下，可他也無可奈何。

就在大巫的弟子都要暈過去之際，他聽到了牢房門鐵鍊被打開的聲音。

天旋地轉間，他被大周的兩個將士架了起來，他頭皮一陣陣發麻，不知道又有什麼樣的酷刑在等著他，他想要告訴大周的將士他已經沒有什麼可以說的了，可他連頭都抬不起來。

「陛下，人帶到了！」

聞聲，大巫弟子艱難抬起頭來，恍惚的視線瞧見白卿言坐在一旁審訊的椅子上，手裡捧著個暖爐子正含笑望著他。

一身勁裝的沈青竹就立在白卿言的身旁，面色冷肅瞧著那位大巫弟子。

楊武策也立在一旁，示意獄卒將火盆往白卿言跟前挪一挪。前來審這位大巫弟子的，便是楊武策手下的兵，說是以前在趙家軍審訊處學了些手段，雖說沒有趙家軍審人的法子那麼殘忍，可法子比趙家軍更磨人，凡是經他們手中被問詢的敵俘，就沒有不招的。

剛剛，白卿言不想讓白卿瑜和白錦稚擔憂，所以由著他們二人將她送回住處，等他們二人離開後這才同沈青竹一起來了這地牢。

「給天鳳國大巫弟子拿把椅子來。」白卿言輕撫著手爐，眉目淡漠而從容。

很快，天鳳國大巫弟子被拉起來按在椅子上，他勉力用帶血的雙手扶住椅子扶手避免自己滑落，可一用勁兒已經沒有了指甲的手，就鑽心的疼。

「見過大周皇帝……」大巫弟子朝著白卿言略略頷首。

「今兒個是除夕，不知道天鳳國有沒有過年這個習俗，不過我們大周過年是要吃餃子的！」白卿言回頭朝著魏忠看了眼。

魏忠將餃子從黑漆描金的食盒裡取出來，端到大巫弟子的面前，還熱騰騰的冒著熱氣。

很久沒吃東西的大巫弟子喉頭翻滾，可一想剛才聽這些大周獄卒說，這是用他們天鳳國巨象包的餃子，大巫弟子就吃不下……

巨象是他們天鳳國的聖物，是天鳳國的象徵！

「多謝陛下美意，不過……巨象在我們天鳳國是神聖的象徵，食用巨象在我們天鳳國是神都難以寬恕的罪惡！」天鳳國弟子抬起頭朝白卿言望去，沙啞著嗓音，「還請陛下見諒！」

白卿言點了點頭，笑著說：「雖然不知道巨象便是天鳳國的象徵，可巨象同你們一同作戰，我明白巨象是你們親密的夥伴，所以……這是專門為你包的一盤素餃子，若是手已經動不了了，讓人餵你也行。」

那獄卒也是個有眼力見兒的，忙用筷子將一個餃子夾成兩半，讓大巫弟子看清楚裡面是素的，這才將一半送到大巫弟子的嘴邊。

「玉蟬的事，其實我早就知道了……」白卿言見大巫弟子已經吃下餃子，便不緊不慢開口，「李之節同我說得清清楚楚，這也就是你們天鳳國非要李之節的原因，畢竟已經有一枚玉蟬在我們大周，只要我奪下薩爾可汗手中的玉蟬，或許也能試試時光回溯。」

大巫弟子咀嚼餃子的動作一頓，抬眼朝白卿言看去，道：「這玉蟬是屬於天鳳國皇室的，除了天鳳國皇室血脈，無人能用……」

「這話你說的不老實。」白卿言低笑一聲，定定望著大巫弟子，「還沒有人能用謊言騙過我，今日來我只是想問問你，你說薩爾可汗之所以不願正面與大周和燕國交鋒，是因天神為這片土地選擇了主人？那麼……你可知道這主人是誰？」

大巫弟子神容緊張，他望著白卿言道：「不是大周陛下，就是燕國九王爺，或者……是你或燕國九王爺的孩子，也或許是你們將來的孩子。」大巫弟子心底認為，應當是大周皇帝和燕國九王爺的孩子，他選擇告訴白卿言，就是希望白卿言能真的同大燕九王爺生下孩子，只要神為這片土地選擇的主人降世，他們天鳳國便可殺了這片土地的主人，占領這片無主之地。

「所以，薩爾可汗既然知道了，卻不敢同時動手殺了我同大燕九王爺，是認為在冬季開戰你們象軍不占優勢之時，得罪周、燕兩國，討不到便宜？」白卿言問。

「是……」大巫弟子應聲，大巫弟子眼神閃爍，不策劃殺大周皇帝和大燕九王爺是因我們無法確定神為這片大陸選擇的主人是誰，殺了你們，可不算是殺了這片土地的主人。

「我說過，沒人能在我面前用謊言騙過我。」白卿言身體微微前傾，「不過，即便是你不說實話，今日我都會放了你！」

大巫弟子猛地抬頭。

「你回去告訴薩爾可汗，若是他老老實實帶著象軍滾回雪山那頭也就罷了！」白卿言語聲明明平淡，卻不知為何就帶著股子殺伐之意，讓人脊背生寒，「若是還心存妄念，想要染指我們的土地，奴隸我們的百姓，你們天鳳國的象軍的屍骸，都會成為我們周軍的糧食！我們對巨象這種動物，可沒有你們天鳳國人那麼多的忌諱。」

大巫弟子喉頭翻滾著不吭聲。

白卿言緩緩站起身來，理了理自己的衣袖：「吃完餃子，大周就不留你了，儘快將我的話帶給薩爾可汗！」說完，白卿言便帶著沈青竹和魏忠離開。

幾人剛走出大牢，沈青竹扶著白卿言上馬車之際，便聽白卿言同魏忠說：「一會兒派個得力之人跟著這天鳳國大巫的弟子，他必定有能找到薩爾可汗的法子。」

「是！」魏忠應聲。

白卿言這才扶著沈青竹的手，彎腰進了馬車內。

第二章 戰意滿滿

燕太后親自下廚準備了年夜飯，等著慕容瀝和慕容衍一同過除夕，卻聽說慕容衍和慕容瀝去巡營了，只得坐在燈下靜靜候著。她看著窗櫺外搖曳的紅色燈籠，想起後來自己的兒子慕容瀝同她說傷了慕容衍心的那些話，心中也是有愧疚的，畢竟……慕容衍要是真的想要皇位的話，早在慕容或留下聖旨讓他繼承皇位的時候，就可以名正言順。

燕太后也是想藉機和自家小叔子道個歉，順便再提提慕容衍和孟昭容的婚事，等慕容衍和孟昭容成了家，心思留在燕國，她才不怕慕容衍隨時惦念著大周皇帝和大周皇帝腹中的那個孩子。

眼瞧著飯菜都快涼了還不見慕容瀝叔侄倆人回來，燕太后揪著帕子，不住往外張望。

燕太后的貼身侍婢從炭盆裡挑了幾塊燒得正通紅的炭，放進燕太后腳下踩著的腳爐裡，又往鎏金瑞獸銅爐裡添了幾塊炭，將蓋子蓋上……

瞧見燕太后心不在焉的模樣，那貼身婢女淨了手立在燕太后身邊，一邊彎著腰替燕太后攏了攏腿上搭著的細白絨毛的毯子，一邊低聲說：「太后，今日除夕，陛下和九王爺就算是回來了，也要去巡營肯定要同將士們說一會兒子話，不如太后先用一點燕窩粥墊墊肚子？」

「不了……」燕太后摩挲著懷裡的暖爐套子，長長呼出一口氣，又抽出帕子擦眼角的淚水。

「太后這是想先帝了。」燕太后的貼身侍婢也紅了眼，她知道太后和先帝感情深厚。

「往年這個日子，先帝總會在我身邊陪著我，他總是會出其不意送我一些小玩意兒逗我開心，先帝總說國庫艱難所以只能送我些不值錢的小玩意兒，可……阿奴，我心裡卻是很歡喜的，不拘他送我什麼，都說明心裡是有我的！我真的很歡喜……」

想起和慕容彧曾經的種種，燕太后淚水漣漣，恨不能現在就同慕容彧去了，可她要是走了，無人轄制住阿衍，萬一他有了旁的心思，她的孩子根本就應對不了。燕太后心裡清楚雖然她沒有什麼大本事，可慕容衍一向對她這個嫂子敬重，有她在……阿衍到底不會毫無顧忌。

「阿奴，你說……阿衍會不會不過來一起過除夕了？」燕太后心裡揪著疼。

正說著，外面的小太監打簾進來，行禮之後道：「太后，陛下和九王爺正朝這兒來了！」

燕太后忙用帕子沾了沾眼淚，扶著阿奴的手站起身，露出喜悅的笑意：「快去，讓幾個人挑著燈迎一迎，今日風雪大……讓陛下和九王爺小心路滑！」

「是！」

「去將孟昭容親手釀的果子蜜溫上一壺，那杏果花蜜香氣馥鬱，口齒留香，阿瀝雖然年紀小也能喝上兩盞！也讓阿衍嘗一嘗孟昭容的手藝。」燕太后笑著道。

「哎！」阿奴應聲，轉身去溫果子蜜。

慕容瀝和慕容衍帶著寒氣進門，脫了身上的大氅，這才上前同燕太后行禮。

「兒子見過阿娘！阿娘過年好！」

「阿衍見過嫂嫂！嫂嫂過年好！」

瞧見已經摘下面具的慕容衍眉目間帶著笑意，好似並未計較之前她說的那些話，燕太后心踏實了不少。她轉頭瞧了眼貼身侍婢阿奴，阿奴連忙笑著端上來一個紅漆描金的畫竹方盤，裡面放著兩個紅色的荷包，一個繡著金龍，一個繡著金蟒。

燕太后從托盤中拿起繡著金龍的荷包，笑著同慕容瀝道：「阿瀝，這是阿娘給你的壓歲荷包，來年……要繼續努力，做一個不讓你爹爹和你九叔失望的好皇帝！」

慕容瀝上前接過荷包，笑著說：「兒子還會做一個讓阿娘放心，讓百姓放心的好皇帝。」

燕太后笑著點點頭，拿起繡著金蟒的荷包，看向慕容衍：「阿衍，往年過除夕你都不在家，你兄長總是給你備著壓歲紅包，說等你回來了給你！今年……阿衍倒是在燕國，可你兄長……」說到這，燕太后聲音哽咽眼眶又紅了，她強撐著情緒同慕容衍笑了笑：「所以今歲這壓歲紅包，嫂嫂給你！嫂嫂那日說的話你別放在心上，是嫂嫂心眼子太小，傷了我們阿衍的心。」

「嫂嫂，我們一家人就不說兩家話了！牙齒和舌頭還有磕碰的時候，尋常人家親人也會拌嘴，只不過因我們生在皇家，論起家事……說的也便是國事！」慕容衍想緩和氣氛，視線落在燕太后手中的荷包上，「嫂嫂阿衍已經是大人了！收了這壓歲紅包，豈不讓小阿瀝笑話。」

燕太后被逗得笑出聲來：「他敢！在嫂嫂這裡……你永遠都是嫂嫂初見時的那個孩子！」

慕容衍也不再客氣，上前接過壓歲紅包，鄭重道謝。

「太后、陛下、九王爺，飯菜已經又熱了一遍，可以用了！」阿奴上前行禮。

慕容衍在圓桌前坐下，瞧著自家嫂嫂不斷往他和慕容瀝的盤子裡夾菜，不免又想起白卿言來……

若非白卿言讓他回來過除夕，他定然是會留在大周陪白卿言，而頭年沒有兄長陪著過除夕的嫂嫂該有多難過，說不準會更加疑心他來日會將燕國拱手白卿言，對大周和他產生更深的誤會。

「你兄長說，這道紅燒獅子頭，是母后的拿手菜，阿衍小時候最喜歡吃，我這是按照母親留下的食譜做的，這是第二次做也不知道味道如何，阿衍你嘗嘗！」燕太后給慕容衍夾了一塊子，笑著讓他嘗。

「多謝嫂嫂！」慕容衍笑道。小時候母親還在時，處理朝政的閒暇，總喜歡給他們兄弟做很多聽所未聽聞所未聞的吃食，後來母親走後，那些滋味隨著時間推移他也漸漸淡忘了。

瞧著母親和九叔兩人和睦相處，慕容瀝眉目間也多了笑意，這才是一家人該有的樣子。

白茫茫的雪下了一夜，將平渡城的重簷青瓦全都覆蓋在晶瑩雪白之下，白錦稚起了一個大早，湊到白卿言這裡來用早膳，順便打聽打聽後面長姐要如何走，誰知剛到長姐門外，就聽五哥再次提起讓長姐回大都城之事。她忙示意魏忠不必稟報，耳朵貼在雕花隔扇上偷聽。

「春闈開始前，最晚在殿試前我肯定會要趕回去，就定在正月底啟程往回走……」白卿言淨了手給白卿瑜夾了一筷子蒸糕，笑著抬頭對門外說道，「小四也進來用早膳吧，別偷聽了。」

白錦稚撩開夾棉的青灰色簾子進來，笑著道：「我這才剛到，什麼都還沒聽到呢！」說著，白錦稚走到火爐前伸手烤了烤火，又淨了手，這才坐在圓桌旁，魏忠給白錦稚添了一套碗筷，又給她盛了碗粥，這才退到一旁。

「今日大年初一，讓將士們休息一日。這會兒西涼軍定在緊張備戰，他們今日等不到我們大周軍隊，或許還以為我們大周軍要過完正月十五再動手……」白卿言攥著甜瓷勺子，攪弄碗中滾燙的熱粥，「明日一早兵分兩路，小四跟隨沈昆陽將軍所率一路渡過丹水河，打犬牙城一個出其不意，務必要先燕國一步奪下雲京！」

白錦稚沒有忘記，大周同燕國雖然是同盟，但也有競爭關係，連連點頭：「長姐放心，我一定會趕在燕國之前拿下雲京！」

她點頭看著幼妹，還是忍不住低聲叮囑：「蔡先生沒有在你身邊，你凡事不要冒進，多聽沈叔的，別耍小孩子脾氣，更別仗著自己武藝高強，就來技高人膽大的那套！當初奪青西山關口時冒雨從峭壁上繞至敵軍後方的事情不能再發生！你若是有個三長兩短我沒法同三嬸嬸交代！」

「可當初那也是劉宏將軍讓我過去啊！再說我現在都是大人了，我……」白錦稚瞧見自家長姐肅穆的神情，連忙陪著笑臉，又拍著胸脯保證，「哎呀！好吧好吧！您放心我一定乖乖聽話！沈叔讓我往東，我絕不往西！」

「也不能往南往北！」白卿瑜繃著臉補充了一句。

「五哥！」白錦稚佯裝生氣的模樣。

「五哥知道你勇猛，可我們白家南疆一戰沒了太多親人，堅決不能再失去任何一個了！」

白錦稚望著白卿瑜，知道五哥曾經在南疆戰場上或許是親眼看著白家諸人戰死的，所以才會對她如此疾言厲色，五哥不過是不希望她再出任何意外罷了。

「好了好了……」白卿言給白錦稚夾了一筷子蒸糕，「過了一年，小四又長大一歲，必然不會像曾經那般冒進，長姐相信你！」

「五哥你放心，等打到雲京之後，小四一定好好的在雲京迎接五哥！雖然不敢說讓自己毫髮無損，但絕不會讓自己受重傷！」白錦稚說。

白卿瑜點頭，伸手摸了摸白錦稚的頭頂：「用膳吧！」

「李天馥讓你和沈叔帶走……」白卿言喝了一小口粥，轉頭望著白錦稚說，「李天驕逃走了，我怕她回雲京生事，若李天驕真如此能耐，你們帶著已經登上西涼皇位的李天馥，以襄助西涼皇帝李天馥討伐假冒李天驕的逆賊為由，一路打過去！」

「我明白，我們大周軍隊越是名正言順，西涼百姓那邊兒便越是容易接受！只要百姓不抵抗，我們仗便打得容易些。」白錦稚抱著粥碗點頭應聲。

白卿言頷首：「正是如此。」白錦稚長進的很快，這讓白卿言無比安慰。

「我已經交代過沈叔，用完早膳之後，我和你五哥帶著大軍先走，犬牙城的探子見我們出發前往南疆的方向，必然會放鬆警惕，你們在平渡城內休整，枕戈待旦，一入夜……便渡河奪城！」白卿言又說。

「我知道了！」白錦稚視線落在白卿言腹部，「長姐如今有孕在身，萬事必要小心！」

「放心！」白卿言笑著應聲。

用過早膳之後，白卿言與白卿瑜正準備率三萬大軍按照原定計劃，前往南疆，平陽城那位太守夫人便派自己的兒子將春枝送來了平渡城。春枝前來給白卿言叩了首後，道：「太守夫人說，大姑娘來了平渡城沒有人伺候，所以便讓太守的公子將奴婢送了過來。」

白卿言瞧著春枝面色並不好看的模樣，問：「可是路上出了什麼事？」

「沒什麼……」春枝將頭垂的更低，低聲說，「大姑娘不必憂心，奴婢……都知道分寸！」

「這麼沒頭沒尾的，什麼分寸不分寸的？」白卿言將手中茶杯放在一旁，低聲說，「出了什麼事你如實說來。」

小姑娘羞於啟齒，手緊緊攥著自己的衣裳下擺，半晌之後才道：「就是送奴婢來找大姑娘的太守公子，路上說……心悅奴婢，可奴婢知道奴婢並非國色天香，也不是大家閨秀，唯一能拿到檯面上說道的，就是有幸近身伺候大姑娘，奴婢前前後後想著之前太守夫人在奴婢面前說的那些個話，心裡……心裡害怕！」

春枝雖然不聰明，可好在有自知之明，她不過是個婢女，有幸得大姑娘恩准學了幾個字，樣貌也好，家世也罷，都不是拔尖兒的，那太守夫人和太守公子謀算著她而來能為什麼？不就因她是大周皇帝的貼身侍婢嗎？春杏的前車之鑒還在眼前，春枝時時刻刻警醒自己不能行差踏錯。

她沒和大姑娘說過，那春杏原本滿心歡喜以為尚書府的公子真心愛慕她，哪怕大姑娘將話說到那個分上也要入尚書府，後來春杏回家以為自己能嫁入尚書府做良妾，結果尚書府知道春杏是被逐出白府的，當時就翻了臉！那春杏的爹娘也是個唯利是圖的，眼瞧著春杏沒法嫁入尚書府了，對春杏非打即罵，再後來……聽說春杏就被她那沒有天良的娘賣給了一個外來的商人當小妾，甚至都不問那外來的商人到底是做什麼的。

春枝如今在大姑娘身邊，有大姑娘護著……又有大姑娘貼身侍婢的身分，人人都不敢欺負，更何況大姑娘這樣的主子對她一向照顧，不像別的主子將婢女不當人看，她哪怕一輩子不成親，都不想被人利用！她本想著自己矜持自重也就是了，可那太守公子送她來找大姑娘這一路，總是毛手毛腳，又發現自己的帕子不見了，她心裡很是害怕，萬一被人壞了名節，大姑娘不要她了，她該如何是好。

白卿言瞧著春枝的模樣，眉頭一緊問：「那太守家的公子可有對你不敬？」

「倒也還好，就是奴婢的帕子丟了，可……沒有真憑實據，奴婢也不好直接去問，可又擔驚受怕，怕什麼時候會因奴婢丟了的帕子鬧出什麼事端來。」春枝提到這個眼眶都急紅了。

若是真因為這帕子生出什麼事端來，即便是大姑娘信她，她被敗壞了名聲……也是定然不能繼續在大姑娘身邊伺候的。可她是真的……不想離開大姑娘身邊。

「此事我知道了，你也不必如此憂心，此事我來處理！」白卿言笑著同春枝道，「快別掉金豆豆了，起來去洗把臉拾掇一下，一會兒我們就出發了。」

「是！」春枝用衣袖抹了下眼淚，這才行禮退了出去。

她手指輕撫著座椅扶手，側頭同魏忠道：「你派幾個人大張旗鼓去找春枝的帕子，春枝帕子丟了，就說女兒家的東西怕被外男撿到，讓撿到的快快還回來！」

「是！」魏忠應聲，出去吩咐人辦此事。

不多時，正在準備出發的沈青竹來了，她同白卿言道：「大姑娘，大燕九王爺將馮耀派了過來，聽這位馮公公說燕軍已經渡河出發了，犬牙城的探子看到他們未攻城離開，想來必然會放鬆警惕，燕九王爺估計著大姑娘今日也要出發，所以今兒個一早就將馮耀派了過來，大姑娘有什麼盡可詢問馮耀，馮耀必然知無不言，另外……馮耀深知燕國行軍路線，若是大姑娘有什麼需要傳到燕國的，可以指派馮耀。」

她點了點頭：「一會兒讓馮公公上我的馬車，我的確是有事要問。」

「另外……」白卿言抬頭瞧著沈青竹，「我還想辛苦你跟著小四……」

「大姑娘，這一次不論如何，我也絕不會離開您的身邊！」沈青竹面色凝重，「大姑娘現在有孕在身不比平日，您讓我跟著四姑娘……不論是四姑娘還是我都不會安心，況且大姑娘已經將肖若海放在了四姑娘身邊，還請大姑娘不要趕我……」

沈青竹這是頭一次不聽白卿言之命，大姑娘身為長姐，照顧弟妹會忽視自己，沈青竹理解，可如今大姑娘有孕在身，沈青竹自然是萬事都以大姑娘為先，更別說有肖若海在四姑娘身邊。

白卿言輕輕攥了攥沈青竹的手，還未開口說什麼，就見魏忠邁著碎步進來，彎腰低聲在白卿言身邊道：「陛下，燕太后來了，要見陛下……」

說著，魏忠便將證明燕太后身分的權杖遞給了白卿言。

白卿言伸手接過權杖看了眼，又聽魏忠說：「那位在外面候著的馮公公看到馬車外的婢女也是頗為意外，老奴進來的時候，瞧見馮公公正過去馬車旁行禮。」

慕容衍的嫂嫂來了，白卿言自然是要見的。

「派個人將人請進來，連同馮公公一同請進來，我這就過去。」她起身道，「再派個人和阿瑜說一聲，要是我來不及，讓他先帶著部隊走，我隨後跟上。」

「是！」魏忠再次應聲退出去。

燕太后沒有想到會在這裡碰到馮耀。她是趁著慕容衍帶部隊離開之後，才來了平渡城想要見白卿言一面，誰知馮耀瞧見了她，看來她來見白卿言這件事兒，是瞞不住阿衍了。

燕太后原本還想從馮耀的嘴裡打探為何他會在平渡城，可這馮耀的嘴緊的很，什麼也不肯透露。

她實在是不明白，馮耀一直跟在自己丈夫身邊忠心不二，丈夫離去之後應當盡心盡力守著阿瀝才是，為何放著宮中的大總管不做，非要守在阿衍的身邊。

後來……她才想明白，馮耀曾經是婆母姬后身邊最忠心的太監，自然是要護著婆母的孩子，他當初選擇留在丈夫身邊，約莫就是因為丈夫是姬后子嗣的緣故。

而今日，她又在這裡瞧見了馮耀，這是不是說明阿衍對白卿言和白卿言腹中骨肉已經在意到了比他自己還重要的程度，故而專程將馮耀派了過來，讓馮耀護著白卿言和她腹中孩子？

燕太后越想心中越亂，端起下人送來的熱茶，險些被燙到。

「太后小心！」阿奴忙從燕太后手中接過茶杯，用帕子去擦燕太后的手。

瞧見被人簇擁著身披白色狐裘的女子，一手扶著婢女，一手拎著衣裳下擺跨上臺階，身後是浩浩蕩蕩的護衛，還跟著個恭敬的老太監，燕太后站起身來，幾乎一瞬便確定了白卿言的身分。

瞧見白卿言朝她看來，燕太后神容微變，她來之前聽過傳聞說這白卿言是個樣貌極為出色的美人兒，要比當年晉國的第一美人兒柳若芙更為美麗動人，就連大樑的四皇子都錯將白卿言錯認成柳若芙，以終身不納妾求娶。

可燕太后心底還是有些不以為然的，她自認見過不少美人兒，可還沒有誰能美得過他們大燕的第一美人兒孟昭容的。今日一見，她竟然是第一次知道世間還有白卿言這般清豔絕色的女子，明明一副柔弱能融化人心腸的長相，偏偏那雙眸子沉靜漆黑的彷彿深不見底，周身那沉著從容的氣度，讓燕太后想到了自己的丈夫燕國先帝慕容彧。

燕太后和慕容彧朝夕相處幾十年，太過清楚，隱藏在慕容彧那張傾城絕世容顏之下的帝王氣魄。

可她在白卿言身上，除了看到這樣的氣魄之外，更看到了……殺伐果決的凌厲威嚴，那並非能裝的出來，是只有真正浴血疆場，金戈鐵馬，千錘百煉，九死一生才能錘煉出的氣勢，哪怕是一副柔弱長相都無法掩蓋的強大。

燕太后想起曾經西涼炎王對這位大周女帝的評價，美麗強大兼具一身，她曾不信……如今見到了，才知世上當真是有這樣的人存在。

「讓太后久等了……」白卿言跨進門檻，淺淺對燕太后頷首。

燕太后沒有忘記自己此行的目的，眉目淺笑亦是對白卿言頷首：「冒昧前來，不知道有沒有影響周帝的行程？」

「那倒沒有。」白卿言坐下之後，又對馮耀頷首，「馮公公也坐吧！」

燕太后瞧了馮耀一眼，這才笑著同白卿言說：「我知道周帝時間緊迫，便不繞彎子了，周帝可否屏退左右？我有幾句話說完就不耽擱周帝了……」

白卿言頷首，轉頭示意魏忠帶人出去。

還未坐穩的馮耀也跟著站起身來，再次朝白卿言行禮後，跟著魏忠一同退了下去。

「太后有話，不妨直言。」白卿言笑著道。

只見燕太后正襟危坐，視線落在白卿言的腹部，道：「我是阿衍的嫂嫂，既然已經知道周帝腹中的是阿衍的骨肉，斗膽……便以周帝嫂嫂自居，敢問周帝……如今您與阿衍有了骨肉，等到西涼之戰結束，阿衍是否就要假死脫身，與周帝和孩子團聚？」

白卿言靜靜望著燕太后……既然慕容衍和慕容瀝未將來日兩國合為一國之事告訴燕太后，且慕容瀝的本意是由他們燕國提出來，白卿言也無謂在這個時候將事情原原本本告訴燕太后。

她搖了搖頭，道：「太后是阿衍的嫂嫂，更是燕國先帝的妻室，是當今燕帝的親生母親，應當知道……不論是燕國先帝也好，還是阿衍也好，或是如今的燕帝，都有一統天下的志向！而我生在白家，白家世代的宏願便是看到天下太平，海晏河清這一日！」

白卿言定定望著面色逐漸蒼白的燕太后，接著道：「我和阿衍都各自有各自的抱負和志向，我們曾經說過，遇兩國大事，以兩國各自利益為重，不念私情。」

燕太后被驚得站起身來：「你的意思是，等將來……西涼平定，燕國要一統天下，大周也要一統天下！說不定會打起來？可……可你已經和阿衍成親了！你是阿衍的妻，還懷了阿衍的孩子，為何……為何就不能讓一步，讓天下一統？」

燕太后話說出口，便知自己說得極為不妥當。白卿言現在已經是大周皇帝了，她怎麼肯讓天下一統，讓她的兒子做皇帝？這是不可能的……

人人都有私心，就像她，她明知道阿衍為燕國付出的要比小阿瀝多，明知道阿衍成為皇帝或許要比阿瀝更合適，可她還是不想讓自己丈夫的大燕江山落在別人的手中。

白卿言倒是沒有惱火，只笑著同燕太后說：「那為何，不能是大燕讓一步，讓天下一統呢？太后……己所不欲勿施於人，我與阿衍的情誼不假，我和阿衍有了孩子也不假，可這是我的私情，而非家國大事，不是整個大周退讓的理由。」

「可你已經嫁給阿衍了！」燕太后這話說得毫無底氣。

白卿言眸色平靜，還是那副波瀾不驚的模樣說：「燕先帝還在世時，曾經也問過我這個問題，若來日……只剩兩國，我應當如何權衡國事和與阿衍的情誼，到今日燕太后再次同我提起，我還是那句話，私情歸私情，兩國國事不論私情，這點……慕容衍做的很好，我做起來……心裡也是全然沒有負擔！」

燕太后不可置信望著白卿言，聽白卿言這意思，阿衍曾經說國事的時候，沒有論過私情？

「除此之外，不知道燕太后還有何指教？」白卿言笑著溫和地問道。

今日來，原本燕太后是以為來日白卿言必會逼著阿衍假死脫身去大周，可沒成想，竟然得到了這麼一個答案，兩國來日或許還未會為誰將成為這天下之主打一仗，不能定盟和平相處。

這要比讓阿衍假死脫身去大周還要糟糕！論打仗，這白卿言是連她夫君慕容彧都讚許過的「殺神」，且大周精兵良將眾多，真的要打起來燕國怕是拼不過底子深厚的周國。

燕太后瞧著白卿言，實在是不明白，一個女人她的心怎麼能如此的狠絕，與阿衍有情義還有了孩子，竟然還要滅了阿衍的國，這人……怎麼能生得如此六親不認？

「你就不怕等以後，孩子知道，你要同他父親的國家開戰，會埋怨你？」燕太后瞪大了眼。

「燕太后這話我不明白。」她笑著垂眸，輕撫著自己的腹部，「這孩子，是於我白家有恩的義商皇夫蕭容衍的，與燕國九王爺又有何干？除非有知道大燕九王爺便是蕭容衍的人，想要將燕國埋伏在各地打著……商社幌子，實則給燕國傳遞消息的情報網絡都端了，否則蕭容衍就是燕國九王爺的事情就不會有人知道。」

「你這是……在威脅我？」燕太后心口突突直跳，她今日原本是來懇求白卿言的，求她念在她和阿瀝孤兒寡母可憐，勸一勸慕容衍不要拋下燕國和他們孤兒寡母，誰知道得到了一個白卿言六親不認的消息之外，還要被白卿言威脅。

「你就是這樣，對待阿衍的長嫂？」燕太后眼眶濕紅，「你就不怕我告訴阿衍嗎？」

「我今日同燕太后所言，盡是實話，阿衍也都知道。」她對燕太后做了一個請的姿勢，「燕太后盡可對阿衍直言。」

燕太后手緊緊攥成拳頭，她明白……白卿言是大周女帝，她沒什麼可怕的，她和那些依仗著男人而活的女人不同。甚至，這白卿言對阿衍都沒有真正的情誼，只是知蕭容衍就是大燕九王爺，所以才和阿衍成親，她知道阿衍情深義重，想要用腹中的孩子在適當的時機轄制掣肘阿衍！

燕太后想到這裡頭皮都繃緊了，她忍住眼中的酸脹之意，看著白卿言的眼神帶著戒備，同白卿言道：「我是不會讓你傷害阿衍的！」

「燕太后我沒有傷害阿衍的意思，我並非要用孩子來牽制阿衍，或者……脅迫阿衍做什麼。」她扶著座椅扶手站起身來，「我今日所言只是告訴燕太后，我們兩人早已經達成共識，以國為先，還請燕太后放心！」

燕太后眼中熱意翻湧，她可是阿衍的嫂嫂，這白卿言要是真的傾心阿衍，不說對她畢恭畢敬，至少不會如此同她說話吧！

「若是燕太后再沒有旁的事情，大周軍即將開拔，我便不留燕太后了。」白卿言笑著對燕太后做出一個請的姿勢。

燕太后見狀，拂袖而去。雖然她心中踏實了，知道阿衍不會離燕國和他們母子而去，可她作為阿衍的嫂嫂，又少不得因阿衍喜歡上這麼一個蛇蠍冷血的女人，而替阿衍心寒，怕來日阿衍會被白卿言傷到。自古一個情字，是世人最無可奈何的，她不知道自己到底該不該將這件事告訴阿衍，讓阿衍防備著白卿言。

馮耀瞧見燕太后跨出正廳門檻，連忙朝燕太后行禮。

看到被慕容衍派到這裡來的馮耀，燕太后越發替慕容衍不值，將怒氣全撒在馮耀的身上：「九王爺為國率兵征戰，馮公公武藝高強不護著九王爺，卻到大周皇帝跟前來獻殷勤，怎麼……馮公公日後是想要跟著大周皇帝了嗎？」

這是燕太后頭一次對馮耀發火，馮耀還是那副不卑不亢的模樣：「九王爺身邊有月拾護著，必然安全！老奴已老，是不中用了，厚顏向九王爺求了個差事，九王爺這才派遣老奴前來，當個兩軍之間傳信的信使，老奴並未存侍奉周國皇帝之意。」

燕太后用力攥緊阿奴的手，冷哼一聲，拂袖離去，心裡卻對慕容衍越發愧疚。

她之前還懷疑阿衍對燕國和阿瀝的忠心，豈知……阿衍才是夾在中間最可憐的那個，她一定不能讓這大周皇帝利用阿衍。

送走了燕國太后，白卿言也從正廳中出來，但願她這一席話可以讓燕太后放下對慕容衍的疑慮，讓慕容瀝將來提起兩國合併之事，能夠更加順利進行。

「陛下……」馮耀朝白卿言行禮後道，「此次，太后前來平渡城尋陛下之事，九王爺怕是不知，若是有什麼得罪陛下的地方，還請陛下海涵！」

「得罪倒不至於，馮公公大軍出征在即，我們邊走邊說……」白卿言道。

「陛下先行，老奴就在陛下身後。」馮耀對白卿言很是謙卑，他跟在白卿言身後，先行開口，「陛下是想知道玉蟬之事？」

「正是，我想問問馮公公，姬后曾經送給阿衍的那枚玉蟬，是自小就帶在身邊的，還是後來有人贈予姬后的。」白卿言朝斜後方瞧了眼，見馮耀還是微微彎著腰，一派恭敬的模樣。

「回陛下，老奴伺候姬后時，姬后已入宮，那時姬后身上便帶著這枚玉蟬，老奴曾聽姬后說這枚玉蟬就是一把她能回家的鑰匙，也是姬后母親送給她的平安符，姬后還說……若非這玉蟬救過她一命，姬后也沒有辦法入宮！後來……宮中生亂，姬后便將這玉蟬戴在了九王爺身上。」馮耀如實回答道。

姬后母親送給姬后的，還救過姬后一命……難不成姬后曾經便用這枚玉蟬時光回溯過？

「我看過許多記載，說姬后母家不詳？」白卿言不動聲色又問。

「姬后母家並非不詳，而是當初姬后的父親寵妾滅妻，將姬后的母親趕出家中，此後……姬后便跟隨母姓，改了姓氏為姬，而燕國曾經赫赫有名的大將軍甯楚傲，便是姬后同父同母的親弟弟。」馮耀說道。

這個之前慕容衍同她說過，可她沒有想到大將軍甯楚傲竟然和姬后是同父同母。

甯楚傲將軍可是出身燕國的簪纓世家啊！

有慕容衍的吩咐在先，馮耀可以說是知無不言，將燕國密不外傳之事悉數告訴白卿言。

「那麼，姬后的玉蟬有無可能是甯家的？」

「這個老奴就實在是不清楚了。」馮耀道。

白卿言點了點頭：「我不過是好奇罷了，多謝馮公公知無不言，還請馮公公這便傳信給九王爺，我們大周軍即刻啟程，沿丹水河以北，與燕軍一同東上。」

「是！」馮耀應聲。

「青竹，你送送馮公公……」

沈青竹對馮耀做了一個請的姿勢：「馮公公請！」

「還煩請姑娘暫且稍後……」馮耀朝著沈青竹行禮後，又轉身同白卿言行禮，「陛下，小主子當初讓老奴將姬后所留下竹簡書籍都整理出來，派人悉數給周帝送了過來，老奴又聽說了些陛下在大周實行的新政，突然就想起姬后在世時，曾經同老奴描述的那個……人人平等的國度！假若姬后知道，她的那些治國理論能被自己的兒……」

兒媳二字險些脫口而出，馮耀又將這二字咽了回去，眼眶濕紅，笑著低聲說：「能被自己盟國的君主看重，且已經進行了改革，定然會十分高興！老奴是真的很想能在活著的時候看到，將來去追隨姬后，也好告訴姬后，她曾經描繪的那個人人平等的世界，已經實現了！老奴……也想告訴負了姬后的那位，姬后的治國之法是對的！」

白卿言定定望著眼前這位慈眉善目的老人家，他的眼裡已全然沒有了曾對她的戒備，反而是滿目的期許，甚至是在向白卿言表達他的善意。

「關於那些竹簡書籍，都是老奴磨墨……姬后書寫的，姬后總是喜歡在一邊書寫之時，一邊同老奴絮叨，老奴知道許多那竹簡上並未寫下的內容！這也是小主子派老奴來陛下這裡的原因！若是陛下需要，可隨時派人來召老奴，老奴必然知無不言！指望著……能為陛下的新政出分力，而早日達成姬后想要看到的那個國度。」馮耀再次朝白卿言一拜，才道，「老奴告辭！」

白卿言瞧著馮耀已經略顯佝僂的背影，唇角淺淺勾起，這馮公公對姬后當真是忠心不二，在姬后離世之後，護著姬后的孩子，如今……看到她用姬后所留下的那些治國理論變法治國，更是表達了想要為死去姬后正名的遺願。

他恐怕不止是想要讓負了姬后的那位燕國皇帝看到……姬后是對的，還想要天下人都看到，姬后的治國之法才是對的！忠心到……連姬后的治國理念都擁護，可見馮耀是個非常重情重義之人。姬后能得這樣的忠僕，可見姬后又是怎樣的人物。

瞧見馮耀走遠了，魏忠這才上前道：「陛下，春枝姑娘的帕子奴才的人還沒去找，那平陽城太守的公子便送來了，說是今日無意中撿到的，還遮話說想要參軍，隨行陛下身邊伺候。」

這平陽城太守的公子倒是有意思，也不知是真的心悅春枝呢，還是只心悅春枝大周皇帝貼身侍婢的身分。「帶著去找楊武策將軍吧，楊武策將軍若願意收，就當成普通兵卒對待，讓人告訴他……即便他是太守的公子，這御前護衛的差事也不是他能想的，就連呂太尉的孫子都是從最普通的兵做起，幾次出生入死，險些丟了性命，敢不敢去參軍……讓他自己掂量清楚。」

「是！」

大雪已停，奔騰的丹水河兩側亦是銀妝素裹白茫茫一片。

丹水河東側大周蜿蜒而行的軍隊猶如黑色潮水一般，在這白雪皚皚之中格外醒目。

滾著金邊的黑帆白蟒旗高擎，獵獵作響於風中，白卿瑜與楊武策率重甲騎兵走在最前，之後便是大周皇帝的車駕，步兵大軍緊隨其後，鎧甲耀目。

犬牙城派出的探子先是看到燕國大軍先行從丹水河北側東上，如今又看到大周的軍隊從丹水河南側東進，總算是鬆了一口氣，周軍和燕軍已走，至少目下犬牙城算是保住了。

而此時在犬牙城內的大巫弟子，用黑色披風將自己裹得嚴嚴實實，只露出兜帽下的一張臉。

正如他所預料那般，他們天鳳國的國君因害怕大周和燕國攻城，已經先行離開了犬牙城，但好在……他的陛下在離開之前，命人給他留下了指引。

現在他們的陛下正東進要與阿克謝將軍匯合，可他已經得到消息……大周和燕國大軍也已經動身前往東部，若是阿克謝將軍著急同陛下匯合，反而迎頭撞上大周和燕國聯軍，反倒不妙。

他以為，此時應當先撤回雪山那頭，以求保存實力，等到這片土地的主人降生，春暖花開之後……天鳳國再率領象軍來攻，那時天鳳國才算占盡天時地利人和。他需要快一步趕上薩爾可汗，建議折返往雪山通道的方向，再派人送個消息給阿克謝將軍，讓他帶象軍回天鳳國。

拋開天神為這片土地選擇的主人是誰不說，現在是寒冬，大周和燕國已經學會了用刺鼻的氣味來對付巨象，在這個時候與大周和燕國兩國開戰，實在不是明智之舉。

大巫的弟子朝犬牙城守城將軍借了匹馬，撐著高燒綿軟的身體，出城去追薩爾可汗。

臨走前大巫的弟子告誡犬牙城的西涼守城將軍，千萬不要以為大周和燕國的大軍走了，就可以安枕無憂，大周和大燕是不可能讓他們西涼守住丹水河天險的，按照燕人和周人的話……這犬牙城是兵家必爭之地。可顯然，這犬牙城的西涼守軍，並未將大巫弟子的話放在心上，只覺這天鳳國的人離了象軍也不過如此，這是活生生被大周和燕國打怕了！

夜幕降臨之時，四周安靜的只有風雪聲。

犬牙城的哨兵因為大燕和大周的主力撤走，到底是鬆散了下來，他們都湊在一起，坐在篝火旁，架著個煮茶的銅吊子，用還帶著熱氣兒的草木灰煨花生和土豆吃。

正用木棍從碳灰中撥弄出烤熟土豆的哨兵，隱約察覺周圍有些不對勁兒，他將土豆丟給一個同伴，站起身往丹水河旁走了走，其餘幾個哨兵都跟著站起身來。

丹水河對岸的黑暗之中，透著些許詭異的氣息，還不等那哨兵有所反應，突然破空而至的箭矢射中了那哨兵的心臟。高低亂竄的篝火火苗，將站起身的三個哨兵的臉映得通紅發亮，緊跟著而來的無數箭矢直朝那三人射去。篝火被箭矢射得左躲右閃，胡亂搖曳。

那三人連發出尖叫的機會都沒有，便被射成了刺蝟，倒地。

很快，有舟船悄悄從丹水河對岸過來，拉起了浮橋，將士們一個接一個迅速而有序的渡過丹水河，又朝著犬牙城的方向而去。篝火火苗隨著將士們朝著犬牙城方向衝刺，被風帶動……顫巍巍指向犬牙城的方向，彷彿在給犬牙城最後的警示。

可犬牙城的將士們緊繃了幾天，以為大周和燕國會來襲，結果今日先後瞧見燕國大軍和周國大軍沿著丹水河離開，心中的那根弦陡然鬆了下來，戒備竟然比往日裡更低，絲毫沒有注意到篝火的異常，反而以為是風所致。

以致於大周將士們已經到了城樓之下，他們才發現大周攻城，鳴號警示。

「大周攻城！弓箭手準備！火油準備！」號角聲伴隨著西涼將士驚懼的高聲喊聲，剛還平靜的犬牙城如同熱水入油，頓時沸反盈天。

那些窩在營房裡烤火談天的西涼將士立刻抓起手邊的武器，朝著城樓之上衝去。

可是已經晚了……

白錦稚在奪取平渡城時，西涼就知道大周有一支很奇特的盾兵，堪稱攻城利器，不知道用了什麼法子，刀箭和火油都不管用！眼見這個傳聞中，奇特的盾兵已經開始攀爬城牆，西涼將士們也是卯足了勁兒往下砸石頭射箭，可是那組合起來的盾面是斜坡，石頭也奈何不得分毫。

沈昆陽與白錦稚就騎馬立在大軍之後，看著朔陽軍已經快要攀上城牆，白錦稚立刻向沈昆陽請命：「將軍，讓我帶兵殺過去！為將軍打開城門！」

白錦稚坐下平安馬蹄踢踏著，恨不能現在就衝出去，比白錦稚更加激動。

沈昆陽卻對立在他左側的程遠志喊道：「程遠志！攻城！」

程遠志應聲，目光堅毅，猛地抽出腰間佩刀，渾厚如鐘的聲音在犬牙城外響起：「大周的將士們！西涼狗賊欺我大周子民甚深，今日……我們便要為死去的百姓和兄弟們報仇！殺啊！」

「殺！」大周將士們各個戰意沸騰。

程遠志快馬衝出，司馬平率兵跟隨其後，浩浩蕩蕩如奔湧的浪潮朝著燈火通明的犬牙城撲去。

「沈叔！」白錦稚瞧著司馬平都衝出去了，心裡火燒火燎的提韁上前，再次同沈昆陽請命，「沈叔！我……」

「你忘了你答應小白帥什麼了？要一切聽我的！」沈昆陽眸色沉著。

五公子走之前專門叮囑了沈昆陽，白錦稚雖然勇猛，但是性子太過急躁，此次要讓沈昆陽磨一磨小四的性子，沈昆陽亦是覺得五公子說得對，若是能將四姑娘的性子磨下來，將來必定會成為白家軍中一名有勇有謀的虎將。

「沈叔！」白錦稚急得不行，卻只能騎著平安團團轉。

呂元鵬也騎馬從後面跟了過來，一臉高高興興的模樣，朝沈昆陽一行禮，道：「程將軍讓我跟著高義君！沈將軍……我和高義君是繞行從旁的門殺進去嗎？」呂元鵬可是知道的，這回回打仗白錦稚都是衝在最前面，跟著白錦稚……這次定能衝到最前面奮勇殺敵。

可這次，呂元鵬算錯了。

他哭唧唧的模樣三番兩次被人轉告程遠志和沈昆陽，沈昆陽認為將士最要不得的就是害怕，若是害怕難免會影響其他將士的士氣，所以沈昆陽命程遠志將呂元鵬從攻城隊伍裡撤出來。

「殺個屁！」白錦稚肚子裡窩火，白了興高采烈的呂元鵬一眼，視線又落在正在攻城的將士們，坐下平安來回踢踏著馬蹄，「咱倆冷眼瞧著別人殺吧！」

「啥?!」呂元鵬瞪大了眼。

元和二年，正月初一，高義君白錦稚與大將軍沈昆陽，奪下西涼犬牙城，殲敵五千，俘虜敵軍一萬二。著急忙慌率領象軍前去接應薩爾可汗的阿克謝，在接到薩爾可汗第二封信之後，命令象軍紮營，第二日竟改變路線，朝西涼南部的方向而去。

白卿言和白卿瑜收到白卿琦送來的消息，說阿克謝所率象軍改了路線，結合之前魏忠派去跟著天鳳國大巫弟子找到薩爾可汗，薩爾可汗也改了路線往西涼南部而去的消息，白卿言猜測天鳳國這一次是要保存實力，退回雪山另一側，等到春季到來再率巨象攻來。

可現在……已經不是天鳳國說來就來，說走就能走的時候了。既然已經開始打，那麼……就要打得天鳳國損失慘重，如同當初西涼一般至少十年之內再無侵犯他國國界的能力，之後再在天鳳國通往西涼的唯一路徑建立關口，抵禦巨象，方能使百姓安穩。

拿定主意，白卿言起身走至輿圖前，同白卿瑜道：「天鳳國要走，不可能過我們大周境內，如今銅古山以北到中山城都已經是我們大周管轄之內，按照他們如今所在地點，只能繞行川嶺……從中山城以東的留香山過。」

同沈青竹道：「派人通知燕軍，天鳳國要撤了，我們務必要在天鳳國撤走之前，使其主力象軍重創，巨象成長需要時間，只要我們殺得數量夠多，他們能組織起下一次進攻的時間就會拖的越久！我們會即刻趕往留香山東面設伏。」

「是！」沈青竹立刻遣人去給燕軍送信。

「中山城以東，當初因多是山脈所以我大周未曾接管，雖說此次經韓文山一戰天鳳國象軍會刻意避免山谷之路，可真要是撤回西涼南部，回雪山那頭，想來也只剩下這條路了。」白卿瑜手指著輿圖上標注的西涼與天鳳國僅有的一條穿過雪山的缺口之路。

「天鳳國既然要撤走，這一次便是最後一戰，必須拼盡全力一戰！」白卿言同白卿瑜說。

「阿姐，這裡交給我，我率兵前往留香山。」白卿瑜扶著白卿言的手臂，安頓她在座椅上坐下，「如今慕容瀝已隨燕太后回燕國國都，只等兩國平定西涼，便要開始兩國合併一國之事，阿姐還是早早為這件事做準備的好，再者……阿姐有孕在身，外出太久阿娘怕是也不能放心！」

「阿姐回大都城的消息，再加上三哥率兵掉頭前往西涼城池，大周兵分多路攻打西涼城池的消息，都傳到天鳳國薩爾可汗和阿克謝的耳中，必會讓他們放鬆警惕，以為只要他們離開我們必不會與他們糾纏，而是和燕國搶奪西涼城池！」

「他們肯定不會想到，距離留香山路途要比三哥他們更遠的這支軍隊，會奔襲前往留香山設伏！只要他們放鬆警惕，我們打起來也會更容易。」

白卿言笑著頷首，她沒有傳令讓白卿琦去留香山設伏便是這個緣故。

「我要回大都城的消息可以先放出去！」白卿言說著轉頭朝輿圖看去，「自我們取得銅古山之後，西涼全境唯一可守山脈天險就只剩下葉城關了！且葉城關守將葉守關，雖然多年未曾打過仗，但卻是有些本事的！等你二姐一到，打下葉城關……我便回大都城！」

只要打下葉城關，這西涼對大周將士們來說就會如同坦途一般。

西涼葉家世代守著葉城關，聽說當初西涼先帝要夥同南燕一同挑戰晉國，便是這位葉守關葉將軍極力反對，後來因為反對的太過激烈，導致西涼先帝不滿還被訓斥。

白卿瑜想了想點頭：「等二姐一到，阿姐先去與三哥匯合，而後往葉城關走，我和二姐帶兵與燕國前去埋伏天鳳國象軍，而後在葉城關同阿姐匯合！」

白卿言又道：「此次留香山之戰，若有戰利所得……」

「阿姐放心！」白卿瑜唇角盡是淺淺的笑意，「多數讓給燕國，收買燕國將士之心。」

白卿瑜辦事，白卿言沒有什麼不放心的。

元和二年，正月初六，高義君白錦稚與沈昆陽將軍奪下單關，當日輔國君白錦繡抵達南疆，與周帝所率一部匯合。

在路上白錦繡就已經聽說白卿瑜人已經回來的消息，從進入軍營開始淚水便已藏不住。

瞧見自家長姐和身姿挺拔的白卿瑜立在營帳門口，白錦繡不等馬停穩便一躍而下，忍不住喉頭哽咽，她分明是想要喚一聲阿瑜，可張口便是痛哭，喉頭脹痛竟是一個字也說不出來。

她緊緊盯著白卿瑜……腳下步子越來越快，朝著白卿瑜和白卿言的方向飛奔而來。

白卿言瞧著白錦繡滿臉淚水的模樣，笑著同阿瑜說：「你去迎迎你二姐！」

白卿瑜應聲，亦是朝著白錦繡走去。

姐弟相見，相對而立，白錦繡緊緊抓住白卿瑜的手臂，看著比出征時竄高了不少的白卿瑜，抬手摸了摸白卿瑜冰涼的半副面具，鼻翼煽動，淚水如同斷了線的珠子，低聲問：「還疼嗎？」

白卿瑜攥住白錦繡的手，雙眼濕紅，搖了搖頭：「不疼了，二姐……」

聽到白卿瑜的聲音，白錦繡心裡越發難受，不知道阿瑜這到底是吃了多少苦。

「這些年……你在戎狄過的，定然是如履薄冰！」白錦繡看著自己這本應是大都城貴公子中最尊貴的弟弟，他本應該在家中所有人的重視和疼愛下長大的嫡支傳承，可因為祖父絲毫不為白家留餘地的忠心上了戰場，落得這副面貌。

原本他們阿瑜，是那樣一個傾城公子，大都城內不知多少閨秀都傾心不已。

他們白家的兒郎個個都是英雄，為何……就要落得如此境地。

「二姐，阿瑜能活著，是因為無數白家軍兄弟捨命相搏的結果，是他們用命換來了阿瑜的一線生機，比起他們……阿瑜吃再多苦，都不算苦！」

白錦繡點頭，用力攥了攥白卿瑜的手：「回來就好！回來就好！」

在大都城長姐登基的時候，白錦繡還不知道阿瑜的身分，後來長姐要收回戎狄，派人送信來她才恍然，原來登基大典的時候阿瑜便回來了，如同長姐昭告四海的詔書，共證登基大典，不僅如此……阿瑜還為大周拿下了戎狄，讓大周一統天下之路走得更為平穩。

白錦繡緊攥著白卿瑜的手不肯鬆開，直到走至白卿言面前，才笑中含淚朝白卿言行禮：「長姐！」跟著白錦繡一同從韓城過來的紀琅華也從馬車上下來，她瞧見白卿言熱淚翻湧，朝著白卿言的方向跑來，一步一滑小跑過來，對白卿言跪拜行禮：「大姑娘！」

見白卿言從營帳臺階上下來，沈青竹連忙扶住白卿言，怕地上的積雪讓白卿言滑倒。

她笑著將紀琅華扶起來，見紀琅華的面紗都被積雪弄髒了：「快起來！快起來！都是自己人做什麼要行這麼大的禮！讓青竹先帶著你去安頓……」

「是，大姑娘！」紀琅華紅著眼應聲。

見沈青竹帶紀琅華離開，白卿言又攥住白錦繡的手道：「我們進帳子裡說，外面太冷了……」

白錦繡笑著頷首，同自家長姐和五弟一同入了大帳。

姐弟三人將與天鳳國之戰大致說完後，白錦繡又同白卿言說起韓城之事：「如今秦朗也算是上手了，加上呂元慶和陳釗鹿配合，新政推行下去百姓很是歡欣鼓舞，那些世家大族也因為懼怕趙將軍手中兵權也不敢妄動，不過我同秦朗說了，多用懷柔政策，恩威並施……那些大世族也不敢太過分！此次我過來時讓趙勝將軍暫且留在平陽城，隨時馳援各方。」

白卿言點了點頭：「望哥兒呢？」

「來的路上將望哥兒送回大都城了，一來秦朗忙起來我怕他顧不上望哥兒，二來母親也想念望哥兒了！我想著伯母還有幾個嬸嬸和我母親身邊有望哥兒和小八陪著，定然不會寂寞！」白錦繡說起望哥兒來，眉目間全都是溫潤的笑意。可一想起沒有能親眼看到雲破行的死，白錦繡還是有遺憾：「就是可惜……沒有能趕得及和長姐和阿瑜一同手刃雲破行！」

「雲破行死在程將軍的刀下，也算是為祖父……小十七他們報仇了！可這僅僅只是開始，當年西涼聯合南燕挑釁，又與朝中奸佞勾結，讓我白家軍死傷無數，這個仇……除非滅西涼，否則都不算得報！」哪怕是如今雲破行已死，可提起當年南疆一戰，白卿言還是恨得咬牙切齒。

她望著白錦繡道：「二月底便是春闈，所以……拿下葉城關之後我便要趕回大都城去，雖然之後我不能同你們並肩而戰，三妹也有她更為重要的任務要做，但……其餘的白家子，在滅西涼之戰上，一個都不能少！」

「長姐已經殺了雲破行，等葉城關一破，其餘的……就交給我們吧！」白錦繡戰意滿滿，「有雲破行的時候或許西涼還能稍微阻攔我們滅西涼的時間，沒有了雲破行的西涼，只要破了葉城關，拿下葉守關，西涼是擋不住我們大周鐵騎的！」

「西涼先有內亂，而後又有天鳳國摻和，又是讓李天馥登基，將李天驕拉下皇位，不論是西涼百姓還是將士們都正是迷茫惶惶的時候，這個時候最好打！李天馥已經在大周手中，我們就認李天馥是西涼皇帝，葉城關拿下，三個月內，必須滅西涼！回頭給李天馥封一個王，永遠留在大都城就是了！」

白錦繡挺直腰脊，抱拳道：「長姐放心，拿下葉城關後，三個月內，必滅西涼！」

當晚，白卿言便輕裝簡行出發前往葉城關與白卿琦、白卿雲、白錦昭、白錦華和白錦瑟匯合。

白卿言將沈良玉留了下來，讓沈良玉帶著虎鷹軍與白卿瑜配合，等趕走天鳳國，再同白卿瑜一同來與大軍匯合。

之前白錦稚帶著朔陽軍走得時候，她留下了十五支朔陽軍小隊，打算用於攻城。

白卿瑜和白錦繡親自送白卿言，見白卿言上了馬車，白卿瑜這才同白錦繡開口：「二姐，今夜拔營，我們得儘快趕往留香山！大燕已經拿下方中城了，一旦決意退出西涼的天鳳國得到消息，必然會加快速度撤退，為了以防萬一，我們還是快一些的好！」

白錦繡深覺白卿瑜說得有理，笑著頷首：「好！」瞧著五弟白卿瑜負手而立的挺拔姿態，白錦繡眼眶又濕了，她忙側頭將眼淚擦去，笑著道：「有弟弟在真好！」

真好啊，阿瑜也回來了……

之前只靠長姐撐著的難熬日子，都過去了，白家……必然會越來越好！

大周南疆的白家軍已經掉頭往南走，似乎要同燕國一同爭搶西涼地盤，似乎對同天鳳國糾纏已經不感興趣，加上薩爾可汗接到大周皇帝從南疆動身回大都城的消息，和燕國已經奪下方中城的消息，短暫的鬆了一口氣。

他吩咐道：「即刻派人去給阿克謝將軍送信，讓他不必遲疑加快速度返回天鳳國！」

說完，薩爾可汗將信紙丟進面前的篝火裡，看著火苗吞噬信紙，他眯起眼，慢吞吞呼出一口長氣，開口同大巫弟子道：「巨象都不適應寒冷的氣候，原本以為給巨象穿上皮毛就夠了，可是……巨象從未離開過溫暖的天鳳國，我們呼吸的氣息都是冰涼的，阿克謝送來消息，說……接連病倒了不少巨象。」

大巫弟子裹著黑色的披風坐在薩爾可汗對面，往篝火裡添了幾塊柴火，道：「先撤出大周對我們來說是有利的，等到大巫醒來，確定了天神為這片土地選擇的主人到底在哪兒，派出我們的精銳殺了這片土地的主人，再等春季一到開始備戰，夏季出兵，象軍所到之處可以稱得上是所向披靡，那個時候這片土地就會盡歸我們天鳳國！」

薩爾可汗點了點頭：「當初大巫讓我再等一等，是我自己沒有聽大巫的……」

「那個時候西涼皇帝前來請求我們天鳳國出兵襄助西涼，我們出兵正是名正言順的時候，陛下選擇那個時候出兵，也是理所當然的！」大巫弟子道。

「好了！錯了就是錯了！你就不要再替我找理由了！」薩爾可汗對大巫弟子笑了笑，「過去的就不說了，我們回去，重整旗鼓……等幾年再來！」

薩爾可汗看著眼前跳躍的火苗，歎了口氣：「這片土地太肥沃了，人口也多……只要能成為這片土地的主人，我們就有源源不斷的糧食，和源源不斷的奴隸，才能讓我們天鳳國的百姓過上以前那種日子！」

「陛下為天鳳國，為百姓可謂是殫精極慮！就算是天神都會感動。」大巫弟子笑著道。

薩爾可汗笑了笑道：「你就別在這裡捧我了！」

「眼下，大周已經知道了玉蟬的事情，不過……我告訴大周皇帝只有我們天鳳國皇室血脈才可以用玉蟬，而且另一枚玉蟬就在陛下手中，若是大周皇帝真的想要用玉蟬的話，應當會派人來同陛下商量，那個時候……我們就占據主動地位了！」
薩爾可汗眉頭緊皺：「若說，大周皇帝有什麼遺憾，想來就是自己的皇夫早亡吧！」
大巫弟子點了點頭之後又道：「不止是皇夫早亡，還有我聽說當初與西涼還有那個亡了的南燕，在荊河一帶打得那一仗，讓大周女帝的祖父、父親、叔父和弟弟們都死在了那裡，她必定想要時光回溯，然後救回她的親人和丈夫！」
說到這裡，薩爾可汗反倒長長呼出一口氣：「如此，我們就要占據主動了！我們先回吧！」
「好！先回天鳳國！」大巫弟子點頭。
而阿克謝在接到命令的時候，也覺得是時候該退出這片土地了，他是象軍的最高統帥，出征的時候陛下因為信任他，讓他帶領著象軍主力。這段日子以來，阿克謝看著巨象一頭接一頭倒下病倒，心裡比看到自己親生骨肉倒下還難受，生怕這些巨象有一個萬一。
可來到這片土地，是他們陛下的命令，他不能去質疑陛下，所以一直在硬著頭皮強撐。
如今陛下下旨讓他們撤，他心裡就踏實多了，再加上如今大周和燕國兩國跟狗一樣爭搶西涼的城池和土地，他們應當儘快撤回天鳳保全實力。這個鬼地方，阿克謝還會回來的，那個時候……他一定要讓大周和燕國匍匐在他坐下巨象的蹄子下！
阿克謝一想到那個叫董清嶽的，就恨得牙癢癢，還從未有人敢在他們天鳳國象軍面前如此囂張。
「將軍！陛下已經下令！拔營，撤吧！」阿克謝的副將開口道。
阿克謝知道現在已經得到陛下的命令，應當迅速撤離，可不知為何他心裡有些隱隱不安。
見阿克謝抿唇不語，副將又著急補充道：「將軍不能遲疑了！我們速度得快些！越快回去……我們的巨象就能少病倒幾頭！」

阿克謝閉了閉眼，半晌才呼出一口氣道：「不是我不著急，而是之前陛下率領的象軍在韓文山損失慘重，我們要快些回撤，就要途徑留香山，我怕大周或者燕國會分兵在這裡設伏！」

「可是我們的探子，不是已經說，大周的軍隊調轉往南進軍了嗎？」副將道。

「我還是感覺到不安！」阿克謝想了想道，「這樣，讓將士們拔營迅速回撤，加派人手盯著大周軍隊，快到留香山的時候，便停下來紮營，直到……大周這支軍隊開始攻打西涼的城池！我們就快速通過留香山，一路回天鳳國！」

「是！」兵卒下去傳令。

阿克謝這邊拔營出發，很快消息便送到了白卿瑜和白錦繡的手上。

「按照天鳳國巨象的行軍速度，估摸著後日便會到達留香山。」白卿瑜望著輿圖道。

「燕國九王爺也送來消息，說他們明日就能到達留香山這裡。」白錦繡手指在輿圖上點了點。

白卿瑜唇角勾起：「這個地形和韓文山的地形還是很像的，那就再用韓文山的打法打一次，這一次他們巨象眾多，只要巨象被辣椒花椒嗆得一亂，光是巨象自己都能撞到踩死不少，反倒不必費我們的功夫！」

韓文山一戰，白卿瑜打出了經驗，倒覺得這些巨象並非那麼好控制……

哪怕是天鳳國人用骨哨可以控制巨象，然而，一旦巨象被嗆得無法呼吸之時，便顧不上骨哨聲，只顧著亂叫亂踩，這一點……韓文山一戰已經證實。

「只要燕國配合得好，我們便能讓天鳳國的象軍全軍覆沒在這裡！」白錦繡握著腰間佩劍，語聲鄭重。

第三章　兵貴神速

白卿言已經與白卿琦、白卿玦和衛兆年所率白家軍匯合。

白卿琦和白卿玦帶著白卿雲和三個妹妹，連同衛兆年將軍，老早便在軍營前等著白卿言了。同樣身著一身銀甲的白錦華焦心不已：「長姐怎麼還沒有來，會不會路上出什麼事？」

「呸呸呸！」白錦昭連忙道，「別胡說八道！」

白錦瑟給坐在木製輪椅上的白卿雲攏了攏毯子，正要問自家九哥冷不冷，就隱約瞧見遠處冬日大霧中隱約可見的隊伍和車馬輪廓。

「來了！三哥！七哥！九哥……來了！」白錦瑟指著遠處。

白錦昭露出笑容：「哥……我去迎一迎長姐！」說完，白錦昭吹了一個口哨，一匹棕色的駿馬從軍營之中衝了出來，她一把拽住駿馬的轡繩一躍而上，朝著遠處飛奔而去。

騎馬走在最前的沈青竹先是聽到濃霧中有人打馬而來的銅鈴聲，再靠近一些她瞧見一快馬飛奔而來的身影，還未辨別出來者是誰，便聽到白錦昭高喊長姐的聲音。

沈青竹按住腰間佩劍的手鬆開，轉頭同一白家護衛道：「去同大姑娘說一聲，五姑娘來迎大姑娘了！」

白家護衛應聲調轉馬頭，走至馬車旁，低聲同馬車內的白卿言說：「大姑娘，五姑娘來迎大姑娘了……」

正倚著隱囊看竹簡的白卿言唇角勾起笑意，將手中竹簡放下，道：「讓五姑娘上馬車來。」

「是！」

白錦昭快馬而來，頭一個瞧見的就是沈青竹，快馬鴻雁飛馳而過，只留下了一聲極為清脆的「青竹姐姐」就朝著馬車的方向狂奔而去。

沈青竹抬手示意隊伍停止行進。

「籲……」白錦昭一到馬車旁，便勒馬停下。

春枝已經從車廂內出來，笑盈盈瞧著動作俐落颯爽一躍下馬的白錦昭：「五姑娘！」

白錦昭對春枝笑了笑，隨手將馬鞭丟給護衛，便上了馬車：「長姐！」

白卿言已經坐起身，瞧見又長高了的白錦昭，她掀開蓋在腿上的細絨毯子，將自己手裡的手爐遞給白錦昭，眉目淺笑：「我們小五看起來又高了不少！」

白錦昭接過手爐，怕自己一身寒氣過給長姐，就坐在火爐旁伸出一隻手烤火：「不止我長高了，長姐沒見小七……這小丫頭比我和小六還能吃苦，來南疆這短短幾個月，這個頭兒簡直是一天一個樣，現在比我都高了！」

雖然來了邊塞，白錦昭黑瘦了不少，可看起來卻比在那熱鬧繁華的都城和朔陽更為開心，雙眼都是亮晶晶的。

「長姐瞧著你也高了不少！」白卿言伸手將白錦昭拉到身邊來，抬手摸了摸白錦昭冰涼的小臉。看著曾經梳著兩個福包，白白嫩嫩對著她撒嬌，給她摘紅梅的小姑娘，如今抽了條身量高挑纖細，一身銀甲，長髮束於頭頂，英姿颯颯，有種吾家有女初長成之感。

「五姑娘喝碗熱油茶暖和暖和！」春枝笑著將盛著油茶的碗盞送到白錦昭面前。

白錦昭笑著端起油茶咕嘟咕嘟喝完，果然整個人都暖和了起來。

「長姐，趁著還沒到軍營，我得偷偷和長姐告個密！」白錦昭覺著自己身上寒氣沒有那麼重了，這才湊近白卿言，低聲說，「長姐，盧姑姑隨我們一同來南疆的時候，路上救了一個墜了馬車的姑娘，那姑娘醒來後什麼都不記得了，連名字都忘了，盧姑姑就收那個姑娘當徒弟，還給那個姑娘起了名字叫盧了塵，教她醫術，是個很聰明的姑娘，人也很是心善就是膽子大的很，這姑娘……看上三哥了！」

白錦昭一副幸災樂禍的模樣，眉飛色舞同白卿言告密：「現在整個軍營都知道這了塵姑娘喜歡三哥，喜歡三哥喜歡那叫一個轟轟烈烈，即便三哥總是對人家冷鼻子冷眼睛的，人家了塵姑娘一點兒都沒有退縮！小七說……了塵姑娘的性子和火似的，和我們三哥冰山似的性子倒是很相配，而且雖然什麼都不記得，但身上的配飾還有刻入骨子裡的舉止，不會是普通富庶人家，我一聽小七這麼說，瞧著也很不錯！長姐我們最近正在撮合這了塵姑娘和三哥，長姐您來了也好好說說三哥，對人家姑娘也客氣一些！」

白卿言一聽來了興致，白卿琦的年紀已不小了，她離開大都城之前，母親還有意想將呂太尉的孫女兒說給阿琦，五嬸卻說我們白家已經是皇家，她反倒不希望阿琦的岳家地位太高，否則難免會讓朝臣猜測，她只想讓阿琦找一個心儀的姑娘也就是了。

其實白卿言明白，五嬸這是在為她考慮，她女子之身坐在大周皇帝的位置上，五嬸是怕阿琦的岳家背景太大，若是有人生了將她拉下皇位的心思，必要扶持另一個白家子。

「性子如火，如此說來……的確和你三哥性子互補，不過……」白卿言抬手點了一下白錦昭的腦門，「娶妻的是你三哥，還是要你三哥自己喜歡，你切莫自作主張胡亂拉紅線！」

「可我瞧著三哥其實是挺喜歡人家了塵姑娘的，就是死鴨子嘴硬，尤其是當著我們這些弟弟妹妹的面兒，就喜歡端著！長姐可一定要好好說說三哥，三哥就聽長姐的！」白錦昭跟個孩子似的擠到白卿言的面前，「不信長姐一會兒到了軍營門口，搖搖晃晃的馬車便停了下來。」

白卿言眼底笑意更深了些：「你若是瞎說，我也不必罰你，將你送回四嬸兒身邊也就是了！」

姐妹倆正說著話，車隊便已經到了軍營門口，搖搖晃晃的馬車便停了下來。

白錦昭先鑽出馬車，轉身朝白卿言伸出手：「長姐，我扶你下車！」

春枝忙給白卿言披上狐裘大氅，又將重新換了炭的手爐遞給白卿言，這才替白卿言打簾……

白卿言彎腰從馬車內出來，就瞧見白卿琦、白卿玦、白卿雲和白錦華、白錦瑟都圍了過來，紛紛喚她長姐。

戴著黑色眼罩的衛兆年也上前行禮：「小白帥！」

「衛將軍！」白卿言笑開來。

她扶著白錦昭的手從馬車上下來，摸了摸白錦瑟的頭頂：「我們小七果然長高了！瞧著小五曬黑了，小六倒是沒有被曬黑多少……」

「小六和小五本是孿生的，來的時候軍營裡的將士們還有些分不清誰是誰，現在可好了……瞧著黑的便知道是小五，瞧著白的那定然是小六！」歪坐在輪椅上的白卿雲笑著打趣道。

「九哥！」白錦昭指著白卿雲跺腳嗔道。

「別在冰天雪地裡站著了，長姐……我們先回大帳！」白卿琦眉目間帶著極淡的笑意。

「長姐這一路可還順利？」白卿玦推著白卿雲跟在自家長姐身側，笑著問道。

「走得還算順利，不過這一路過來，略在幾座城池停留，打聽了下西涼百姓如今對天鳳國和西涼朝廷的看法，故而走得慢了些。」白卿言視線又落在白卿雲的身上，「我聽說，阿雲將弩箭做了改良，改成了連弩……」

白卿雲笑著點頭：「如今我不能隨兄長和姐妹們上戰場，也只能在這些事情多出些力，只可惜阿雲能力有限，又不似三哥和七哥、五哥那般聰慧，在四海閣學到的並不多，若是七哥當初同顧一劍去了四海閣，想來現在能為白家軍做的必定比我多！」

「我怎麼聽阿雲這意思，是想讓我去四海閣找師父，將這戰場留給你？」白卿玦笑著伸手想拍白卿雲的頭頂，卻被白卿雲輕巧躲過。

「雖然我坐在這輪椅上挪動是不方便了，可四海閣也不是白待了這麼久，雖然沒有拜顧先生為師，可顧先生卻將連給七哥都沒有教的看家本領教給了我，七哥想要動手揍我，怕是不成的！」白卿雲笑著道。

聽著弟弟們笑笑鬧鬧的樣子，白卿言就想起了當初祖父和父親還在時候，她和叔父們笑笑鬧鬧的情景，那個時候可真是熱鬧，如今……這熱鬧又回來了。

衛兆年負手而行，瞧著這些白家少年將軍們，心中滿懷安慰，也是想起曾經同白家諸位將軍出征時的情景，那時……白家的將軍們圍在主帥和副帥身邊，也是這樣說笑著。

這大概就是傳承。主帥和副帥，還有二爺、三爺和四爺、五爺走了，但是他們的孩子都成長了起來，能扛得起白家軍的大旗。只要白家的這種傳承還在，白家……和白家軍就永不會滅。

盧寧嬅帶著個身穿玄色勁裝的小姑娘，正同盧寧嬅一起往營帳內的幾個火盆裡添炭。

聽到帳外笑鬧聲傳來，那小姑娘扭頭，興高采烈對著盧寧嬅喊道：「師父！肯定是陛下來了！」

盧寧嬅笑著頷首，她將銅製雕梅的火爐罩子罩上，又用帕子擦了擦手，叮囑盧了塵：「你這個性子太跳脫，話也太多了，一會兒在陛下面前一定要收斂一點兒！記住了？」

「師父放心，您這話已經說過百遍了！從知道陛下要來的時候您就反覆叮囑，我耳朵都起繭子了！肯定是牢記於心的！您放心！」

見盧了塵再三保證，這才帶著盧了塵一同往帳外走。

遠遠瞧見白卿言，盧寧嬅帶著盧了塵一同迎上前，行禮：「大姑娘！」

「盧姑姑！」白卿言朝著盧寧嬅頷首，「此次紀姑娘也隨錦繡從韓城回來了，不過因為錦繡和阿瑜接下來還有硬仗要打，便讓紀姑娘跟著錦繡……沒能帶她過來同你相聚，不過相聚之日也不會遠了。」

「多謝大姑娘惦記！只要她平安活著，這對我來說便夠了！見不見得都好！」盧寧嬅眉目裡是溫柔的淺笑。

盧了塵瞧著白卿言都愣住了，還是聽到白錦昭偷笑的聲音，這才忙同白卿言行禮：「見過陛下！陛下萬歲……萬歲！萬萬歲！」盧了塵規規矩矩跪下，行了叩拜禮。

白卿言瞧著這姑娘動作流暢標準，絲毫不比她見過大都城內的大家閨秀差，每一個動作分寸拿捏的極為得當，這絕非尋常人家女子可以做到的。

她瞧了眼眉目冷清未動的白卿琦，笑著道：「起來吧！你就是盧姑姑新收的小徒弟……」

盧了塵抬頭，望著白卿言的眸子亮晶晶的，絲毫不扭捏嬌柔，爽朗道：「是的陛下！我可算是見到陛下了！我這一路以來聽師父說了好多陛下的事情，也聽不少將士和邊塞百姓說過陛下，心裡十分仰慕，尤其是聽到那個康娜寫的那個《白大將軍出征曲》我都想和陛下一同拔劍上戰場了！今日得見陛下，是了塵三生有幸，了塵……了塵很是高興！」

盧了塵的語速極快，說話又吐字清晰，聲音清脆而乾淨，如同黃鸝鳥一般，長相清秀可愛，尤其是那雙極大的眼睛，純淨而明亮，還有一對小虎牙，很是可愛，正如白錦昭所言，這姑娘……的性子像是一把火，熱烈得很，這樣子倒不似平常人家的大家閨秀。

不過若是三弟真的喜歡，那還真如小五所言……也能讓阿琦的日子多些歡鬧和樂趣。

「了塵！」盧寧嬅呵斥盧了塵，這盧了塵性子太跳脫，實在是讓盧寧嬅頭疼。

白卿言笑著點了點頭：「快別跪著了，起來吧！」

「哎！」盧了塵應了一聲，起身拍了拍自己身上的髒汙，又道，「陛下，師父說陛下畏寒，剛才師父帶著我已經將大帳內的火爐全都點上了，可暖和了呢！我師父還專門給陛下做了點心，我偷偷嘗過了，可好吃呢！」

白卿言瞧著盧了塵的模樣，笑著點了點頭：「好，我一定嘗嘗！」

盧寧嬅扶額，看來是白叮囑了，好在大姑娘似乎並未介懷。

「了塵姐姐，我看你對我長姐……可要比對我三哥用心多了！」白錦昭故意瞅著白卿琦道。

白卿琦冷冽的目光朝白錦昭看去，白錦昭忙縮脖子。

「那是肯定啊！」盧了塵亮晶晶的眼睛望著白卿言，自打白卿言出現，這眼睛就跟黏在白卿言身上一樣，「我原本以為白卿琦將軍已經是世界上最好看的人了，可陛下……可要比白卿琦將軍好看太多了！」

白錦瑟：「……」合著一直鬧著說喜歡三哥，是因為三哥長的好看？

白錦華一時間竟也是無言以對，就盧了塵這樣……能拿下三哥才怪！

白卿玦忍不住捂著嘴直笑。

「那完了……」白卿雲轉頭朝著自己面無表情的三哥望去，「那咱們兄弟當中，就五哥長的最為英俊，那是多少大都城閨秀的夢中情郎，那上街都是要被丟無數荷包的！了塵姑娘要是見了五哥，三哥……那可怎麼辦？」

白卿琦一臉淡漠不關心的模樣，只對白卿言說：「長姐，先進帳吧！」

盧寧嬅對自己收的這個弟子也是頭疼不已，一把將盧了塵扯到自己身後，行禮後道：「大姑娘和幾位公子、姑娘想必還有話說，我同了塵就先退下了！」

白卿言笑著頷首，視線又落在了塵的身上，見了塵用那雙亮晶晶的眼睛盯著她，依依不捨被拽走，忍不住笑：「性子很是活潑！」

「和三哥正配！」白卿雲接了一句。

幾個人笑著進了大帳。帳子內盧寧嬅燒了好幾個火爐，暖和的和春天似的

白卿言一邊脫大氅，一邊朝著掛在帥帳之中的巨大輿圖走去：「今夜攻城可有把握？」

她將手中暖爐遞給接過她手中大氅的春枝，示意春枝先出去。

春枝行禮後走出大帳，先帶著人去白卿言的帳子安頓。

「今夜？」衛兆年朝著白卿琦看了眼，道，「會不會太著急了？小白帥剛來，不妨休息一日！」

「兵貴神速！而且……這次我帶了十五支朔陽軍小隊，非常擅長攻城，拿下遂寧後，直奔葉城關，取德陽，再拿下樂安，瀘全……經榮，便可將雲京踩在腳下！」白卿言手在地圖上畫出一條線來。她轉過頭來看著衛兆年和自己的弟弟妹妹們：「在來的路上我已經得到消息，阿克謝所帶領的象軍在距離留香山二十里的地方紮營不動了，估摸著他是擔心韓文山之戰再次上演，我們如今正吸引著阿克謝的目光，若是再耽擱，讓他反應過來，怕是寧願花費大功夫繞行都不願意再

走留香山了！」

「只有我們這邊打起來的消息，越快傳到天鳳國人的耳朵裡，他們便越是會覺得，大周現在是在和燕國搶地盤！這幾座城池……關係著西涼的商道，我們動作越快，天鳳大軍返回天鳳國的動作也就會更快！」

白卿琦頷首：「小四和沈將軍捷報傳來，將士們早已經按捺不住了，打一場也好！可以壯壯士氣！」

「今日入夜之後，朔陽軍小隊打頭，大軍緊隨其後……殺遂寧一個措手不及！」白卿言一語定音。

遂寧城。入夜之後天空下起了零星的雪花，雪不大，風卻呼嘯不止，頗有風聲鶴唳之感。城內的狗不知怎的狂吠不止，吵得人腦瓜子疼，主人呵斥自家看門犬的聲音此起彼伏，可不知道是怎麼了狗叫一直不停。

滴水成冰的夜裡，遂寧城剛被換下來的巡城將士，哆哆嗦嗦往手裡哈著熱氣，撩開營房滿是補丁的夾棉灰布簾子鑽了進去。

「呼……還是營房裡暖和！」

巡邏隊的小隊長脫下盔帽，解了甲，催促著將士們過來圍著燒得火紅的爐子坐下暖和暖和，又拎起銅吊子給兄弟們倒了幾碗熱茶：「快來暖暖身子！」

「今兒個這些狗都怎麼了?都嚎了快半個時辰了,不會出什麼事兒吧?」守城小將端起熱水喝了一口。

「這些個畜牲不就是這個樣子麼,只要一個叫……那挨家挨戶的就都跟著叫,跟起哄似的!」隊長搓了搓手,就著火爐烤了烤,「都趕緊喝了熱茶睡吧!這大周軍隊在不遠處紮營,還不知道什麼時候就要打起來!咱們可得養好精神了!」

那小隊長話音剛落,狗吠聲便越來越大了。

「這群畜牲是瘋了不成!」正在剝花生的守城兵皺眉罵了句,「明兒就把這些畜牲都宰了!」有聽力極好的小卒突然做了一個「噓」的手勢,只見掉了漆的黑方桌上的花生殼,突然跳動了起來,滾地雷一般的聲音似乎朝著遂寧城的方向衝來了!

「有人攻城!有人攻城!」號角聲陡然響起。

城牆上的守城將士高聲聲嘶力竭敲著鑼,剛才解甲的將士們又迅速套上戰甲和盔帽,抄起傢伙衝出營房往城牆之上衝。已經在睡夢之中的守城將士匆匆披上戰甲下炕,衝上城牆,嚴陣以待,自高處朝著快要爬上城牆的大周軍射箭,丟石頭,可是全無用處!

他們發現的還是晚了,他們的探子在途中被埋伏射殺,哨兵也被悄悄解決了。

城內犬吠也沒有能提醒他們,當他們感覺到轟隆隆滾地雷朝著城門奔襲而來時,朔陽軍將士們已經快要爬上城牆,而大周大軍已經快要到城下了,就那麼在狂風中而來,沒有任何絲毫,專注而安靜的攻城。

沉重而滄桑的城門再被撞開,黑帆白蟒旗插在城牆上的那一刻,這遂寧城便大勢已去,守不住了。守城將軍在將士們的護衛之下棄城而逃,百姓們惶惶不安,連細軟都來不及收拾,就往南門逃想要在大周軍隊殺進來之前出城去逃命。
大周的大隊人馬衝了進來，城牆之上還在頑抗的西涼兵發出淒厲的慘叫。
白卿琦最先快馬衝入城中，瞧見滿眼惶惶抱著錢財逃竄躲藏的百姓，勒住坐下戰馬，高聲道：
「遂寧城已破，繳械不殺！」
白卿琦沒有下令不允許傷害百姓……
西涼民風彪悍，百姓亦可為兵，且打下西涼城池和他們自己的城池不一樣，到底……他們大周人在西涼人眼裡算是異族人。所以他們必然會全力反抗，而西涼的人只要拿起了武器就與要反抗大周無異，若是下令不許傷害西涼百姓，這西涼百姓拿起屠刀對大周將士動手，豈不是要大周憑白損失將士性命。
但只要西涼百姓放棄抵抗，他們大周便很願意接納西涼人，畢竟……白家世代的志向是一統天下，而非滅盡天下異族，只剩大周之民。
衛兆年和白卿玦、白錦昭、白錦華和白錦瑟帶兵殺入城中，清掃殘餘西涼潰兵，讓將士們清理出官員府邸供白卿言居住。
天快亮時，載著白卿言和白卿雲的馬車緩緩入城，將士們立在城門兩側，恭迎大周皇帝入城。
盧寧嬅帶著盧了塵坐上了白卿言的馬車，卻見自家的傻徒弟一個勁兒盯著大姑娘看，又十分熱絡搶了人家貼身侍婢春枝的活兒，給大姑娘奉茶，弄得春枝哭笑不得，還一個勁兒的同大姑娘問青西山關口那一戰是如何打的，簡直沒眼看。
白卿言對盧了塵倒是溫和，並未苛責，可盧寧嬅心裡十分不安，大姑娘自從來了之後還未曾好好歇息，偏偏這丫頭這樣聒噪。

「那首曲子太震撼人心了，我和師父路過邊城的時候，邊城的百姓幾乎都會唱……」

盧了塵握了握拳頭：「陛下，我也想同陛下一般，做一個將軍！征戰沙場！做一個女子將軍！陛下覺得我現在學武，還有這個希望嗎？」

白卿言替白卿雲攏了攏搭在腿上的絨毯，眉目溫潤淺笑，話卻讓盧了塵心驚：「所以，你騙盧姑姑失憶，就是為了留在軍中成為女將軍？」

白卿雲垂眸給自家長姐換了杯熱茶，似乎對這件事也了然於心，並未覺得有什麼奇怪。

盧了塵一怔，忽閃的大眼睛有些閃爍，盧寧嬅卻眉頭一緊整個人都戒備了起來，若說這姑娘是裝失憶，留在軍中，那可別因為她的一時心善，給白家軍帶來什麼麻煩。

瞧見盧寧嬅的模樣，白卿言對盧寧嬅擺手，示意盧寧嬅不必著急。

白卿言端起白卿雲擱在她面前的茶杯，用杯蓋壓住杯子裡面的浮茶抿了一口：「不急，我沒有逼你的意思，你這麼做定然有你的難處，你慢慢想……願意說了再說也是可以的。」

人都說言多必失這話不假，這一路盧了塵那個小嘴就沒有停過，白卿言不著痕跡同盧寧嬅提起大都城中的紈褲呂元鵬和司馬平，說沒有想到曾經人人避之不及的紈褲如今也成長了起來，能成為堪當重任的大將，這話如此多的盧了塵卻沉默了一會兒，未曾追問呂元鵬和司馬平的身分，更沒接著這個話題同白卿言討論，很是反常。

但，白卿言倒也不能確認盧了塵就一定是撒謊，不過是心存疑慮之後詐了她一下，就同她當初詐那位天鳳國大巫弟子一般，不成想還真是假裝失憶的。

之所以不逼著盧了塵即刻說出，或是離開，倒真是出於對這個小姑娘的喜愛，都說人心隔肚皮……可這雙眼卻能透露出許多東西，白卿言從這個小姑娘的眼中看到了曾經在自己妹妹眼中看到的亮光，所以她願意相信這個小姑娘心存善意。

即便是她假裝失憶混入白家軍之中真的是另有所圖，阿琦這樣謹慎的人一直派人盯著這個小姑娘都沒有找出什麼破綻來，她這裡……再找人嚴加看管就是了，鬧不出什麼大亂子。

馬車一到當地官員府邸門前停下來，衛兆年、白卿琦和白錦瑟已經在門口相迎，白卿玦帶著白錦昭和白錦華去安頓傷兵，各處巡視。

「長姐！」白錦瑟上前，伸出手要扶白卿言。

沈青竹笑著道：「七姑娘，還是我來吧！」

白卿言扶著沈青竹的手走下馬車，瞧見白錦瑟臉色還未恢復，抬手摸了摸白錦瑟的頭頂：「這一次如願跟著你三哥上了真正的戰場，是不是還有些不適應？」

「嗯！」白錦瑟點了點頭，她沒好意思告訴長姐，真正看到死屍和殘肢斷骸，她吐的一塌糊塗，現在想起那箭矢從她耳朵旁呼嘯而過的聲音，她都會覺得心有餘悸忍不住脊柱打顫。

若非三哥拽了她一把，現在她的眼睛就被射瞎了。

白錦瑟原本以為戰場之上，如同長姐和二姐、三姐還有四姐那樣拼殺是一件很威風的事情，可這威風後面還藏著危險，她還是學藝不精，還得更努力才能在戰場上不拖累旁人。

有白家護衛快馬入城，一躍下馬，在沈青竹耳邊低聲耳語之後退下，沈青竹連忙上前同白卿言說：「大姑娘，阿克謝的象軍知道白家軍攻打遂寧城已經動了！」

白卿琦將白卿雲扶了下來，和魏忠架著白卿雲在輪椅上坐下。

白卿言眉目間露出笑意，就怕阿克謝不動，阿克謝動了阿瑜和錦繡就能儘快打完留香山一仗。

她轉頭望著白卿琦和白卿雲說：「讓將士們整頓，今日歇息一日，明日一早留下傷兵我們出發前往葉城關，與阿瑜和錦繡匯合！葉城關會是整個西涼最難啃的硬骨頭，只要打下了葉城關，西涼就如囊中之物，讓阿玦和小五小六回來，我們商議一下如何攻破葉城關。」

「是！」白卿琦對白卿言抱拳。

盧寧嬅拽著盧了塵，打算一會兒將這個小妮子拽到一旁去問清楚，這小妮子到底是什麼來路，費盡心機的混進白家軍中，又大張旗鼓的說自己喜歡白家三公子，到底想要幹什麼！

盧寧嬅心中是喜歡了塵這個小丫頭的，可若是這小丫頭要對白家不利，她就是豁出命去也不能讓她得逞！否則怎麼對得起大長公主的恩情，怎麼對得起白家和大姑娘救助她表妹的恩德！

「盧姑姑……」白卿言又轉頭看向盧寧嬅和盧了塵，「不必難為了塵，我很喜歡這個孩子……」若是這了塵真的有什麼問題，阿琦不可能會被蒙在鼓裡，阿琦定然是查過這個叫盧了塵的孩子，知道她的來歷乾淨，這才留在身邊的，對自家弟弟的這點兒自信白卿言還是有的，等閒下來……她再問問阿琦這姑娘的來歷，還有阿琦為何要將這姑娘留在軍營之中。

萬一這阿琦是喜歡這個姑娘，她現在冒然將這姑娘趕走，阿琦豈不是要傷心了。

白卿琦朝自家長姐看了眼，卻也沒有說什麼，推著白卿雲進門。

西涼這官員府邸是仿著燕國舊時的規格建的，黑漆金釘的大門，入門便是山水壁影，粉壁青瓦，丹楹刻桷，百子戲春的雕甍，若是不知道還以為是入了舊時燕國哪位官員的府邸。

原在這府邸裡伺候的奴僕，哆哆嗦嗦跪了一地，他們本就是主子可隨意打罵發賣的奴婢，主子出逃也未曾帶上他們……

那些趁亂拿了主家財物出逃的，被周軍抓了回來，眼下還生死不明，他們這些還沒有來得及逃出去的更是慌得六神無主。如今府邸裡到處都是帶刀的將士，他們生怕一不留神就被砍了。

將白卿言一行人送到燒了地龍暖烘烘的房內，魏忠接過春枝從白卿言身上取下的大氅，這才笑著說：「陛下同幾位將軍要商議軍政大事，老奴便去盯著廚房給陛下準備晚膳，西涼的羊肉不錯，今日晚膳不如就用羊肉湯鍋，不知道陛下意下如何？」

「那就辛苦魏公公命人準備，今夜我們兄弟姐妹和衛將軍就用羊肉湯鍋了。」白卿言又笑著問衛兆年，「衛將軍覺得呢？」

「小白帥安排，都好！」只剩了一隻眼睛的衛兆年笑著道。

坐在輿圖前的白卿雲盯著葉城關的方向：「昨夜太守已經逃了出去，想來用不了多久葉城關的葉將軍葉守關，就能收到遂寧城已經被攻破的消息，必然會加強防禦，而採取放棄葉城關從兩側繞行進攻，恐怕要比直接攻打葉城關所耗費的人力物力更大！」

「最主要的……還是士氣二字！」白卿琦轉而看向自家長姐，「長姐要打下葉城關，是因葉守關是西涼除卻雲破行之外，幾乎人盡皆知的一個將領，早年也是常勝將軍，不過是因為得罪了西涼先帝，所以將葉守關派回了葉城關守城。」

白卿言頷首：「若是葉城關還在，李天驕再回到雲京振臂一揮，西涼人中或許還有熱血護國之人，會拼死一搏！但……當雲破行和葉守關相繼被打敗之後，不敢說西涼人人都會畏懼大周，至少大部分人不敢和大周正面打起來！」

隔扇外隱隱傳來婢女的哭聲，白卿言朝著隔扇外看了眼：「城中還有沒有來得及逃出去的百姓，和奴僕……」

她轉而看向沈青竹：「讓人重新將人口登記，打下一座城池，就在一座城池之中推行我們大周新政，將西涼的百姓當做自家百姓對待，告訴他們免除稅賦三年，朝廷還會派人送來糧食，只要他們安心成為大周子民。」

「可西涼與我們和燕國不一樣，西涼本就是異族，當初天下還未分裂之時，西涼便屢屢生事，融合起來怕是十分困難……」衛兆年頗為擔憂。

「百姓不過是想要過上好日子！雖說……西涼人與我們外貌上本就有所不同，可這麼多年過去了，書同文、車同軌，我們此時一統要比曾經先輩走得路簡單，是在他們早已經為我們鋪好的路上行走，只要剛柔並用，定然會讓一方平安。」

衛兆年聽完點了點頭，對白卿言抱拳：「小白帥思慮是比我更妥當！」

「衛將軍曾是我四叔麾下的智囊，我將衛將軍當自己人，咱們就不說這些虛著吹捧的話。」

白卿言帶笑的話音剛落，白卿玦便帶著白錦昭和白錦華來了。

「長姐……」三人齊齊朝著白卿言行禮。

立在輿圖前的白卿言頷首，招手讓三人過來，順手接過春枝遞來的茶水，在一旁坐下：「看看這葉城關的地形圖，我們湊在一起都好好想想，怎樣才能以最快的速度將這葉城關拿下來，我們拿下葉城關的速度越快西涼的士氣便會散的越快！」

白卿言話音剛落，就聽外面來報說是肖若海有要事求見。

「長姐的乳兄不是跟著四姐嗎？」白錦昭整個人都緊繃了起來，「是不是四姐出了什麼事！」

「不會的，若是四姐出了什麼事，長姐的乳兄這會兒肯定闖進來了，咱們白家軍的人怎麼會不認識肖若海……」白錦瑟安撫表情緊張的白錦昭。

白卿玦揉了揉白錦昭的頭頂，吩咐：「快請進來……」

很快，一身西涼人裝扮的肖若海便走了進來，他貼上了西涼人的大鬍子，瞧著倒是有西涼人的那幾分味道，就是一身的風塵僕僕，眼睛也充血泛紅，一看就知道定然是日夜兼程趕路，沒有顧得上休息。

「乳兒不是跟著小四嗎？可是沈將軍和小四那邊兒，有什麼消息讓乳兒送過來？」

「大姑娘走後，四姑娘說，屬下留在她的身邊發揮不出更大的作用，她所要攻打的城池守將皆非名將，便將屬下派往葉城關，讓屬下去繪製葉城關的詳細地圖，以此來確保大姑娘可從詳細地圖紙中找到葉城關的可攻之法……」說著，肖若海將揣在懷裡的葉城關地圖拿出來，遞到白卿言的跟前，向後退了兩步。

肖若海除了武功卓絕之外，最大的本領就是繪製詳細地圖，還有打探敵方糧庫和兵器庫的所在位置……這，也是為什麼白卿言將肖若海……留給白錦稚和沈昆陽將軍的原因。

顯然，白卿言是因憂心白錦稚將肖若海留給白錦稚，白錦稚亦是擔憂自家長姐要打整個西涼最難打的葉城關，所以又悄悄將肖若海送回自家長姐身邊。

瞧見白卿言將肖若海繪製的地圖放在一旁桌子上，肖若海又接著道：「屬下在從葉城關回來的路上，碰到了遂寧城棄城而逃的太守一家子，說來也有意思，這太守一家子逃了出去，半道上不知道為什麼又打算折返回來！」

肖若海面露猶豫看了眼白卿言：「屬下那個時候正好也是要來遂寧城，便混入太守一家的隊伍中，直到進了遂寧城，太守一家子才知道屬下是大周的人，此刻太守一家子已經被我們控制關押了起來。」

白卿言知道肖若海還有話要說，故讓白家諸人先去花廳休息片刻，稍後一起用晚膳。

「這一路回來，我瞧出這太守懼內，又發覺不論是出逃還是折返一應主意都是這位太守夫人在拿主意，便留心打探了一二，這才知道這位太守夫人不是旁人……是葉城關守城將軍葉守關的庶妹葉英婻，聽說早年在葉老將軍還在世時，這位太守夫人和她的姨娘很是得寵，葉老將軍英明一世……臨老了卻想將一個妾侍扶正，因此還氣死了葉守關將軍的母親，葉守關將軍差點兒和葉老將軍恩斷義絕，後來還是葉家宗族的人出面，才將此事壓了下去。」

這些話，肖若海當著白家其他幾位公子、姑娘的面可不能說，這九公子和五姑娘、六姑娘、七姑娘可都是庶出的，所以肖若海刻意避開才同白卿言說起這件事兒。

白卿言，接過魏忠端上來的熱茶，徐徐往茶杯裡吹著氣，靜靜的聽著。

「關押太守一家的過程中，太守夫人的一雙兒女因太過害怕，又想搏一搏容華富貴前程，哭求著讓太守夫人葉英婻將玉佩拿出來，還說他們有破葉城關的妙計獻上，只求能保他們一家的官職，更要求要以此玉佩來交換讓五公子迎娶她的女兒。屬下便自作主張順勢審詢了一番，才得知葉守關將軍的副將與其父曾經在葉老將軍面前向天神立誓要護葉英婻周全，不論付出任何代價！葉守關身邊的長隨也曾經因為愛慕葉英婻而至今未娶，只要拿著他贈予的貼身玉佩去見他，他一定會為夫人偷出權杖！」

葉城關現在防守極為嚴苛，尋常將領可管不上城門開關之事，尤其是兩國開戰之後，如今開關城門都需要葉守關將軍的權杖才行。

肖若海在審問的過程中，對太守是有些好感的。太守雖軟弱，但他知道西涼大勢已去，他並不像其夫人般貪心，自作聰明，只求大周拿下葉城關之後，可以放他們一家子平安離開！

肖若海還在述說著，春枝已經按照魏忠的吩咐將銅鍋子準備妥當。

用晚膳的地方安排在花廳，羊湯銅鍋子上氤氳著熱氣，和撲面而來的羊湯香味。

「陛下，晚膳已準備好了！」外邊傳來魏忠的聲音，請白卿言移步用膳。

「辛苦乳兄了，咱們邊吃邊說……」白卿言道。

肖若海應了一聲，便隨白卿言一同移至花廳，又挨個同白家諸人行了禮，挨著衛兆年將軍坐下。都是軍旅之人，又都是自家人，出門在外便不講究男女不同席。

肖若海將玉佩交給魏忠，煩請魏忠交給白卿言，又緩緩開口：「這玉佩就是當年葉守關將軍身邊的長隨送給太守夫人的，太守夫人本還要求……讓她的女兒帶著玉佩去找葉守關將軍身邊的長隨，便能夠偷出權杖來，因為她的女兒與年輕時候的她長的很相似，但太守後來同屬下說了些話，意思是……他的女兒與太守夫人年輕時並不相似，且她的女兒心思重，萬一中途生了什麼別的心思，會添亂，讓全家丟了性命。他願意協助將太守夫人和其千金平日裡都喜歡什麼，都有哪些習慣詳細的寫下來！」

「他女兒多大？不如我假扮那太守夫人的女兒，帶著玉佩潛入葉城關去找人？」白錦昭忙轉頭看向自家長姐請命，「長姐，讓我去試試吧！」

「五姑娘怕是不合適，這太守家的姑娘是養在閨閣之中的，不似五姑娘這麼神勇上陣殺敵，身上帶著殺氣，恐怕會被人戳穿。」肖若海說得十分委婉，五姑娘這訓練和征戰被曬得如此黑，哪一家嬌養的千金，會被曬成這副模樣。

也只有他們白家，不把千金當千金，不論男女都要上沙場歷練。

說起來，肖若海還是很心疼他們大姑娘……和白家其他幾位姑娘的。

「那我去？」白錦華有些拘謹，「可我不太會演戲！」

「此行有危險嗎？」白錦瑟皺眉問肖若海，「若是沒有危險，我倒是有一個人選！」

白卿琦抬眸朝自家七妹看去，他心中也有一個人選，約莫和七妹想的一樣，這個人的演技可謂是如火純青，從被盧姑姑撿了之後就開始演失憶，就連他的弟弟妹妹都給她騙過去了。

盧寧嬅聽白錦瑟這麼一說，就知道說的是盧了塵，有些憂心：「可……可這了塵的身分還不明，都是我不好，我本想著這個小姑娘無依無靠又什麼都不記得了，所以……」

「盧姑姑不必如此！姑姑心善是好事！」白卿言笑著同盧寧嬅說。

「盧了塵，應該叫司馬若丹……」白卿琦緩緩開口，「是大都城司馬家的人，和那個來白家軍中參軍的司馬平是堂兄妹。」

「原來三哥早就知道了！」白錦昭睜圓了眼睛。

「否則，你以為三哥會將人留在咱們白家軍中？」白卿雲笑著道。

「也是啊……」白錦昭笑著撓了撓腦袋。

「司馬家，是御史中丞司馬大人？」盧寧嬅在大都時跟在大長公主身邊，對都城官員還是清楚的，尤其是這位御史中丞司馬大人，當初可是鬼精的很，梁王鬧事之前，便告假在家……徹底避開了梁王那灘子渾水。後來，因為和秦朗家的關係，在新朝建立的時候，便沒有被免職，還是在御史中丞的位置上。

「難道是司馬家宗族的人？」盧寧嬅話音剛落，就聽外面來報說盧了塵求見。

白卿言笑著用熱帕子擦了擦手，又將帕子放回春枝捧著的黑漆方盤裡：「看來是想清楚了，讓她進來吧，給了塵姑娘添一雙碗筷。」

「看來長姐是真的很喜歡了塵……司馬姑娘啊！」白錦昭笑著道。

春枝將司馬若丹請了進來，此時的司馬若丹已經換上了自己被盧寧嬅姑姑救下時，穿的那身妃色蘇繡茶白綴粉蘭香花綾襖，領緣交疊，下著霜色襦裙，頭上只簪著一根白玉簪子，看起來十分素淨，又黑又亮的眼睛都是紅的。

她是下定了決心才來找白卿言的，她的確沒有料到身為一國君王的白卿言，竟然那般隨和，不但沒有治她的欺君之罪，反而還和師父說她定然是有自己的難處。司馬若丹眼眶濕紅，她也不想瞞著白卿言，心一橫便換好了衣裳，也收拾好了行囊，準備將實情道出之後便離開。

她進門，視線先落在白卿琦的身上，見白卿琦望著她的神情還是那般平靜無瀾，便鄭重對白卿言叩首：「陛下，民女裝作失憶一路跟著師父來到邊塞，是因為從那個家裡逃出來便無家可歸了。」

盧寧嬅心提了起來，合著還是一個富家千金出逃的故事，這傻姑娘是畫本子看多了吧！

「不敢欺瞞陛下，其實了塵是司馬家的姑娘，御史中丞司馬彥是了塵的二叔，民女本名喚司馬若丹……」司馬若丹俯首不敢抬頭，剛說到這裡便已經語聲哽咽。

御史中丞司馬彥這可是司馬平的父親，司馬彥和秦朗的父親可是正兒八經的表兄弟，若是這麼說……這司馬若丹是司馬平的堂妹，還是秦朗的表妹，可白卿言記得這司馬彥……可是司馬家的獨子，怎麼就成了二叔？若是按照宗族排輩司馬若丹也不會專程拎出來司馬彥了，畢竟司馬家還在世有權有勢的可不止司馬彥一人。

正在給白卿言換熱茶的魏忠聞言，低聲在白卿言耳邊說：「說起御史中丞司馬大人一家子，老奴倒是知道一些，司馬中丞雖說是司馬家的獨子，可前面……其實司馬老大人曾經過繼過一個兒子的。」

白卿言轉頭朝著魏忠看去。

見白卿言感興趣，魏忠接著道：「老奴聽說……是司馬老大人年輕的時候糊塗了些，沉迷煙花之地，後來生了一場大病，太醫診斷說不能有孕了，便從宗族過繼了一個……父親早逝，母親正準備回娘家改嫁的孩子。」

司馬若丹用衣袖擦了把眼淚，低垂著頭，十分難堪。

「誰知道六年後，司馬老太君竟然有孕了……生下了司馬中丞，所以司馬中丞在家中應當排行老二。」魏忠瞧了一眼司馬若丹笑著道。

白卿言朝白卿琦看去，見白卿琦垂著眸子，想來白卿琦已經查清楚了。

「春枝，將司馬姑娘扶起來……」白卿言對司馬丹若露出笑容，「坐下我們慢慢說。」

司馬若丹受寵若驚，對白卿言叩首，卻推辭了春枝要扶她起來的動作，她哽咽著說：「民女有欺君之罪，陛下還是讓民女跪著說完吧！自從二叔降生之後，我父親在司馬家的地位便十分尷尬，原本曾祖父想讓祖父和祖母將父親送回本家的，可父親的親生父親已經沒了，親生母親也已經改嫁，所以祖父便在我父親十歲那年……將他送到莊子上養著，從此司馬家對父親不聞不問，全當沒有父親這個人。」

在她七歲之時，父親病了……她偷偷跑離莊子想去求祖父母施以援手，卻被司馬家的下人給打了出來，說司馬家從未有過什麼大爺。

當父親看到全身淤青的司馬若丹，淚流滿面，只說讓司馬若丹以後再也不要去司馬府了。

那時司馬若丹心中對司馬府充滿了恨意，可是他的父親總是說不能忘記司馬家的恩德，不論如何祖父母都將他衣食無憂的養大了，也沒有讓莊子上的人苛待他……

所以久而久之的司馬若丹便對這素未蒙面的祖父母多了幾分感激，覺得定然是那些下人狗眼看人低，祖父和祖母根本就不知道她去求見過。

父親病了之後，她的母親為了父親的藥費便更辛苦了，可就是這樣父親也沒有能撐過第二個夏天，就那麼去了……

白錦昭微微張著嘴巴，忍住沒有打斷司馬若丹的話，可做人怎麼能這樣呢？因為生不了過繼了孩子，現在自己生了孩子，就又把曾經過繼的孩子送走，當做沒有這個人！

難怪這麼多年，從來沒聽說過司馬平的父親還有一個哥哥。

「我以前經常聽父親提起一位薛伯父，父親說薛伯父雖然是一個商人，但很是重情重義！就在父親去了沒有多久，薛伯父就到了，薛伯父原本是接到父親的信知道父親病入膏肓，所以帶了銀子來救父親的，誰知道還是沒有趕上！薛伯父拿出父親親筆信，說父親在臨去之前寫信給他，將我託付給他，想要將我的終身託付給他的兒子，若是薛伯父能成為我的公公，他就放心了……」

司馬若丹提到父親語聲哽咽的不成樣子。

「薛伯父說，他雖然是個商人，可是兒子書讀的很不錯，名喚薛仁義，還說……若是我母親願意，他想等兒子科考之後，娶我過門，母親想著這是父親的心願便應了下來！」

司馬若丹沒有忘記薛伯父走的時候，將身上所有的銀子都留給了她和母親讓她們日子好過些，她是打從心底裡感激薛伯父的。

薛仁義，白卿言沒想到這司馬若丹的未婚夫，還是一個熟人。

白錦瑟自然也是想起了這個人，轉而朝著自家長姐看去，她記得……長姐登基之後，國子監帶頭鬧事的便是這個薛仁義，不過最後還被長姐給說服了。

「後來鬧出科舉舞弊案，薛仁義被牽扯其中，案子當時鬧得大……我母親一聽便去了司馬府求見御史中丞司馬彥，求司馬彥救薛仁義一命！順帶著將我和薛仁義婚約之事，說與了司馬家，誰知……祖母竟然讓人將我母親趕了出來，說當年父親已經被除了名，已經不是司馬家的大爺了！」

司馬若丹也是那個時候才知道，母親曾經也是正經官宦人家的千金小姐，可一家子被當年妖妃的母家害得家破人亡，是父親求了司馬家……以將名字從祖父母名下劃掉，從此不再登司馬家大門為條件，讓司馬家救下了母親。

「再後來重考之時，薛仁義又因薛伯父突然病重，沒能參加科考便回鄉照料薛伯父了，但……薛仁義在考前已經展露才華，看過薛仁義文章的人都說原本薛仁義應該在三甲之列，他雖然沒能參加科考，卻進了國子監，陛下又要在今歲舉辦科考為大周選取人才！所以司馬家就動了婚約的心思……」

司馬若丹眼淚吧嗒吧嗒往下掉：「司馬家知道我與薛仁義有婚約，便讓人將我接回司馬府，同母親說……祖母當年是惱恨父親為了母親就離家，所以才不喜歡母親，可我到底是父親的女兒……將來薛仁義定然會榜上有名，到時候我從司馬府裡出嫁，也算是給薛仁義錦上添花，畢竟薛仁義的祖上都是從商的！」

「母親也想著，我若是回到司馬家，從司馬家出嫁……也算是圓了曾經父親為了母親離家的虧欠！」她喉頭翻滾哽咽，「我原本是不願意的，我與薛仁義素未蒙面，我並不在意最後是否能嫁給薛仁義，可是不忍母親為難，也感激薛伯父，就隨那嬤嬤去了司馬府，誰知道他們竟然讓司馬家庶出的女兒頂替我的身分去見薛仁義，還設計讓貼身婢女將我的貼身衣物偷出去給一個老鰥夫，扣我一個淫亂之罪，要將我押去永州同那老鰥夫成親！」

司馬若丹說到這裡目光顯露狠色，彷彿有著滔天的怒意，積聚在心口，恨不能殺人。

「我逃了出去，回到家才知道……我走的第二天，我母親就被他們逼死了！他們說我母親是當年的罪臣之女漏網之魚，將來薛仁義或許會是狀元，狀元郎的岳母怎麼能是原本要被送往官窯的罪臣之女……」

曾經的司馬若丹雖然有些潑辣，但是個單純而心善的姑娘，對人……尤其是對親人，她根本就沒有防備之心，她本就和薛仁義沒有見過面，婚約被搶走了就搶走了，她也不是那麼在意，可他們逼死了自己的母親，這……司馬若丹堅決無法原諒！

司馬若丹已經泣不成聲，仰頭望著白卿言，滿目的悲痛欲絕：「什麼我都可以不要，可我不能不要我娘親！我娘親被他們騙得自盡了！」

她緊緊攥著自己的衣裳裙擺，哭的不能自抑：「我娘親……自盡了！她滿心以為她自盡了，司馬家會讓我成為真正司馬家的千金！是他們騙了我娘！是他們殺了我娘！我再也沒有娘了……他們殺了我娘！逼死了我娘！我一定要讓他們司馬一家血債血償！」

聽到司馬若丹歇斯底里的喊聲，盧寧嬅雙眼通紅，罪臣之女要被送到哪裡去，她心中自然是清楚的。司馬若丹這樣的情緒，讓滿屋子的人都沉默了下來。這屋子裡，除了早已經將司馬若丹調查清楚的白卿琦之外，其餘人都是頭一次知道司馬若丹背後竟然還背負著仇恨。

白錦昭聽完司馬若丹的故事已經氣得不行，她站起身將司馬若丹扶起來，紅著眼道：「了塵姐姐，不管你是了塵姐姐還是司馬姐姐，總之……你都是我白錦昭認定的朋友，等回到大都城我一定會替你和你娘討回公道！還有那個薛仁義，我也會帶著你去找那個薛仁義，告訴薛仁義你才是他的未婚妻！」

白錦昭和白錦稚的脾氣最像，都以俠女自居，喜好打抱不平，聽到這麼慘的故事……心中早已經忍不住，想要此刻就殺上司馬家大門！做人怎麼能這麼幹呢！要人家當養子的是司馬家，不要人家的也是司馬家，最後搶了人家女兒的姻緣不算，還要把人家嫁給老鰥夫，這都是什麼妖魔鬼怪，簡直和他們朔陽白氏宗族那些人沒有什麼區別。

司馬若丹含淚望著白錦昭，她和白錦昭也相處了一段日子了，知道白錦昭是個十分有俠氣的人，她含淚搖頭：「沒關係的，我的仇我來報！而且……我也不稀罕這個婚約，全都是為了我爹爹和娘親，現在我爹爹和娘親都已經沒了，這個婚約對我來說也不重要了。」

最開始司馬若丹是真的什麼都不記得了，可半個月之後……她便陸陸續續想起來不少，但她還是裝作失憶，留在白家軍中不肯離去，她害怕旁人知道她恢復了記憶便要趕她走，承認自己害怕露出破綻，所以還是裝作和沒有想起往事時傻乎乎的模樣。

她也承認自己有那麼一段時間是存了歪心思……因為這裡是當今陛下的弟弟和妹妹，她若是能嫁給大周皇帝的弟弟，榮耀返回大都城，必定能讓司馬家付出代價！

可……她並非全無真心，她是真的喜歡白家這些將軍和姑娘，真心……喜歡白卿琦，喜歡這個在生死一瞬奮不顧身救下自己的男人，喜歡他的光風霽月，他的豁達淡然。

她沒有指望著能成為白卿琦的正妻，哪怕只是侍妾也好，她只想陪在他的身邊。

但這種想法，隨著同白家的女兒郎接觸的時間越久，便越是淡，她更想要同白家的女兒郎一般，建功立業……

「我想要報仇，所以我留在了白家軍中！我承認最初自己心思齷齪……想要嫁給陛下的弟弟！成為高高在上的皇室兒媳婦！我每日都在幻想將來返回大都城時，司馬家的人匍匐在我腳下求饒的場景！」司馬若丹從未對一個人如此坦誠過，「可我看著五姑娘、六姑娘和七姑娘，再看到陛下，我便醒悟了過來，或許之前的世道身為女子想要報仇，需要依附男子。可現在陛下主政！

我能走的路多了……我可以和陛下一樣在戰場上立功！我也可以去考科舉，不枉費父親和母親教我一場！」

父親給她起名的丹字……取自丹青不渝，希望她如丹青之色永遠純正，她不能讓父親失望。

司馬若丹再次對白卿言跪下叩首，亦是對白家其他人叩首，又對盧寧嬅叩首，她望著白卿琦，決定將這分愛意深藏在心底，鄭重對白卿琦叩首一拜：「司馬若丹與陛下和白家諸位將軍坦白，這些日子……給諸位所帶來的麻煩，司馬若丹在這裡向各位叩首謝罪，師父……還有白家諸位將軍救命之恩，司馬若丹沒齒難忘，必會報答！今日……就此拜別諸位恩人和師父！」

司馬若丹挺直腰脊，含淚再叩首。

白卿言看著司馬若丹，能對司馬若丹的恨感同身受，當初她帶著白家的血海深仇回來，那時的恨意……是何等的滔天。她扶著春枝的手起身，走至司馬若丹面前，彎腰雙手將司馬若丹扶了起來：「既然已經想明白了不願依附男子，想要建立功業……那便不必離開白家軍，更何況盧姑姑已經是你的師父，算起來你也是白家軍自己人。」

「陛下……」司馬若丹語聲哽咽。

「眼下，有一件事情需要你去做，事關拿下葉城關，不知道你可願意？」白卿言笑著問道。

司馬若丹聽到這話，用力點頭：「司馬若丹萬死不辭！」

「好……先坐下！我們邊吃邊說……」白卿言將自己的帕子遞給司馬若丹，又拍了拍她的手。

司馬若丹與司馬家的仇，該怎麼報如何報，這是司馬若丹自己的事情，白卿言只希望這個孩子不要被仇恨太沖昏了頭，不要在報仇的同時……讓汙穢沾染了她的心和品格。

肖若海將要冒充葉英嫡女兒，潛入葉城關之事告知了司馬若丹。

司馬若丹點頭：「這個我能做！但是……我需要見一見這位姑娘和夫人，另外若是能知道這位夫人日常有什麼延續了很久的習慣，還有吃食上的偏好，最好！以防若是潛進去了之後，那長隨試探。」這是司馬若丹頭一次為大周陛下辦事，務必要將事情辦的漂亮，如此才有下次為大周皇帝辦事的機會。

「司馬姑娘放心，一會兒我便命人將太守夫人和太守千金的詳細習慣，給司馬姑娘送過來！」隔著銅鍋子氤氳的熱氣，肖若海對司馬若丹淺淺頷首後又道：「司馬姑娘若是想要瞧一瞧這太守夫人和太守的千金，一會兒我也可命人安排，讓姑娘在暗中瞧上一會兒。」

「多謝大人！」司馬若丹起身對肖若海行禮。

肖若海不敢托大，起身還禮：「同是為白家軍辦事，不敢領受姑娘的謝字。」

用完晚膳，肖若海帶著司馬若丹去見太守夫人和太守的女兒時，司馬若丹突然讓肖若海等等，她走至盧寧嬅面前，雙眸含淚望著盧寧嬅：「師父……我不該騙你！」

「好了，人人都有自己的苦衷！」盧寧嬅對於自己這個徒弟還是很喜歡的，「只是，為師希望你不要被仇恨蒙蔽了雙眼，希望你永遠不要忘了自己的本性，永遠是那個性子純真的小姑娘了塵，即便是要報仇也要用最光明正大的方式。」

司馬若丹頷首：「我知道了師父！」

白卿言帶著弟妹們接著商議怎麼打葉城關……雖然司馬若丹假冒太守之女入城，可還是要有兩手準備，萬一……中間發生了什麼意外，偷不到權杖，就要強攻了。

「青竹，你多派幾個人護著司馬若丹，若是真的出了什麼岔子，告訴他們務必要護司馬若丹安全！」白卿言叮囑沈青竹。

「是！」沈青竹應聲。

「當初西涼一戰，他們買通了劉煥章，這一次若是能拿到葉守關的權杖，直接殺進去，滅了西涼的士氣，滅了西涼的國，才能出了我這一口惡氣！」白錦昭道。

「陛下……」魏忠打簾進門，行禮後，「二姑娘和五公子留香山大獲全勝，活捉了阿克謝，正在來遂寧城的路上，估摸著明日就到了，燕國也從東往西一路攻打西涼城池，往雲京方向而去！」

白卿言聞言走至輿圖前，白卿琦拿起桌上的燭火走至白卿言身邊，替白卿言將輿圖照得更亮……

她大致能猜到慕容衍要帶著燕國大軍走哪一條路。

「二姐和五哥真厲害！」白錦昭眼睛都亮了。

「我早就知道二姐和五哥能贏！」白錦華眉目間全都是笑意。

白卿雲也點頭，他已經知道五哥之前便是鬼面王爺，五哥和二姐兩人一起，能贏是理所應當的事情。

白卿玦轉而看向自家三哥，之前三哥一直在為沒能救下五哥自責，後來聽說五哥回來了……三哥雖然面上不顯，可他知道自家三哥是最高興的，甚至開始在心中期盼著，有其他白家子能和五哥一樣被白家最忠誠的白家軍將士們救出來，被他錯埋了。

白錦瑟知道要見到自家五哥了，眼眶濕紅：「明日一早就到嗎？」

「回七姑娘正是！」

「二姐和五哥帶著大軍一到，我們人數上就能占據最大優勢，即便是正面硬碰硬也是可以的！」白錦昭高聲說。

「葉城關可不是人數多就能拿得下來的！」白卿琦語聲帶著淺笑。

衛兆年也跟著點頭。

「葉城關兩側峭壁上都建了高牆，就算是我們的虎鷹營真正要爬上山再殺入城中也是困難重重！」白卿雲轉動輪椅來到白卿言的身邊。

白錦瑟拳頭緊了緊，就見自家七哥揉了揉她的頭頂：「你有什麼法子就說給長姐聽！自家長姐面前，你有什麼可怕的？」

白錦瑟用力點頭，快步走到白卿言的面前：「長姐，我有一個法子！若是司馬姑娘的法子失敗了，或可一試！」

「小七說來聽聽！」白卿言用鼓勵的眼神看著拳頭緊握的白錦瑟。

「長姐覺得……讓人假裝李天馥怎麼樣？反正現在這李天馥就在我們大周手中！」

白錦瑟說完，走至輿圖前，手指在葉城關的城牆和葉城關兩側峭壁上的城牆點了點，接著道：「這葉城關，年年都在修高加固，越發的易守難攻，但……葉家世代對西涼皇室忠心不二，和雲破行一樣！當年雲破行可以羞辱我五位哥哥，只為動搖父親守城之心，動搖我白家軍的軍心，逼著父親出城決戰！我們為何不能如法炮製？」

白錦瑟轉過頭來看向白卿言，仇恨在她的心中一日都沒有消失過，如同熊熊烈火燒得她日夜難眠，她目光堅韌：「這一次，葉家面對的是他們西涼的女帝，葉守關將軍必然會帶兵出來救人，可以讓我們白家軍的將士提前埋伏好，趁亂更換上西涼軍的衣裳，讓這些將士一同跟隨葉守關回城，屆時葉守城若是不敵必定會回城，一旦他率領我們的白家軍入城，便讓這些將士與關城門的西涼將士們廝殺，我們帶兵殺進去！」

「不論司馬姑娘能否成功，對於我們來說，這都是多一重保險，萬一司馬姑娘這邊兒露了馬腳，我們也能快速進城救下司馬姑娘！」白錦瑟說完，垂眸攪弄著自己兩隻手，「就是法子有些不光明正大……」

「兩軍交戰各顯所能，只要拼盡全力，不侮辱對方將士和將軍，就是光明正大！」白卿琦緩緩開口，「更何況兵不厭詐，葉守關若是出城救『李天馥』是忠心為主，不救……便會大大影響西涼守城將士的士氣，不論如何對我們都是有好處的！長姐以為呢？」

「或許可以三管齊下！」白卿言雙手負在身後，笑著道，「請司馬姑娘……裝作太守夫人的女兒前往葉城關，進城之時就將大周已經活捉李天馥之事告知葉城關的將士們，隨後再拿著太守夫人的玉佩前往葉城關尋找葉守關將軍的長隨，告訴他西涼皇帝李天馥就在大周的手裡！就說……遂寧城的太守和太守夫人本來都在去葉城關的路上了，中途聽說了大周活捉了李天馥之事……」

「太守夫人葉英嫦本就擔心會被葉守關拒之門外，又想著西涼皇帝都在大周的手中，西涼想來是大勢已去，便乾脆搏了一把，掉頭回了遂寧城……想要以葉守關妹妹的身分，用勸服葉守關投降或是偷到權杖打開城門為條件，讓自己的女兒嫁入大周皇室。」

白卿言輕撫著腹部，緩緩踱步：「可大周皇室可不是任由葉英嫦欺騙的蠢人，自是不見兔子不撒鷹，而葉英嫦也因為貪心……和李天馥一樣被抓了起來，所以葉英嫦才讓她帶著權杖來求這個長隨，只有長隨拿到權杖才能暫時保住李天馥和太守夫妻倆的性命，要是他拿不到權杖，打不開城門，那麼……我們大周便會在攻城之時，用西涼皇帝李天馥和太守夫人當做盾牌前進！」

白卿言心裡清楚，偷權杖不是那麼簡單的，權杖調度城門開關，那可是關乎一城存亡的東西，葉守關又怎麼會輕易讓人偷了去？

「葉英婻的女兒，深知母親這一次在大周跟前栽了跟頭，她也怕葉守關因為和太守夫人葉英婻多年積怨，會想要趁機除掉自己的母親，然後殺了李天馥，自己占山為王為由，請求長隨幫忙！」

「只要葉守城將軍的長隨作為西涼人，不擔心傷到他們西涼的皇帝，作為太守夫人多年的愛慕者，不害怕傷害到他心尖兒上的人，便可以不顧李天馥和葉英婻的死活！」

白卿言語聲慢條斯理，很快將整件事情的來龍去脈都給理順……定出了方向。

整件事情真假半摻，只要其中一兩件事情能夠對得上，便會大大增加整件事情的可信度。

比如遂寧城的太守和太守夫人葉英婻在去葉城關的路上折返，定然有逃入葉城關內的西涼人看到知道，那麼……葉守關從這些人這裡稍微打聽一下，便知道此言不虛，其他事情的可信度也會大大提高。

聽白卿言如此說，白卿玦道：「長姐的意思，是要減輕這個長隨的負罪感，讓他覺得他偷權杖不僅僅只是為了救自己的心上人，還是為了救西涼的皇帝，是在盡忠……」

「還有就是，葉守關或許會對李天馥在我們大周手中之事生疑，懷疑葉英婻的女兒是怎麼通過重重把守到達葉守城的！」白卿言眉目間帶著淺淺的笑意，「萬一此事中間出了什麼差錯，這長隨只要在偷權杖時或之後被逮住了，或許會順勢將李天馥在大周軍營，並且將他們要是偷不出權杖將城門打開，我們就會殺了李天馥和遂寧太守夫婦的事抖出來……」

「長姐是想要用這個法子，讓葉守關相信，李天馥在我們手中？」白錦昭皺眉，「可……這能行嗎？」

白卿言笑著搖了搖頭。

「整件事不是為了讓葉守關信，而是為了讓葉城關的將士們……對李天馥在我們大周手中的消息深信不疑！所以事情最好鬧大，鬧得越大越好……讓更多的葉城關將士們相信李天馥在我們手中，如此……當我們帶出假的李天馥，葉守關若說李天馥是假的會被自家將士們懷疑。」白卿言眉目淺笑，看向提出這個主意的白錦瑟，「與此同時，我們按照小七說的，讓將士們提前埋伏好，用『李天馥』來引葉守關帶兵出城迎戰！」

白卿琦點了點頭：「派遣內應入城、正面迎敵、虎鷹軍將士入葉城關！三管齊下……定能成事！」

「長姐的法子好！我就說有長姐在，我們一定能打勝仗！」白錦華聽白卿言如此說完，彷彿已經勝券在握。

「法子是小七想的，我不過是照著小七和阿玦的法子，將事情想得更細一些。」白卿言抬手摸了摸白錦瑟的髮頂，「這一次……正面出征，小七就跟在我的身邊！」

「是！」白錦瑟抱拳應聲。

「那就今夜讓司馬姑娘啟程前往葉城關，我們大軍明日一早出發！擺開陣勢即便是不攻城……也嚇一嚇那些西涼兵！」白錦昭用力攥著拳頭道。

第四章　做戲天分

當天夜裡，暗地觀察了葉英婻一家子很久的司馬若丹連夜出發，上了馬車趕往葉城關，她本來心裡不安怕自己要是演不好壞了陛下和白家軍的大事，可陛下不但派了人保護她，還同她說事情辦不好不要緊，一切以她自己的安危為重，讓她自己隨機應變。

陛下還說，在明日大周軍隊辰時開拔前往葉城關之前，她要是真的避不開葉守關的人，也就不必避開，故意甩開葉守關的人去找那長隨依計行事，哪怕是讓葉守關知道了，他也不會難為一個姑娘家，或許會將她關入大牢，或許會念在舅甥情分上將她軟禁，這都不要緊，大周軍一入城便會來救她。

司馬若丹對白卿言深信不疑，陛下可是當初滅蜀和平定南疆、北疆的大英雄，戰無不勝，論打仗……這世間又有幾個人是他們大周皇帝的對手！

這是陛下頭一次給她任務，她一定要漂漂亮亮的完成。

坐在顛簸馬車內的司馬若丹緊緊握著手中的玉佩，閉著眼想著那位太守千金的言行和姿態，頭一次假冒別人，而且也沒有時間給她練習，她只能在腦海中一遍又一遍模擬太守千金說話的腔調和動作。

她走之前七姑娘白錦瑟和她一同順過了，她是被家中忠僕護著，途中搶了旁人的馬車才一路逃了過來，形容自然要狼狽些才顯得真實，所以她的衣裳上有被刀劃開和撕裂的痕跡，頭上還沾著枯葉。

葉城關。已經子時，葉守關的副將還在城牆之上巡視。

「將軍，您去歇著吧！這大周剛剛打下遂寧城，不見得會立刻就來我們葉城關，而且葉城關是天下難攻的關口，也不是他們大周想啃就能啃的！」城門守正跟在副將身後，低聲道，「這風這般大，您還是回去歇一歇吧！」

巡城副將突然腳下步子一頓，緊緊攥住腰間佩劍的劍柄，高聲道：「弓箭手準備！」

隨著副將一聲令下，立在城牆上冷得直打哆嗦的將士們陡然脊背緊繃，紛紛搭箭拉弓瞄準遠處。

黑暗之中，只見一隊人馬，護著輛馬車簷角掛著盞燈籠的簡陋馬車狂奔而來。

「快開城門！」帶頭而來一身勁裝，騎著匹黑馬的護衛勒馬高呼：「馬車裡是遂寧城太守之女，葉將軍的外甥女！遂寧城被攻破，大周已經活捉了我們西涼女帝，太守之女冒死逃出報信！還請葉將軍開城門！」

一聽這話，跟在副將身邊的城門守正忙看向副將：「將軍？要不要上報葉將軍？」

副將看著那馬車，咬了咬牙，半晌之後才道：「開城門！雖說自從老將軍沒了之後，葉家的姑奶奶再也沒有回過葉城關，可到底是將軍的外甥女！眼下遂寧城被攻破，這葉家表姑娘冒死跑出來告訴我們陛下被抓，事關軍情不能耽擱！這樣，開一條縫隙……讓葉家表姑娘進來，我帶著葉家表姑娘去見將軍，其餘人在外面候著，敢有異動直接射死！」

曾經被老將軍讓他們父子向天神起誓要照顧葉英嫡，這些年葉英嫡從來沒有來找過他們，如今葉英嫲的女兒在樓下，即便是明知可能有違軍令，他還是不得不伸出手，不過也僅限這小姑娘一人。

「可是葉將軍有令，不見權杖不得開城門啊！」

「派個人去給將軍報個信！就說是我說的……開個縫隙，讓葉家表姑娘進來就是了！」副將道。

「將軍！」那城門守正單膝跪地，「卑職萬萬不敢違抗軍令啊！我這就派人急速去通報將軍，耽誤不了多久的！還請將軍暫且等一等！」

說完，那守正便轉過頭同下屬說：「快去！給將軍報信！」

副將握了握手中的佩劍，手用力拍了下城牆，道：「算了，我去吧！你同葉家表姑娘說，讓她稍候，我去稟報，馬上就來！」副將說完，轉身朝城牆下走去。

葉將軍對葉英嫲和葉英嫲的母親恨之入骨，萬一要是一聽是葉英嫲的女兒不允許進城豈不是糟糕！若是他去說，葉將軍不允許這葉家表姑娘進城，他還能勸上一勸，若是旁人去說……說不準將軍一個不准，這姑娘就入不了城，怕是要成為大周的刀下亡魂了。

很快，副將將消息送到葉守關那裡。

面部輪廓挺立，一臉鬍子拉碴，披著件大氅坐在火盆前的葉守關繃著臉，聽到葉英嫲的名字眼底就已經翻騰著殺意，可禍不及子孫，葉英嫲和她那個賤人娘是她們，孩子是孩子，葉守關不至於連一個孩子都容不下。

只是，現在正是特殊之時，他又從未見過葉英嫲的女兒，萬一是大周派人假扮的……

副將見葉守關半晌不吭聲，湊近了些道：「現在主要是陛下被大周軍抓了，就怕這表姑娘能被護著冒死逃出來，又帶著陛下的消息，我看這樣……讓那些護著表姑娘來葉守城的人後退，不准妄動，讓表姑娘一個人入城！否則就將那些人全部射死！」

葉守關一張臉被火光映得忽明忽暗，他點了點頭：「就按你說的辦，先讓那姑娘進城……帶她來見我！」

「是！」副將應聲站起身，抱拳行禮後轉身疾步往外走去。

司馬若丹坐在馬車內，手心緊緊攥著衣擺，扯了扯自己的頭髮和已經被她扯破的衣裳，調整呼吸……

很快，城牆之上就有人高聲喊道：「你們這些護衛後退出十丈之外！讓表姑娘一個人下馬車！不許有任何異動，否則就別怪刀箭不長眼。」

司馬若丹一聽這話，猛然抬頭，這麼說……只能她一個人入城了！

白家護衛也是你看我我看你，他們為了做戲做的真一些，身上都帶著傷。

「將軍，我們兄弟幾個為了護著姑娘過來，身上都有傷！可否讓我們兄弟先入城療傷？」白家軍高聲對著樓上喊道。

那副將也不是鐵石心腸，高聲道：「我會帶藥出去給你們，但是……在確定表姑娘的身分之前，你們絕不能入城！特殊時期還望各位諒解一二！」

聽到城牆之上的副將如此說，白家軍無法只得調轉馬頭，對馬車內的司馬若丹低聲道：「姑娘，我們在城外候著姑娘！」

司馬若丹本就心慌，此刻更慌了些，她抬手將馬車窗簾撩開，朝著那白家軍兄弟看去，那白家軍對她輕輕頷首示意她安心。

司馬若丹這才點頭。

瞧見那些護送馬車前來的護衛已經後退，城門這才緩緩打開一條縫隙，副將帶著戒備的弓箭手從門內出來箭指馬車，城牆上的弓箭手箭指遠處的白家護衛……

副將在離馬車不遠處停下，拇指抵著刀柄，戒備地望著馬車，高聲道：「表小姐，請您下馬車！」

司馬若丹只覺自己自己脊背緊繃，她柔弱的語聲中帶著劫後餘生的顫抖：「將軍，我的衣裳破了……能否給我一件披風？」

副將聽到這話越發戒備，他解下自己身上的披風，示意身邊的弓箭手戒備，他上前用刀將披風遞到馬車內。

只見一隻顫抖著的細白小手從馬車簾子內伸了出來，上面還有被刮傷的痕跡，她拿過刀上的披風，不過片刻，便緊緊裹著披風走下馬車……

抬頭，就見一個柔柔弱弱滿臉淚痕，髮髻凌亂還沾著枯葉的清秀女子從馬車上下來，她雙手從裡面緊緊裹著披風，朝副將行禮：「多謝將軍！」

「表姑娘這是……」副將還以為葉英媂的女兒遭到了凌辱。

「逃出來的時候太過匆忙，都怪我……自小肩不能挑手不能提，還連累了護衛們。」司馬若丹學著葉英媂女兒的模樣低垂下頭。

「表小姐先入城，將軍要見您！」副將說。

司馬若丹連連點頭：「我也要見舅舅！」

很快滿身狼狽的司馬若丹被接進城中，副將也讓將士將給白家軍的傷藥放在城門之外，還讓給留下了一點兒吃的和乾淨的水。

司馬若丹隨同副將進了葉府大門，去見葉守關的路上，副將介紹了自己是葉守關的副將，姓趙，她這才如同見到親人一般，低聲說：「來之前，我母親說……外祖母還有母親和舅舅的關係很糟糕，讓我有事可以求趙副將。」

趙副將聽到這話，對司馬若丹是葉英婻的女兒已深信不疑了，他安撫司馬若丹：「那些都是長輩恩怨，將軍是一個襟懷灑落之人，不會將上一輩的恩怨牽扯到晚輩身上，表姑娘放心。」

「可我還是害怕！」司馬若丹一副楚楚可憐的模樣，哭哭啼啼道，「如今母親和父親還有弟弟都在大周那裡，本來我們都要來葉城關了，可是走到半路上，母親接到消息說我們陛下人已經被大周抓了，母親就覺得我們西涼大勢已去，又擔心來到葉城關恐怕舅舅也不會收容我們，這才非要逼著父親掉頭回遂寧城的！」

說著，就已經到了葉守關的書房門前。

司馬若丹看到鬍子拉碴，眼睛裡充滿紅血絲的葉守關，上前行禮，怯懦懦喚了一聲舅舅，又將事情來龍去脈和葉守關說了一遍，跪下求道：「還請舅舅出兵救我父母和弟弟！」

葉守關望著跪地叩首的司馬若丹，眯了眯眼，直到聽見火花爆破的聲音才問：「你母親怕我不讓你們一家子進城，可為何非要回遂寧城？你們已經提前逃出來……就算是不來葉城關，也可以去別的城池躲一躲，為什麼非要回去？」

司馬若丹聽到這話，身體一哆嗦，裝作心虛的模樣朝著葉守關看了眼……

葉守關瞧見司馬若丹這模樣，神色越發冷冽：「天神在上，你最好照實說，否則……我就拿你當細作，直接剁碎了喂狗！」

司馬若丹一張小臉頓時嚇得慘白，這才慌張叩首道：「是我母親聽說咱們西涼陛下被抓了，覺著西涼大勢已去，便想著趁大周軍隊還沒有打到葉城關，我們一家子回去，以她是葉守關葉家的女兒……舅舅您妹妹的身分，誆騙那大周皇帝說她能說服舅舅開城門。」

司馬若丹偷偷抬頭瞧了眼葉守關，忙收回視線，怯懦懦道：「若是……大周想要免戰，就必須讓我與大周皇帝的弟弟成親，她才願意前來勸說舅舅投降！母親……母親……原本是想只要我同大周皇帝的弟弟生米煮成熟飯，到時就算是舅舅不願意降她也已經盡力了，若是我再能懷上大周皇室的骨血，我們一家子的榮華富貴就不擔心了！」

聽到這話，葉守關冷笑一聲：「這還真是葉英嫲的作風！」

「可是舅舅，不管怎麼說，我母親也是您的妹妹啊！求您發兵……救救我母親吧！」

葉守關的長隨進門，給葉守關換了一杯熱茶，視線落在跪在地上哭得脊背直顫的司馬若丹身上，一下就瞧見了司馬若丹身上佩戴的玉佩，他瞳仁一緊，起身立在一旁不敢再看。

他沒想到，他們家小姐竟然將他送與小姐的玉佩給了她的女兒，這是不是說明……小姐一直都是惦記著他的？也不知道小姐現在如何了！

葉守關看著哭得全身顫抖的司馬若丹，又問：「你母親算盤打得如此響，為何你又出現在這裡？」

司馬若丹伏地顫抖：「大周皇帝說……她弟弟的婚姻不是什麼人都能高攀得上的，不但沒有答應，還將我們一家子都關了起來，母親原本是讓我和弟弟兩人逃出來的，可是最後只逃出來了我一個！」

說著司馬若丹就哭了起來：「是我沒照顧好弟弟，求舅舅開恩，在救我們陛下的時候，順手救救我母親、父親還有弟弟！求舅舅了！」

「你怎麼確定，我們西涼的皇帝就在大周手中？」葉守關身體前傾問道，「你不過是個小小的太守千金，即便是有幸進過雲京，也無緣面見聖顏！如何就一口咬定陛下在大周手中，莫不是……想要誆我出兵救你母親和父親？」

「舅舅，外甥女絕對不敢拿此事欺騙舅舅啊！」司馬若丹連連叩首，「當年我們西涼北疆一戰大敗，雲將軍所率精銳盡數折損在甕山，我們西涼求和的時候，當時陛下還是要被送去大周的和親公主，那個時候陛下就下榻在太守府！外甥女有幸見過陛下一面！」

「而這一次，我們一家子回去的時候，陛下就被關在我們隔壁的院子，陛下在那個院子摔東西大罵！說要殺光那些周人！要為什麼天卓報仇……」司馬若丹好似在一邊回憶一邊說似的，「只是那個時候看守我們的人太嚴了，外甥女就沒有敢和陛下搭話！可我逃走的時候聽那些大周軍說了，聽說大周皇帝他們很快就要來攻打葉城關，屆時還要仿效當年的雲將軍，將陛下和我爹娘掛在他們大軍最前擋箭！」

趙副將睜大了眼，轉頭朝著葉守關看去：「將軍！」

葉守關手陡然攥緊，手背青筋直跳，臉色鐵青，將他們西涼的皇帝掛在最前面擋箭，這是在羞辱他們西涼，踐踏他們西涼！

趙副將單膝跪下：「將軍，屬下請命率一隊人馬前往遂寧城救出陛下！不論如何我西涼的皇帝，決不能被周人侮辱！」

葉守關何嘗不知道西涼皇帝堅決不能受人侮辱，可西涼被侮辱的還少嗎？先是李天驕引了個天鳳國來，幾乎將整個西涼都拱手給天鳳國。後來八大家族和天鳳國又扶李天馥上位，雖然葉守關心中多有不滿，可李天馥不管怎麼說都是先帝的血脈，他也認了！

可李天馥非要同天鳳國攪和在一起，去參加什麼四國會盟，他上奏阻止李天馥，可李天馥卻一意孤行，非去不可！四國會盟沒有結果，她作為西涼皇帝，反倒落入了大周的手中！

先是天鳳國傀儡，後要是又被大周擋箭，西涼皇室如此令將士和百姓寒心，人心一散……西涼就要散了啊！一國的皇室，就是一國的凝聚力。

葉守闗垂眸看著還在哭哭啼啼的司馬若丹，半晌之後才轉過頭，對自己的長隨開口：「去，將她先帶下去，嚴加看管！」

「是！」葉守闗身後的長隨應聲走至司馬若丹跟前，道，「表姑娘，請吧！」

司馬若丹應聲，又給葉守闗叩了個頭，哽咽著再三請求葉守闗儘快去救自己的父母和弟弟，這才隨長隨一同退出書房。

那長隨帶著司馬若丹沿著九曲長廊往前走，問起司馬若丹她母親的情況來。

司馬若丹聽到這話，腳下步子一頓，她看了眼身後跟著她的帶刀將士，想起白卿言的話，算一算現在這個時候應當已經快丑時末了。她低聲開口：「能否煩勞您，借一步說話？」

長隨微微一怔，朝著身後的帶刀將士們瞧了眼，笑道：「表姑娘有什麼需要直說便是，小的能辦的一定為您辦，畢竟您是將軍的外甥女。」

司馬若丹下定決心，手拿著自己腰間佩戴的玉佩，含淚問道：「您……知道我母親這玉佩的來歷嗎？」

長隨手心收緊，笑著對司馬若丹做了一個請的姿勢：「小的自幼便在葉府自然是知道的……」

司馬若丹一邊走一邊掉著眼淚，壓低了聲音說：「母親讓我拿著玉佩來找您，說您是這個世界上唯一我能信任的人，求您救救我母親！舅舅和母親積怨甚深，是絕對不會願意救母親的！我如今能依靠的只有您了！我本應跪下懇求，可這裡人多眼雜，我怕給您帶來麻煩，只能如此和您說了！」

長隨喉頭翻滾，他沒想到自家小姐，竟然對她的女兒說，他是這個世界上唯一可以信任的人。

司馬若丹知道那些白家軍的將士們沒有入城，便放心大膽道：「我帶著弟弟逃走的時候，其實被大周皇帝抓住了，大周皇帝扣下弟弟，派人將我送了過來，為的是讓我來偷舅舅的權杖，在他們來攻城的時候將城門打開！否則……大周皇帝就要殺了我的父母、弟弟，還有陛下！」

長隨只覺得腦子嗡一聲，回頭朝著跟在後面的帶刀將士們瞧了眼，克制著心中的不可置信道：「表姑娘，您知道您在說什麼嗎？」

「除了您，我誰也不敢說，他們已經剁了我父親的一隻手，我害怕他們會傷害母親，所以就答應了趕緊過來，母親說讓我找您，您是我唯一可以相信的人，求您了……幫幫我！我必須……救娘親爹爹還有弟弟！求您了！」司馬若丹哭得上氣不接下氣，「大周皇帝答應了，城門一開絕不會傷害百姓，也不會傷了舅舅！求您看在我娘親惦記了您一輩子的分兒上，救救她吧！」

長隨聽到這裡，只覺得熱淚盈眶，惦記了他一輩子啊……

他還記得姑娘出嫁前，狠心和他說盡了斷情絕義的話，後來還是無意中聽到姑娘和貼身侍婢談話中說，寧願他恨她，也不希望他惦記著她一輩子，為她終身不娶守著。就因為姑娘這番話，他這輩子都沒有娶妻，他其實一直盼著熬著……希望什麼時候能把那太守熬死了，他說不定可以和姑娘雙棲雙宿。

但是，眼下姑娘生死一線，要是她不幫姑娘的女兒，別說他們雙棲雙宿，姑娘的命都要沒了啊！

長隨腳下步子沉穩，應聲道：「我知道了！此事我來辦！表姑娘安心歇息！」

「多謝您！多謝您！我父母和弟弟的命，就全看您了！」

司馬若丹被安頓在客房，還有帶刀護衛守著，根本就出不了屋子。

而此時，葉守關的副將，還在跪地請求葉守關讓他帶兵前往遂寧城救李天馥。

聽著趙副將的再三請求，葉守關坐在火盆前沉默不語了半晌之後，才開口：「且先不說大周皇帝就在遂寧城之中，大周定然是重兵把手，帶兵的大周皇帝白卿言本身就是一個帶兵的能手，曾經被白威霆稱讚過的將帥之才，就連雲將軍都不是她的對手！葉英嫡的女兒從遂寧城逃出來，難道她派來追葉英嫡女兒的人……看不出葉英嫡來了葉城關？說不準白卿言現在就正等著我們帶兵去救陛下，早在中途派兵埋伏了！」

葉守關研究過白卿言的打仗手法，此人打仗似乎不擅長陣法戰，喜好設伏耍詐。但戰場上兵不厭詐，能贏……才是硬道理。

趙副將一想，似乎是這個道理。

「再說那個白家三郎……白卿琦，雖然年紀不大，可幾次大戰卻也是個厲害的人物！」葉守關搖了搖頭，「所以我們應當更加謹慎才是！」

「將軍……難道不救陛下了嗎？那可是我們西涼的皇帝啊！若是不救，真的讓大周將陛下掛在他們大軍前擋箭，這讓西涼將士們和百姓……該如何看待我們葉城關的將士們？」趙副將再次抱拳，「屬下願意捨命前往遂寧城，救出陛下！請將軍恩准！」

葉守關抬眸看向自己的副將，道：「你起來吧！我知道你對西涼……對陛下忠心！可是越是緊急的時候，我們越是要沉住氣，不能著了別人的道兒！葉城關不同於其他城池，是除了雲京之外最重要的城池和關口，如今西涼內憂外患，群狼環伺，若是丟了葉城關……西涼的士氣就都丟了！」

更重要的是，葉守關隱約覺得這件事裡透著古怪，若是大周真的已經將他們西涼皇帝擄在手中，現在難道不應該遣使前來與他談條件嗎？

而且重兵把守的遂寧城，怎麼就能讓葉英婻的女兒逃出來？葉守關的心裡還存疑未解。

「將軍！」趙副將喉頭翻滾，眼眶發紅，為西涼皇帝在大周手中著急，也為葉英婻的命著急，現在葉守關將軍為了守住葉城關連陛下都不顧了，更不會在意葉英婻的命了，「如今守城將士都知道陛下被大周抓了！估摸著這會兒已經傳遍了，我們不去救，必會讓全軍上下猜測紛紛啊！」

葉守關猛然抬頭：「守城將士是怎麼知道的？」

「表姑娘一下馬車，就求屬下去救陛下……還有她的父母、弟弟。」趙副將說。

葉守關拳頭一緊：「剛怎麼不說?!」

趙副將錯愕看著葉守關：「剛才表姑娘已經同將軍說過了啊！」

葉守關面部輪廓緊繃著，全軍都知道了，這可不是個什麼好事：「你先出去吧！讓我想想法子！」

趙副將還想再請命帶兵前往遂寧城，可瞧著葉守關若有所思的模樣，還是應聲從葉守關的書房退了出來。趙副將出門時，剛好葉守關身邊的長隨正好回來了，他大致詢問了一下是否已將司馬若丹安頓好，便先行離開。

長隨進門，見葉守關還坐在火盆前，上前低聲道：「將軍還是先瞇一會兒吧，萬一明天大周大軍來襲，將軍才有精力抗敵啊！」

葉守關點了點頭：「若是有什麼事，記得叫我起來！」

長隨頷首：「將軍放心！」

伺候著葉守關躺下，長隨朝著書架上的暗格瞧了眼，替葉守關放下垂帷，候了好一會兒，聽到葉守關的呼吸變得勻稱，這才試探著將垂帷挑開一條縫隙，喚了一聲：「將軍……」

不見葉守關回答，長隨克制著猛烈的心跳，走至葉守關的書架前，打開藏在竹簡後面的暗格，將權杖從裡面拿了出來，緊緊攥在手中。

可拿到權杖他心中也十分緊張，表姑娘說大周皇帝要她偷到權杖在大周攻城的時候將城門打開，但卻沒有說大周何時攻城，若是時間隔得太久怕是會讓將軍發現。

長隨想了想，決定去找表小姐，還得設法將拿到權杖的消息送到大周皇帝那裡去，最好……是能用權杖將葉英婻換回來。想到這，長隨不再遲疑，他悄悄從葉守關的書房中出來，將書房門關上，又匆匆朝著安置司馬若丹的客房小跑而去。

司馬若丹坐在搖曳的燭火旁並未睡，她不知道長隨在辰時之前有沒有辦法偷到權杖，她盤算著不能將希望寄託在一個長隨的身上，成敗的關鍵一定要在自己這裡攥著才是。

她閉了閉眼，若是辰時……長隨那裡還沒有消息，她便哭鬧撒潑求見葉守關，告訴葉守關她其實是被大周威脅著來的，也告訴葉守關她求長隨偷權杖的事情，就說她是個西涼人，最終還是抵擋不過良心，不願意大周奪下葉城關，可眼下西涼皇帝在大周手中，請葉守關在救陛下的同時，看在她全盤托出的分兒上，一定要救一救自己的父母和弟弟！

走之前，陛下交代了，事情要鬧得越大越好，一定要讓更多的西涼將士都知道李天馥在大周的手中，只有如此……若是大周用「李天馥」當做擋箭牌前進，西涼將士才不敢射箭！

若是西涼有將士沉不住氣，也必然會有人殺出城與他們大周開戰，救下李天馥。

就在司馬若丹正在想如何將戲做的真一些時，就聽到外面傳來長隨的聲音。

「我奉命來問表姑娘幾句話！」

長隨是葉守關的親信，兩個看守司馬若丹的將士也沒有懷疑，便開門讓長隨進來。

長隨將門關上，這才從胸前拿出權杖遞給司馬若丹看：「表姑娘，權杖已經到手，不知道大周什麼時候攻城？怎麼將消息傳到遂寧城？小的想著應當用這個權杖先將陛下……姑娘和姑爺還是表少爺換回來才是！」

司馬若丹沒有想到權杖竟然這麼容易就到手了，她接過權杖攥在手中，手指撫摸著權杖似在辨別真假，良久才抬頭問那長隨：「您怎麼會如此快拿到這權杖？會不會有詐？事關娘親性命，還是謹慎一些好！」

「不會的，我伺候著將軍睡著之後，便拿了權杖！」長隨說。

見長隨說得肯定，她這才放下心：「大周皇帝的人將我送到葉城關，他們的人沒有能進來，定然會回去給大周皇帝報信，我想著……他們或許很快便會來攻城！」

她垂眸看著權杖說：「我們將這權杖交給趙副將，趙副將曾經在外祖父的強迫下，對天神起誓會護我母親周全，我想他敢對天神起誓，他必然是會護住我母親的！我們去找他！讓趙副將派人出城和送我來的那些周人說一聲，再悄悄拿著權杖，等到大周攻打葉城關之時，他手持權杖打開城門，我母親父親和弟弟就有救了，陛下也不用再受被掛在敵軍陣前之辱，你能帶我一起出去嗎？」

長隨想了想點頭：「我帶你去找趙副將！」

長隨以葉守關之命為由將司馬若丹帶出府，前往城門方向去找趙副將。

天還未亮，遂寧城燈火通明恍如白晝，黑帆白蟒旗風中咧咧作響。

城牆之上被高高架起的火盆內，火苗來回搖曳，隨風亂擺，將這古老的城牆映得忽明忽暗。

大周的將士們整裝待發，身穿黑甲的騎兵將士們坐在高馬之上，手握火把，披著鎖子甲的駿馬鼻息噴出白霧，躍躍欲試的踢踏著馬蹄。

將士們都知道此戰役對大周的意義重大，須一戰拿下葉城關，更明白葉城關的重要性。

他們大周的皇帝，大周的戰神……與白家諸位將軍親自帶兵出征，必須一戰攻破。

白卿言、白卿琦、白卿玦、白錦昭、白錦華、白錦瑟，皆是一身銀甲，就連坐在輪椅上的白卿雲也身著戰甲，要同自家長姐一同出征。

白卿言沒有阻止白卿雲，也正如白家諸人沒有阻止白卿言一般，攻下葉城關……再往北去，西涼就盡如坦途，滅了西涼才是真正給當年南疆一戰的白家軍兄弟和白家諸人報了仇，才能真正在西涼這片土地上開啟一統之路。

她率先上馬，白家諸人紛紛跟著一躍而上，白卿雲被肖若海扶起，拽著馬鞍也一躍而上緊緊攥住韁繩。她扯著太平的韁繩，調轉馬頭，看著面容被高低亂竄火把映照的弟弟和妹妹們，看著大周的將士們。

「知道為什麼……這葉城關只能我們白家軍打下來嗎？」獵獵招展的軍旗之下，她挺直腰脊，高聲問將士們，「因為西涼和我們白家軍有著血海深仇！」

白卿琦他們緊緊攥著韁繩，看著自家長姐坐下通身雪白的太平馬踣來回踢踏，在最前排的騎兵面前走動，各個心中都激動難耐。

「三年了！當年南疆一戰……白家軍幾乎全軍覆沒！只剩下沈昆陽將軍和程遠志將軍所率的一萬將士，而南疆一戰結束後，白家軍將士不到八千！」白卿言語聲極高，字字清晰而鏗鏘，「今日在這裡的，有曾經白家軍的老將士，也有後來才加入白家軍的新人！我們身著戎裝站在這裡，為的就是為白家軍復仇！我們要讓西涼人知道，如今他們再無法在我們白家軍身上使用陰謀詭計，便絕不會是我們白家軍的對手！」

白卿言坐下太平，似乎也被白卿言的話感染，發出長嘶之聲。

她勒住韁繩，高聲道：「我們要讓西涼人知道，他們西涼號稱的西涼鐵壁，號稱第一雄關的葉城關，在我白家軍的面前不堪一擊！拿下葉城關……西涼於我大周來說便是囊中之物！三年前我們羽翼未豐隱忍仇恨，三年後的今天……唯有滅西涼，才能為南疆一戰死去的百姓，死去的將士，死去的白家將軍報仇！」

「滅國！報仇！」

「滅國！報仇！」

「滅國！報仇！」

白家軍將士們各個熱血沸騰，恨不得現在就殺出去，滅了西涼！

尤其是白家軍的老兵，早已經熱淚盈眶，他們的小白帥曾經說，三年之後帶他們復仇！曾經他們以為他們的小白帥登上帝位，便再也不會帶著他們復仇了。

可如今哪怕她已身懷有孕，依舊在踐行她的諾言！

他們這些白家軍的老人，無時無刻都在盼著這一刻，他們沒有參與到斬殺雲破行的那場大戰之中，今日他們便要捨身勇戰葉城關，滅西涼，以此……來告慰主帥和副帥還有白家諸位將軍，白家軍將士們的在天之靈。

白卿言將手中射日弓高高舉起，聲嘶力竭喊道：「出發！」

「出發！」白卿琦高聲傳令。

「出發！」

傳令出發之聲，猶如浪潮，由最前方開始一浪高過一浪的傳了下去。

她調轉馬頭，一夾馬肚走在最前，白卿琦帶著弟弟妹妹緊緊跟在白卿言身側，黑色鐵甲的重騎兵緊隨其後，馬蹄和黑甲摩擦……聲震巨大。

猶如龐然巨龍的白家軍，帶著一往無前的氣勢，浩浩蕩蕩朝著葉城關的方向而去，身懷有孕的大周皇帝親自掛帥而出，誓要在此一戰，拿下葉城關。

這廣袤的西涼之地，再次出現白家諸位將軍的銀甲身影，再次出現黑帆白蟒旗獵獵作響之聲，不論是已經成為大周皇帝的白卿言，還是失去了雙腿的白卿雲，他們……都是承襲了白家世代人的志向，他們的目標……是要在這一代，便完成先輩天下一統的目標。

與此同時，霞建城風起雲湧，上空烏雲包裹著忽明忽暗的閃電，伴隨著轟隆隆的雷聲，滾滾從遠處撲來，在這正月裡似有暴雨即將要降臨，絕非好兆頭。

霞建城守城將軍，看向遠處漸漸朝霞建城逼來的黑雲，他們甚至看不到閃電撕裂黑雲，只能看到雲團閃閃爍爍。

就在霞建城所有將士的注意力被天空那裏雷的黑雲吸引時，城門之外哨兵快馬而來，高聲呼喊。

「敵軍來犯！敵軍來犯……」來報信的哨兵，喊完便從馬背上跌落倒在了血泊之中

霞建城守城將軍看到快馬而來報信的哨兵，猛地疾步上前，朝著遠處望去……

又是一道閃電撕裂了夜空，霞建城的守將終於看清楚，那翻湧黑雲下……竟然是獵獵招展的黑帆白蟒旗，一身銀甲的白錦稚手握紅纓銀槍，手持平安的韁繩，身後跟著黑甲鐵騎，一眼望不到盡頭，猶如黑色潮水，烏壓壓朝著霞建城的方向而來，氣勢似將將甦醒的巨獸。

「敵軍來犯！鳴鼓備戰！快！」霞建城守將高聲嘶喊，「努床準備，弓箭手準備！火油準備！快快快！」

轟隆雷聲之中，白錦稚高舉手中紅纓銀槍，黑甲騎士齊齊拔刀，衝殺聲撼天震地。

葉城關內。葉守闕雙眸猩紅，猝然拔刀直指自己的心腹：「我如此信任你，你為何背叛我！你是西涼人啊！為何要背叛西涼！」

長隨全身顫抖，卻死死咬著牙不吭聲。

「舅舅！」司馬若丹顧不上自己滿身狼狽，膝行爬上前叩首，「都是我不好！是我求了他去偷舅舅的權杖！大周皇帝已經知道葉城關城門開關需要舅舅的權杖，大周皇帝用我父母和弟弟的命要脅我，讓我來偷舅舅的權杖！否則就要殺了我父母和弟弟！舅舅……我們西涼的陛下已經被周人抓了，我親眼所見，西涼氣數已盡！舅舅……求你念在你與娘親同是葉家血脈的分兒上，救救我父母和弟弟吧！求求你了舅舅！」

司馬若丹哭得上氣不接下氣，字字句句說得情真意切：「我是西涼人不假，可是我們的皇帝都被抓了！西涼還有什麼希望！舅舅不是也害怕大周嗎？所以即便是知道陛下現在就在遂寧城，就在大周的手裡，可舅舅都不敢發兵去救陛下！即便是舅舅想要占城為王，自立門戶，不想再顧忌陛下的死活，那也要設法保住我父母和弟弟的命啊，她不管怎麼說都是您的親妹妹啊！」

司馬若丹聲嘶力竭哭著，讓來捉拿長隨和她的將士們也是驚慌不安，是啊……自家皇帝都被抓了，西涼還有什麼希望，有什麼前途？

跟隨而來的守城將領們，你看我我看你，思索著司馬若丹的話，難不成……葉將軍真的要占城為王，自立門戶？所以才不允許趙副將帶兵去救陛下？

「你放屁！」葉守關目眥欲裂，長劍直指司馬若丹，嚇得司馬若丹癱軟在地，不斷向後挪。

「將軍！」趙副將一把攥住葉守關的胳膊，將他攔住，又瞧了眼哭得梨花帶淚，滿目驚恐的司馬若丹，道，「將軍我們西涼勇士都是為了保護百姓而存在的，斷斷沒有因為幾句話……便向手無寸鐵的本國女娃娃揮刀劍的道理。」

葉守關強壓下火，閉了閉眼道：「我葉守關曾經向天神起誓，我此生只擁護李家皇室，絕不會背叛！若非念在你年幼無知，我定然讓人將你拉下去砍了，以免你亂了我西涼軍心！」

司馬若丹只顧著發抖和哭，好似被葉守關嚇得不輕。

葉守關將長劍收回劍鞘，高聲道：「將這兩個叛徒給我帶下去關起來！隨後發落！」

司馬若丹睜大了眼，忙再次懇求：「舅舅，舅舅求你救救我父親和母親還有弟弟吧！」

突然，城北的戰鼓響了起來，所有人都震驚地朝著城北的方向看去。

「報……」一城北將士快馬而來，一躍下馬單膝跪地抱拳道，「將軍！大周來攻城了！」

聽到這話正拖著司馬若丹和長隨的將士也都停了下來，錯愕看向葉守鬪。

「舅舅！舅舅投降吧！主動開城門能救下陛下，也能救下我的弟弟和父母，舅舅！」司馬若丹高聲喊道，「否則……大周真的將陛下掛在戰車前擋箭，難不成你要將士們朝著陛下射箭嗎?!」

「把他們給拖下去！」葉守鬪厲聲喊完一躍上馬，帶著將士們朝北城門狂奔而去。

葉守鬪帶著一眾將軍登上城門時，遠遠便瞧見一眼望不到盡頭……如巨龍蜿蜒而來，高舉著火把的大周軍隊。

以白卿言為首，還有前來匯合的白卿瑜和白錦繡、白卿琦、白卿玦、白卿雲、白錦昭、白錦華、白錦瑟，這白家九人一字排開，帶騎兵走在最前。

被十幾個將士推著的兩架登雲梯，在最前面，上面分別綁著太守夫人和一個披頭散髮的女子。

趙副將一看到葉英嫞，視線又落在那披頭散髮的女子身上，高呼道：「將軍，是陛下和姑娘！」

葉守鬪用力攥住腰間佩劍，高聲喊道：「努床準備！弓箭手準備！」

大周軍這樣大的聲勢過來，哨兵竟然沒有來報，那就說明大周提前將哨兵給殺了，分明就是有備而來，葉守鬪不得不防。

「將軍！那可是陛下！」趙副將一臉不可置信看向葉守鬪。

「我知道！」葉守鬪轉過頭來狠狠看向趙副將，「準備迎戰！這是命令！」

趙副將單膝跪地抱拳道：「將軍！屬下請求出戰，救回陛下和姑娘！」

見趙副將已經跪下請命，葉守鬪麾下更多的將領紛紛咬牙切齒的跪下，請命：「屬下請求出戰，救回陛下和姑娘！」

因為司馬若丹鬧了那麼一齣，現在將士們幾乎都認定了被掛在登雲梯上的便是李天馥，各個恨得牙癢癢要出戰將自家皇帝救回來！畢竟，將他們西涼的皇帝掛在那雲梯之上，就跟將他們整個西涼的臉面掛在雲梯上沒有任何區別，作為軍人他們怎麼能忍?!

「都別慌！慌什麼！」葉守關拳頭緊握，「那雲梯上綁著的是不是我們西涼的皇帝還是兩說，說不準這就是大周人的奸計！帶兵出去迎戰，只會讓大周將出去的兵力吞掉，然後再來攻打葉城關！葉城關是我們西涼最後的防線！葉城關要是破了，西涼就要亡了！」

將士們瞪大了眼看向葉守關，陡然想起剛才司馬若丹說葉守關要占城為王之事。

有人兩兩對視，心中對葉守關存了疑。

趙副將抬眸朝著死死盯著遠處的葉守關看去，他知道以葉守關對葉英婻的恨意，是絕對不會出兵去救葉英婻的，他現在幾乎是明著說雲梯上的西涼皇帝是假的，看起來誓要罔顧皇帝和葉英婻的死活了。

趙副將緩緩站起身來，他是西涼的兵，他發誓效忠皇室，他更是對葉老將軍起誓，會護葉英婻平安，若是真的到了萬不得已的時候，他即便是反了也絕不會讓葉將軍占城為王的！

其他將領，見趙副將已經站起身，也都跟著起來……

「大周軍隊已逼近，萬一他們推著陛下的雲梯朝城門逼近，將軍難不成要讓我們弓弩全都對準大周軍隊？這要是誤傷了陛下，誰能擔得起這個責任？」趙副將難見的同葉守關如此強硬說話。

其他將領也跟著點頭：「是啊將軍！那可是我們西涼的皇帝！我們這些將士……不就是為了保家護國才存在的，若是皇帝都沒有了，還拿什麼說國？」

「將軍，您……是不是要占城為王，打算自立門戶？」有膽子大的將領乾脆直接問葉守城，

「若是如此，恕屬下不能同將軍同行了！」

「老翟！」趙副將轉過頭呵斥。

葉守闞猛然轉過頭看向那名叫老翟的將領，視線又掃過其他將領：「造反啊?!我葉家世代守衛葉城關，我葉守闞也是對天神起過誓……誓死效忠皇家和西涼的！」

「那將軍為何不許我等帶兵出去迎戰，救回陛下！」老翟聲嘶力竭問。

「你自己看！」葉守闞指著遠處，「大周主力盡在此處！你怎麼救?只有我們死守住葉城關，陛下才能安全無虞！這你難道不明白！」

「將軍說的不對！」趙副將帶頭道，「表姑娘已經說了，大周要推著陛下和姑娘一路前進，逼著我們不敢對大周用箭！」

「是啊！如果大周真的這麼做，我們將士必定束手束腳！」又有將領開口，他朝著遠處看去，大周軍越來越近，即將要進入他們弓箭射程範圍，「將軍，您得儘快拿個主意！」

葉守闞強迫自己鎮定下來，他拳頭緊了緊，知道因為剛才那麼一鬧，他若是不派兵出去試著救李天馥，葉守城內必然會出現軍心動搖的情況。大敵當前，若是軍心動搖，這仗不必打就已經敗了，所以……他現在只能派兵先出去救李天馥！

可這是下策！下下策！大周軍隊距離已經很近了，現在派兵出城救人，救不回來不說，出城的將士恐怕也回不來了。

「將軍！不可再遲疑了！末將願領兵去救陛下！」趙副將再次請命。

「末將願領兵去救陛下！」

「末將也願意領兵前往！若將軍不是打算自立門戶，請讓末將前往救陛下！望將軍允准！」

葉守關轉頭看向神情焦急的趙副將，視線又落在其他或不服氣他的將軍身上，既然他們都這麼著急去送死，他也就不攔著了。

葉守關抿了抿唇道：「趙將軍你是我葉城關最英勇戰將……命你帶五百人馬出城，不要戀戰，救到陛下就往回撤！」

「將軍！」趙將軍語聲著急。

「將軍，只有五百人會不會少？」有人問。

葉守關冷冽的視線朝那將領看去，厲聲訓斥：「我們現在出兵是為了救陛下，不是為了真的和大周軍打起來！如今大周軍隊已經離我們很近了，若是人太多反而會來不及回城！堵在城門口會延誤關城門的時間不說，說不定還會讓我們來不及關門……讓整個葉城關的百姓遭殃！」

「可是五百人怎麼可能殺到大周軍前！」有將領和葉守關爭辯。

趙副將怕再爭辯下去就來不及救李天馥和葉英婻，抱拳匆匆朝樓下跑去點兵。

「床弩手、弓箭手都給我打起精神，一旦趙將軍救下陛下，就不要客氣，給我往死裡射！一定要阻撓大周追兵！讓陛下平安入城！」葉守關高聲喊道。

生氣歸生氣，可到底都是自己的將士，葉守關也不想將士們枉死。

「是！」將士們應聲。

趙副將帶著死士們騎馬立在城門之後，手中緊緊握著長槍，高聲喊道：「開城門！」

被火光映得忽明忽暗的滄桑城門緩緩打開，趙副將帶著五百騎兵輕裝上陣，連鎧甲都脫了，且不許將士帶火把，就是為了能在大周還沒來得及反應過來，就快速救回李天馥和葉英婻。

趙副將死死盯著那兩架雲梯上的人，一個是西涼皇帝，一個是他在葉老將軍面前起誓要護之人，兩個人他都要救下來！

馬背顛簸，速度越來越快！

很快，趙副將已經很接近了……

大周打頭的將士也裝作一副才發現帶著西涼將士來搶人的趙副將……

衛兆年算好了距離，一把扯住韁繩，高聲喊道：「戒備！準備迎戰！」

推著李天馥和葉英婻的雲梯車突然一停，緊隨其後的重盾軍跟著停下，重盾軍兩側陡然衝出身披鎖子甲重甲騎兵，朝著趙副將帶來的將士衝去，重盾兵跟在重甲騎兵之後衝上去。

被掛在雲梯之上的葉英婻緩緩醒來，她看到自己被綁在雲梯之上，嚇得尖叫出聲，她明明和自己的兒子在一起，怎麼會被綁在這裡?!再看遠處，分明就是葉城關！

「救命！救命啊！」葉英婻聲嘶力竭大喊，轉頭看向那個一身西涼貴族服飾的女人，她轉頭朝著大周軍慌亂喊道，「我和葉守關有深仇大恨，他不會為了救我開城門的！求你們放了我！放了我！」眼看著腳下重甲騎兵和重盾軍紛紛衝了出去，葉英婻都能感覺到雲梯的晃動和腳下土地的震動，她哭得上氣不接下氣，生怕一會兒自己會受牽連死在這戰場之上。

葉英婻閉著眼睛不敢看，耳邊盡是金戈碰撞之聲，和慘叫聲。

趙副將讓將士們脫下戰甲，輕裝上陣，原本是為了儘快搶回李天馥和葉英婻，沒想到……大周軍早就有所防備，重騎兵衝撞，重盾兵攻擊，他帶來的西涼將士一個一個被撞下馬，拉入重盾之後，便被誅殺。

拼殺了一陣的趙副將全身是血，抬眸視線看向被高高掛在雲梯之上的葉英婻和李天馥就近在咫尺，正要高聲號召讓將士們拼死一搏，可突然不知道從哪兒冒出來一把利刃從背後穿透了他的胸膛。

白卿言拿起射日弓，搭箭瞄準趙副將的肩膀，控制著力道，放箭……

箭矢呼嘯而來，乾淨俐落貫穿趙副將的肩膀，卡在那裡，疼得趙副將緊緊扯住韁繩，駿馬揚蹄而立，險些將趙副將甩下馬背。

只見一個西涼小將一把拽住韁繩，將駿馬扯住，高聲喊道：「護著將軍撤！快撤！快撤！」

趙副將一手攥著韁繩，一手捂著傷口，還弄不清楚是怎麼回事兒，可也知道自己這個情況怕是暫時救不下，他緊咬著牙關看了眼李天馥和還在嚎叫的葉英嫦，調轉馬頭：「撤！」

他現在這個狀況，即便是拼殺到跟前救下葉英嫦和陛下，也沒有辦法平安將陛下再帶回去，說不定還會連累陛下和葉英嫦失去性命！

眼下，不論是陛下還是葉英嫦對大周來說都還有利用價值，大周不會冒然殺陛下和葉英嫦。

趙副將忍著劇痛，帶著剩下的兄弟們往葉城關內狂奔而去，卻並未注意到……他們回來的人似乎有些多。

「開城門，讓趙副將進來！弓箭手準備，攔截追兵！」葉守關立在城牆之上，拳頭緊緊握著對趙副將高呼：「快！」

「開城門！」趙副將高聲喊道。

城門緩緩打開，葉守關高呼：「放箭！」

「放箭！」

城牆之上，被凍得身體發硬的弓箭手立刻放箭，阻擊追兵。

城門被半開，趙副將帶著將士們騎馬而入，剛要鬆一口氣，突然城門口傳來慘叫聲，他捂著肩膀轉頭，竟然看到剛剛隨他一同入城的將士們，同守門將士們拼殺了起來。

「殺！」

剛才與他們拼殺的重甲騎兵，根本不懼怕箭雨，已然朝著城門方向衝殺而來，趙副將睜大眼看著剛才跟他回來的那些兄弟……

趙副將心中已經明白是他中計了，大周故意將李天馥和葉英婻掛在雲梯之上，分明就是等著他們帶兵出去救人，好藉機讓他們大周的人混入其中入城開門！太狡詐了！太陰險了！

「叛賊入城！殺啊！」趙副將調轉馬頭，轉回去同那些假扮成西涼將士的白家軍拼殺。

「為白家軍兄弟們復仇！」大周白家軍將士們亦是高聲嘶吼，「殺啊！」

城樓之上的葉守關在還沒有聽到趙副將喊聲時，便已經嗅到了不同尋常的味道，他高聲喊著讓關城門……

可將士們看到趙副將入城之後，見自家同袍還正在快馬往城內趕來，不忍心關門讓自家同袍成為敵軍刀下亡魂，竟不顧軍令如山，高喊著讓自家同袍再快一些，遲遲未曾關城門。

聽到趙副將的喊聲，葉守關再次抬頭朝著遠處看去，只看到黑甲騎兵如同海嘯潮水撲來，大周軍隊手中的搖曳火把，映亮了遠處的黑暗，大周一字排開密密麻麻的登雲梯，衝車，聲勢浩大……

葉守關頭皮一緊，立刻拔刀，高聲喊道：「床弩！放！」

「將軍！陛下還在……」

葉守關額頭青筋爆起，轉頭一刀砍下了那將領的頭顱，高聲喊道：「葉城關一破，西涼就亡國了！避開陛下的方向！床弩！放！」

葉守關喊得聲嘶力竭，床弩將士不敢遲疑，高舉掄錘，用力朝著床弩發射機關砸去。

葉城關城牆之上整齊排列的床弩，手臂粗壯的弩箭朝著遠處大周的軍隊呼嘯而去……

大周軍陣型牢固，重盾軍護著推雲梯的大周兵不緊不慢向前而行，床弩的弩箭即便是穿透了某個重盾隊形，打亂了他們的腳步，很快便會有重盾軍補上，繼續向前整齊的一字推進，氣勢極為駭人……

而大周軍後面的投石車此時還沒有用，葉守關不知道一向善用奇兵的白卿言還在等什麼，難道為的……就是等一個契機用投石車出奇制勝。

「報……」之前跟隨趙副將一同殺出城，又殺了回來，全身是血的將士踉蹌衝上城樓帶來戰報，「大周主力盡出！大周皇帝親自領兵，白家將軍都在！最小的那個就跟在大周皇帝身邊！」

「報……右鋒葉守將將軍來報，並未見大周軍隊攻城，請示將軍是否來援？」

「報……左峰葉守門將軍來報，並未見大周軍隊，請示將軍……是否增援？」

葉守關派出去沿著城牆爬上葉城關兩側高峰之上的探兵回來，氣喘吁吁稟報。

聽到白家軍高喊復仇的聲音，幾乎是一瞬葉守關便已經做出決定，他轉頭看向自己的下屬將領：「誰願帶兵出城抗敵，以保證城門順利關上？此路……只死無生！」

他的意思很明確，需要有人帶兵出去送死，抵抗到城門關上。

「末將願意！」

「末將願意！」

「末將願意！」

將領們紛紛單膝跪地抱拳稱願意。誰都知道葉城關的重要性，沒有國……便沒有家，他們身為西涼人……一定要守住西涼最後一道防線。

葉守關的堂弟深深看了眼自家堂哥，將自己手中銀槍釘在腳下，扯開衣裳下擺的布條綁在頭上，目光堅毅，高聲道：「哥！告訴我娘，孩兒不孝……要為國盡忠了！來世再為她老人家盡孝！請堂哥代為照顧好我娘！」

說完，葉守關的堂弟一把拔起腳邊銀槍，急速朝著城樓下衝去……

若是這場仗總是要有人死才能抵擋住大周的大軍，才能給兄弟們換來時間關上城門，葉守關的堂弟知道……他作為葉家人，責無旁貸！

他的堂哥葉守關是守城大將，不能死……可他只是一個武夫，可死！

他更是知道，這麼多年……葉家死守葉城關，很久沒有打過硬仗了，所以下面的人都很不服葉家，堂哥葉守關也有快要被架空的危險，他希望他作為葉家子嗣，他身先士卒能夠讓這些將軍們和堂哥協力抗擊大周！西涼的第一雄關啊，絕對不能丟在葉家人的手裡！

葉守關瞳仁瞪大，想要喚住自家堂弟的話音剛到齒邊，又被他咽了回去，只高聲道：「殺到後方，燒了大周的投石車！你便是西涼的最大功臣！」

葉守關的堂弟未曾回頭，抬手舉刀，表示自己明白。

只聽城牆樓梯之上傳來葉守關的堂弟高聲呼喊：「葉城關乃我西涼最後一道防線，敢為國……為家捨命者，隨我來！」

葉守關頓時熱淚盈眶，他緊咬著牙：「都起來！這一戰……要是真讓大周攻入葉城關，我們就對不起甘願赴死的將士們！拿起你們的弓箭！搬石頭！火油！我們今日與大周決一死戰！」

說完，葉守關轉頭一把看著那兩個從葉城關兩側高峰上下來的探兵，高聲傳令道：「派人悄悄往兩側山上傳令，不必往城內增援……立刻出兵繞至大周後方，煙花為信，屆時……我會放大周部分大軍入城，兩面夾擊，務必要將大周主力折損，最好能活捉大周皇帝，換回我西涼皇帝！」

「是！」傳令兵領命即刻去傳令。

葉城關左右兩側的峭壁高山之上，也建有高大的城牆，城牆從山下城門而起……一直蜿蜒至山上，護衛山上城牆的將士們早就聽到了下面葉城關的動靜。

可是他們的任務是守住上面的高牆，曾經葉守關下過命令，若是遇戰事……沒有他的命令，山上的將士不得下山援救，需要關閉從山下城牆通往山上的城牆道路，以免敵軍上山讓葉城關全軍覆沒，所以兩側山上的將領都沒有妄動。

但兩側高峰之上的將領，都已經派人沿著城牆下山，來打探戰況。

白家軍將士們就在城門口與多於他們百倍千倍的敵軍廝殺，他們擋在門口不讓寸毫，哪怕是要用他們的屍體擋住這城門，他們也一定要完成任務，不能讓這城門關上，要讓白家軍兄弟們順利殺入城中。

葉守關的堂弟帶著西涼將士，高舉彎刀，縱馬一躍，從城門內飛躍而出，殺聲撕裂九霄，正面朝著白家軍的方向衝去，他知道此戰必死，只高聲喊道：「西涼的勇士們！就是死也要多換幾個周狗的命！殺啊！」

快馬帶兵向前馳騁的白卿琦抬頭，瞧見破空而來的弓弩從頭頂飛過朝著雲梯車的方向；看到還在葉城關城門口拼死搏殺的白家軍兄弟已經快要抵擋不住，城門正在被緩緩關上；再看到朝他們大周正面衝殺而來的西涼兵將……

他猛夾馬肚，一騎當先，高聲喊道：「迅速殺入城中！殺！」

「殺！」白錦昭快馬追來，緊隨自家三哥之後，誓要如同當初的長姐那般，成為急先鋒率先殺入城中。

弩箭呼嘯而來，白卿言聽到聲音，連抬頭看的時間都沒有，憑藉本能一把拽住身邊白錦瑟的韁繩，緊急勒馬……

護在白卿言身邊的沈青竹，猛然拔劍，一扯韁繩，側身用自己和坐下駿馬擋住白卿言的方向，一劍斬落朝白卿言飛來的箭矢。

白卿言坐下太平與白錦瑟坐下戰馬揚蹄而立，白錦瑟幾乎是下意識雙手緊緊抓住馬鞍，讓自己的身體儘量貼緊馬背。

剛剛將一個西涼騎兵斬落馬下的白錦繡高呼：「小七！」

弩箭幾乎是一眨眼的速度便插入白錦瑟駿馬前蹄的位置，緊隨其後……一根如同銀槍般大小的弩箭擦著白錦瑟的腿，扎入腳下甚深，白錦瑟緊緊拽住馬鞍，咬緊了牙不讓自己被甩下去，心臟險些要從心口跳出來，脊背全都是冷汗。

若是長姐沒有拉住她，此刻……她怕是已經被兩根弩箭貫穿了。

白卿瑜已殺上前，護在自家長姐和七妹身邊，手中銀槍猶如龍般靈活游動，出槍必取人性命。

「小七！」

馬蹄落地，白錦瑟聽到長姐喊她，一轉頭手臂就被自家長姐抓住，將她整個人拽到了長姐的馬背上。

白錦瑟還太小，即便是讓她騎馬跟在身邊，白卿言也不放心。

跨坐在白卿言後背的白錦瑟怕勒到她的腹部，緊緊抓住她的鎧甲……

太平馳騁的速度並不快，始終在重盾軍和雲梯之後，動作十分靈活，左躲右閃，避過弩箭，白錦瑟轉頭朝後面看去，聽見自家將士被弩箭射中傳來的淒厲慘叫聲，一回頭……自家長姐一槍將帶頭在最前衝殺的西涼將領穿透。

羽箭從白卿言的臉上擦過，她反手重重將身後的白錦瑟壓到右側，護著白錦瑟躲過一箭。拔槍……駿馬飛馳之中，滾燙的鮮血噴濺在白錦瑟半張臉上，她鼻息間全都是濃烈的血腥味，嘴裡能嘗到敵軍鮮血腥鹹的味道，作嘔的感覺再次湧上喉嚨，她強迫自己壓下去，告誡自己……這就是戰場！這樣的殺戮，是為了日後……再無殺戮！

巨大的床弩弩箭接連不斷急速呼嘯而來，白卿言目光深沉如同陰鷙，絲毫不懼，騎馬快衝的速度並未減慢……

「小七！」白卿言一手拿過背後射日弓，將手中銀槍丟給白錦瑟。

白錦瑟一把抓住銀槍，就見自家長姐抽箭在箭雨之中瞄準了城樓之上的西涼軍旗，放箭……再抽箭，搭弓放箭……速度極快！

沈青竹生怕白卿言有什麼閃失緊緊跟隨，卻全然沒有顧著自己。

已經衝到最前的西涼騎兵帶血的彎刀，直直朝著沈青竹的方向砍來，沈青竹單手用長劍擋住，鬢角有風呼嘯飛過，那西涼騎兵耳孔被羽箭左右貫穿，掉落馬下。

沈青竹轉頭朝著白卿言看去，只見白卿言沉穩瞄準城樓，不過眨眼，馬背上的一個箭筒已空，自家大姑娘不斷抽箭搭弓，護送白家軍往前衝殺。

葉城關城樓之上獵獵招展的軍旗，一杆接一杆從城樓之上倒下，有的直接掉到城牆之下，有的砸到了西涼的弓弩手。

「將軍！我們西涼的軍旗倒了！」有將領轉頭高呼。

「射！射死這幫狗娘養的！不要吝惜箭！」葉守關緊緊握住腰間佩劍，大步朝著西涼軍旗的方向走去，將自家軍旗撿了起來，隨手拿過靠在牆邊的長矛，將軍旗穿上去，緊緊攥在手中，插在城牆之上，高聲鼓舞將士們，「哪怕是軍旗倒了，我們士氣也絕不能倒！我們的背後是我們家！堅決不能讓任何一個周人進來！」

「是！」將士們應答之聲震裂九霄，原本被凍僵的身體內熱血翻湧，奮力朝著大周軍的方向瘋狂射羽箭，想要阻止大周軍逼近城門的腳步。

原本正在城牆另一頭抗敵，最忠心於葉家的將領，聽說葉守關下令讓葉城關兩側高峰上的將士們繞至大周軍後方，抹了把臉上的血，匆匆而來……

「將軍！冒然讓兩側高峰之上的將士們傾巢而出，是否不妥？」那將軍不安問道。

「不然怎麼救回陛下？」葉守關目視前方，沉聲問道，「難不成要讓大周一直將陛下掛在登雲梯之上，來威脅我們西涼將士嗎？」

葉守關心中原本的盤算，是不論如何都要守住葉城關兩側的高地，只要守住了高地……即便是此刻大周打下了葉城關也不敢入城，否則隨時都有可能被占據高地兩側的西涼將士包了餃子。

所以，葉守關原本已經做好了放棄葉城關，帶著軍隊轉移兩側山峰之上，不惜一切代價死守住兩側高地，以此來做最後保全葉城關的手段。

但哪怕是有退路，葉守關也要將這場仗當做沒有退路來打，畢竟……要是真被打得退回山上，西涼士氣可是要大損的！再加上，西涼的皇帝李天馥……偏偏還在大周軍的手中！

葉守關仔細盤算了，自負的白卿言懷著身孕親自率領白家軍全部主力軍隊出動，白家剩下的那些子嗣連最小的都在戰場上了，就是為了復仇！

如此，白家的子嗣應該率領白家軍主力，盡數都在這裡了！

葉守關咬緊了牙關，道：「兩側山峰上的哨兵沒有發現有軍隊爬上山攻城的跡象，而白卿言和白家那些子嗣已經都在這裡了，他們想要為曾經死在雲破行手上的白家軍……和白家將軍們報仇，所以要一鼓作氣拿下西涼從未被人攻破過的葉城關，從而直逼雲京，滅了西涼！白卿言必定將全部主力都放在了這裡！」

「曾經燕國強盛的時候……就打開過葉城關的大門。」葉守關冷冷道，「但，即便是當初戰無不勝，真正有著戰神之稱的大燕名將唐毅，在我祖父和父親手裡打開了這葉城關的大門，卻也最終沒有敢入葉城關，為何？」

「唐毅怕入了葉城關，會被兩側高峰之上……絕難攻破城牆壁壘中的西涼將士包餃子！」葉守關朝著兩側山峰之上燈火長明如長龍的城牆看去，「而直接穿過葉城關前往雲京……葉城關就會被西涼大軍重新占領，那麼燕國大軍後續糧草輜重過不去，難不成讓大軍喝西北風打雲京？」

這……才是葉城關真正難以攻破的因由所在！攻破葉城關絕對不是打開葉城關的大門就算是占領！而是要拿下兩側山峰高地的城牆壁壘才算是真正拿下葉城關！

可能是因為還從來沒有人順著城牆攻到兩側山峰之上，所以白卿言錯估了兩側山峰的防禦，哪怕是最後他們西涼兵只剩下百人，周人想要殺上去也是難如登天，城牆之上，有早已經打磨好幾十年未用的巨石，若是有人順著城牆強攻……就會接連不斷滾下來，將敵軍砸死！

所以，葉守關才敢讓兩側山峰的將士們出動，繞行至大周軍的後方……

葉守關咬牙切齒：「白卿言她太自信了，她以為……以為壓上全部主力打開葉城關的大門，一來……可以順著我們修好的城牆而上拿下兩側山峰，二來……還可以穿過葉城關，打下德陽、樂安、瀘全和經榮就能直逼雲京了！簡直是做夢！」

「可，若是大周軍發現被我軍兩面夾擊，會不會直接從葉城關南門殺出呢?!要是他們帶著我們西涼皇帝，通過了葉城關去打德陽！」忠心葉守關的將領生怕這葉城關丟在葉守關的手中，「仿效當初的戎狄，打到哪裡就搶到哪裡，如此……整個西涼就都知道我們葉城關的將領沒有能救下陛下！舉國上下怕都會猜測……將軍您是降了大周！」

葉守關也考慮了白卿言可以不管不顧殺過去，不考慮大軍的糧草輜重，可以仿效當初的戎狄，打到哪裡就劫掠哪裡百姓手中的糧食，可……如今西涼缺糧食，百姓食不果腹……餓殍遍野也只是時間的問題，就算是殺過去搶百姓，也什麼都搶不到。

「白卿言還沒有蠢到那個地步！」葉守關拳頭緊緊攥著，「用翡翠錦和皮毛，弄得西涼百姓不再耕種的……便是大周的商人，白卿言不會不清楚西涼現在缺糧的情況？為了給天鳳國軍隊弄糧食，西涼百姓都已經到了啃樹皮的境地，還有什麼能讓他們大周搶的！」

「所以，白卿言定然是不願意耗費將士們的體力和精力攀爬高山，分散兵力先行攻打根本就無法拿下來的山峰城牆和堡壘，還不如集中兵力攻打葉城關！」葉守關視線落在雲梯上被掛著李天馥和葉英嫡身上，「她將我們西涼皇帝掛在雲梯之上，是為了……逼得葉城關兩側山峰之上的將士們，不得不順著城牆而下來援！」

葉守關指向遠處的投石車，語聲肯定：「大周就是要用我們西涼皇帝，引兩側山峰之上的援軍下來救駕馳援，你看那些投石車大周竟然忍到現在都沒有用，為何?!」

葉守關自以為看透了白卿言的戰法，冷笑：「為的，就是等兩側高峰上的將士順著城牆之上往下衝時用來攻擊我們馳援將士的，大周要將決戰的地點放在葉城關外和葉城關內，等將我軍消耗的差不多了！大周必定會順著城牆攻上去，如此便很容易拿下兩側山峰之上的城牆壁壘！我賭她就是這麼盤算的！」

白卿言雖然作戰驍勇，可到底年輕，又因為坐上了大周皇帝的位置，再有一個殺神的名號被人捧得太高，經驗不足，恐怕是仗著手中有他們西涼的皇帝李天馥，想著只要集中精力拿下葉城關這個城池，用西涼皇帝吸引他們兵力前來馳援……以葉城關內外為戰場消耗他們西涼兵力，進而從他們西涼修建的連接在一起的城牆殺上去！

年輕！張狂！

若是此一戰，不能將白卿言……和白家這些僥倖存活下來的所謂少年將軍活捉，他都對不起這個小女娃子的囂張勁兒。

葉守關沒有忘記當初甕山一戰，帶給西涼的恥辱……

此次，這個大周皇帝，所謂的殺神白卿言率兵而出，若是將她斬殺在這裡，大周群龍無首不說，西涼必定會士氣大振，還能為西涼一雪前恥！

「快！射！火油！火油！射！」葉守關高聲喊著。

然而，他們的羽箭將重盾射成了刺蝟，將雲梯也射成了刺蝟，火苗在重盾和雲梯上跳躍，卻半點沒有能阻止大周的腳步。

西涼將士不怕死，是為了守住葉城關！

大周的白家軍也不怕死，他們是為了復仇！為了平定天下……平定西涼，為了打下那個天下百姓都在期待的太平盛世。

而要平定天下，先要平定西涼，想要平定西涼……就必須拿下葉城關！

白卿琦的小部隊已經殺到了城門之下，與多於數倍的西涼軍展開廝殺。

衛兆年坐下駿馬被弩箭射中，從馬背上跌落下來，他滾地而起一劍斬斷敵軍馬腿，將敵軍騎兵斬下馬，一劍砍掉了那人頭顱，他僅剩一隻的眸子通紅，一把拽住飛馳而來的無主戰馬一躍而上，勒住轠繩，掉抓馬頭，高聲喊道：「城門近在眼前，為我們死去的白家軍兄弟復仇！誓滅西涼！殺！」

將士們跟隨衛兆年嘶吼著向前衝去。

白卿言率大軍在後，大致計算出距離差不多，而城牆之上的西涼軍箭羽攻勢已經疲軟，看來白卿琦和白錦昭已經按計劃殺入城內，拖住了西涼兵往城牆之上運送箭羽的速度。

剛才為阻大周軍前行衝進大周軍中的西涼兵已經被全部消化乾淨，白卿言已經將站線推進的極為靠前。

她勒馬，抬手……

「停！」

頓時，浩浩蕩蕩的大周軍令行禁止，動作如出一轍。

白卿言調轉馬頭，高聲傳令：「白錦繡、白卿玦，帶兵右側登城！白卿瑜、白錦華，帶兵左側登城，半個時辰內，務必要將我大周黑帆白蟒旗插在城牆之上，壯我軍聲威！」

「白錦繡領命！」

「白卿玦領命！」

「白卿瑜領命！」

「白錦華領命！」

四人領命，各自帶著部下散開，猶如兩條巨龍急速朝葉城關左右兩側狂奔而去。

「重盾上前，依序前行，護送登雲梯上前！」

聽到白卿言再次傳令，傳令兵應聲四散開來，快馬而行傳令。

重盾兵上前護住藏身重盾之下的將士，跟在雲梯之後向前推進……

城門到底是沒有關住，大周軍一股力量已經殺入城中，雲梯也到了城牆邊，大周躲在重盾之下的將士們舉刀殺出，有的殺出城去，有的已經爬上雲梯。

葉守關明白，西涼軍被憋在城內，施展不開，而城外的大周大軍集結……他們小股軍隊衝出去還不夠大周軍殺的，他沿著蜿蜒的城牆朝兩側山體上方看去，只希望他們能快一些繞到大周軍後面，內外夾擊，必定能夠覆滅大周。

葉城關右側山峰隱蔽處，楊武策嘴裡咬著稻草，帶兵埋伏在黑暗之中，緊緊盯著燈火通明的城牆……

葉城關左側山峰隱蔽處，趙冉甯匐率兵在黑暗之中，靜靜等待城門打開。

白卿言明目張膽帶著白家諸位將軍，在正面強攻葉城關，為的就是讓葉守關以為……大周主力盡數出動，仗著手中有西涼皇帝無所顧忌也好，或是用西涼皇帝逼著左右兩側山峰上的西涼兵馳援也罷，總之要讓左右兩側山峰上的西涼兵動起來。

否則，左右兩側山峰上的西涼兵不動，拿不下這葉城關左右兩側山峰，葉城關就算是打下來也是百搭！這……才是白卿言讓司馬若丹裝作葉英楠女兒，不論如何都要西涼將士們深信西涼皇帝在大周皇帝手中的原因！左右兩側山峰的西涼兵……必須動起來！

不多時，正嚼著嘴角稻草的楊武策突然脊背繃緊，調整姿態，如緊盯獵物的獵豹一般死死看著城門。

只聽到鐵鍊絞盤攪動的聲音傳來，古老厚重的城門緩緩打開，城門內……是西涼將軍葉守將鼓舞士氣的聲音。

「我們守城大將葉守關將軍，此時已開葉城關城門，正面吸引敵軍主力，我們的任務就是繞至後方……與葉城關內的兄弟們裡外夾擊，誓滅大周！活捉大周皇帝！救回我西涼陛下！為當初死在甕山的兄弟們報仇雪恨！」

「報仇雪恨！」

「報仇雪恨！」

「報仇雪恨！」

城門內的西涼將士們嗷嗷嘶吼著，殺氣騰騰。

城牆之外隱蔽埋伏的大周將士們屏住呼吸，生怕呼吸噴出的熱氣會被人發現，那便會讓大周整個戰局布置前功盡棄……

「西涼的勇士們！拔出你們的大刀！天神會護佑我們最勇敢的勇士！殺啊！」

「殺！」

西涼將士從大開的城門內衝殺出來，從山上往山下衝殺，借助山體的坡度急速往下衝……

埋伏在兩側的大周軍一個個緊緊盯著城門，只見接連不斷的西涼兵從城門內衝殺出來。

西涼葉城關的主力，竟然真的在山峰之上！

守在葉城關左側山峰處的趙冉，因為本就是白家軍的人，從來沒有懷疑白卿言的判斷。

而楊武策……卻實實在在的被鎮住了，這葉城關竟然果真如白卿言所料，將主力全部藏在了兩側山峰之上。

等兩側山峰上的主力紛紛衝殺而出，朝著兩側山峰之下的大周軍後方奔赴，楊武策和趙冉率先發起攻擊……

「殺！」楊武策一聲令下，大周將士們朝著還未關的城門殺去，誓要奪下城門！

兩側山峰之上，頓時殺聲震天。

白卿言交代過，等西涼主力出來的差不多時，就要趙冉和楊武策不計任何代價奪下兩側山峰之上的城門，將黑帆白蟒旗插在城門之上！

山峰之上的殺聲傳來，已經埋伏在下山之路匍匐多時的將領陡然站起身，聲嘶力竭高呼：「拉！」下山的必經之路上，無數的大周將士將手中繞著樹幹的繩索猛然拉緊……

無數條繩索拔地而起，西涼最先帶頭向下衝殺的將士們一回頭，就看到身後從高坡之上往下衝殺的西涼將士被繩索攔腰絆倒，竟紛紛朝著他們的方向滾來，倒下的將士所到之處，將他們自家將士碾倒！

還不等率兵將領葉守將高呼讓將士們左右兩側閃開，早就埋伏在兩側……全身都快要凍僵的大周將士猛然起身，舉劍朝著西涼兵殺去。

葉城關城牆之上的葉守關聽到兩側山峰之上突然傳來的殺聲，猛然睜大了眼快步上前，先是朝左看去，又朝右看去……

兩側山峰之上的殺聲，和葉城關城門之前的殺聲交織在一起，形成一張極為巨大的……被稱作恐懼的巨網，彷彿從天而降，嚴嚴實實將葉城關全部籠罩其中，讓葉守關窒息。

他猛地朝著遠處掛著李天馥和葉英婻的雲梯中間看去，只能在剛剛透出一絲亮光的天際之下……隱約看到，火光中……一身銀甲的白卿言，手持射日弓，騎馬立在中間，西涼將士們不敢朝著李天馥和葉英婻射箭，白卿言在那個地方最是安全。

白卿言耳邊除了殺聲便是風聲，背後披風獵獵，髮帶飛揚。

她臉上帶傷，鎧甲染血，騎於駿馬之上，手握射日弓，一雙鋒芒畢露的眸子望著這有著西涼壁壘雄關之稱的葉城關，勢在必得，如同對西涼。

很快，白家軍的黑帆白蟒旗率先在右側山峰高聳的城牆之上立了起來，緊跟著……黑帆白蟒旗又在左側山峰城牆之上一杆接一杆的立了起來，西涼軍旗一杆一杆跟著倒下。

白家軍的將士們從山峰之上，沿著城牆衝殺下來，勢不可擋。

第五章　最強力量

西涼……大勢已去。

此時，天已經大亮。

一個時辰，兩個時辰……四個時辰。這一場仗，從天還未亮，打到了天徹底黑了下來。

整個葉城關左右兩側山峰上修建的高牆已經全部被占領，就連葉城關也被拿下，葉守關帶著剩餘部隊撤到葉城關南城牆，卻誓死不退，還在堅守，似乎已經拿定了主意，不戰至最後一人……堅決不退出城去！

這樣頑強的精神，讓白卿言想到了白家軍……

不論是白家軍也好，還是西涼的將士們也好，從戎或是為了保家衛國，或是為平定天下，今日戰死的不論是白家軍的將士，還是西涼的將士，在白卿言看來，都是值得敬畏的鐵血銳士。

白卿言遠遠看到帶著殘兵敗將，占據南面城牆……擺出架勢死守南城牆的葉守關，心中感佩不已。白卿言讓大軍停止進攻，兩軍僵持著。

城牆之上高低亂竄的火光，映著葉守關狼狽的五官，他全身是血頭髮散亂，可眸色卻堅毅沉著，將西涼軍旗插在城牆之上。這軍旗是葉守關和西涼最後的堅持和頑抗，好似……只要葉城關內還有一杆軍旗未倒，西涼……就還沒有丟了葉城關。

白卿言輕輕提韁上前。

「長姐！」白錦繡要攔白卿言，不想白卿言到最前面去，怕葉守關狗急跳牆傷到長姐。

白卿言卻含笑示意白錦繡放心。

白錦繡、白卿瑜、白卿琦、白卿玦、白卿雲和白錦昭、白錦華、白錦瑟，跟隨提韁……緊緊跟在白卿言身後。

正在戒備的大周將士讓開一條通道，白卿言騎著太平走至最前，仰頭看著扶住西涼軍旗站在城牆之上的葉守闕。她知道葉守闕手下兵將的弓箭已經射光了，他們的刀刃也都卷了，葉守闕和他的將士們現在剩下的也就只有他們的血肉之軀。

她高聲朝城牆之上的葉守闕喊道：「葉將軍，白卿言……敢請將軍下城一敘。」

葉守闕望著身上帶血臉上帶傷，語聲鏗鏘有力，周身盡是殺伐狠厲氣魄的白卿言，緊緊攥住手中的西涼軍旗。

是他小看了這個白家的女娃娃啊，可是他敗的……很是不解，他想知道白卿言如何就敢斷定他一定會派兵繞行大周後方，而在兩側山峰設伏？

見葉守闕猶豫，忠心葉守闕的西涼將士連忙勸道：「將軍，恐怕有詐！將軍……還是您撤！我帶著將士們拖延住時間！」

葉守闕搖了搖頭，他鬆開緊緊握著的西涼軍旗，轉身用帶血的手攏了攏自己凌亂的頭髮，保持著一個將軍該有的體面，整理鎧甲，解開已經破敗的披風，抬腳朝著城牆之下走去。

「將軍！」

「葉將軍……」西涼殘兵已經人人帶傷，輕聲呼喚著自己朝城牆之下走去的將軍。

葉守闕腿已經受傷，有西涼將士上前想要扶住葉守闕，葉守闕卻搖了搖頭，將人推開……

他緩緩走下城牆，腳下步子頓了頓，看著此時的白卿言……莫名就想到了白岐山，想到了當初他在雲破行將軍麾下歷練之時，曾與白岐山交手。

那時，他們西涼軍剛拿下豐縣，就被趕來馳援的白岐山……帶著白家軍和他的弟弟們，將豐縣重新奪了回去，他被葉家的忠僕帶著逃離戰場之時，回頭看向立在城牆之上身穿銀甲的白岐山，他也是這麼帶著他的弟弟，立在城牆之上看著他跑遠。

見白卿言帶著幾個白家將軍下馬，魏忠忙將輪椅推了過來，扶白卿雲下馬坐在輪椅之上。

葉守關咬著牙，調整呼吸走下城牆樓梯，踩著碎石、鮮血……和將士們的殘肢斷骸，朝著白卿言的方向走去。

在距離白卿言兩丈之距，葉守關停了下來，這是他第一次清清楚楚看到大周這位皇帝，這位……有著白家軍小白帥之稱的白卿言。

他低笑了一聲，道：「你這個小女娃娃膽子不小，挺著個肚子也敢來戰場！」

「西涼第一的雄關壁壘，白卿言不敢不來。」

白卿言示意魏忠給葉守關看座，魏忠頷首上前將厚厚的蒲團擱在葉守關的面前，又退下。

「葉將軍請……」白卿言對葉守關做了一個請的姿勢，率先跪坐下來。

明明只要再最後一擊便能將葉守關和其殘部徹底消滅，可白卿瑜知道，阿姐之所以命令將士們停止攻擊，親自來見這位葉守關將軍，是因……打從心底裡敬佩，也是因為在葉守關將士們的身上看到了白家軍的影子。

葉守關見狀與白卿言相對而坐，不等白卿言開口，葉守關先行開口，誠懇道：「我有一事不明，還請……大周皇帝指點。」

白卿言姿態恭敬：「葉將軍請講……」

「你是怎麼知道，我會派兩側高峰之上的將士們，繞行你們周軍後方內外夾擊，而提前設伏的？」葉守關誠心誠意請教，「你就不怕，我直接命葉守城內所有將士裝作敗退，退到兩側高峰之上？等你們入城……再給你們致命一擊？或者乾脆就讓你們過去了？」

白卿言搖了搖頭：「西涼皇帝被大周掛在陣前，葉家世代忠良，是絕不會允許自家皇帝，被大周如此羞辱，更何況……因為葉家守關，已經多年未曾參與過大戰，葉城關被西涼八大家族各方勢力滲透，儘管大家都會捨命守衛葉城關，但……軍權之上，葉將軍已經逐漸被架空。」

葉守關心驚肉跳，沒想到白卿言竟然對葉城關內的情況如此清楚。

「再加上葉英婻的女兒入城，質問葉將軍是否打算占城為王自立門戶，軍心難免會被動搖。」她定定望著葉守關，「所以這一戰……不論是出於忠心，還是自證清白，葉將軍都必須拼盡全力救下西涼皇帝李天馥。」

葉守關點了點頭：「僅僅憑藉我必須救下我們西涼皇帝，你就敢肯定我必然會讓左右兩峰上的將士們繞行你們大周後方？萬一我讓兩側山峰之上的將士們順著城牆而下呢？」

葉守關抬手指著兩側山峰：「到時我西涼將士們都來城中與你們大周作戰呢？這可是我們西涼的地界兒，到時你們進來多少，我們正好殺多少，將大周分而食之，你就不怕嗎？」

白卿言唇角勾起，笑著同葉守關道：「若是如此，那麼……投石車就會派上用場。」

葉守關頓時恍然，明白了白卿言一直未動的投石車到底是做什麼用的。

和他猜的一樣，若是他讓兩峰上的將士下來支援，白卿言就要用投石車了！

「按照葉城關的地形，對葉城關來說的……最重要的不是葉城關這個城池，而是葉城關兩側的高峰，所以葉城關的主力一定在兩側高峰之上，不會在城內！」白卿言認認真真同這位前輩說自己的打法，「只要西涼的探子出城來探，必然知道包括我在內的所有白家將軍都在攻城……」

葉守關視線落在白卿言身後，皆是一身銀甲的白家諸位少年將軍身上，不可否認白卿言說對了。

一看到白家諸位將軍都在，他便認定了大周主力就在葉城關門前，大周定然是要全力攻打葉城關，好引得葉城關兩側高峰之上的將士來援。

「按照排兵布陣的方略，投石車後會是主力大軍，天又黑……西涼軍只能看到投石車，卻看不到投石車後其實根本沒有大周軍，大周軍主力……都在兩側高峰之上埋伏著！」白卿言語聲徐徐，「若是葉將軍派人繞行後方要裡外夾擊大周，便正中埋伏！」

葉守關心中恍然。

「若是葉將軍心不大……保守的打，讓山峰兩側的將士們延城牆而下來援，大周的投石車必動！投石車一動……埋伏的大周主力，便會孤注一擲攻下城牆！」

白家軍如今已經有了攻下城牆的尖峰部隊，又瞭解葉城關內的詳細構造，拿下城牆也只是時間問題。可白卿言不到萬不得已，不想動投石車……

投石車投火石入城，難免會傷及百姓。

葉守關點了點頭：「若是我命山峰兩側的將士延城牆來援，大周的投石車折損一部分兵力，反倒是可以為兩峰之上攻城的大周軍減輕負擔，更會為攻打葉城關的大周軍減輕負擔！好……好！兩手準備！葉守城……輸的心服口服！」

白卿言頷首：「戰場之上局勢瞬息萬變，能多留後手讓自家將士們隨機應變，總比一次打不下來，第二次再來攻打付出的代價小一些。」

葉守關贊成白卿言的話，他望著身姿筆挺的白卿言，笑著抬手拍了拍自己的腿，仰頭望著天，口中呼出一口熱霧，感慨：「後生可畏啊！都說……鎮國王白威霆和鎮國公白岐山，還有白家將軍死後，白家軍便後繼無人了，現在看來……白家的後人青出於藍勝於藍啊！」

「葉將軍……西涼敗局已定。」白卿言視線看向城牆之上幾乎全都受傷的西涼將士們，「頑抗已經沒有任何意義，西涼很多將士還都很年輕。」

「怎麼能沒有意義啊……」葉守關通紅的雙眸看向白卿言，笑著說，「孩子，我們這些西涼兵的身後……是我們的國！我們的家啊！」

白卿言擱在膝蓋上的手緩緩收緊，這種感覺沒有人比白家軍更為清楚，因為背後是國，是家……所以堅決不能退。

「葉將軍……」白卿言忍住心中翻湧的情緒，由衷的敬佩眼前這位老前輩，「我帶著白家軍攻打葉城關，和從前將軍和我們大周所有將士所經歷過……或是侵占他國土地城池，或是抵禦外敵的戰爭都不同！」

「我祖父白威霆，字取不渝，其意……願還百姓以太平，創清平於人間，矢志不渝，至死方休！」她挺直腰脊，「有天下一統，方能還百姓萬世太平！白卿言和白家諸人……還有我大周將士們，都是帶著這樣的目標而前行的，所以……大周將士入城不得傷百姓！繳械投降者不殺！而之前被大周拿下的西涼城池，皆推行大周新政，使百姓能富足安穩的生活。」

葉守關低笑一聲，似乎是認為白卿言用這樣的話來勸服自己，他說：「難不成，你推翻了晉朝，登上皇位，不是為了復仇，而是為了天下一統？」

白卿言沒有隱瞞：「推翻晉朝登上皇位，是為了復仇不假，也是為了護我大周百姓，更是為了實現天下一統！曾經有人說……太平本是將軍定，不許將軍見太平，我坐上大周的皇位，就是為了再也不讓這樣的事情發生，再也不讓白家和白家軍的慘劇，在任何一個……為國捨命的忠勇之士身上重演。」

白卿言抬手指向身後的葉城關：「就像今日，我帶著白家眾人，帶著白家軍攻破葉城關，也是為了向西涼復仇不假，但也是為了一統天下！讓四海之內……從此有兵，無戰！」

葉守關錯愕看向眸色鄭重堅定的白卿言，她的目光沉靜而深邃，不是為了說服他投降編造的謊言，似乎這……就是她心中的信仰。

他沒有想到這個看起來瘦弱的小姑娘，心志……竟然如此大。

四海之內，有兵無戰！

葉守關甚至想要在有生之年看看，眼前這個姑娘能否真的建立出她所想要的一統山河。

察覺自己竟然險些被說動了，葉守關望著白卿言低笑，半晌之後他緩緩站起身來……

白錦繡上前將自家長姐也扶起。

白卿言望著葉守關：「將軍若是不信，可靜待來日……看白卿言是否誇口。」

「我知道，你是想留我一命……」葉守關說話時唇角漫出白霧，他笑道，「好意，我葉守關心領了。」

這就是還要接著打了……白卿言眉頭緊皺，心中不忍。

葉守關雙手抱拳，朝著白卿言長揖一拜，由衷的拜服，也是由衷的敬佩，他直起身，眉目間盡是笑意，從容開口：「不才，願以區區八尺之身，與大周一戰，護我西涼一寸一土。」

白卿言拳頭收緊：「葉將軍，何必非要到你死我活的地步？」

「不僅白家軍有不戰死不卸甲的氣節，我西涼……也有死戰殉國的鐵血硬骨！」葉守關語聲擲地鏗鏘，「若大周皇帝真視我為可堪一戰的對手，便無須多言，我等西涼將士……寧死戰殉國，也絕不活著，讓出我西涼一寸土地！」

城牆之上西涼將士們緊抿著唇安靜無聲，唯剩西涼軍旗，獵獵作響。

白卿言眼眶濕紅，半晌之後，亦是對葉守關長揖一拜：「可捨區區八尺身，不讓西涼一寸土，白卿言敬佩……」

白卿瑜亦是抱拳，朝這個對手長揖行禮。

白卿琦、白卿玦、白卿雲、白錦繡、白錦昭和白錦華、白錦瑟，亦是抱拳行禮。

葉守關轉身朝著城牆之上走去。

白卿言也帶著白家諸子轉身，朝著大周軍中而去。

最後之戰，一觸即發。

「西涼的勇士們！」葉守關揚聲高呼，「國難當頭，吾輩當捨命護國！誓死不退！」

「誓死不退！」

「誓死不退！」

「誓死不退！」

城牆之上所剩不多……幾乎人人帶傷的西涼將士高聲吶喊，誓死不退的嘶吼聲此起彼伏，他們都有為西涼捐軀的覺悟。

白卿言雙眼含淚。同為軍人，她明白葉守關誓死不退的決心，和緣由……

而她對葉守關最大的尊重，便是盡全力打完這場仗。

身後殺聲駭人，本就不多的西涼殘兵，很快便被大周軍隊拿下……

葉守闕死前，全身是血，拼盡最後一口氣，將手中的西涼軍旗，牢牢插在城牆之上，人在……旗在！這西涼軍旗，就是西涼的信仰！比他命還重要千倍萬倍的信仰！

可他太累了，他看著這屍橫遍野的葉城關，跪倒在了軍旗旁。

狂風呼嘯之中，葉守闕逐漸模糊的視線裡，是已經殺上城牆……就站在他對面遲遲未曾靠近的大周白家軍，逐漸渙散的瞳仁中帶著笑。

寒風吹過，漆黑的夜空飄灑著雪花。

他好像看到了娘親，她就慈祥的坐在那梨花樹下，還有被父親那個妾侍害得早夭折的弟弟，正搖頭晃腦拍掉頭上雪白的梨花，對他露出純粹而單純的笑容，喚著他哥哥……

葉守闕唇角呼出白霧，心口血腥翻湧。

守不住了！也打不動了！罷了……

若是白家取得西涼，一統天下，他也想在天上看看，白岐山女兒所說的有兵無戰的太平山河。

阿娘，沒守住葉城關……沒守住我們的家，您會不會怪兒子？

阿娘，兒子心底裡，也想看看那個有兵無戰的太平山河啊！

阿娘，兒子以後再也不去打仗，能好好陪陪您，能好好的護著弟弟了！

阿娘，弟弟，我來了。

很快，葉守闕因急促呼吸從唇角噴出的白霧消失不見，笑容在葉守闕的臉上宛若凝固了一般，沒人知道他死前看到了什麼。

元和二年，正月十二大周高義君、沈昆陽將軍，率兵拿下霞建城。

元和二年，正月十四大周皇帝率白家軍，拿下西涼雄關壁壘葉城關。

白卿言命人將葉守關厚葬在葉城關的山峰之上，在葉守關的墓碑刻下了「願以區區八尺之身，護我西涼一寸一土」這句話。

不論是大周也好，西涼也好……都從心底裡敬佩這樣熱血護國的好將士！

這一仗白家人幾乎人人都受了點輕傷，他們簡單做了包紮之後，白卿言便帶著白家諸子，給此次大戰犧牲的白家軍將士上香，隨後也去給葉守關上了三根香。

遠遠的，白卿玦瞧見楊武策似乎想要說什麼，他看了眼正在上香的長姐和兄弟妹妹們，轉身朝著楊武策的方向走去。

從山上下來時，白卿瑜與白卿言說起啟程返都的事情：「如今大周兩天便拿下葉城關之事，想來已經傳到了西涼其他城池，接下來這仗就好打了，阿姐也應該折返大都城了……」

白卿琦雙手負在背後，跟在白卿言一旁也道：「是啊，長姐如今有孕在身，的確不適合再帶著白家軍在陣前拼殺，咱們白家這一輩裡的第一個孩子，總不能在戰場上出生，就是呂太尉和朝中百官……也不會同意。」

「原本計畫也就是打下葉城關後，我便折返回大都城的！」白卿言轉而看向白錦繡問，「同你還有阿瑜匯合之後，還未曾問……留香山一戰活捉了阿克謝，天鳳國的象軍逃走了多少？」

「後續是燕國在後面收尾，不過想來逃走的並不多，畢竟是燕國九王爺親自領兵，敵軍大將又已經被活捉，當時因為急著要來同長姐一起攻下葉城關，所以讓安青山帶人打掃戰場，負責戰利品兩國劃分之事。」白錦繡扶著白卿言的手臂，一邊往山下走，一邊道。

「阿姐放心，已經交代過安青山，現在正是燕國缺糧的時候，可以多分燕國一些也沒有關係，籠絡住燕軍的心才最重要。」白卿瑜明白長姐的布局，現在捨小利……是為了換得來日兩國順利合併的大利，「兩國分完之後，就讓安青山將所有戰利所得，送到葉城關來。」

「長姐……」白卿玦匆匆回來，道，「李天驕已經重新回到雲京登上皇位，稱李天馥是被天鳳國扶持起來的傀儡皇帝，她才是先皇遺詔傳位的皇帝！現在西涼已經知道我們活捉了李天馥，想來……等消息傳到西涼其他城池，那些守城將軍可能會捨棄李天馥轉而支持李天驕。」

坐在肩輿上的白卿雲聽到這個消息，倒並不在意，散漫開口：「現在葉城關已經打下來了，就算是李天驕回去重新拿到皇位，西涼的士氣也已經散了。」

白卿言笑著看了眼白卿雲，抬手替白卿雲掖好搭在腿上的細絨毛毯，頷首：「小四和沈叔應該已經拿下霞建城，下一步就是打唐古，所以接下來你們便要一往無前，直奔雲京！我留在葉城關，做好布防便折返大都城。」

「長姐放心！」白卿琦應聲。

年紀最小的白錦瑟，經過昨日一戰，似乎還未緩過神來，緊緊跟在白卿言身後，什麼東西也沒有吃下，小臉煞白煞白的，人也顯得沒有精神。白錦瑟一吃東西就覺得嘴裡全都是血腥味，就會忍不住想起戰場上的殘肢斷骸，想起血流成河的場景，反胃的厲害。

白卿瑜瞧見自家妹妹縮在長姐身後，很難受的模樣，他腳下故意慢了半步同白錦瑟並肩而行。他目視前方，大手扣在白錦瑟的頭頂：「我們小七可要比大燕的小皇帝厲害多了，能為長姐出謀劃策，上了戰場沒有嚇哭，下了戰場更沒有吐的一塌糊塗！」

聽到這個「吐」字，白錦瑟連忙用雙手捂住自己的嘴。

白卿瑜回頭，那未被面具遮掩的半張明潤五官帶著最溫和的笑意道：「爹要是還在，定然以你為榮！」

白錦瑟聽到這話，大滴大滴的眼淚爭先恐後往外冒，父親若是還在……看到她上了戰場，真的會以她為傲嗎？

白卿瑜揉了揉白錦瑟的髮頂：「母親，還有哥哥和阿姐，也以你為傲！」

白錦瑟放下捂著嘴的手，用手背擦了擦眼淚，點頭：「嗯！」

白卿言聽到身後阿瑜安撫小七的聲音，眉目間的笑意更深了些……

若是祖父和父親……還有叔父們，白家先祖們，看到如今白家子齊聚葉城關，正在努力去打下他們所期盼的那個太平山河，定然會以他們白家所有子嗣為傲。

今日是正月十五，白卿玦帶著白家軍的將士清理完葉城關，在城牆之上掛上了花燈，白錦昭和白錦華與將士們一同包元宵，白卿言、白卿琦、白錦繡和白卿瑜……還有白卿雲，站在輿圖前確立之後的攻城方略。

「破了西涼葉城關之後，西涼可以說再無天險可守，雲京……已然唾手可得！」白卿琦手指在雲京的方向點了點，「就看我們和小四還有燕國……誰先攻入雲京了。」

白卿言視線落在雲京之上，想到了李天驕：「如今李天驕已經回到了雲京，她可絕非是一個遇見強敵就退縮，任人宰割的皇帝……」

她想了想道：「派個人去將李天驕回到雲京的消息告訴小四，讓小四和沈叔將此事告訴李天馥，與李天馥達成協議，若是李天馥還想要當西涼的王，就和我們大周配合……」

但白卿言覺得，李天馥大概是不會同大周配合的，她巴不得大周這仗打得越艱難越好。

「李天馥登上皇位是已經昭告了西涼四境的，即便是李天驕站出來，也總會讓西涼的將士們心存疑慮，只要他們心中稍有疑慮，這仗我們就贏了！」白卿雲說。

白卿瑜想了想，不緊不慢開口：「就怕這李天馥為了那個陸天卓，不願意配合，畢竟……李天馥是個瘋子，一心只想要覆滅大周。」

「陸天卓？」白卿雲頗為不解，拳頭緊握，「蜀國龐將軍的義子，殺了……二哥的那個狗東西？」

白卿琦點了點頭：「這個陸天卓後來淨身入了西涼皇宮，不知用了什麼手段……竟讓李天馥對其生死相許，之前小七同你說在晉國太子納李天馥為妃時，她在婚宴之上刺殺長姐，就是為了給陸天卓報仇。」

白卿雲一臉錯愕。

「李天馥若是配合最好，若是不配合，人人都知道李天馥如今在大周，借用她的名也就是了……」白卿言不以為然，「小四和沈叔，接下來要打唐古和岡底，大燕從方中城前往雲京的大軍也快要逼近雲京了，所以李天驕會被逼得不得不將重心暫時放在西涼西側的城池。」

白錦繡點了點頭：「如此，我們便需趁著西涼不得不先抵禦西面，加快速度拿下雲京……」

「如今東有燕軍，西有大周和燕軍同時進攻，至於南……」白卿言在雲京以南的方向點了點，「我覺得，攻雲京時應當讓錦繡和阿琦先帶兵悄悄繞行至雲京以南，堵死李天驕南撤的退路！否則……李天驕南撤遷都，這仗可就要沒完沒了的打了！」

「錦繡聽從長姐調遣！」白錦繡抱拳道。

「阿琦聽從長姐調遣！」白卿琦亦是開口。

白卿言點了點頭：「如此，楊武策將軍和阿雲率兵留下，把守葉城關，阿雲要在葉城關以北的城池……推行大周新政，儘快讓西涼的百姓知道大周新政的好處，只有如此才能避免百姓生亂！」

「阿雲領命！」白卿雲應聲。

「白卿瑜、白卿玦，帶著白錦昭、白錦華，按照原定路線，前往德陽……」白卿言看向白卿瑜，「明日一早出發！」

「阿瑜領命！」白卿瑜應聲。

白錦瑟端著她為哥哥和姐姐們準備的茶點進門，替白卿言換下已經半涼的茶，道：「長姐，洪大夫來為長姐請脈了，叮囑說讓長姐不要耽擱，我瞧著洪大夫很生氣的樣子。」

白卿言親率白家軍攻打葉城關時，洪大夫心就懸在嗓子眼兒，到底白卿言現在是有孕在身，他如何能不揪心。打下了葉城關，洪大夫就聽說白卿言受傷了，急著來看白卿言……

可她倒好，去巡營了！

洪大夫挨個營帳去逮白卿言沒逮著，回來就聽說白卿言又親自上山去埋葬此次戰死的白家軍將士，這也是要緊事，洪大夫也不能說什麼。說好了等白卿言一下山，就派人來喚他，誰知好不容易等他們下了山洪大夫卻睡著了，一醒來就聽說白卿言沒讓人叫他，說讓他好好睡！

洪大夫再一問，好嘛……這白卿言真的把自己當成鐵打了，竟然還在研究接下來的行軍路線，這到底還有沒有一點兒自己是有雙身子的認知？氣得洪大夫穿上鞋，火燒火燎就來了。

白卿言笑著接過白錦瑟遞來的茶，瞧著白錦瑟問：「小七，你是同長姐一起回大都城，還是跟著你五哥他們……繼續去下一個城池？」

白錦瑟到底年紀還小，白卿言不想將小七逼得太緊，畢竟……在白卿言看來，小七以後戰場上不會是一個擅長衝鋒陷陣的猛將，但一定是一個排兵布陣的能手。

白卿言看著白錦瑟，目光柔和。

白錦瑟手心一緊，見自家兄長和姐姐都看著自己，還以為是這次戰場上差點兒被那弩槍射中，讓長姐擔心了，抿了抿唇，小心翼翼問道：「長姐，小七……想和五哥一起去下一個城池，能行嗎？」

「當然可以！」白卿言笑著頷首，「小七聰慧，定能為你五哥出謀劃策，長姐便和母親還有各位嬸嬸……小八，在大都城等著你們凱旋歸來！」

白錦瑟聽到這話唇角露出笑容，用力點頭：「小七不會讓長姐和母親還有嬸嬸們失望的！還有小八！」

白卿言笑著揉了揉白錦瑟的頭頂，將手中的茶杯擱在一旁：「既然如此，就準備吧！送你們離開後……將葉城關安頓好，我便出發回大都城，在大都城等著你們凱旋！」

「長姐放心！」負手而立的白卿琦頷首。

在門口候著的洪大夫瞧見白卿言出來，白鬍子都要翹到天上去了，帶著怒氣同白卿言行禮。

「洪大夫……」白卿言同洪大夫笑著，忙向洪大夫長揖一禮，「讓您憂心，是卿言的不是！」

白卿瑜立在白卿言身後，忍著笑，握拳清了清嗓子：「洪大夫……阿姐許久沒合眼，還受了傷，還請洪大夫好好替阿姐診診脈。」

一聽這話，洪大夫臉色微變：「不是說臉上有些小擦傷嗎？還傷哪兒了？快快快……先進偏房！」

白卿言乖乖跟在洪大夫身後進了偏房，十分配合讓洪大夫診脈，又配合著讓洪大夫給她臉上重新上了藥包紮傷口。

「大姑娘……」洪大夫坐在白卿言對面，一邊收拾藥箱，一邊語重心長叮囑，「就算是不為著你自己，你也要為腹中的孩子想想……」

「是孩子不好嗎？」白卿言脊背立刻緊繃了起來，她手護著自己的腹部，「可……我沒有感覺到不妥當。」

「要是真等大姑娘感覺到不妥當了，就晚了！」洪大夫氣得長長呼出一口氣，「大姑娘不能仗著腹中孩子乖巧懂事，大姑娘就真當自己和從前一般無二？」

白卿言連連點頭：「我記住了洪大夫，接下來的幾場大仗我就不參加了，安頓好葉城關之後就出發回大都城，還想和洪大夫商議商議，洪大夫是隨我回大都，還是留下……與阿瑜他們殺入雲京看一看？」

其實白卿言心中已經有答案，洪大夫心志未老，曾經祖父還在世的時候，就曾言……希望有朝一日祖父能帶著白家軍殺入雲京，讓他也看看西涼的都城是個什麼樣子。

並且，在這西涼戰場上，有洪大夫在白卿言才能放心弟弟和妹妹們，她只是擔心行軍速度太快，洪大夫到底已經年邁，怕洪大夫吃不消強撐。

洪大夫陷入遲疑中，作為白家軍的一員……他很想同白家軍一同殺入雲京看看，也擔心白卿瑜他們，戰場上畢竟刀劍無眼，若是他們受了傷沒有好大夫在一旁，必然是十分凶險。可白卿言又有孕在身，雖然說胎象極好，可女人生產就是一腳踏入鬼門關，這讓洪大夫如何能放心？

白卿言輕撫著腹部：「洪大夫不必擔心我和孩子，大都城內有洪大夫的師弟黃太醫在，且……洪大夫也說了，我腹中這孩子乖巧懂事，必會平安生產。」

洪大夫一想也是，師弟的醫術他是信得過的。

「洪大夫，您也不必擔心我們幾個兄弟姐妹，咱們白家軍中的軍醫都是您手把手帶出來的，況且西涼能征善戰的大將，一個雲破行，一位……葉守關，都已經戰死！」白卿瑜不放心白卿言，也是不想讓洪大夫這把年紀還跟著他們奔波，想讓洪大夫跟著白卿言回大都，故作輕鬆笑著道，「西涼不至於讓已經年逾八十的崔老將軍上戰場，接下來的仗不會難打！」

洪大夫左右為難，下意識攥住自己的山羊鬚……

「洪大夫，不必考慮我和阿瑜說的這些，從心即可。」白卿言笑著道。

半晌之後，洪大夫道：「老夫已經這把歲數了，若是不趁著此次機會隨咱們白家軍踏入雲京，以後還不知道有沒有機會，此次……老朽願意跟著五公子去雲京，有老夫跟在五公子和諸位公子、姑娘身邊，想來大姑娘也能安心待產。」

白卿言點了點頭：「就是辛苦洪大夫還要跟著阿瑜他們奔波。」

「若是能殺入雲京，將來……老夫見了主帥，也好跟主帥吹噓吹噓，想到這個……便不覺得辛苦了！」洪大夫眉目間盡是笑意。

聽洪大夫如此說，白卿言起身對著洪大夫一拜。

洪大夫連忙側身避開白卿言的禮。

「洪大夫，阿瑜他們……就拜託您了！」白卿言輕聲道。

「大姑娘放心！」洪大夫頷首。

除了除夕，正月十五是在外過年的白家軍一年最熱鬧的時候。

白錦昭和白錦華帶著白家軍的火頭軍和傷兵包元宵，有傷兵說起除夕的時候給餃子裡包銅錢，又問白錦昭能不能給元宵裡包。

白錦昭笑著說：「那咱們就包一個！看看全軍誰能吃上這有銅錢的元宵，誰能吃到……那肯定是來年最有福氣的人！」

「好嘞！」火頭兵笑著將一枚銅錢洗的乾乾淨淨包進元宵，混在那一鍋已放著一顆顆白胖白胖的元宵，隨著沸騰滾水一同起起浮浮烹煮著的大鍋裡。

白卿言用了藥後，就睡下了。

睡夢之中，白卿言走到一片迷霧之中……

她心中十分清楚，自己這是在做夢，卻不論如何都醒不來。

白霧籠罩的登山臺階上，有鮮血緩緩流下來，猶如一條條蜿蜒的紅色小蛇。

白卿言護著腹部握緊了手中的射日弓，向後退了兩步，聽到石階上傳來極為細微的響動，立刻抽箭搭弓瞄準濃霧之中逐漸顯現出輪廓的黑影。

「什麼人?!」白卿言呼吸略顯急促。

「阿姐……」

聞聲，白卿言脊背一僵。

「阿姐……」

黑影又往臺階下走了兩步，輪廓逐漸清晰，竟然是全身帶血的白卿瑜。

「阿瑜！」白卿言睜大了眼，頭皮一陣陣發緊。

白卿瑜頭上的玉官掉落，頭髮黏著快要乾結的鮮血凌亂散開，甲胄上全都是羽箭，鮮血從白卿瑜的銀甲之上流淌到石階上，流淌到白卿言的腳下……

「阿姐，救我！」

白卿瑜說完，口中噴出鮮血，直愣愣朝著前方倒下……

「阿瑜！」白卿言聽到白卿瑜嘶啞的嗓音丟下射日弓，三步併成兩步要扶住白卿瑜，卻扶了一個空，自己踉蹌摔倒在臺階之上。

她猛地睜開眼：「阿瑜！」

「阿寶！」坐在床邊的慕容衍神色緊張，雙手攥住白卿言的肩膀。

滿頭冷汗的白卿言看清楚眼前是慕容衍深邃挺立的五官，鬆了一口氣……

哪怕她剛才就知道自己在夢中，可一想起夢中看到白卿瑜全身是血的模樣，她便頭皮發緊。

「做噩夢了？」慕容衍用溫帕子擦了擦白卿言額頭上的汗，見白卿言要坐起身，忙將白卿言扶起來，又往她背後墊了一個團枕，「別怕，做了一個夢而已！」

是啊，一個夢而已……阿瑜如今好好的在葉城關呢。

「你怎麼來了？」白卿言接過慕容衍手中的帕子擦了擦頸脖。

「今日是十五，除夕未曾陪你我心中一直惦記著。」慕容衍順手將白卿言擦過頸脖的帕子擱在一旁，攥住白卿言的手，又輕輕撫了撫白卿言的腹部，「孩子還乖嗎？可有淘氣……」

白卿言垂眸看著腹部，眉目間帶著極淺的笑：「很乖。」

緩過神來之後，白卿言才注意到慕容衍眼仁裡帶著紅血絲，人也清瘦不少，五官輪廓越發清晰了。「其實你不必巴巴兒的趕過來……」她垂眸看著與慕容衍相握的手，用拇指輕輕摩挲了幾下，又抬頭瞧著慕容衍，「有趕來這功夫，你還不如多睡一會兒，後面還有幾個城池要打。」

「留香山的戰利所得已經分了，這一次我是跟隨你們大周的安青山一同來的，主要是兩國合併之事也應該準備起來，你我商議出一個章程來，也好給小阿瀝去信一封，讓小阿瀝準備起來。順便也和你通一通氣，這後面的仗……燕國和周國應該怎麼配合著打！」慕容衍說完便笑盈盈望著白卿言。

「你這麼瞧著我做什麼？」白卿言催問，「這仗接下來你們燕國打算如何打？」

「阿寶不想我嗎？一見面就只問戰局不問問我好不好？」慕容衍靠近了白卿言一些，壓低了聲音問，漆黑深沉的眸子就那麼深深凝視著她。

她一怔，隨即忍不住笑開來，她調整了坐姿，攥著慕容衍的手沒有鬆開，眼底有細碎的亮光：「哪有你這麼倒打一耙的人，分明是你來了之後便說要通氣，說這後面的仗如何打，怎麼反倒成了我的錯了？」

話音剛落，便冷不防被慕容衍吻住。

窗外傳來魏忠吩咐僕從，動作輕一點兒的輕聲叮嚀，耳邊是慕容衍靠近時，錦緞被子發出窸窸窣窣的響動，又聽到窗外的僕從克制著的輕輕腳步聲。

她慌神，伸手想要推人，卻被慕容衍攥住了手腕，他帶著薄繭的手指輕輕摩挲著她的細腕。熟悉的氣息縈繞在她周遭，讓人心亂。

慕容衍只是輕輕淺吻便鬆開了她的唇，靜靜看著他無時無刻不在思念的妻子，看著她紅透的耳朵，視線又落在她的唇角。他捧著白卿言的側臉，滾燙的唇瓣再次壓了上去。

這一次，不是淺吻，他的氣息強勢侵襲她的心肺。

「大姑娘還在睡嗎？」

沈青竹的聲音傳來，白卿言忙側頭避開，克制著喘息道：「青竹來了……」

兩人明明已經成親，可瞧著白卿言還是怕被人撞見的羞赧模樣，慕容衍忍不住低笑：「放心吧，有魏忠在外面守著，不會讓旁人進來的。」

慕容衍話音一落，白卿言果真透過窗櫺瞧見魏忠走下廊廡，笑著同沈青竹道：「陛下懷著身孕打了這麼一仗，後來又沒怎麼休息，讓陛下好好睡一會兒吧！」

沈青竹看著黑漆方盤裡，她剛剛給白卿言煎好的安胎藥。

「青竹姑娘將藥給老奴吧！老奴讓人用小火煨著，一會兒陛下醒來就能喝。」魏忠連忙從沈青竹的手中接過黑漆方盤，又低聲叮囑沈青竹，「青竹姑娘你也不是鐵打的，也快去歇著吧！你要是倒下了誰護著咱們陛下呢？」

沈青竹點了點頭，叮囑魏忠照顧好白卿言，便去休息了……

這幾天，白卿言多久沒合眼沈青竹就多久沒有合眼，白卿言躺下了，她又不放心別人碰白卿言的安胎藥，親自盯著，這會兒已經疲乏至極了。

「那就辛苦魏公公了！」沈青竹說完，同魏忠行禮後退下。

慕容衍眉目裡帶著笑意，似乎頗為得意的模樣瞅了眼白卿言，又在她唇角輕輕啄了啄，說話時呼吸的熱氣掃過白卿言的鼻尖，讓人鼻尖發癢：「你自己的人你自己都信不過，嗯？」

信不過……

白卿言對魏忠始終有所保留，就是因為……沒有完全信得過，卻又願意去相信他。

或許這和當初魏忠曾經跟隨祖母，而她與祖母目標相同，立場卻不盡想同的緣由有關。

魏忠是一個非常本分而且忠心之人，跟著祖母的時候對祖母忠心不二，跟著自己……哪怕知道自己對他有所保留，卻還是甘願追隨她左右，盡著他的本分。

或許白卿言是時候該改變對魏忠的看法。

「想什麼呢？」慕容衍和白卿言額頭相抵，懲罰似的頂了頂白卿言，又親了親她的唇角，「半個月未見，好不容易見著了，你竟然在我跟前走神？就這麼不想我？嗯？」

白卿言眉目帶笑：「日後大周和燕國如何打這場仗，你可以和阿琦、錦繡還有阿瑜、阿玦他們商議。」

「嗯？」慕容衍靜靜望著自己的愛妻。

她輕輕扶著腹部，說道：「接下來的仗，我便不參與了……回大都城安心待產，等我們的孩子降生。」

慕容衍喜歡白卿言說我們的孩子時，眉目間那溫潤的華光，他抬手用手指輕輕勾勒著白卿言的眉目，低笑同白卿言開口：「等以後，天下大定，新政推行穩當了，你我……帶著孩子在白沃城安居樂業，當個真正的商戶怎麼樣？」

這是這麼久以來，慕容衍殺人最多的一段日子，死在慕容衍手上的人不計其數，刀光劍影，血海屍山，不論是西涼兵還是天鳳國的兵，或是餓瘋了敢撲上來搶燕國軍糧的西涼百姓，在慕容衍的心裡激不起半點波瀾。

他殺那些將士，殺那些膽敢搶軍糧的西涼百姓，殺的心安理得，因為他這是在為天下太平鋪路，誰……都不能阻擋他平定西涼。

可在此之後，慕容衍就會想起白卿言。

若是白卿言，必定不會對手無寸鐵的西涼百姓刀兵相向……

因為白卿言的心胸容得下大周的百姓，也容得下天下的百姓，不會以國、族不同，便區別對待。她對大周百姓可以推行新政，也會在大周打下的西涼城池之中，努力推行新政，使西涼百姓也過上和大周百姓一樣的生活。

他總會想起在大都城折柳亭外，他與白卿言相對而坐時，白卿言眼裡那悲天憫人的神色，想起白卿言小俠拔刀助弱，大俠匡扶天下之言。

從白家艱難走到如今，白卿言似乎從未忘記過初心……

若是沒有白卿言在，他或許不會覺得自己的所為有何不妥當，可當白卿言待人待事的做法立在那裡，慕容衍看著白卿言……就覺得能看到這個世界上最乾淨的將軍。

雖然大周軍也在殺戮，可他們的身上不沾無辜百姓的血。

若是沒有遇到白卿言，若是不曾將這個人放在心尖兒上，他或許不覺得自己的做法有什麼不妥當之處，可因為瞭解……因為深愛，他會站在白卿言的角度去想問題。

而後，他命令燕軍上下停止殺戮，將巨象肉分給西涼饑民，孩子婦孺優先，隨後安排壯年的西涼饑民以勞力換取巨象肉充饑，或許是之前殺了一大批搶軍糧的西涼饑民，隨後西涼這些饑民倒是安分不少，聽到可以以勞動換取巨象肉，十分踴躍也肯出力……

將這些安排妥當，他便急不可耐的來白卿言身邊，好似只有在白卿言的身邊他才能安心。

他很感激上蒼，讓自己遇到了白卿言，白卿言在……她不必言語上規勸他，他只要在路越走越遠的時候回頭看看白卿言，便知道自己的路到底有沒有走偏。

白卿言輕撫著腹部，笑著點了點頭：「好啊！白沃城乃是大周最富庶的所在，四季氣候也溫和，我們就在那裡定居，不過……至於孩子，端看孩子自己的志向，若是想要同我們一起在白沃城過富家翁的日子，那便同我們在一起，若是……想要為這世道做一些，能夠庇護天下寒庶，那便讓孩子留在大都城。」

「嗯，都聽你的！」慕容衍靠近白卿言，鼻尖相碰，他再次吻住白卿言的唇，含糊不清說，「什麼都聽你的！只一點……等到了白沃城之後，讓為夫成為能為你遮風擋雨的人，阿寶……你有凌雲壯志，曾經想護住白家……如今要護住天下，所以我從不攔著你，可往後天下太平，不要再這麼累了，為夫……心疼你，以後讓為夫護著你！」

白卿言心頭被一股子酸澀的熱流襲擊，心中感動的無以復加，她知道……這些話慕容衍發自肺腑。

她從來都是一個要強的人，她是白家嫡長女，是弟弟妹妹們的長姐，所以一直以來都以護住弟弟妹妹為己任，想要如同祖父、父親和叔父那般，成為弟弟妹妹們的依靠，成為他們最強大的後盾和力量，為他們遮風避雨。

從小祖父和父親曾經說，他們作為長輩，甘願為小一輩遮風擋雨但不會溺愛……要讓他們這些孩子在他們的羽翼範圍內……經歷風雨，努力成長。

所以她一直想成為祖父，想成為父親……

想讓自己的弟弟妹妹們，在她所能庇護的範圍內經歷風雨。

她是白家軍的小白帥，她更要強大到成為白家軍的依仗。

後來，她還是大周的皇帝，她必須強大到成為大周臣民的依靠。

慕容衍是除卻她的祖父她的父親，她的血脈至親之外，頭一個……同她說，想要護住她的人。

她一度以為，祖父和父親還有叔父們走後，她就再也不能指望旁人護著了，她就是咬碎牙也得從容站立著，為白家……撐出一片天地來。

慕容衍語聲沙啞，帶著幾分誘哄的意思，趁著白卿言面頰發燙，失神的間隙，便撬開了她的齒關，越吻越深，讓她心跳速度不受控制的加快。他扣在白卿言肩頭的手臂不知何時已經到了白卿言腰後，將白卿言往懷裡攬的動作極為克制，害怕傷到孩子。

她脊背輕微發顫，試探著想要將人推開，卻被吻得更為用力，不知道是不是因為缺氧，一陣陣的暈眩讓她意亂情迷，剛還推人的手臂已經環住了慕容衍的頸脖，輕顫的手指輕輕碰到慕容衍後頸領口，她受不住慕容衍強勢的吻，手心無力地攥住了他的衣領，整個人軟成一攤水似地靠在團枕上，面色猩紅滾燙。

「阿寶……我很高興有你！」慕容衍克制著粗重的呼吸，語聲越發的沙啞，在這要黑不黑又未點燈的屋內，顯得格外醇厚，如同陳年醉人的美酒。

若是沒有阿寶，他不知道自己會變成什麼樣子，或許真的就會成為一個殺人不眨眼，為達目的，不吝惜人命之人。

「我也很高興，能遇見你……」白卿言低聲回應慕容衍，環著慕容衍頸脖的手收緊，輕輕吻了吻喘息劇烈的慕容衍。

前世，今生，她很高興……能遇見慕容衍。

前世他救她一次。

今生他與她攜手。

她很高興……

「魏公公，長姐醒了嗎？」白錦昭風風火火從院外進來，「我們都包好元宵了，就等著長姐了！」

「五姑娘，陛下還在睡著呢。」魏忠笑著同白錦昭說，「青竹姑娘剛來送安胎藥都沒有忍心吵醒陛下。」

白卿言透過窗櫺看了眼快要黑下來的天，同慕容衍道：「今日是元宵節，我還得登城樓，安撫這葉城關裡的百姓，得起來了。」

慕容衍將她鬢邊碎髮攏在耳後，點了點頭：「好……」

慕容衍沒有攔著白卿言起身，只讓魏忠將安胎藥端了過來，白卿言一口飲盡，坐在床邊的慕容衍接過藥碗，又端了蜜水讓她漱口，末了還往她嘴裡塞了顆蜜餞，把她當成個孩子似的照顧。

魏忠笑盈盈立在一旁，瞧著慕容衍細心照顧白卿言穿鞋，穿衣裳，絲毫不拿王爺的架子，是打從心底裡的愛重白卿言，眉目間笑意更深了些。

慕容衍將白卿言扶起來，將他給白卿言帶來的白狐皮大氅披上：「在留香山偶然遇到了兩隻毛色極為好看的狐狸，正巧我哪兒還有兩張狐狸皮，就讓人給你做了大氅和袖籠。」

白卿言抬起下顎任由慕容衍給她繫大氅的系帶，望著他深邃的眉目，耳根更紅了些。

她素來畏寒，慕容衍是知道的。

慕容衍將雪白的袖籠遞給白卿言，她手一伸進去就摸到了裡面的玉石。

「嗯？」她低頭將袖籠裡子翻了出來，就瞧見是用玉石雕琢出一對正在打架……虎頭虎腦的小老虎。

「這是暖玉玉石，觸手生溫，是小時候母親得的一塊好料子，卻一直沒有動過，這是咱們有了孩子之後的頭一個年，我一直在琢磨著送孩子個什麼好，想來想去，什麼也沒有我這個爹爹親手準備的禮物更好了。」慕容衍輕輕撫了撫白卿言的腹部。

「你怎麼總是喜歡送玉？」白卿言忍不住笑，心裡卻很是喜歡這對小老虎，慕容衍的雕工越發精湛了，活靈活現的。

「那等改明兒，我再學一學用寶石做簪子的手藝，將來好給阿寶親手做一副頭面。」慕容衍笑著道。

「九王爺這是打算以後去了白沃城，當一個手藝人啊？」

「這手藝，也只為博愛妻一笑！」慕容衍攥著白卿言的雙手，將她拽到跟前來，低聲說，「只要阿寶高興，以後閒下來了，我天天琢磨著給阿寶做首飾，哄阿寶開心，只要阿寶不嫌棄我手藝粗笨。」

「一言為定！」白卿言笑著道。

「一言為定！」慕容衍低頭靠近白卿言，差點兒克制不住吻上去，就察覺白卿言緊貼著他的腹部動了一下。慕容衍睜大了眼，看了眼白卿言又看向白卿言的腹部。

「胎動，這很正常……」白卿言笑著道。

「你先坐！」慕容衍緊張兮兮將白卿言扶著在臨床軟榻上坐下，自己也不顧什麼儀態，單膝跪在黃花梨木雕百子戲春的踏腳上，雙手捧著白卿言的腹部，低聲同腹中孩子說話，「好孩子，你知道爹來了是不是？你和阿娘一樣都想爹爹了是不是？」

白卿言垂眸看著雙眼明亮的慕容衍，笑意更濃了些。

「你乖乖的在阿娘肚子裡，不要欺負阿娘，等你將來出生……爹爹會好好獎勵你！」慕容衍認真同白卿言腹中孩子說話，說兩句還將耳朵貼在白卿言腹部，聽裡面的動靜，好似她腹中孩子能回答他似的。

頭一次當爹，其實慕容衍也很緊張，並沒有他表現出來的這般從容。

尤其是他們夫妻兩人分隔一方，慕容衍很怕孩子在出生前就不怎麼聽到他的聲音，出生之後和他不親，不知道他就是親爹。

「爹爹給你親手做個小木馬，你爹爹往後……可打算要帶著娘親，靠手藝過活呢！」白卿言輕笑一聲打趣慕容衍。

「好啊！做個小木馬……還有什麼？再做把木劍？」慕容衍興致勃勃說完，抬頭瞧著白卿言，「要是個閨女呢？木劍不太好？阿寶你說做個什麼好？」

瞧著慕容衍的神色，還真打算給孩子做的模樣，白卿言忍不住笑，沒想到一向從容自若的大燕九王爺也有這般手足無措的時候。

白卿言俯身將慕容衍扶了起來，笑著道：「不拘什麼，爹爹送的就是最好的！我小時候爹爹忙，記得唯一收到爹爹親手做的禮物，是馬鞭，我特別高興，都捨不得用，我爹爹說我傻，說用壞了他還會給我做的……」

後來，她體弱……馬鞭是沒法用壞了，現在她可以用馬鞭了，爹爹也沒法再給她做了。

瞧著白卿言眉目帶笑，聲音平淡的模樣，慕容衍握了握白卿言的手：「以後，我給你做！給我們的孩子做！」

白卿言眼底笑意更深，點了點頭：「好！」

魏忠就跟不存在似的立在一旁，連呼吸聲都沒有，聽著人家夫妻倆說完了話，這才輕著腳上前道：「陛下，將士們還等著您吃元宵，打了幾天仗葉城關內惶惶不安的百姓，怕是一會兒就會聚集到城樓之上，時間有點兒緊了。」

「好……」白卿言點了點頭，「多謝魏公公提醒。」

魏忠頗為錯愕看了眼白卿言，忙笑道：「這都是應該的！」

「一會兒我去傷兵營，阿衍你先在這裡等等，一會兒我走了……你隨後同魏公公一同來！」白卿言這是怕在兩國還未曾合併之前，若傳出她和九王爺什麼閒話來，於兩國合併的事情無益。

「我知道輕重，不會讓人看到的！」慕容衍笑著道。

白卿言頷首，出門的時候，沈青竹已經換了一身衣裳，在外面候著白卿言了，見白卿言穿了一件她未曾見過的狐裘大氅，她上前扶住白卿言。

沈青竹一邊走，一邊和白卿言說起之後的打算：「大姑娘回大都城，青竹就不和大姑娘一同回去了，青竹留下來，會用自己的命替大姑娘護著幾位公子和姑娘，大姑娘放心……大姑娘回去後專心待產，切不可憂思過度，不必記掛西涼戰場。」

沈青竹太瞭解白卿言，即便是她現在起身回大都城，也絕對放心不下在戰場上征戰的弟弟和妹妹，所以她願意留下，換白卿言一個安心。

白卿言緊緊握著沈青竹的手，眼眶一紅，轉而看著沈青竹：「你要護好你自己！青竹……你我一同長大，你也是我的親人，你也決計不能出事！他們總要學會自己在戰場上護好自己，總不能一直指望著你護著！」

「我知道大姑娘！」沈青竹點了點頭，臉上難見露出了一點點笑意。

「還有一事，乳兄和你之間的誤會已經解開，不如……等雲京打下來之後，我將你們師父請回來，再讓母親派人去和沈叔商量商量，給你們把事情辦了，可好？」白卿言低聲問沈青竹。
「青竹……想一輩子守在大姑娘身邊！」沈青竹垂著眸子，看著腳下搖曳的燈影，小心翼翼扶著白卿言前行。
「你和乳兄成親了，難道就不能守在我的身邊了？春桃和陳慶生成親之後，我還是離不開春桃，這並不衝突。」白卿言隨沈青竹走下長廊臺階，接著說，「你和乳兄心中都是有彼此的！誤會了這麼多年，沈叔……看著也心疼，你們成親了，沈叔……你們師父，我母親和我才能放心。」
「大姑娘，此事以後再說吧！」沈青竹避而不談。
白卿言沒有將沈青竹逼得太緊，點了點頭，隨沈青竹一同前往傷兵營。
白卿言剛到門口，白錦昭便歡歡喜喜迎了出來，笑著同白卿言道：「長姐，元宵都煮好了，這十幾萬顆元宵裡，只有一顆元宵裡面有銅錢，誰吃到了……可就是我們大周最有福氣的人了！現在元宵都攪和在一起，誰都不知道那顆藏了銅錢的元宵在哪兒！大家都好奇得很，就等著長姐來了好上元宵，看誰能吃到……」
白錦華也躍躍欲試，笑著道：「三哥和五哥還出了彩頭，這一次誰能吃到這帶一枚銅錢的元宵，就能得三哥和五哥一兩銀子呢！」
一兩銀子對白錦昭、白錦華來說雖然不多，可是這彩頭卻是都想要。
「好啊！公平起見一會兒元宵送上來，就讓大傢伙兒自己去挑一碗吧！」白卿言笑著說。
白卿言話音剛落，就聽到慕容衍的聲音傳來：「好熱鬧啊，不知道本王能否一同來湊一湊這熱鬧！」
白錦華瞧見戴著面具而來的大燕九王爺，先行行禮：「九王爺……」

慕容衍頷首，抬眸朝著立在大帳內，剛還眉目含笑……這會兒便冷如冰霜的白卿瑜看了眼，這才正兒八經的同白卿言行禮：「見過大周皇帝。」

白卿言頷首：「九王爺不必多禮，聽說九王爺此次隨同安青山一同押送此次戰利所得過來，辛苦了！」

「此次，主要還是來同白家諸位將軍通通氣，看接下來這仗我們兩軍應當如何配合著打，誰知道正巧遇到這樣的熱鬧，不免想要一同熱鬧熱鬧。」慕容衍笑著朝白家諸人拱了拱手，「本王，就厚顏打擾了。」

「九王爺請上座……」白卿言同慕容衍做了一個請的姿勢。

「陛下先請！」慕容衍姿態恭敬，深邃的眉目望著白卿言笑意愈發的深。

白卿言頷首，率先朝著傷兵營內走去，白卿瑜見狀抬腳朝著白卿言走來，扶住白卿言，用自己的身體擋住慕容衍緊跟著自家阿姐的身影。

面具下，慕容衍唇角淺淺勾起笑意，倒是沒有同這位小舅子計較，不緊不慢跟在他們姐弟身後。

白卿言一看到白卿瑜，就想起剛才那個夢，她不自覺緊緊攥住阿瑜的手。

「阿姐？」白卿瑜察覺白卿言攥著他的力道有些大，低聲詢問，「阿姐可是不舒服？」

「沒有……」白卿言笑著搖了搖頭，手上卻將白卿瑜拽的越發緊，沒見到白卿瑜還好，這一見到白卿瑜，她腦海中便又清晰無比的想起那個夢。

夢中，阿瑜的五官，聲音都清晰無比，恍如就是真實發生的事情……

歷經白家血脈至親的生死，她的弟弟們都是失而復得，她不能再一次承受失去弟弟的痛。

還好，那只是一個夢！

「今日是十五吃元宵，本就應該是團圓的日子，阿姐只是想阿娘了，阿娘此時在大都城定然是思念我們的。」白卿言笑著同白卿瑜說。

白卿瑜點了點頭：「阿姐回去後替我同阿娘說一聲，阿瑜不孝……等平定西涼之後，回去一定好好陪著阿娘。」

「好，阿姐一定替你將話帶到！」白卿言側頭看著已經高出自己許多的弟弟，笑著說完，餘光瞧見跟在她身後望著她的慕容衍，視線又朝著慕容衍看了眼，眼底笑意更深了些，在主位落坐。

慕容衍被白卿琦請至白卿言下首的位置落坐。

白錦昭瞧了眼正盯著自家長姐看的大燕九王爺，又瞧了眼正在側頭低聲同自家五哥說話的長姐，扯了扯白錦華的衣裳，腦袋同白錦華湊在一起，低聲說：「我怎麼瞧著這大燕九王爺一直盯著咱們長姐瞧，這九王爺該不會喜歡咱們長姐吧？」

和白錦昭長的一模一樣的白錦華抬起頭，朝大燕九王爺看了眼，又朝自家長姐看了眼，低聲道：「應當不會，長姐是咱們大周的皇帝！這九王爺雖說只是一個王爺，卻是燕國的無冕之王，這是人盡皆知的事情，長姐定然是只能招婿入贅咱們白家，九王爺也不會為了長姐就甘願捨棄燕國入贅我們大周，所以你就別想這些沒影兒的事情了。」

白錦昭點了點頭：「我就是看著大燕九王爺一直瞧咱們長姐！」

很快，元宵就送了上來……

白卿言看著碗裡白胖白胖的元宵，扶著沈青竹的手起身，笑著同將士們說：「今日是元宵節，咱們在外過節，全軍上下一同吃元宵，吃了元宵一會兒去看看花燈，自然了……在葉城關臨時做的花燈，比不上咱們大周境內各個城池精心準備了一個多月的花燈！不過……等到天下太平之日，我們必會在每年十五看到最美的花燈，我深信……有我們大周將士們捨命為百姓搏太平，為百姓定天下！這日定然不會太遠！白卿言替大周百姓……謝過諸位了！」

說完，白卿言對傷兵營的將士們一拜。

將士們紛紛挺直腰身，朝向白卿言的方向叩首。

慕容衍看著大周傷兵營的傷兵們各個眼眶發紅，再一次忍不住感歎白卿言鼓舞人心的能力。

白卿言落坐之後，將士們便開始吃元宵。

大帳內十分熱鬧，原本能一口一顆元宵的將士們用勺子盛著，一小口一小口咬，都盼望著自己能吃到這整個軍營之中，唯一那一顆帶著銅錢的元宵。

慕容衍也得了一碗元宵，卻遲遲沒有動勺子。

白錦昭死死盯著慕容衍，十分好奇這大燕九王爺戴著面具怎麼吃……

誰知，慕容衍瞧見白錦昭正盯著自己，視線朝著白錦昭看去，瞧見白錦昭一雙黑亮的眼睛望著自己面前的元宵，想到了白錦稚，笑著讓人將自己那一碗元宵端過去給白錦昭，說他不喜歡甜食。

白錦昭知道自己盯著人家九王爺瞧，可能讓九王爺會錯了意，以為她惦記著人家的元宵，這會兒人家把元宵送過來她也不好意思不吃，便用湯勺盛了一個送到嘴裡，一咬……

「嗯?!」白錦昭將元宵裡的那枚銅錢吐了出來，睜大了眼，忙給白錦華看，「銅錢！我吃到了銅錢！」

「呀！五姐吃到了銅錢，看來五姐會是今歲咱們白家軍中最有福氣的人了！」白錦華眉目笑開來。

興高采烈的白錦昭突然朝著燕國九王爺看去，這碗元宵可是九王爺讓人送過來給她的，那……

這到底算是她的福氣，還是大燕九王爺的福氣？

「我這碗元宵是大燕九王爺送來的，這福氣……應該是大燕九王爺的！」白錦昭起身走到慕容衍面前，將手中的銅錢遞給慕容衍，「九王爺，您的！」

「既然是五姑娘吃到的，自然是五姑娘的福氣！」慕容衍朝著白卿言看了眼，才道，「本王，已經是天底下最有福氣之人，這福氣就留給五姑娘，希望五姑娘戰場平安……」有了白卿言，他們還有了孩子，想要一統天下的志向也在逐步的推進，他可不是世界上最有福氣之人嗎？

白卿言會意，垂眸淺淺笑著。

白錦昭心裡覺著這大燕九王爺人還挺隨和的，不像傳聞中那般，便高高興興收下銅錢，對慕容衍拱了拱手：「那……白錦昭就在這裡謝過九王爺了！」

說完，白錦昭拿著銅錢歡快回到自己的位置上，將銅錢遞給白錦瑟：「小七，今歲的福氣五姐給你啦！你要戴好……這枚銅錢可以保你戰場平安的！」

白錦瑟接過銅錢，笑盈盈對白錦昭一拜：「小七謝過五姐。」

將士們瞧見這銅錢最後給了白家最小的小將軍，紛紛道賀，都說白錦瑟這一次戰場一定能夠立功多殺幾個敵軍。

熱熱鬧鬧吃完了元宵，白卿言又帶著白家諸人和大周的將軍們給葉城關的百姓分元宵。

葉城關的百姓生怕大周會像當初西涼軍殺入大周城池那般屠城，都已經在家中地窖躲了好幾天，猛然聽到外面說大周皇帝和將軍們正在給葉城關的百姓分發元宵，並沒有要屠城的意思。

有已經餓狠了的百姓，看著自家已經餓得受不住的孩子，叮囑自家婆娘看住孩子，他先去試試若是大周真的不殺人，還給東西吃，他再回來叫自家婆娘和孩子，要是他一去不復返，讓他們一定不能出地窖。

在孩子們低低的哭泣聲中，男子走出地窖，瞧見鄰里紛紛拉著自家孩子，拿著碗往城牆的方向跑，說是大周真的給吃的，不殺人。

男子也顧不上其他，轉而折返，將自家婆娘和孩子喚出來，拿著碗就朝城牆的方向跑去。

遠遠的，西涼百姓看到身披狐裘大氅的白卿言立在城牆色彩斑斕的搖曳花燈之下，眉目帶著溫潤的淺笑，正在為排隊的西涼百姓盛元宵。

慕容衍立在城牆之上，瞧著眉目清豔絕倫的白卿言，她就在那喧囂吵鬧的感謝聲，孩童啼哭的哭喊聲中，融入其中成為最奪目的所在，又始終顯得沉靜超凡。

分明是名聲在外的戰神，卻將極為逼人的氣勢內斂，彎腰撫摸孩童時眉目間的笑意，五官越發顯得柔美和煦，彩燈之下說不出的清麗驚豔。

熱呼呼的元宵被源源不斷送過來，來領元宵的西涼百姓漸多，他們都端著冒著熱氣的碗在一旁吃，吃完了接著排隊來要。

白卿言將盛元宵的勺子遞給白卿琦，拎著衣裳下擺，朝著城牆之上走去。

西涼百姓們目光跟隨那位大周皇帝，瞧見大周皇帝走上城牆，各個神情緊繃，有的怕這元宵就是一頓斷頭飯，大周皇帝一登城牆，就要下令將他們斬殺，有的是被白卿言那讓人無法逼視的驚豔容顏吸引，忍不住仰頭注目。

她立在城牆之上，望著紛紛仰頭朝她看來的西涼百姓，開口道：「諸位，我是大周皇帝白卿言，我知道你們心中多有疑慮，甚至還有很多百姓未曾來，生怕大周將士們將你們誆到這裡來，就是為了屠殺……」

「雖然大周和西涼有世仇，曾經西涼兵攻入大周……屠城殘殺我們大周的百姓，可……這都和兩國的百姓無關！手無寸鐵的百姓，才是這世道最苦的，興百姓苦，亡……亦是百姓苦！所以我白家先祖常常在想，如何能讓這天下再無戰亂，再無百姓妻離子散十室九空的慘狀！」

白卿言語聲堅韌而有力：「後來，白家先祖明白，只有天下一統才能還百姓太平山河！所以白家……白家軍，乃至大周將士們，都以天下一統為己任！而今……大周必須攻下葉城關的因由，是為了拿下雲京！統一山河，讓兩國的百姓不再受戰亂之苦，絕非為了屠殺百姓！」

白卿言看著靜靜仰頭望著她的西涼百姓，接著道：「不論是大周也好，還是西涼也罷！我們書同文，車同軌，度同制，行同倫！我們本就是不可分割的一家！如今葉城關以北的城池都已歸大周，百姓……自然也都是大周的百姓！我們大周軍存在的意義便是護民安民！」

「而後，大周朝廷會在已經劃入周土的城池推行大周新政，免賦稅、撥糧食，讓每一個百姓都有田可耕，每一個百姓都能吃飽穿暖！諸位盡可安心！」

城牆之下的西涼百姓議論紛紛，真的不屠城……還要給他們免賦稅，撥糧食？

聽到有西涼百姓說不可能，肯定是大周皇帝誆他們的。

白錦昭急脾氣扯著嗓子吼道：「誆你們……你們也得有東西讓我們大周誆！你們有什麼可誆啊？」

「諸位也不必疑慮，你們本是西涼的子民，心繫西涼……也在情理之中，若是你們不想成為大周子民，想要離開，明日便可去府衙登記，給你們一日時間，要走的百姓大周可以給你們通行木牌，放你們離開！僅明日一天！」白卿言笑著道，「願意留下成為大周百姓的，大周必然會將你們當做自家百姓對待，給予戶籍、耕地。」

西涼百姓聽到這話，還是不能相信，有人小聲議論，若是不當大周百姓會不會領了盤纏出城就被殺了。有的則說，他們願意成為大周百姓，畢竟……現在西涼朝廷自顧不暇，哪裡還有餘力給他們送糧食！

聽到百姓們爭論不休，白卿言再次高聲道：「大周的將士們必會護我大周子民，還大周百姓一個沒有顛沛流離的太平山河！言盡於此……諸位何去何從，自行選擇！我以大周皇帝的名義起誓，絕不阻攔任何一個想離開葉城關，想繼續做西涼人的百姓，我大周放你們平安離開！」

說完，白卿言便轉身，朝著城牆之下走去。

白卿言這一言激起千層浪，今夜註定是一個不眠之夜，今夜西涼的百姓就要決定到底是成為大周百姓，還是繼續做西涼人……離開已經成為大周的葉城關。

給葉城關的百姓分完元宵，白卿琦、白卿瑜和白錦繡、白卿玦、白卿雲隨同慕容衍先去府衙商議接下來的仗如何打。

白錦昭、白錦華和白錦瑟隨白卿言回下榻官邸，路上白錦昭皺眉問：「長姐，為何要放不願意成為大周百姓的西涼人離開？他們在城中或許已經知道我們的兵力，出城之後說不準會給西涼人報信！將這葉城關內的情況說給西涼軍聽！」

白錦瑟笑著道：「五姐，長姐就是讓這些離開葉城關的百姓告訴其他西涼百姓，和西涼軍，葉城關內的情況。」

白錦昭朝著白錦瑟看去，又朝著自家長姐看去，見自家長姐眉目帶著淺笑，頗為不解：「啊？為什麼？」

「因為，長姐想要想的百姓啊！」白錦瑟仰頭望著白卿言，「對吧長姐！」

「是啊！」白卿言抬手摸了摸白錦昭的頭頂，將道理揉碎同白錦昭講，「長姐就是讓這些離開的西涼百姓將消息傳出去，被戰火摧殘願意成為大周百姓的西涼人都可以來！自古以來打仗要麼是為了糧食……要麼是為了城池，要麼就是為了人！但長姐以為……人才是最重要的，建設城池也好，耕種糧食也好！都是需要人的！所以人最重要！」

「原來是這樣啊……」白錦昭點了點頭，也能夠理解了。

「而且，西涼已經長時間缺糧了，軍糧都缺……更別提會給百姓糧食！長姐也是有意讓其他城池的百姓和將士們都知道，大周不會屠殺西涼百姓，而是會將西涼百姓變為大周百姓，給西涼百姓如同大周百姓應有的待遇！」白錦瑟順著長姐的思路分析。

白錦華也恍然大悟的模樣，仰頭望著白卿言說：「這樣的話，西涼城中的西涼百姓就不會抵死抵抗，西涼的兵也不會為了護著身後百姓抵死抵抗，我們接下來的仗也就好打很多，因為就算是敗了……也不是必死無疑！說不定還會覺得能被大周接手……就不會被餓死！是不是長姐？」

白卿言笑著摸了摸白錦華的頭頂：「我們小六很聰明！」

「我們之間還是小七最聰明，一下就明白長姐在做什麼！厲害……」白錦昭毫不吝嗇給了白錦瑟一個大拇指，「小七是我們中間的女諸葛！」

小姑娘被誇的不好意思，雙眼亮晶晶的，耳朵都紅透了，她扶著白卿言走上廊廡臺階，同白卿言道：「長姐，小七知道自己戰場上沒有五姐和六姐厲害，可能還……還會在戰場上拖哥哥姐姐們的後腿，可是……小七會更加努力，努力讓自己不要成為哥哥和姐姐的拖累！」

天空飄著極為細碎的雪花，白卿言看著眸色堅定的幼妹，抬手掃落幼妹頭上落雪。

「哪有！誰說你是拖累了！我們小七棒的不得了！」白錦昭點了點白錦瑟的腦袋，「你這小腦袋瓜都在想什麼呢？我們打下葉城關的法子都是我們小七想出來的！我和你六姐都想不到，是不是？」

白錦華連連點頭：「是啊！我們都沒有想到，小七多厲害，我們可都是按照小七想的法子打仗呢！」

「聽到你五姐和六姐說什麼了嗎？」白卿言看著白錦瑟，笑道。

弟弟和妹妹們都在，白卿言心中暖意潺潺，她伸手將三個妹妹攬在懷中：「就送到這兒吧！去營帳裡聽一聽你二姐和兄長他們，是怎麼同那位大燕九王爺商議接下來的仗應當如何打，多聽……多看，多學！」

「知道了長姐！」白錦昭仰頭望著自家長姐，率先回答。

「去吧！」白卿言直起身，攏了攏大氅，笑道。

「長姐好好休息！」白錦華牽起白錦瑟的手同白卿言道，「聽說這葉城關有一片紅梅，等明日長姐醒來，我們三個就給長姐摘回來了！」

白卿言點頭：「好……」

目送三個妹妹離開，魏忠上前笑著道：「陛下，您也該歇著了。」

白卿言點了點頭，笑著應聲：「魏公公辛苦了，您也歇著吧！」

魏忠錯愕了一瞬，忙應聲：「陛下放心，老奴……不累，還能伺候陛下就寢。」

「休息吧！好好休息才能護著我……」白卿言轉而看向魏忠，輕撫著腹部，「我和孩子回大都城這一路的安危，還要託付給魏公公！」

魏忠愣住，卻見白卿言笑著轉身要回屋內，魏忠忙上前替白卿言打簾：「陛下床鋪已經暖好，熱水老奴也讓人送進去了，陛下稍後老奴喚人來伺候陛下。」

「不必了，我自己來。」

白卿言頷首跨進屋內，解開狐裘大氅搭在屏風上，用熱水洗了把臉，手裡攥著袖籠，在軟榻上坐下，輕輕撫摸著慕容衍給孩子雕琢的兩隻小老虎，眉目間盡是溫和。

餘生，白卿言最大的心願，就是家人們平安……和新政推行順利，就足夠了。

白卿言對面的窗戶猛然被推開，白卿言抬頭就見慕容衍一躍而入。

她睜大了眼看著從窗外進來，又將窗戶關上的慕容衍，問他：「你怎麼突然過來了？你不是正和阿瑜他們商議戰法嗎？」

慕容衍身上帶著寒氣，並未靠近白卿言，他摘下面具解開披風，隨手將披風搭在屏風上，伸手在火盆上烤了烤，笑著道：「你都已經安排好了，還有什麼可商議的，不過走個過場。」

白卿言瞧著慕容衍伸手烤火的模樣，拿起倒扣的杯子給慕容衍倒了一杯熱茶，見慕容衍朝她走來，將茶杯推到身邊坐榻的位置。

慕容衍卻未坐，他搓了搓手，單膝在白卿言面前跪下，雙手搭在白卿言的腹部：「得讓孩子先熟悉熟悉我的聲音，否則……真的要不知道我才是爹爹了。」

察覺孩子動了一下，慕容衍驚喜抬頭朝著白卿言看去：「動了！」

「洪大夫說，這個月份孩子動的頻繁很正常，不過孩子很乖……平日裡我忙著的時候，都在乖乖睡著！」白卿言說。

慕容衍將耳朵貼在白卿言腹部，仔細聽著白卿言腹部的動靜。

他雙手輕輕環住白卿言的腰身，心中無比感激能夠遇到白卿言，感激上蒼給了他和白卿言孩子，只有白卿言和孩子能平復他心中的戾氣和殺戮，讓他堅如磐石的心逐漸柔軟。

「明日一早，我就要走了……」慕容衍抬頭望著白卿言，「阿寶，今夜讓我摟著你和我們的孩子睡好不好？」

白卿言點了點頭。

慕容衍將白卿言抱起，將她安置在床榻上，又繞過屏風將銅壺裡的熱水倒入盆中，兑好了水，試過水溫，將銅盆端過來，擱在踏腳上，替白卿言脫了靴襪……

「我自己來！」白卿言忙道。

「你大著肚子不方便，我來……」

白卿言懷孕至今，慕容衍能陪在白卿言身邊的時間極少，所以在一起時，但凡是能為她做的事情他都願意去做，哪怕這樣他都覺得不夠。

慕容衍攥著白卿言白玉雕琢似的腳，只覺白卿言的腳十分涼，輕輕用熱水淋了淋，這才將白卿言一雙腳放在水中：「燙嗎？」

白卿言搖了搖頭，看著屈尊單膝跪地給她洗腳的慕容衍，倒是覺得這人身上多了幾分人間煙火氣，並非那個高高在上萬事都胸有成竹從容應對的大燕九王爺，而是她再尋常不過的夫君……將要同她走過一生的人。

將她伺候妥當，慕容衍才同她一同躺下，讓她枕在他的臂彎裡，躺在他的懷裡，輕撫著她的腹部，同白卿言低聲說著：「雖說現在西涼的城池都被打下來了，可是你回去的路上還是要小心，儘快回大都城不要讓母親擔心。」

白卿言躺在慕容衍懷裡，疲憊感襲來，已經有些迷迷糊糊，閉著眼應了一聲：「嗯……」

「兩國合併的事情，我已經派人送信給在城外候著的月拾，讓月拾將剛剛商議好的兩國拿下雲京打法送到阿瀝手中，我們兩國合力，估摸著也就是在最晚三月中旬也就能拿下雲京了。」他輕撫著白卿言的腹部，低聲道，「阿瀝會在得到拿下雲京的消息之時，提出想要兩國合併的想法，並且遣使前往大都。」

「嗯。」

這件事已經都是早就商量好，雖然沒有細緻化，可白卿言和白家人……還有慕容衍和慕容瀝都在準備當中。天鳳國已經被趕回雪山那頭，天下一統，指日可待。

慕容衍低聲說：「等我們的孩子長大的那一天，一定會看到一個太平盛世。」

話音一落，他便聽到白卿言清淺的呼吸聲已經變得緩慢，他知道這些日子白卿言的確是累了，懷著孩子上戰場，即便是孩子再乖白卿言也是累的。

他用手肘撐起身體，將白卿言側臉上的碎髮攏在耳後，輕輕親了親白卿言的額頭，緊緊擁著白卿言閉上眼。

第六章　一語成讖

第二日一早天還未亮，白卿言便已經醒來，察覺身邊已空，又摸了摸……早已經涼透，想來慕容衍很早就走了。她掀開被子，剛剛起身，就聽魏忠的聲音從門外傳來：「陛下時辰還早，可以再睡一會兒！」

「不了……」白卿言揉了揉痠痛的頸脖。

「可是要傳人進來伺候陛下起身？」魏忠又問。

「嗯……」她撩開床帳，瞧見亮著盞微弱小燈的軟榻小几上擱著的一方帕子，垂眸穿上鞋子起身，拿過小方几上的方帕，在燈下看著。

方帕上繡著一株紅梅，慕容衍親自在方帕上提了字——有美人兮，見之不忘，一日不見兮，思之如狂。她唇角止不住上揚，在軟榻前坐下，將慕容衍留下的方帕捧在手心裡，在燈下仔細瞧著他鐵畫銀鉤的筆跡。

隔扇被推開，婢女們捧著銅盆、白帕等盥洗用具魚貫而入。

等白卿言洗漱妥當，魏忠又命人傳膳。

魏忠為白卿言盛了一碗粥後，低聲在白卿言耳邊說：「三更天的時候有消息傳來，說西涼李天驕親自去請年逾八十崔老將軍率兵抵抗大周和燕國盟軍，大燕九王爺因為不放心戰場上的事情，來向陛下辭行，聽說陛下剛剛睡下，便沒有讓老奴打擾，只叮囑讓老奴同陛下說一聲燕九王爺來過了。」

白卿言知道魏忠心裡清楚，昨夜慕容衍一直在這裡陪著她，不過是裝糊塗將事情同她說清楚罷了。她用勺子盛了一勺粥，想到曾經崔山中老將軍戰場上的神鬼手段，又想到阿瑜全身是血的那個夢，眉頭一緊魏忠道：「派個人去請阿琦和阿瑜、錦繡還有阿玦過來。」

西涼名將崔山中老將軍曾經有「玉面銀槍」之稱，戰功赫赫，不止同祖父交過手，同曾祖父也交過手，後來因未曾稟明雲京假意降了戎狄，被西涼皇廷疑心，妻女皆喪命皇族刀下。

也正是因為此事，崔山中老將軍對西涼皇廷心灰意冷，解甲歸田，多年不出，此次李天驕請崔山中老將軍出山，那麼接下來大周和燕國的仗怕是要比預計的難打一些。

白卿言著實是沒有想到，崔山中老將軍這麼大歲數了，竟然還會出山。

不過，西涼國難當頭，崔山中老將軍放下家恨私仇，仍率兵護國，白卿言心中很是敬畏這位老將軍，可敬畏歸敬畏，仗還是要打，誰都不能阻撓天下一統的腳步。

魏忠派去請白卿琦和白錦繡他們的人剛走沒多久，得了信知道白卿言已經起身的兄妹幾人便一同來了白卿言的院子。魏忠給白卿琦、白卿瑜、白卿玦和白錦繡添了副碗筷，便讓其他人退了出去，自己一個人留下來伺候。

白卿言給白錦繡夾了一塊蒸糕，皺眉開口：「這位崔山中老將軍，戰場之上手段詭譎，就連祖父面對這位崔老將軍都會萬分謹慎，你們之後的仗……要更為小心些。」

「沒想到，竟然讓五哥一語成讖……西涼真的讓年逾八十的崔老將軍領兵掛帥！」白卿玦笑著朝白卿瑜看了眼，「這崔老將軍今年得八十有八了吧？」

「切不可因為崔老將軍年紀大就輕敵。」白卿言叮囑白卿玦。

「長姐放心，阿玦明白！」白卿玦從來不敢輕視任何敵人，「當初雲破行就是輕視長姐為女子，才在南疆之戰敗的那麼慘，阿玦謹記於心時刻不敢忘。」

「今日府衙那邊兒，情況怎麼樣？」白卿言喝了一口粥問。

「阿雲在那邊兒看著……」白卿琦說，「我剛剛也去看了眼，已經有百姓分列兩隊排隊，一隊是入大周戶籍，一隊是準備離開！留下準備入大周戶籍的人多，準備離開的也不少，阿雲說……一會兒時辰一到便按照長姐的吩咐，發了盤纏和通關木牌讓他們離開，也會說明了離開之後便不能再入大周城池了。」

「如此，阿瑜和錦繡你們先帶半數兵力出發……」白卿言想了想後說。

「長姐是想透過這些離開葉城關百姓的嘴，將葉城關的兵力說給西涼人聽？」白卿瑜問。

她點了點頭：「你們先出發，這些離開葉城關的百姓看到了，自然以為你們便是大周派去打雲京的隊伍，一來可以讓西涼人知道葉城關內有半數大周主力，不敢輕易來奪葉城關。二來……也是讓西涼人以為我們只派出半數主力，不會太過防備，隨後阿琦和阿玦還有錦昭、錦華、錦瑟帶剩下半數兵力再出發，打西涼一個措手不及。」

白卿琦頷首：「長姐說的有理，葉城關好不容易拿了下來，絕不能被西涼人再次奪回去！」

「如此，我和阿瑜就及早準備！」白錦繡說著端起粥碗，打算用完早膳便隨白卿瑜一起點兵出發。

「你們打得時候不用太著急，就按照和燕國商議的方略穩步前行，若是遇到崔老將軍切記，打法上……千萬謹慎。」白卿言還是略有些憂心的，轉而看向阿瑜，「千萬不要以為崔老將軍年邁便輕敵。」

「阿姐放心！」白卿瑜頷首。

對於那個夢，雖然白卿言知道是個夢，卻還是耿耿於懷，生怕阿瑜出事。

當日，白卿瑜與白錦稚帶著大周半數主力從出葉城關，前往德陽。

雪已停，遠處漸盛晨光穿透翻湧的雲海，由遠及近的緩緩將葉城關外古老的城牆照亮。

一列列重騎兵列陣，依序而出。這些飽經戰火洗禮的鐵血銳士，眸色堅毅，手中舉著戈矛，手中金戈寒光熠熠，步伐動靜如出一轍，無人敢逆其鋒芒。

白卿瑜和白錦繡率兵走在最前，黑帆白蟒旗獵獵作響，龐大的隊伍如同黑龍，浩浩蕩蕩朝著遠處走去。白卿言就立在城牆之上，裹緊了身上的狐裘大氅，不知為何，望著阿瑜離去的背影，腦海中總是不斷的想起那個夢。

「長姐不必擔憂，阿瑜和二姐是連祖父都誇讚過的謹慎，定然不會輕敵莽撞。」白卿琦低聲同白卿言道。

她轉而望著鬢邊已生白髮的白卿琦，知道他心底也是擔心的，尤其是此次……她讓白卿瑜先走，白卿琦心中不安。因為阿琦和她一樣，都怕再次失去他們的弟弟和妹妹。

甚至，阿琦比她更怕……

曾經的阿琦以為他們的弟弟死了，親手「埋葬」了他們，自此一夜白頭。失而復得……再失去，是比失去更令人痛徹心扉之事。

「祖父、父親和叔父們，還有白家英靈都會庇佑我們白家子嗣，不會有事的，我們都不必太過擔心！」白卿言轉身，和白卿琦一同往城牆樓梯方向走去。

白卿琦小心翼翼扶著白卿言，不緊不慢走下城牆臺階。

「今日這些西涼百姓離開之後，最晚不出十天，估摸著西涼的饑民就要來了……」

白卿言這麼一說，白卿琦便立時明白。
他點了點頭，當初白錦桐抬高翡翠錦和皮毛的價格，使百姓放棄耕種，又和西涼八大家族聯手不允許消息送到皇帝案前，又囤積糧食，打算以糧食來遏制百姓喉嚨……收割百姓用翡翠錦和皮毛賺來的血汗錢，以致於西涼缺糧的厲害。
後來天鳳國來到西涼，更是到處搜刮糧食，西涼的百姓苦不堪言，多了不少流民不說，有的地方已經開始爆發了饑荒，聽說人過之處寸草不生，樹皮都被扒光了。
而葉守城因為一直以來都是葉家的地盤，大多數時候都是葉守關說了算，所以葉守關雖然沒有能阻止大部分百姓放棄耕種，可好歹葉城關存糧不少！
再加上當初葉城關裡葉家的勢力世代盤踞的緣故，不論是西涼朝廷也好，還是天鳳國也好都沒有敢來葉城關搜刮糧食，這才讓葉城關的百姓能夠過活。
可西涼其他地方的百姓，可就沒有葉城關的百姓這麼走運，能夠靠著地方官府渡過糧荒。
「燕沃饑荒的時候，阿玦將人引到了南疆，所以有了阿玦手上的小部分白家軍！燕國……也是知道人的重要性的，所以那個時候就偷偷將災民引到燕國去！」白卿言注意腳下，單手扶著肚子，與白卿琦往樓下走，「若是我猜的不錯，燕國之所以也選擇兵分兩路攻向雲京，並非是為了和我們大周搶占地盤，而是為了將更大範圍的西涼百姓引到燕國！」
「兵……來自於民，而若想成就大周兵力之大之強，就必須要人多民多，我們大周雖然已經私下同燕國達成兩國以國政較量，合併一國的說法，但還需要做兩手準備，不可孤注一擲！」白卿言語聲輕緩有度。
白卿琦唇角露出極淺的笑意：「可長姐今日將葉城關中的百姓放出城去，為的是讓這些西涼百姓將葉城關內的情況，和大周如何對待西涼百姓的情況說出去！」

她點了點頭：「比起燕軍給西涼百姓各種承諾，你說西涼百姓是更願意相信他們西涼百姓自己說的話……來葉城關，還是願意和燕軍走？」

「自然是，自家同胞的話更可信一些！」白卿琦眉目間笑意更深，長姐自來都是看清楚人心之後，用最光明正大的陽謀正道。

其為氣也，至大至剛。以直養而無害，則塞於天地之間。

大周有長姐這樣的皇帝在，來日必定會是白家先祖和祖父所期盼的那般，朝廷內外，舉國上下，皆是浩然正氣，都用陽謀正道，而無陰謀詭計。

「若是屆時，再有從葉城關出去的百姓折返，那便更加能夠吸引各地西涼百姓前來葉城關了。」白卿琦說。

「是這個理……」白卿言笑著頷首，「浩蕩百川，海能納之，成就其博大浩瀚！民為邦本，一國能納百國之民，便能成就其繁盛興旺的千古盛世。」

從城牆上走下來，白卿琦鬆開白卿言，不緊不慢跟在白卿言身邊：「所以，長姐打算留到引流民來，然後將流民安頓好……甚至待到其他城池安頓好，再啟程回大都？」

「嗯，我已經派人回大都送信，我會在殿試前趕回去，將殿試的日子定在三月十五。」白卿言仰頭望著豔陽高照的天空，呼出一口薄霧，「希望那個時候，我們已經平定西涼，若是……是我們兄弟姐妹一同回大都城，祖父若是看到，必定欣慰。」

聽到這話，白卿琦垂眸抿唇想了想，跟隨白卿言走出了一段距離之後才道：「長姐，三月十五之前，阿琦拼盡全力……平定雲京！活捉李天驕！」

「不要冒進！」白卿言想到崔山中老將軍掛帥出征，心中還是不放心，「你們面對的是足智多謀的崔老將軍，祖父曾言……崔山中將軍詭計多端，戰場之上不擇手段！又不似葉家將軍這般剛直不阿，雲破行那點子手段，在崔山中老將軍的面前都不夠瞧的，所以萬事還需小心謹慎，以大局為重，切莫強趕時間！」

白卿言不想因為自己順嘴一句感慨，阿琦便非要在這個日子之前滅西涼，做出什麼冒進之事，讓他和弟弟妹妹受傷，那才真的叫得不償失。

「阿琦知道的長姐，沒什麼……比家人俱在，無傷平安，來的更重要！」白卿琦眉目間露出笑意，「長姐，我真的很高興……還有弟弟活著，很高興阿瑜還活著！比什麼都高興！」

「長姐知道！」白卿言抬手已經夠不到白卿琦的髮頂，瞧著白卿琦的白髮，心中酸澀，若教眼底無離恨，不信人間有白頭。

自從白卿琦回來之後，除卻登基大典之上，從未這樣同任何人這樣說過心裡話。

她含笑拍了拍白卿琦的肩膀：「你們都能回來，都能平安，長姐也是……比什麼都高興！」

當日，要離開葉城關的西涼百姓並不少，最開始白卿雲還讓人一個一個辦理，後來發現人實在是太多，白卿雲乾脆讓他們在城門口排隊，發放盤纏離開。

這一日，大周發放盤纏一直到天都黑了，排隊的人還是源源不絕，大周絲毫沒有阻攔的意思，不少原本不敢走……怕大周會背地殺人的西涼百姓見鄰里都走了，心中動搖不已，也同家中人商量著想要離開。

誰知，還沒等更多的西涼百姓排隊離開，就見有早上領了盤纏出城的百姓折返回來，想要入城，卻被攔在了葉城關門外。

守門將軍睨視著要進城門的西涼百姓：「你們並非我大周百姓，速速離去莫要在我大周城池邊緣徘徊，否則別怪刀箭無眼！」守城將軍話音一落，立刻就有將士拔刀搭弓，這普通百姓哪裡見過這樣的陣仗，當即跌倒在地，雙腿發軟顫的根本就站不起來。

正在排隊等待出城的西涼百姓瞧見自己的鄰居折返，心裡咯噔一聲，忙扯著脖子問城門外相熟的西涼百姓：「老朱，你們一家子不是第一個離城的嗎？怎麼回來了？」

「求將軍開恩，讓我們一家老小進去吧！」老朱顧不上回答鄰居的問題，拽著自己的妻兒跪下，懇請守城將軍讓他們進城。

只見那守門將軍二話沒說，命令弓弩手放箭，弓弩齊刷刷扎在老朱一家人的面前，嚇得老朱抱著兒子狼狽向後退，險些嚇尿了，脊背頓時被冷汗濕透。

那大周守門將軍面目冷清：「選擇成為大周百姓……或是西涼百姓的機會給過你們了，是你們自己選擇出城繼續做西涼百姓，那麼就別想進我們大周城池！我數到十……若是再不離去，莫怪刀箭不長眼！一……二……」

不等大周將士數出三，老朱連忙拽著妻兒連滾帶爬哭著離開。

最早離城的老朱一家子回來，讓原本排好隊打算出城的西涼百姓，頓時猶豫不決。

雖然老朱什麼都沒說，可瞧著老朱不惜跪下相求也想要入城，看起來是遇到了什麼事了！

見老朱一家子走遠，大周將領這才轉過身來，同將士們道：「繼續辦理出城！不過有言在先，出了大周城池的西涼百姓，不要以為這幾天我們陛下給了你們善意，就以為大周什麼都能包容，出了葉城關必須速速離開，若是再有折返的……一律當做西涼細作探子處置格殺勿論！」

那位將軍說完，正在辦理出城的將士抬頭，瞧著面前牽著孩子身體不斷顫抖的西涼百姓，準備登記：「叫什麼？家住哪裡？家裡幾口人，此次出城需要全家一同離開，這你可知道？」

那人不斷顫抖，哆哆嗦嗦看向等著尋找他們官府登記戶籍，表情凶神惡煞的大周將士，忙道：「我……我不出城了，我們一家子願意成為大周百姓！」

「那你來搗什麼亂！去府衙那邊兒登記！」大周兵訓斥了那人一句，高聲道，「下一戶！」

可此時，原本急著出城的西涼百姓都遲疑了。

「你辦不辦？不辦讓開，下一個……」大周兵對著下一戶喊道。

「孩子他爹！我們要不然不要出城了，誰知道出城後會是什麼樣子，我們做老百姓的不管是做哪一國人，只要活著就好了！你看老朱他們一家子出去之後都進不來了！」妻子扯著自己丈夫的衣袖，眼淚吧嗒吧嗒往下掉著，勸道，「孩子還怎麼小，我們背井離家，到底是為了什麼啊！」

「快點兒！快點兒！還有哪一戶？」大周兵不耐煩催促道。

丈夫原本還有些猶豫，猛然聽到大周兵的催促，最終咬牙將自己的孩子和妻室從隊伍中拽了出來，道：「說的對，我們做百姓的能活著就好，要是大周皇帝想要殺我們何苦這麼麻煩，大周軍入城的時候就屠城，一刀殺了也就是了！既然大周皇帝說了會將我們當做大周百姓對待，我們何必背井離鄉！走……回家！」

「是啊！我們何必背井離鄉，哪個皇帝能給我們這些普通老百姓活路，哪個皇帝就是我們的主子！走！回家！」更多的百姓扯著自己的妻兒從隊伍中出來往回走。

這前面的隊伍突然都散了，後面排隊的一問是怎麼回事兒，知道有出了城便是西涼百姓想要回來，差點兒被當成細作處置射殺，百姓們頓時惶恐不安。再看前面越來越多的百姓離開隊伍，都帶著妻兒子女回了家，後面的隊伍也開始動搖，不多時跟著散了一大半。

而葉城關的城牆外，竟然真的有出城後又陸陸續續折返回來的西涼百姓。

那些百姓求情想要入城，誰知卻被告知西涼人入城會被當成細作處置，有人還想要強闖，被大周軍一刀了結在了城牆外，這也極大震懾了那些心存僥倖的西涼百姓，大周軍說一不二，他們護大周百姓，但不會對西涼人手軟。

很快，還在城門口等待出城的小部分西涼百姓也紛紛帶著家當，牽著妻兒回家，不敢再出城，生怕出城之後遇到什麼再想回來，就回不來了。

畢竟家都在葉城關內，出了葉城關……就如同浮萍不知該去往何方。

只要大周皇帝不殺他們，哪怕不會將他們當做大周自家百姓對待都不要緊。

亂世……百姓們求的不過是活命而已。

用晚膳時，城門口的消息便送到了白卿言處。白卿言垂眸給白錦瑟夾了一筷子菜，應聲：「守門將領做的很好，明日估摸著還有要回來的西涼百姓，還是按照此法處置，回來的都趕走，敢硬闖，殺無赦！接下來，就是要重新登記人數、戶數，推行新政，這些就要辛苦阿雲了。」

「長姐放心，阿雲一定辦好！」白卿雲應聲道。

「估摸著再等兩三天，回來的西涼百姓會更多……」白卿琦想了想道，「長姐，我擔心若是明日我們走了，怕是消息也會很快傳出去，不如……晚幾天再走，長姐以為如何？」

「不必……」白卿言接過魏忠遞來的帕子，搖了搖頭，「明日照常出發，我已經讓楊將軍出城，楊將軍已經在城北門外等著了……」
白卿琦握著筷子的手陡然一緊：「長姐的意思……」
白卿言點了點頭。
「長姐和三哥打什麼啞謎？什麼意思啊？」白錦昭聽得雲裡霧裡，頓時心癢難耐，轉而看向白錦瑟，「小七，長姐和三哥說什麼呢？」
白錦瑟抬頭瞧了眼自家長姐和三哥，低聲說：「長姐的意思，是不是讓三哥帶著兵力出城，然後繞一圈，又將兵交給楊將軍帶入城？」
白卿玦頗為讚歎朝著白錦瑟看去：「小七真不愧是在大伯母身邊長大的！」
「可是長姐，為什麼要這麼幹？」白錦華也有些不太明白。
「為的是讓西涼以為葉城關陳兵數目巨大，而不敢輕易攻打葉城關，讓西涼以為大周正在往葉城關源源不斷的調派兵力過來……」白卿言語聲鄭重，「既然知道是崔山中老將軍掛帥，我們就千萬不可懈怠，葉城關不論是對大周還是對西涼來說都太過重要，可以說是是比秋山關更重要的兵家必爭之地，崔山中老將軍喜歡玩兵不厭詐那一套，我們也可以仿效一二。」
「阿琦明日再帶剩下半數兵力離開，分出半數轉而讓楊將軍帶兵回來，阿玦再隔兩天帶著小六、小七再帶軍出發，接著分出半數回來，這麼著也就能撐到趙勝將軍帶趙家軍抵達葉城關！」白卿言看向白錦昭，「屆時，小五就跟著趙將軍一同出發，去增援阿瑜和錦繡。」
「長姐是何時命趙勝將軍率趙家軍前來馳援的?!」白錦昭雙眸發亮，「長姐真是厲害！」
「如此消息傳到西涼人……和崔山中老將軍的耳朵裡，我們大周就憑白的多了將近十萬大軍！」白卿雲端著粥碗，「崔山中老將軍和大周對陣，總是要掂量一二，甚至會怕葉城關會有源源不斷的援軍，從而不敢正面來攻打葉城關。」

「我昨夜翻看了崔山中老將軍過往幾場大仗的記錄，發現這位崔老將軍為了勝仗可以說什麼法子都敢用，祖父用不擇手段四個字形容崔老將軍十分貼切，我還發現……崔老將軍不到萬不得已，不會與對方大軍正面對抗！」白卿言又接過魏忠遞來的熱茶，端在手中，「所以，只有葉城關有源源不斷的援兵，崔老將軍才不會冒險先行來奪葉城關！但如此……你們就要千萬小心！」

「長姐放心！」白卿琦並不懼怕。

第二天，正如白卿言所預料的還有已經離開葉城關的百姓折返回來，想要重新回到城中，又都被趕走，這一日……城門口殺了三人，再也沒有人敢闖葉城關。

這也讓葉城關內的百姓更加心有餘悸，只覺幸虧他們沒有衝動之下出城。

這天中午，白卿言又下令，兩日之後，葉城關會逐戶排查未曾前往府衙登記，更改戶籍……依舊拿著西涼國籍的百姓將會被逐出葉城關。

葉城關內每一條街道，都有大周軍把守，為西涼百姓重新辦理大周戶籍，白卿言的命令是兩日之內，必須將戶籍登記完畢，否則會阻礙推行新政。

軍隊辦事，人手氣勢十足，又下了大工夫，且還是夜裡也繼續辦理，第三日下午，總算是將戶籍全部整理清楚。而後，白卿雲又派人挨家挨戶排查，若是還有心存僥倖未曾登記的百姓，逐出葉城關，若敢不從……以西涼細作論處。如此鐵血手腕，倒也見了成效。

第四日，大周新法在葉城關張貼出來，有專人為已經成為大周百姓的葉城關民眾講解新法，而後又有專人帶著百姓去分地。

大周免了百姓三年賦稅不說，隨後還會有賑災糧食送來，白卿雲同百姓們說絕不會讓大周百姓餓肚子。葉城關百姓一瞧，這大周是真的動了真格的，而且……這都是有利於百姓的新法頓時對大周皇帝感恩戴德，心中越發慶幸自己未曾出城，選擇成為了大周百姓。

葉城關的官員除了口碑較好的，其餘都換成了大周官員。

大周這樣聲勢浩大在葉城關的所有動作，就說明了，絕不會放棄葉城關，百姓們也都安了心，不怕今日剛剛成為大周百姓，明日便又得重新成為西涼百姓，說不準還會被西涼軍當做細作處置了。

很快，大周便迎來了第一波流民，其中還有當初選擇離開葉城關的西涼百姓。

西涼其他地方被餓得連樹皮都吃的百姓就跪在城外，都是說聽從葉城關離開的百姓那裡聽說大周軍隊仁慈，不殺百姓，還准許西涼百姓成為大周百姓，來請求入城……只求活命，稱願意成為大周的百姓。更有已經被餓得不成人形的母親，抱著自家奄奄一息的孩子，跪在城外請求給口吃的，救孩子一命。

得到消息後，白卿雲按照白卿言之前的吩咐，先派人給城外的百姓每人分發一頓的口糧，又讓大夫出城給奄奄一息的百姓診治，隨後才對外宣布……要成為大周百姓的機會只有一次。

若是想要進城得到大周的戶籍，得大周官府給他們分的房子，便需要聽從大周的安排，並且房子和地都不是白給，糧食也不是白給，需要給官府打下欠條，在明年第一批糧食生產出來開始……就要以糧食或者是銀子的方式，還給官府，三十年為期，而且每年還有利息，自然了越早還完利息自然也是越少。

現在西涼軍隊到處搜刮糧食，百姓都沒有活路了，現在只要入了這葉城關，就有糧食可以活命，大周還給房子給地，別說讓他們償還三十年，就是償還一輩子也願意啊！

城內百姓聽到這個消息頓時恍然，難怪大周軍不允許選擇離開葉城關的百姓再入城，原來是為了給這些流民騰地方，他們也慶幸他們沒有走，他們著實沒有想到西涼其他地方現在已經艱難成這個樣子。聽那些流民求著要入城時嚷嚷，說他們來的的地方，都已經有了吃人的事情，他們只求活命，請大周收留。

很快，在白卿玦帶著第二批大周將士出城之後，葉城關內的大周將士們也開始挨個給流民錄戶籍，而且大周守城將軍說的很清楚，流民之中若是有曾經從葉城關離開的百姓，是堅決不允許入城的，否則……入城後被查出，一律按照細作處置，殺無赦！

有著之前離開葉城關後又妄圖進城而被殺的葉城關西涼人做例子，哪裡還有人敢再擅闖城門。當然，也有原本家就在葉城關的西涼人混在隊伍之中，謊稱自己是從旁的地方逃過來的。

自然了，他們也知道……一旦不承認自己曾經是葉城關的百姓，進城之後之前自己的宅子是要不回來了！可若是不進葉城關，那可是連命都沒有了啊！

既然當初離開葉城關已經捨棄了自家屋子，那現在為了活命房子沒有了就沒有了吧！

而一直留在葉城關未走的百姓，瞧見相熟的鄰里回來，卻為了活命連自家的房子都不敢要，重新要個房子還要給官府打欠條，心裡越發的舒坦，越發覺得自己當初沒有走，選擇成為大周百姓是對的。

白卿言和白卿雲都知道，流民之中定然會有很多當初離開葉城關的百姓混跡其中，卻沒有拆穿……

她本意就是要人，沒有真的將葉城關百姓拒之門外的道理。

她這麼做不過是為了讓所有來投奔大周的百姓知道，投奔了大周成為大周的百姓……大周並非無條件接納和照顧，總要付出些什麼。

人都是越容易得到的東西就越是不珍惜，只有給他們壓力，才能讓他們將壓力轉化為動力，努力勞作，早日還清欠了官府的糧食和分得房屋的銀兩，便能少給些利息。

如此，等到明年……本就免除賦稅的葉城關，便不需要朝廷再撥付賑災糧餉，能夠自給自足不說，還能夠反哺朝廷。

白卿言這個法子，想來戶部尚書魏不恭便不會來給她上摺子抗議和哭窮了。

混在百姓之中的西涼探子，瞧見白卿玦再次率兵前往德陽方向增援，又聽說葉城關北門又來了大周軍，看旗幟……竟然是降了大周的趙家軍，聽說五萬趙家軍已經入城了，那西涼探子悄無聲息離開隊伍前去給西涼大軍報信。

白卿言帶著楊武策親自去迎趙勝帶著趙家軍入城，趙勝早已經是心癢難耐，當初趙勝跟隨白卿言，為的就是跟白卿言打下這個天下，可是此次來滅西涼，白卿言帶了楊武策卻沒有讓他一同來。

後來，南疆戰場之上捷報連連傳來，他心中正百爪撓心呢，就接到了白卿言的密信，讓他率趙家軍來葉城關。當時趙勝還以為白卿言會讓他和白家軍匯合，然後一同攻打這個西涼最難打的葉城關。誰知道趙勝剛帶著趙家軍到翁城，就聽說白家軍由白卿言親自掛帥，不過兩天就已經拿下了葉城關。

趙勝當時腦子嗡嗡直響，莫名就想到了當初大樑青西山關口之戰。

其實當初，趙勝覺得當初晉國打下了青西山關口運氣比實力更大，可如今……葉城關可是要比青西山關口更難打的存在，這葉城關就連兩側山上都是高牆壁壘，白卿言帶著白家軍竟然兩天……兩天就打下來了！目瞪口呆的趙勝，打從心底裡佩服白卿言和白家諸子之外，心中也頗為遺憾，他快馬加鞭竟然沒趕上葉城關這一仗。

趙勝對白卿言行禮之後，看著神采奕奕的楊武策，道：「當初還是我勸你降了大周，同陛下一同定天下的！可結果倒好……陛下帶著你打下了葉城關，我反倒沒有能參與到這一戰來！」

楊武策瞧著趙勝的模樣，心情別提多痛快了，握著腰間佩劍哈哈大笑，抬手在趙勝的胸前砸了一下：「你瞧你這滿腹幽怨的模樣跟個娘們兒一樣！陛下說了……接下來的仗，陛下不參與，讓你去打！我要為陛下守好這葉城關！以後的仗都是你打，可滿意了？」

「什麼仗也比不上這葉城關一戰啊！」趙勝看著葉城關的高牆壁壘，忍不住歎息，「真的好可惜沒趕上！」

白卿言眉目間盡是笑意，低聲道：「若非為了平定天下，其實我最不想打仗，將軍一夕帶兵出，百姓幾年生死劫！」

這話若是別人說，趙勝或許心中還有不信，可若是白卿言說……趙勝信。

此次在大都城，他聽說……曾經白卿言被國子監的生員攻訐，白卿言的恩師關雍崇老先生，曾經說過，白卿言頭一次從戰場歸來，他問白卿言心中所感。

白卿言答說，白骨成山曝荒野，墳塚遍地無處埋，千畝良田無人耕，萬里伏屍鳥蹤滅。

那是在繁華都城……絕對看不到的慘狀。

所以，白卿言願盡己所能，捨一己之身，還百姓以海晏河清的太平山河。

聽說，白卿言說這句話的時候才一十三歲，其襟懷之廣袤，憫世之仁心，就連身為人師的關雍崇老先生都自認不及。

能說出這樣話的皇帝，趙勝相信……她是真的疼惜百姓！真的願意還百姓海晏河清的太平山河。

趙勝對白卿言拱手：「是末將失言，臣下明白陛下的意思！若非必要……陛下並不願意興兵！接下來……趙勝必定竭盡所能儘快平定西涼，也讓百姓少受些苦！」

「白卿言替百姓，多謝趙將軍了！」白卿言含笑朝趙勝一拜。

趙勝連忙側身避開白卿言的禮，又道：「對了陛下，此次蔡子源蔡先生也隨末將一同來了，不過蔡先生在甕山同末將分別，前往豐縣，說是……去看看新政推行的情況，過兩日便來面見陛下，同陛下詳稟。」

白卿言沒想到蔡子源也來了：「蔡先生不是在韓城，協助秦朗推行新政嗎？」

「新政在大樑舊土推行的極好，之前末將還在韓城的時候，其實陛下的妹夫秦朗已經上手，聽蔡先生說……是陛下的妹夫擔憂陛下和輔國君這裡人手不夠用，又怕高義君身邊沒有蔡先生規勸，讓陛下和輔國君擔憂，所以擅自做決定讓蔡先生從韓城趕來南疆！」趙勝一邊同白卿言往城牆之下走，一邊笑著道，「自然了，這蔡先生和末將一樣，也是不想錯過這平定西涼的戰場，所以便同太后請命，跟隨末將一同來了！」

白卿言點了點頭，她知道蔡先生其實是有鯤鵬之志的。

「其實不止是末將和蔡先生，之前末將出發的時候，多少將領都眼熱的不行，這可是滅西涼之戰啊！為將者誰聽了不熱血沸騰！」趙勝極為高興，好似如今已經勝券在握。

白卿言笑著同趙勝點了點頭，又問：「趙將軍這一路過來，有沒有留心……我們大周拿下的西涼城池之中，府衙官員新政推行的如何？」

提到這個趙勝的表情略有些不自然，他抬手摸了摸自己的鼻子，還是照實同白卿言說了：「不少西涼的百姓知道大周軍來接手城池，都跑了……」

趙勝沒敢說，這些百姓之所以跑了，是因為西涼百姓都沒有忘記當年甕山之戰白卿言燒死了西涼十萬降俘，所以西涼百姓都怕這大周軍來了之後，會將他們斬殺，這才跑了。

白卿言點了點頭：「跑了好啊……」

趙勝聽到這話，滿臉詫異，轉過頭看了眼楊武策，這才看向白卿言：「陛下何意？」

楊武策忙將白卿言在葉城鬫實行的對西涼百姓的政策同趙勝講了一遍，趙勝頓時恍然……

「如此，戶部尚書魏大人，定然不會來找陛下哭窮了吧！」趙勝露出笑意。

白卿言笑著頷首：「我們必定是會讓西涼百姓成為大周的百姓的，但不能因為西涼百姓剛剛歸入大周國籍，就給予優待，讓西涼百姓覺著……反正能夠依靠著朝廷的救濟過活，便懶散度日。」

「陛下所言甚是！既然他們如今知道了當西涼的百姓活不下，必須成為大周子民才有活路，那就得讓他們自己動起來，自給自足才行。」

趙勝在樑國時曾也被委派去賑災，後來良田被毀，百姓只能靠朝廷撥糧餉過活了一年多，再然後就將有些百姓養成了懶骨頭，跟著……原本勤勞的百姓們也有樣學樣，最後好好的沃土，被荒廢在那裡，年年需要朝廷撥發糧餉，最後反倒讓本是大樑糧倉的土地，變成了朝廷的負擔。

所以白卿言這項舉措，可以說是十分必要的。

「這第一批流民入城之後，再過不久便會有更多的西涼流民過來投奔大周。」白卿言慢條斯理說，「屆時葉城鬫住不下了，正好在我回大都城時可以帶上，沿途將這些流民分別安頓在各個城池，給他們新家……新地，讓他們安心成為大周的子民，從此安居樂業。」

趙勝跟著點頭。

「趙將軍今日剛到，歇息一日，明日一早率兵出發……」白卿言說。

聽到要率兵出發去打仗，趙勝渾身都是力氣，抱拳稱是：「是！」

目送白卿言走遠，楊武策拉著趙勝說去坐坐，其實是想和趙勝顯擺自己跟隨白卿言打得這幾仗。

這幾仗下來，楊武策對白卿言已經是佩服的五體投地，也就明白為什麼曾經大樑還在時，趙家軍總是輸在白家軍的手中。

白家的將軍中，白卿言能征善戰，善於上兵伐謀，白家其他幾位少年將軍各個都是英傑，就連那年紀最小的白家七姑娘，都是個小諸葛，更別提白家其他將軍了！

楊武策覺得這位白家七姑娘年紀還如此之小就這麼厲害，長大後可不就是另外一個白卿言麼。

接下來的幾日，湧到葉城關的西涼流民越來越多，城內的百姓瞧著每日跪在城門口祈求想要進城的百姓，後怕不已，葉城關的房子已經住滿，地也已經都分完了。

就在西涼百姓們以為，接下來來的這些百姓怕是都進不了城時，白卿言決意留下楊武策將軍率兵鎮守葉城關，她則率兵帶著流民前往遂寧城、豐爾蘭城和江孜城等城池安頓。

趙勝經過幾個城池時仔細留心過，這幾座城池都已經和空了沒有什麼區別，與其到時候將大周的百姓遷過來，不如將西涼的流民安頓進去。

這也向西涼百姓傳達了一個消息，那便是越早成為大周的百姓，得到的好處越多，不但能得到大周的賑災糧食避免他們餓死，還可以得到房子和田地，這樣的好事……對經歷饑荒西涼朝廷又拿不出賑災糧食，反而要搶百姓手中的糧食作為軍糧的西涼百姓來說，簡直是天大的好事。

西涼朝廷不顧他們死活，他們又怎麼還會忠貞不二的與西涼站在一起，自然是誰能保證他們吃飽穿暖，他們就做誰家百姓，承認誰是他們的皇帝君主。

西涼流民跟隨大周的軍隊出發，前往下一個城池前，大周將領同那些西涼流民說的很清楚，不論這些流民原本是西涼哪一個城池的，如今對大周來說……都是即將要入大周城池還未正式成為大周百姓的西涼流民。

大周將他們安排在哪一個城池，他們就去哪一個城池，不願意的現在就可以離開，但凡跟隨大周走了，就要聽從大周的安排，否則便還是會將其驅逐出大周境內。

主要，還是怕這些流民有從遂寧城出來的，想要回自己的宅子又不願意給府衙打欠條。

其實只要能有口飯吃，不被餓死，這些饑民還哪裡顧得上房子怎麼樣，若是人都沒有了，房子還不是要給別人住。

很快，白卿言將葉城關交給白卿雲和楊武策之後，便帶著軍隊和西涼流民出發前往遂寧城。

這些西涼流民看到過葉城關百姓在大周新政之下，得到的土地和房子，知道大周那些利國利民的國策，都帶著對未來的祈盼，尾隨在軍隊之後，浩浩蕩蕩往遂寧城的方向而去。

軍隊抵達遂寧城之後，白卿言發現遂寧城的確是空了大半個城。

白家軍攻打遂寧城之前，就已經走了一大半拖家帶口的百姓，再後來……白家軍打下遂寧城，又去攻打葉城關之時，城內的百姓見大周軍不阻擋他們離開，想著趁大周還要攻打葉城關沒辦法騰出手腳來收拾他們這些普通老百姓，也以各種藉口走了不少。

自然了，守城將軍得了白卿言的命令，並未阻攔想要離開遂寧城的普通百姓，這會兒子瞧見白卿言帶著浩浩蕩蕩的百姓回來，還聽說白卿言要給百姓入大周戶籍，守城將軍有些懵。

再聽說白卿言要給百姓入大周戶籍，分房子分田地，讓百姓給官府打欠條，分三十年還清不說，這每年百姓都要向官府上交利息！

守城將軍頓時腦子清明過來，原來他們大周皇帝讓放走之前的西涼百姓，就為了在這裡等著，為的就是在不拖累大周財政的同時，將這些西涼百姓全都歸入大周……

果然，他們大周的皇帝就是不一般，用這樣的法子，能夠讓西涼百姓感恩戴德不說，還能不增加戶部壓力。

白卿言在遂寧城耽擱了三日，葉城關又送來了不少西涼流民，還有從大燕打下的城池跑來遂寧城的百姓，顯然……遂寧城也裝不下了。

於是，於正月二十一，白卿言安排好遂寧城新政之事，又帶上了一直在遂寧城候著她的春枝、軍隊還有流民一同前往豐爾蘭城。

時至正月二十七，已經有更多的西涼百姓知道，成為大周百姓的好處，自然也知道了成為大周百姓要付出的代價。

西涼百姓之間的口口相傳，西涼百姓的爭相前往，這要比大燕將士們向西涼百姓再三保證來的效果更好，百姓們幾乎是蜂湧前往已經被大周將士占領的城池，希望大周能夠給一口吃的，給他們一條活路。

慕容衍聽說此事，手中摩挲著那支雁簪，眉目間全都是溫潤的笑意。

曾經順利收回南燕，便是白卿言點撥他……民心所向所能得到的浩瀚之力，所以在民心這方面他們大燕的確不是大周的對手。

「王爺，咱們打仗是為了奪城池土地，也是為了奪人口百姓啊！這大周和我們是盟國，怎麼能不講道義背後捅刀子？這他們大周將百姓都給弄走了，我們要個空城幹什麼！」大燕的將領同慕容衍抱怨，「以末將看，打下城池之後就別給他們那麼寬鬆的待遇，直接就扣在城中，不允許離開！離開的就殺了！還得派個人和大周說一聲，別太過分了！」

抱著劍的月拾視線掃過說話的大燕將軍，眸色清冷，覺得這位將軍說的話雖然是向著燕國，可他怎麼那麼不痛快呢？

這位宋將軍出身燕國世家，明面兒上和背地裡都是燕國皇帝慕容瀝的堅定擁護者，因全然不知慕容衍和慕容瀝的不和是演出來的，為了表示對慕容瀝的忠心，三番兩次同慕容衍作對。

「宋將軍這話說的不妥當……」有大燕將領聽到這話，自發替大周說話，「這西涼百姓也不是人家大周派人強行帶走的，這是人家願意去做大周百姓的！怎麼能怪到人家大周的頭上？人家能讓西涼百姓主動去做大周百姓，那是人家大周的能耐，咱們大燕不能讓西涼百姓心甘情願成為大燕百姓，不反躬自省看看自己比大周差在哪裡了，反倒要仗著兩國是盟國，讓人家別收西涼百姓，這站不住理啊！」

「正是這個理！」又有燕國將領想起分戰利所得之事，接著說，「就說咱們幾次大戰……分戰利所得之時，人家大周惦記著咱們大燕缺糧，每一次都多分給咱們，已經是仁義至極，咱們做人不能不知足，處處都要人家讓咱們，那成什麼了！」

「那你們說，怎麼辦！現在百姓都跑了！我們打個空城要幹什麼！你們自己說！」宋將軍煩躁不已，「你說！若是將我們燕國的百姓遷移過來，你看看多少百姓會願意拋家捨業過來！」

慕容衍唇角弧度越發明顯，他動作懶散靠坐在椅子上：「我們燕國之所以沒有能讓百姓留下，是因為我們燕國的傲慢，是因我們都覺得，不屠城……讓城內的百姓活下來，就是我們大燕對西涼百姓的恩賜，在座的諸位可是如此想的？」

「那可不就是我們燕國給他們天大的恩賜嘛！」宋將軍接著道，「那西涼軍隊殺入我們燕國地界兒可是見人就殺的！屠城、燒城！搶女人殺老弱，我們已經很仁慈了……」

宋將軍說完，抬眸朝著慕容衍看去。

「可是大周呢，大周皇帝親自在葉城關同西涼百姓說……若是願意入大周籍，留下分土地分房子，若是不願意的發放盤纏離開！」慕容衍視線掃過大帳中的燕國將領們，「大周的口碑是西涼百姓口口相傳，且真實做了的，而我們燕國……是將士們在同西涼百姓說我們能給西涼百姓什麼！若是你們自己，你們選擇成為哪國百姓？」

見眾將士們都不說話，慕容衍又笑著道：「你們自己都會選大周，更遑論那些西涼百姓？所以西涼百姓去大周求活路，不是沒有道理的！我們燕國也該學起來了！」

「學大周？」宋將軍眉頭緊皺，「王爺，那大周皇帝……根本就不是正統皇室出身，若是我們堂堂大燕學大周的方式，這不是擺明告訴旁人，我們大燕不如大周，還得跟在大周屁股後面學治國的策略嗎？」

「那麼，以宋將軍之見……」慕容衍手肘搭在座椅扶手上，撩起自己衣裳下擺，翹起二郎腿，抬起幽邃含笑的眸子朝著宋將軍看去，「我們是要西涼百姓呢，還是要燕國皇室的面子？」

宋將軍被慕容衍皮笑肉不笑的模樣看得脊背寒意叢生，可憑著股子心中對慕容瀝的忠誠，挺起胸膛道：「自然是面子不能丟，百姓還得要！九王爺是我們大燕的攝政王，必定有辦法兩全其美，否則……若是真去學習大周那個半路出家的女娃子皇帝，就是將我們大燕皇帝的臉面按在泥裡踩，攝政王恐怕擔待不起！」

宋將軍說著，朝著燕國皇帝的方向拱了拱手，言行間全都是對慕容瀝的恭敬。

月拾抬眼朝著宋將軍看去：「宋將軍還知道我們家王爺是攝政王，即便是陛下和太后也從無以如此強硬姿態同我們家王爺說話的，宋將軍倒是臉大，扯著陛下的大旗……這是要不遵從大燕攝政王的命令嗎？」

馮耀端著熱茶上來，慕容衍手指點了點身旁的桌几，示意馮耀放下。

慕容衍倒也沒有生宋將軍的氣，反而示意月拾不必再說，只望著宋將軍抖了抖衣裳下擺，說：「既然宋將軍如此忠心陛下，想來必定能想到兩全其美的辦法，否則……又怎麼能算是毫無保留全心全意為陛下盡忠呢！是吧……宋將軍！」

宋將軍被慕容衍堵的一噎，正要反駁，可對上慕容衍的眸子竟像是被人扼住了喉嚨。

慕容衍手指有一下沒一下敲擊著桌几：「那……本王就給宋將軍一柱香的時間，想不出來，可就要軍棍伺候，五十軍棍算是便宜宋將軍了！」

說完，慕容衍將手中雁簪藏起來，端起茶杯，命人點了一柱香，徐徐往茶杯之中吹著熱氣。

月拾看著宋將軍難看的臉色，心裡這才舒坦了一些。

「王爺息怒！」有將領忙為宋將軍求情，單膝跪地抱拳道，「宋將軍冒犯王爺本應重罰，可現在正是用人之際，宋將軍戰場上最是勇猛，請王爺看在宋將軍每次都是最先衝入城內的分兒上，網開一面，饒宋將軍一次吧！」

慕容衍笑著道：「這怎麼能是饒呢？宋將軍口口聲聲為陛下盡忠，本王不過是給宋將軍一個機會，辦法想出來了，就是大功一件……冒犯本王之罪，本王定然不能計較！可若是宋將軍想不出來……」

慕容衍唇角笑意越發冷冽，眸色裡盡是駭人的殺氣：「我燕軍之中，身為將領自己都做不到的事情，卻扯著陛下的大旗，給本王扣帽子，本王也就罷了，若是給下屬扣帽子……下屬做不到還不得被他逼死？這樣的將軍就算是戰神，我慕容衍也不要。宋將軍若是真的想不出來，打完了五十軍棍沒死，就給本王滾回燕都去！」

宋將軍氣得臉色發紅：「王爺如此做，未免有要架空陛下在軍中勢力之意！」

這話說的就嚴重了，整個大帳裡的將軍們臉色頓時都難看了起來。

「宋將軍，你說什麼呢！」與宋將軍交好的將領連忙訓斥，又跪地求饒，「請王爺饒過宋將軍，宋將軍這是氣糊塗了胡言亂語！」

「怎麼，本王讓你想你說的這個兩全其美之法，就是架空陛下在軍中勢力，還是說你以為……你在軍中就能代表陛下？」慕容衍低低笑了一聲，笑得人毛骨悚然，「宋將軍，你該慶幸，本王還認你對陛下的忠心，否則……你的腦袋現在已經不在脖子上了！」

很快一柱香燃盡，宋將軍面色難看，被兵卒拖出去打了五十軍棍，月拾親自行刑，剛打完宋將軍就暈了過去，是被下屬抬回了營帳。

此時，慕容衍已喝完了茶，隨手將茶杯擱在一旁：「你們呢，有什麼兩全其美的辦法？」

帳內將軍們左右看了看，都不吭聲。

慕容衍漫不經心理了理自己的衣：「若是你們都沒有什麼兩全其美的辦法，那麼……就按照大周的做法，籠絡西涼百姓，看看……能為我們大燕爭取來多少西涼百姓！」

說完，慕容衍站起身來，抬腳朝著大帳外走去。

將領們連忙起身，朝著慕容衍的方向恭敬長揖行禮，送慕容衍出了大帳。

二月初一，白卿言帶著軍隊和流民抵達江孜城。

江孜城外本身就有很多聞風而來的流民，但是守城將軍沒有得到上面的命令，所以不敢擅自放這些西涼流民入城，卻也因為得到葉城關的消息，沒有主動驅趕。

白卿言人一到，立刻命人為西涼流民登記入城，分住宅和耕地，又讓將士們將有破損的房屋修整妥當，以保證百姓們可直接入住。

分到房屋和糧食的百姓，帶著妻室子女回到自己在江孜城的家看了眼，激動的熱淚盈眶，從此他們有家了，不會和前幾個月一樣，顛沛流離隨時擔心自己會餓死不說，還要防著天鳳國軍隊和過活不下去落草為寇的土匪劫掠，每日都膽戰心驚的！

現在好不容易安定下來，成為大周百姓，有朝廷撥糧食，不會餓死，還有房子住，有地耕種，雖然欠了府衙銀子和糧食，但好歹是活下來了。

戰亂年代，對百姓來說，能活下來就是一切，更別提大周還為他們提供了這分安穩生活。

白卿言一到江孜城，將事情安排下去之後，便由春枝伺候著歇下了，前線送來的戰報因為是捷報的緣故，被魏忠壓了下來，想著等白卿言醒來了再讓人稟報。

這段日子，白卿言一直都沒有好好歇著，到底是懷著雙身子的人，魏忠也不忍心將白卿言叫醒來。白卿言這一覺已經睡了三個時辰，膳食早已經準備好，春枝來來回回來看了十幾趟，白卿言都沒有睡醒，只能讓廚房將膳食都用火煨著，等白卿言醒來立刻傳膳。

她醒來時已經子時，廚房裡的廚子都是枕戈待旦沒敢去休息，一聽陛下醒來了，立刻派人將膳食裝入黑漆描金的食盒內，往白卿言下榻之處送去，廚房也跟著忙活起來，準備菜式。

隔著屏風和垂帷，白卿言裡間更衣漱口，婢女們拎著食盒魚貫而入，由魏忠親自將餐食擺在圓桌之上，試菜之後，婢女們又一溜煙退了出去。

「陛下，可以用膳了。」魏忠在屏風外低聲提醒。

春枝為白卿言繫好霜色蘭花盤扣，雙手交疊在小腹前，碎步退到垂帷之前替白卿言將垂帷撩起，隨後同白卿言一同從裡間出來。

「可有戰報送來？」白卿言落坐之後，用熱毛巾擦了擦手問。

「是捷報，所以老奴沒有打擾陛下歇著。」魏忠從身後小太監捧著的方盤之中拿過捷報遞給白卿言，「德陽城已經被拿下了……」

白卿言大致流覽一下，戰報之中並提及她的弟弟妹妹們有沒有受傷，白卿言又問魏忠：「來送戰報的將士何在？」

「已經歇著了，陛下若是有什麼想要問的，不如等明日？」魏忠笑著道。

白卿言點了點頭，戰報是馬不停蹄送來的，送信的傳信兵想來一定是累極了，還是讓傳信兵好好歇一歇，明日再問也來得及。

「另外，還有消息送來，崔老將軍的軍旗掛在了西涼國度雲京城牆之上，看起來崔山中老將軍是打算死守雲京。」魏忠一邊幫白卿言布菜一邊道，「雲京如今也已經封鎖城池，只許進不許出。」

白卿言聽魏忠說完，放下前線軍報，手指有一下沒一下在桌几上敲著，若有所思。

春枝和魏忠兩人立在白卿言身後，也不敢催促白卿言用膳。

按照崔山中老將軍的習慣，掛出軍旗才更像是故布迷陣。崔老將軍打了一輩子仗，不可能別人都打到家門口了，卻還只防守而不進攻，不將敵軍從自家趕出去。這也同以往崔老將軍打仗的作風不相符。或許，崔老將軍在雲京掛出軍旗，是為了掩飾西涼軍的其他軍事動作和目的。

若是大周……如今陷入兩國聯軍合圍，四面受攻的局面，她絕不會只守都城，必定會在都城故布疑陣，然後逼得兩國大軍，或者是至少一國大軍，不得不回撤防守，如此才能減輕雲京的壓力。

在燕軍和周軍之中，自然是能逼退……兵多將多的大周最好。

目前，大燕的皇帝已經在燕國帝都，崔山中老將軍鞭長莫及。

而她身為大周的皇帝，此時並未回到大都城，而是還在未曾全部被大周軍掌握的西涼地界上……白卿言閉上眼，在腦中勾勒出西涼的地圖，又算著大周和燕國的行軍方向還有路線。

半晌之後，白卿言猛然抬頭，站起身來。

「陛下？」魏忠忙上前。

「傳令，守城將即刻派出探子從南門出，前往丹水河天洪城的方向打探，看是否有西涼兵……」

白卿言話音還未落，就陡然聽到了城門方向傳來了鳴鼓聲。

白卿言疾步往外走，高聲問：「哪個城門？」

「陛下，老奴聽著……像是北城門和東城門還有西城門！三個方向都有鼓聲！」魏忠忙道。

先圍住東、西和北城門，留下南城門，這不就是為了堵死三個門的出路，給她這個大周皇帝留下時間，逼得她一時間只能下令派兵出城前往遂寧城和葉城關……雲京方向報信嗎?!

只要崔老將軍圍住了她這個大周皇帝，西涼就不怕大周主力還死磕雲京，不掉頭回來救駕。

更何況，此次帶兵的都是白家將軍，白家人自來在意親情，她的弟弟妹妹們絕不會放任她這個身懷有孕的長姐被西涼重兵圍住，而執意攻打雲京。

若是白卿言沒有猜錯，西涼的全部兵力就在崔山中老將軍的手中，他留下了少部分兵力守護雲京，將大部分西涼兵都帶了出來，就是為了圍住她這個大周皇帝！

等到大周軍來救援，崔山中老將軍必然會在從葉城關通往江孜城方向最快的路上設伏，等打敗了大周，再掉頭回雲京與大燕決一死戰。

還有一種情況，最好就是大周將士們聽到圍城的消息，在南門還未曾被圍之時，拼死護著她這個大周皇帝出城，只要她一出城，便會立刻被西涼的伏兵活捉，到時候大周軍還未拿下雲京，自家皇帝反而被活捉，這仗大周就沒法打了。

這……應該就是崔山中老將軍最想要的結果。

李天驕定然是早就找到了崔山中老將軍，從那個時候兩個人就在設計今天這樣將她圍住的局面，後來傳來消息說李天驕請動了年逾八十的崔山中老將軍出山帶兵，想來那個時候崔山中老將軍就已經動身了。

崔山中老將軍是個老將，曾經與白家軍交手過，怕就是崔山中老將軍故意交代了李天驕在他出發之後做戲！他們大周得到崔老將軍軍旗掛在雲京城上的時間還是晚了。

「陛下！如今陛下就在城中，得即刻派人前往葉城關報信求援！」魏忠遇事極為冷靜，「不，還是老奴此刻就護著陛下出城，前往葉城關！」

「現在出城，怕是我即刻便會被崔老將軍的伏兵活捉，成為大周攻打雲京的負擔！」白卿言沉默了一息，電光石火之瞬，便下定了決心，抬眼眸色堅韌，字句鏗鏘，「白家暗衛何在？」

一聽到白卿言的命令，隱藏在暗處的白家暗衛紛紛現身，為首的小隊長跪地行禮：「大姑娘！」

「派一個人，從南門出城，若是到達葉城關的話，讓楊將軍守住葉城關大門不可貿然出兵救駕！讓楊將軍派人前往唐古傳令四姑娘和沈昆陽將軍前來救駕，務必避開易設伏的地點，求穩不求快！」

「是！」小隊長領命。

白卿言話未說完，接著說：「隨後，直奔雲京方向去通知二姑娘、三公子、四公子和五公子，我會在江孜城牽絆住西涼主力，雲京空防，讓他們不必牽掛，務必要全力拿下雲京，活捉李天驕之後，再來馳援江孜城，同樣的一定要避開易設伏的地點，求穩不求快！」

白卿言說完，視線朝著白家暗衛的小隊長看去：「可若是到不了葉城關，你就遇到伏兵，不必抵抗，束手就擒保命要緊！要是敵方問我讓傳的是什麼令，便告訴他們我讓人前去葉城關求援！可記住了？」

「屬下親自去！」暗衛小隊長抱拳道。

小隊長也是白家軍出身，他明白白卿言為何只派一個人去傳令。

若是西涼軍是故意露出南門，為了讓人去葉城關報信好設伏前來馳援的大周軍，那為了戲做的夠真必定要假意拼殺一番，然後放出一個前去報信。若是為了困住江孜城，活捉他們大姑娘，那必然就要活捉其中一個報信的，好打探打探城內的情況。

所以若只派出一個人，不論如何活命的機會都大一些。

「傳令，讓守城將軍關城門……」白卿言抬腳就朝府邸外走，「讓人備馬，我去幾個城門看看！」

「陛下！即便是您不願意此時出城，也應當在府邸啊！西涼軍萬一攻城，這府邸裡到底比城牆上更安全！」魏忠追在白卿言身後勸阻。

「若是江孜城被攻破，這小小的府邸又怎麼能抵擋得住西涼軍？」白卿言腳下步子未停，餘光瞧見神色緊張的春枝也跟在她的身邊，轉頭同春枝說了一聲，「春枝不必跟著了！」

不論是活捉她這個大周皇帝，還是為了設伏剿滅前來救駕的大周軍，崔老將軍都不會選擇在這個時候攻城。

一來，崔老將軍應當還沒來得及摸清楚江孜城內的大周軍人數，不會冒然攻城。

二來，若是為了給大周軍設伏，應當圍而不攻才是。

春枝聽到白卿言的話腳下步子頓了一瞬，又連忙跟上，同白卿言說：「奴婢知道奴婢沒有用，也不會武功，可是……奴婢想要跟在大姑娘身邊，必要的時候奴婢可以為大姑娘捨命！」

春枝說這話時全身都在顫抖，突然被大軍圍城，她這個一直生活在繁華帝都的奴婢怎麼能不怕？可她的主子要登上城牆，她作為奴婢怎麼能躲在主子的後面？

她知道自己沒有用，不像春桃姐姐可以將大姑娘照顧的特別順心，也不像青竹姑娘武藝高強可以在戰場上護住白卿言，甚至有時候她還會成為大姑娘的拖累。但是，現在敵軍圍城，她想要跟在自家主子的身邊，哪怕就是捨了這條命為主子擋一箭，也算是她盡到了一個忠僕的本分！

府衙外到處都是舉著火把的將士們行色匆匆依序往城牆方向而去，剛剛入城不久的百姓也都忙扯著自家孩子往家中跑，街上亂成一團。

白卿言跨出府邸大門，扭頭看著眼淚吧嗒吧嗒掉的春枝，好似看到了一個年紀小一些的春桃，她一躍上馬，對春枝道：「在府邸候著！」

說完，白卿言一夾馬肚衝出去，魏忠也連忙跟上……

春枝連忙追在馬匹後，可到處都是惶惶亂竄的人，和喊著讓百姓回家的將士們，春枝還沒追出長街，就已經跟丟了，被人撞倒在地，只能眼眶紅紅，劈里啪啦掉著眼淚雙手合十，祈求上蒼能夠保佑白卿言平安。

白卿言率先來到西城門，也正如白卿言所預料的那般西門的西涼大軍眾多。

以白卿言多年的行軍經驗來看，西涼軍擺出的架勢，是打算圍而不攻，她心中隱隱鬆了一口氣。

不多時，南城城門口的號角也吹響，守城將軍派人來通報白卿言的時候，白卿言已經在西城城牆之上觀察遠處多時了。

聽到西涼軍已經將南城門圍住，白卿言轉而詢問來傳信的傳信兵：「白家護衛出城了嗎？」

「回陛下，出城了！」傳信兵道。

傳令兵話音剛落沒多久，就見有快馬從圍城敵軍陣營中衝出來，朝著城門的方向狂奔而來。

西門守城將軍攥緊了腰間佩劍高聲喊道：「弓箭手準備，敵軍敢越雷池，不必客氣給我射成馬蜂窩！」

白卿言眸色冷清注視著越來越近的馬匹，隨手拿過身旁將士手中的大弓，抽箭，沉穩搭弓，放……

羽箭呼嘯，瞬間插入那疾馳而來的駿馬馬蹄，駿馬受驚揚蹄長嘶，將背上的西涼騎兵給甩了下來。西涼騎兵驚出一身的冷汗，瞧著距離差不多了，高聲喊道：「西涼崔山中將軍，請見大周皇帝！」

白卿言隨手將手中的大弓丟給身邊的將士，身姿筆挺，垂眸望著距離城牆不遠處的西涼騎兵：「崔山中老將軍在西涼雲京掛起了帥旗，怎麼又出現在了江孜城？若是崔山中老將軍真的在此，那便請崔山中老將軍親自來見吧！」

說完，白卿言轉身朝著城牆之下走去，囑咐守城將軍：「讓將士們千萬不要放鬆戒備！」

「是！」

白卿言一邊下城牆一邊道：「傳令城內所有的將領，即刻來西門！另外告訴剛剛在江孜城安家的百姓，立刻回去，特殊時刻若是一柱香後還有在外逗留的，皆以細作看待，格殺勿論！」

「是！」跟在白卿言身後的傳令兵立刻上馬，快馬前去傳令。

白卿言剛從城牆之上走下來，大周派來守城的將軍柳平高便快馬來了。

柳平高曾經是安平大營的小將，後來幾次立了戰功，升了官護衛大都城，此次請命來前線原本是為了上戰場的，沒想到一來就先被安排在這兒守城，今兒個白卿言進城之時，他還向白卿言請命想讓白卿言派他去前線，沒想到這晚上江孜城就被圍了。

「陛下！」柳平高行禮後走至白卿言的面前，語速極快同白卿言道，「目前還不知道西涼來圍城的兵力是多少，可我們城內只有五千多兵力，剛剛我去點查過糧庫，所幸之前陛下讓送往葉城關的賑災糧草暫時還存放在江孜城，所以糧草方面末將粗略統計可供將士們用兩個月不成問題，但……若是加上帶入江孜城的那些西涼百姓，怕是支撐不了多久！」

柳平高到底是常年在外征戰，經驗豐富，得知四面圍城，即刻便去清點了糧草，命人嚴加看管後，便立刻前來向白卿言稟報。

「江孜城內的百姓人數倒是不多，後來陛下帶來的西涼流民，還有聞訊趕來江孜城的西涼流民加起來人數就多了不少！」柳平高滿目擔憂，「末將擔心，既然西涼人早有準備，只等陛下入城之後圍城，很可能這流民之中就有他們的人！不得不防！」

柳平高的擔憂正是白卿言的憂慮，所以白卿言才下令給百姓一柱香的時間回各自家中，否則格殺勿論的命令。

「如今大軍圍城，我們江孜城內不能亂，即刻你派麾下可信之人，帶五百將士，二十人一隊，按照今日戶籍登記每家每戶的人數，在各家巡查，但凡家中少了人的全家關押入獄！一柱香之後還在街上逗留的，將其家眷也都押入大牢！」白卿言吩咐道。

「是！」柳平高應聲正準備去下令，白卿言突然又將柳平高喚住，「等等！」

柳平高又折返回來。

白卿言表情鎮定，抬手掩著唇同柳平高耳語了一句，柳平高鄭重頷首：「陛下放心！」

「傳令後立刻折返，我們來商議接下來應當如何應戰！」白卿言說。

「是！」柳平高一躍上馬離去。

第七章 大軍圍城

魏忠跟在白卿言身邊，吩咐人將江孜城的輿圖拿來。這江孜城原本是西涼人的城池，崔老將軍那裡一定會有城池結構圖，所以這一仗……若是真的打起來對大周來說要難打一些。

魏忠讓人往營房內送燭火，想讓營房內更亮一些。

白卿言立在江孜城的建造圖前，仔細研究。

很快，除了剛剛去傳令的柳平高之外的其他將領都來了。

其中倒是有幾個熟面孔，杜三保，還有曾在大樑跟隨白卿言一同去救白錦稚的飛熊營王金。

「陛下！」杜三保同白卿言行禮。

營房內通明的燭火搖曳，將這些將領們緊繃的五官映得極為清楚。

白卿言抬起視線，朝著將軍們看去……

「此次，西涼圍城，要麼就是為了活捉我這個大周皇帝，來牽制正在攻往雲京的大周軍，要麼就是為了誘大周軍回撤救駕，好中途伏擊！」白卿言從桌子後走到前面來，「但……對我們大周來說，最好的選擇，絕不是讓正在前往雲京的大軍回撤！」

營房內的將軍們聽到白卿言這話，便明白……白卿言是打算死守江孜城了。

「可是陛下！」杜三保神色凝重，單膝朝白卿言跪下，抱拳道，「我們這些將領不要緊，您是大周的皇帝，您絕對不能出事！若是陛下以為不能讓前往雲京的大軍回撤救駕，那麼……末將請命，讓末將和城內全部將士為陛下拼殺出一條血路，護送陛下出城！」

「末將請命護送陛下出城！」王金也單膝跪地抱拳同白卿言道。

大周這些將軍們，紛紛跪地，抱拳懇請：「末將請命護送陛下出城！」

營房內的將軍們，聲震如雷，皆是發自內心願意為他們的皇帝捨命，只想拼得白卿言的生路。

白卿言不僅僅是曾帶領他們南征北戰的將軍，如今更是他們大周的皇帝，白卿言就代表了大周！大周的將士誰都可以死，堅決不能讓白卿被西涼活捉，否則對大周的士氣是極大的打擊。

「諸位請起！」白卿言上前將杜三保和王金扶了起來，又同立在後面的將領們道，「諸位請起！我知道諸位忠心！可此次西涼圍城看似危機重重，對我大周來說，卻是一個滅西涼的最好時機！」

將領們雖然不解，但也都知道白卿言在行軍打仗之上的天賦，更是他們眼中戰無不勝的戰神……對他們的皇帝深信不疑。

「此次西涼重兵圍城，只要我們能守住江孜城，就等於是為攻打西涼雲京的大周主力拖住了西涼主力，我大周主力必能以最快的速度平定雲京，滅西涼！」白卿言望著立在營房之內的大周將領，緩緩開口，「我們踏上這片土地是為了什麼？是為了平定西涼……是為了完成天下一統的大業而努力！對我來說，我一個人的生死……相比完成這樣大業，相比還天下百姓一個太平山河，並沒有那麼重要，將我送出城，並不能為我大周在戰場上帶來必勝的機會，所以並不值得讓城內包括諸位在內的五千將士們捨命！」

「陛下！」杜三保並不贊同白卿言的話，上前一步正要同白卿言理論。

白卿言卻抬手示意杜三保不必著急，她語聲平和：「我知道諸位都是我大周最為忠勇的將士！你們當中有曾經選擇跟著我推翻晉朝建立大周的，也有曾經從櫟國將士變成大周將士的，但……

不論是推翻晉朝，還是選擇成為大周將士，我們的目的始終一致……那便是保民、護民，完成天下一統！」

「如今，雖然說……這江孜城內的百姓並不是生來就是我大周百姓，可他們入了大周的國籍，成為了大周百姓，我們大周的將士……就沒有放棄百姓的道理！我這個做皇帝的更沒有放棄百姓的道理！所以……白卿言在這裡懇請諸位！」白卿言雙手抱拳，視線掃過營房內的所有將領，「懇請諸位同白卿言一起死守江孜城，為護住江孜城中的大周百姓，為我大周主力拖住西涼主力順利拿下雲京！為儘快平定西涼，儘快完成天下一統出分力！」

杜三保聽白卿言說這些話的時候，心中熱血翻騰眼眶濕紅，這可是他們大周的皇帝啊……他們的皇帝都不怕死，帶著五千將士就敢抱著死守江孜城的打算，護百姓，為大周主力拖住西涼主力，他們這些將士又有什麼怕的！

「杜三保誓死跟隨陛下！」杜三保高聲道。

「王金誓死跟隨陛下！」王金亦是高聲道。

將士們紛紛跪地，表示誓死跟隨白卿言。

也有大周將領大著膽子同白卿言說：「陛下，末將跟隨過陛下到南疆打過西涼，北疆征戰樑國，自然是誓死跟隨陛下的，可是我們只有區區五千將士，城外末將保守估計恐怕不下五萬，陛下……我們怕是抵擋不了多久，末將愚見……陛下不如換上普通將士的衣裳，讓杜三保將軍帶兩千人護送陛下出城，另外找人假冒陛下在城中來拖延住西涼主力！如此便可兩全其美，請陛下聽末將一言，您是大周的皇帝，我們這些人就是死，也決不能讓您出事，不僅僅是因為您是皇帝身分尊貴，而是因為陛下您就是大周的士氣！」

「此次西涼率兵的是西涼的崔山中老將軍，崔老將軍豈是好糊弄的，既然他敢放棄雲京孤注一擲前來圍城，必然是已經做了萬全的準備，豈能讓我真的出去……」白卿言挨個將大周的將軍們扶起來，道，「與其浪費將士們的性命拼殺，還不如我們一同在城中共抗西涼大軍！」

「曾經……我們大周軍並非沒有遇到過被圍城之時，我父鎮國王白岐山，曾經被三萬大軍困於鳳城，兵少糧絕的情況下照樣堅守了下來！」白卿言直起身看著圍在她周圍的大周將領，「更何況，我們不僅僅只有五千將士，我們還有這江孜城中的三萬多百姓！」

杜三保走到白卿言面前：「這些西涼百姓雖說已經捨棄了西涼人的身分，入了大周，可到底不是土生土長的大周人，真的能和我們並肩而戰嗎？」

「這些西涼百姓正是因知道若是繼續做西涼百姓會有多苦，所以才選擇成為大周百姓，他們今日得到的房子也好，糧食也好……都來之不易，經歷過生死，經歷過饑荒，他們才更會感激成為大周百姓有家有糧的日子！」

白卿言望著各位將領：「換個角度來想，若你們是西涼百姓，西涼軍隊搜刮百姓的糧食作為軍糧，大周卻能將自家糧食給你們……讓活命！此刻西涼在外圍城，大周皇帝在城內，你們是選擇和大周皇帝一戰守住江孜城後，免除欠了府衙分田分屋的銀兩，還是願意大周皇帝死在這裡，任由西涼攻入城中……再等大周軍攻過來，屠城為大周皇帝報仇？」

白卿言的意思很明確，對待這些剛剛成為大周百姓的西涼人，要恩威並施，讓他們明白……此次不跟隨大周一同抵抗西涼大軍，他們也沒有活路。

「可是這些百姓都沒有受過訓練……」王金表情擔憂。

「沒有受過訓練不要緊，幫忙往城牆上運送東西，幫忙包紮傷患，這些都可以減輕我們大周軍的負擔！」白卿言見柳平高已經疾步朝著營房內走來，開口道，「先排查已經入城的西涼細作和混在流民之中的伏兵，隨後説服百姓，讓百姓分工合作！」

「末將明白！」杜三保應聲。

柳平高跨進營房之後，同白卿言行禮後，白卿言説：「柳將軍安排吧……」

「是！」柳平高領命開始下令，「諸位將軍回去之後傳令，所有大周將士左臂纏細棉布，以防西涼敵軍隨同流民入城。」

柳平高看向杜三保：「兩千將士負責東南兩面城牆防禦，由杜三保調度，今日城防口令……無畏！」

「是！末將領命！」杜三保抱拳道。

「兩千將士已在西北兩面城牆防禦，由王金調度，城防口令……無懼！」

「王金領命！」王金抱拳領命。

「五百將士負責城內巡防由黃安成負責，巡防口令……無賊。」

「黃安成領命！」

「五百將士已分組，正挨家挨戶查詢入城細作，由李江調度，李江人已經去了，巡查隊口令無賊！」柳平高高聲道，「諸位請轉達將士們，記住自己的將軍，記住各隊的口令。此時乃是特殊時期……碰到意圖不明穿著大周軍戰服的大周將士，務必看清楚他們手臂是否纏繞細棉布，問清楚是何處的兵，由哪位將軍負責，務必要對清楚口令！」

「是！」將領們齊齊應聲，立刻分頭行動。

「陛下……」柳平高見眾將士已經離開營房，轉而看向白卿言，「陛下在城門這裡不安全，還是先回官邸，萬一打起來這裡也不安全。」

白卿言在椅子上坐下，手肘搭在扶手上道：「我就在這裡等著，估摸著一會兒……便能查到西涼提前潛入城的細作，甚至是暗兵，我還得用這些西涼兵交換我們白家軍的護衛。」

到此刻，白卿言心中有八成的把握，她派出城的白家軍已經被抓了。

或許，過一會兒那位崔老將軍就會帶著白家護衛，親自上門來耀武揚威，打擊他們大周軍的信心，讓所有的大周將士覺得消息送不出去，死守這裡必敗無疑。

崔老將軍是非常擅長攻心的。大軍圍城，軍心堅固城牆城門才能牢固，才能成為銅牆鐵壁，所以接下來的日子……這位崔老將軍會想方設法的打擊動搖大周的軍心。

柳平高聽到這話就知道白卿言怕是來城門之前，就已經派人從未曾被圍的南城門出……去報信，也是為了試探南門那裡是不是有伏兵，現在想來崔老將軍沒有讓大軍圍住南門，就是為了留一個口子讓他們陛下從南門出逃，以此來活捉他們大周皇帝。

這個崔老將軍的大名柳平高作為戰將自然是聽說過的，這位崔老將軍當年因為詐降的事情，被西涼皇帝殺了全家，自此淡出了眾人的視線。沒有想到這一次竟然親自領兵，神出鬼沒的出現在了江孜城的周圍。

到底這裡是西涼的地盤，他們大周軍目前還未熟悉，崔老將軍作為行軍打仗多年的老將軍，自然是清楚他們會在哪裡放哨兵，知道怎麼巧妙的避開，甚至是……殺了他們大周的哨兵。

他國國土之上作戰，對地理環境不如本國將士們和將軍清楚，這都是必然的。

柳平高決意守在白卿言的身邊，不論如何都要護住他們大周的皇帝。

江孜城外大軍圍城。

江孜城內，各個街巷火把搖曳，大周軍正在挨家挨戶的搜人，按照登記戶籍查看此刻家中的人數和當初入城時登記的是否一樣。這不查不知道，一查果然出了問題不說，在白卿言下榻的官邸附近巡邏兵同小股敵軍交戰，活捉了十幾個隨流民潛入城的西涼兵。

百姓先是知道西涼大軍圍城，而後又聽說大周軍正在挨家挨戶的查，若是查到有家人不在便會將全家下獄，之前收了別人銀子……讓他們假扮成自己家人隨同是指望著可以多分一些地，能分一個大房子的西涼百姓頓時惶惶不安。他們此時也明白，自己是被利用了，那些西涼兵早早潛伏進來，就是為了西涼軍圍城的時候，好替外面的西涼軍打開城門。

這不，只要大周兵查到了自己家裡……還不等大周軍詳細詢問，凡是帶了西涼兵進來的百姓人家就都跪地老實招了。但凡是老實招了的，大周軍的態度倒是很好，說先將他們帶去大牢，也已經將他們的事情登記在案，鑒於他們主動坦白，等到此事過了再放他們出來讓他們放心，那些百姓千恩萬謝的跟隨大周將士離開。

很快在越來越多的人家查出了問題，也在江孜城內查出了很多有問題還未回去的人，自然了有的是沒有來得及趕回家的百姓，有的……則是有些身手的西涼將士，消息每每都以最快的速度送到柳平高那裡，柳平高整理後又送到白卿言的案前。

過了不知道多久，白卿言坐在案前看著江孜城的輿圖，和江孜城周圍的大地圖，正在思索後面的仗應當怎麼打，就聽外面來報……說是崔山中老將軍人已經到了城下，請求面見大周皇帝。

柳平高眉頭緊皺看向白卿言道：「陛下若是打算出城去見崔山中老將軍，末將陪同陛下前去！」

「潛入城的西涼細作捉拿到了多少？」白卿言問。

「回陛下，到目前為止，活捉了四十一個，死了二十七個！」柳平高道。

主要是白卿言下令及時，所以讓那些細作措手不及，而西涼百姓又怕引細作入城讓他們自己擔上責任，查到他們家……他們就坦白，有的西涼細作還沒有來得及從家中出去就被活捉了。

後來負責查流民的大周軍將領李江，又故意傳出消息……說西涼細作為了掩飾自己的身分怕被出賣，乾脆殺了掩護他們入城的西涼百姓。

百姓一聽更加惶恐，更不敢因為一點兒銀子將素昧平生的西涼細作留在家中，紛紛將那些西涼兵出賣。雖說人人都愛銀子，可銀子也要有命花才行，

白卿言冷笑：「沒想到崔老將軍在這江孜城布置的人還不少！接著查……恐怕還有。」

「是！那……陛下可要將人都帶上？」柳平高問。

「屍體也帶上！」白卿言說。

「是！」

崔山中老將軍已經下馬，膝下鋪著軟墊，身旁的兩個小童，一個挑著燈，一個捧著茶具，身後還跟著兩個牽著馬的西涼大將軍。

崔山中老將軍仰頭，看著這城牆巍峨的江孜城，帶著褐色老人斑痕，眼角溝壑縱橫的臉上表情凝重，花白的頭髮被束於頭頂，鬍子被吹得飛揚。

三十年後，他再次披掛上陣，沒想到第一個要打的竟然是他們西涼的江孜城。

很快，江孜城城門緩緩打開，只見騎著白馬，一身尋常姑娘家裝束，身披狐裘大氅的白卿言騎著白馬，緩緩而出。

崔山中老將軍身後的西涼大將看到白卿言身後似乎跟著一隊人馬，頓時警惕了起來。

一位西涼大將走至老將軍的身邊，單膝跪下道：「老將軍，瞧著大周是帶了軍隊出來的，來者不善，不如先撤……」

崔山中抬起枯槁的手，擺了擺：「這位大周皇帝是白家後人，絕不會在我請見的時候使陰招子，這是為將者的品格，更是白家人的傲骨。」

西涼大將聽到崔山中老將軍這麼說，咬了咬牙起身退到一旁。

這一次，是他們西涼的最後一搏，可以說是舉全國之力，若是敗了就是亡國，西涼的這位將軍心中很是擔憂，生怕仗還沒開始打，崔山中老將軍就折損在了這裡。

瞧見白卿言身邊跟著一個將軍，和一個太監，身後還跟著大周的將士們，不知道抬著什麼，他咬了咬牙，低聲同身邊的同僚道：「你回去傳令，讓弓箭手準備，若是真的有什麼變化，聽我號令行事，務必要護好崔老將軍！」

「是！」那將軍領命悄悄轉身回到大軍之中。

崔老將軍看到白卿言騎著白馬緩緩而來，笑著讓小童將他扶起來。

挑燈小童忙上前，將顫顫巍巍脊背都直不起來的崔山中老將軍扶了起來。

白卿言下馬，就見崔山中老將軍抱拳朝著白卿言行禮：「見過大周皇帝！」

白卿言也未曾托大，雙手抱拳對崔山中老將軍還禮：「老將軍年逾八十，在西涼國難之際挺身而出，白卿言敬佩！」

崔老將軍望著白卿言，就像是看到了白岐山，白家風骨自當如此，打仗歸打仗……但白家人從不吝惜自己對敵軍將領的敬佩和讚美！崔老將軍看到白卿言身後被押過來的將士和抬過來的屍體，便明白這些大概就是他預先放在江孜城之中的伏兵，看數目……怕是已經被白卿言捉拿了超過半數。和白家人打仗，果然是要打起十二萬分的精神。

「大周皇帝請！」崔老將軍扶著小童的手，對白卿言做了一個請的姿勢，然後又吩咐立在他身邊的那位將領道，「去將人帶上來！」

白卿言看著崔山中老將軍提前為她準備好的軟墊，笑著扶住魏忠的手坐了下來。

崔老將軍亦是坐下，笑著同白卿言道：「陛下，如今我們西涼六萬大軍圍城，老夫知道陛下如今有孕在身，也知道我們西涼不過是勉力殘喘，不如這一仗咱們就不打了，陛下讓大周主力撤回，不要去攻打雲京，目前大周所占領的城池我們西涼雙手奉送，百姓也不再強要，兩國就此止住刀兵，可好？畢竟現在雲破行已死，陛下得饒人處且饒人啊！」

白卿言眉目帶著極為清淺的笑意，在魏忠手中挑著的燈籠映襯下，忽明忽暗，可唯獨那雙眸子清澈而堅韌，深沉又平靜，絲毫讓人看不出懼怕的情緒。

「崔老將軍恐怕沒有明白大周此次發兵西涼的主要原因……」白卿言聲音徐徐，並不高亢，帶著對崔山中老將軍的敬意。

「難道不是為了替白家復仇嗎？」崔山中老將軍問。

白卿言倒是沒有搖頭，她定定望著崔老將軍：「崔老將軍，大周出兵西涼……是為了報仇，更是為了完成天下一統，實現我白家先輩所期盼的那個太平山河！如今大業未能完成，白卿言豈敢為了自身安危言退？若是如此……怎麼對得起白家先祖？」

她抬手指著身後火把搖曳的城牆，指著城牆上拉弓搭箭全身心戒備的大周將士們，語聲鏗鏘：「怎麼對得起，與白卿言並肩……遠離故土，為家眷百姓搏太平而捨命的大周將士們？」

崔老將軍看著白卿言，想起白威霆來，心底有對這位大周皇帝的欣賞，可欣賞歸欣賞，到底兩軍還是站在對立面。

「若是陛下非打不可，或許並沒有贏面啊！」崔老將軍轉而吩咐，「把人帶上來！」

「是！」一直守在崔老將軍身後的將軍領命，又快馬而去。

崔老將軍望著白卿言說：「陛下派去前往葉城關方向求援的西涼兵，已經被我們活捉了！」

崔山中抬頭望著江孜城道：「四面圍城，這江孜城又是我們西涼的城池，國都之中保留著這座城池的建造圖紙，對於這江孜城的密道我們西涼大軍瞭若指掌，可以說……若是我想要將陛下困死江孜城，大周軍就絕對無法將消息送出去，這江孜城中都是我西涼的百姓，陛下以為自己能夠堅持多久？」

「崔將軍，狼煙傳信難道不行嗎？」白卿言唇角勾起，「更別說我並不需要大周馳援，我只要堅持到，大周殺入雲京，活捉李天驕，西涼就永遠消失在歷史之中了。」

崔山中手心微微收緊，還是那副笑容慈祥的模樣，道：「那麼，陛下有沒有想過，一旦大周攻破雲京，甚至是……扣住了我們西涼皇帝之時，我們西涼大軍，為了救自家皇帝必定會全力攻城，那個時候憑藉這城中的兵力，陛下守得住嗎？」

老將軍話音剛落，就見那位西涼將軍命人將那渾身是血的白家軍暗衛小隊長拖了出來，押著跪在了崔老將軍身側的位置。

「大姑娘……」暗衛小隊長雙眼腫脹，整個人如同被從血裡撈出來的一樣。

白卿言視線從小隊長的身上掃過，眉目含笑望著崔老將軍，在呼嘯的寒風之中攏了攏狐裘大氅，道：「崔山中老將軍怎麼就確定，我只會死守……而不會主動出戰呢？雖說崔山中老將軍兵力上占據優勢，但不比我們在高城之中更安全踏實，我們若夜裡偷襲，想來總有疲乏守不住的時候！」

她不等崔山中老將軍回答，視線又朝著崔山中老將軍身後舉著火把的西涼軍看去：「這裡應當就是西涼軍的主力……也是西涼的全部家底，老將軍還要指望著這點兒家底子同燕國對抗，所以只能圍困我這個大周皇帝，而後又將城池拱手大周，軟硬兼施逼得大周不得不和西涼停戰，來換取西涼的喘息之機，隨後西涼再去同燕國求和，若是燕國願意停戰，至少西涼能夠存國，若是燕國不願意……西涼也可騰出手腳對付燕國！」

崔山中老將軍知道白家人都聰慧，哪怕自己這一次不來見白卿言，她也能清楚的分析出西涼的整個戰局，知道自己這一次並未打算直接攻城。

要麼和談成功，同大周簽訂盟約，好讓崔山中老將軍騰出手腳對付燕國，畢竟以現下……哪怕窮盡西涼全部之力，也絕對無法一次對抗當下最強的大周和燕國。

李天驕不是李天馥，崔山中也絕對不是一個盲目樂觀的將領，權衡之後，自然是先與最強的大周修好停戰，破壞掉大周和燕國的盟約，再去同燕國求和，若是能求得燕國停戰最好，若是不能……他們西涼便拼死與燕國一戰。

崔山中老將軍點了點頭，「陛下何不換個思路想一想，此次同西涼停戰，唾手可得如此眾多的城池，甚至還可以再談！先解了眼下被圍城的燃眉之急，保存兵力，而後若是燕國和西涼談不攏再打起來，大周坐收漁翁之利不好嗎？」

白卿言搖了搖頭：「老將軍，既然同燕國定盟決意共伐西涼，大周便不能失信於燕國！作為一國皇帝，個人生死事小，國家信義為大！作為白家人……個人生死亦是小事，失格事大！老將軍……大周的志向是取天下，若失信於燕國……又失信於西涼，只想著大周之利，大周……又如何取得天下？」

失信於天下，便不可得天下！沒有想到白卿言年紀輕輕竟然明白這個道理。

崔山中老將軍聽到這裡定定望著白卿言，心中不免感慨……大周有這樣的皇帝，何愁不能一統天下啊！

她轉頭示意柳平高將人帶上來……

柳平高轉身傳令讓將人帶過來。很快，大周將士們押著崔山中老將軍派遣跟隨西涼流民混進江孜城的西涼將士被押了上來，屍體也被抬了上來。

「這是老將軍讓跟隨流民混入城中意圖生亂的西涼軍，就在今日交還給崔老將軍，也請崔老將軍將我們大周的人還回來。」白卿言道。

崔山中老將軍剛才在看到白卿言身後大周軍押著那麼多人出來，就知道自己埋在江孜城之中的暗兵被發現了，他想到了或許白卿言會發現他預先埋伏的暗兵，卻沒有想到白卿言發現的這麼快，大大出乎崔山中的意料之外。

他朝著白卿言拱手：「曾經聽聞外界都在傳，大周皇帝是天生的將帥之才，果然不假，竟然能在如此短的時間內，將老夫預埋的暗兵挖出來，老夫佩服！」

說完，崔山中老將軍擺手讓自家將士先將白家暗衛送到白卿言面前。

白家暗衛小隊長被拖上來，柳平高親自上前將人扶住，說了一句：「受苦了兄弟！」

白家暗衛的小隊長搖了搖頭，被柳平高扶到白卿言身後，立刻讓大周將士帶小隊長入城去找軍醫醫治。

西涼兵和屍體大周也交還給了西涼。

白卿言扶著魏忠的手站起身，就見崔山中老將軍身邊的小童也將崔山中扶了起來。

「陛下志在天下，老夫明白！如此……老夫便只能同陛下較量較量了。」崔山中老將軍朝著白卿言長揖一拜。

白卿言同崔山中老將軍頷首，轉身率先朝城內走去。

目送白卿言離開，崔山中老將軍這才轉身同身邊將領道：「讓將士們今夜做好準備，大周或許要襲營！」

跟在崔山中老將軍身邊的將士回頭朝著江孜城看了眼，說：「老將軍，大周並未全然抓住我們派遣入城的暗兵，末將以為，應當打鐵趁熱……裡應外合破城活捉大周皇帝，我們有大周皇帝在手難不成還害怕大周不速速投降嗎？」

「大周在城內，我們在城外，真的要攻打江孜城，我們西涼不見得能討得好處……反而損失兵力，且以大周皇帝的帶兵才能，若我們不能一戰直接奪下江孜城反而於我們西涼士氣不利！」

崔山中老將軍說完，人已經被小童扶上了馬。

若是他之前還以為白卿言真的是只派了一個人前往葉城關求救，是為了弱化目標，那麼現在崔山中老將軍可以確定，白卿言若是真的想向外界求救，以她的心智定然有無數種方式。

她派了一個人出城，無非就是想要試探江孜城南城門是否有伏兵，來證實她對他這個西涼大將行動的預判。

又因……只有一人出城，他必會留住這個傳信人的性命來審問城內情況，和傳信的內容。這個女娃娃要比他想像中的更為厲害，且十分珍惜她身邊將士的性命，他必須小心應對。

崔老將軍扯住韁繩，朝著江孜城城牆之上瞧了眼道：「既然大周非打不可，那便等著大周點狼煙報信求援，若是白卿言打算硬抗不點狼煙求援，我們便將西涼大軍圍困大周皇帝的消息散播出去，派探子盯著葉城關的動靜，一旦大周軍來援，便設伏能殲滅多少大周軍就殲滅多少大周軍！」

「若是葉城關的守城將軍沒有得到命令不來呢？」有西涼將軍問。

「那就困死江孜城，等到城內彈盡糧絕，我們一舉活捉大周皇帝，還有大周的皇嗣！」崔山中道。

若是葉城關此時的守城將軍帶兵前來馳援，他們西涼就先殲滅大周部分兵力，而後奪下葉城關，將大周主力隔絕在葉城關那頭，沒了糧的大周主力……餓得久了也就不是主力了。

崔山中剛才從那個前往葉城關求援的大周將士口中隱約猜到了城內的兵力布防。

那大周將士是個硬骨頭，說城中有十萬二十萬將士，糧草也足夠城內的將士用十年二十年，不管他們怎麼用刑，就是不說實話，也算是硬漢子了。

可這硬漢子也在審訊的過程中暴露了不少問題讓崔山中瞧了出來，若是城中糧草真的足夠，自信心便會讓那將士直接說出來……城中糧草足夠撐半年或是一年，足夠撐到大周主力拿下雲京之後折返救駕！而不是抱著逼死之心，說些天馬行空不可能的事情來糊弄他們西涼軍！

大周一直在救濟西涼災民，糧食源源不斷的給流民送去，江孜城不過是作為送往葉城關的糧食的中轉站，六天前……大周的糧食剛送走了一批，他為了不驚動大周，引得大周注意，在西涼軍缺糧的情況下都沒有前去劫掠。雖然沒有探子詳細去查，可大周總不可能每六天就從大周境內往西涼送一批糧食，所以城內的糧食必不會多！

接下來崔山中要做的，便是困住江孜城，然後派人去劫從大周境內送往大周主力的軍隊糧食，兵馬未動糧草先行，沒有了糧食……看大周雲京這仗如何打！

崔山中選擇在江孜城將白卿言圍起來，不是沒有經過詳細謀算的。

接下來他們要防的，就是大周的突襲。

今日是他們西涼圍城的第一日，若是想要挫他們西涼軍的銳氣今夜是最適合偷襲的。

崔山中雖說這是頭一次同白卿言交手，可卻已經詳細研究過白卿言從白家諸子戰死沙場又重新回歸戰場之後的每一場戰役，尤其是和雲破行的幾場大仗，知道白卿言此人打仗幾乎算無遺漏，一點點細小的動作，白卿言都能準確判斷出他們的動向。

所以，此次崔山中老將軍需要西涼全軍上下打起十二萬分精神來應對。

同白卿言一回城內柳平高就道：「陛下……點狼煙求援吧！即便是我們不點狼煙求援，恐怕崔老將軍也會將圍城的消息放出去！」

「崔老將軍將消息放出去大周軍不一定會信，可我們要是點了狼煙，大周將士必定會來救援，西涼在途中設伏……後果你可想過?」白卿言隨手將馬鞭丟給柳平高，面色冷沉。

她腦子極為清楚，崔老將軍現在或許就等著大周點燃狼煙：「若是葉城關內的楊武策將軍帶兵前來馳援，崔老將軍必定會重新奪回葉城關，屆時……我們和正在前往雲京的大周主力才真的是被一刀切為兩段!」

只要葉城關，不丟糧食還能從豐爾蘭城運到葉城關。

現在白卿言擔憂的不是江孜城的安危，而是崔老將軍會在中途設伏劫大周送往葉城關的糧草，斷大周主力糧草先不說，西涼如今可是缺糧的厲害。

白卿言靜靜思考著，坐以待斃不是她的作風，最保守的就是拖住西涼的主力好讓阿琦和阿瑜他們順利拿下雲京。

可白卿言即便是手中還有五千兵力，就絕不會只滿足於拖住西涼主力，等著大周主力拿下雲京之後再掉頭回來救援，如今江孜城並非到了絕路，她要在牽制住西涼主力的前提下，想想怎麼利用狼煙，將西涼主力折損在這裡。

西涼主力在這沒了，西涼就再無回天之力……

可以說，崔山中老將軍所率領的西涼兵，是西涼最後的希望。

白卿言腳下步子緩慢，腦海中一遍又一遍過著西涼的輿圖，還有江孜城周圍……和江孜城到葉城關的輿圖。

白家暗衛的小隊長被安頓在白卿言下榻的府邸，軍醫正在給小隊長上藥，所幸沒有傷到骨頭，都是一些皮外傷，但……看起來還是有些慘不忍睹。聽到外面奴僕和將士們向白卿言行禮的聲音，暗衛小隊長忙要站起身，卻被正在為他上藥的軍醫阻止：「別動!」

暗衛小隊長又坐了回去，好聲好氣同軍醫道：「陛下來了！定然是要問我西涼大軍的事兒，我這會兒赤裸著上身不合適……」

「馬上就好！」軍醫動作慢騰騰將藥膏塗在細棉布上，然後按在白家暗衛小隊長的肩膀上，疼得小隊長倒吸一口涼氣。

白卿言還未進屋，巡查城池和挨家挨戶查人的將士便前來稟報，說……巡邏城池的隊伍發現了穿著大周軍戰甲，卻沒有能說對口令，被大周的將士抓了，在殺了兩個拷問之下，知道他們便是崔山中老將軍命令摻雜在流民中混進來的，和前面那些被抓的西涼將士說的一模一樣。

「他們也不知道崔山中老將軍到底派來了多少人，和之前被送回去的西涼將士們說的一樣，都說以為崔山中老將軍只派了他們這一支隊伍入城！經過審問……我們還發現，這些隊伍入城的目的各不相同！」來稟報的小將說。

白卿言眸子半垂著：「糧倉和兵器庫都安排好了嗎？」

柳平高朝著白卿言拱手：「按照陛下的吩咐，假意轉移糧倉和兵器的動作還在進行中，想來等到轉移完畢，那些在暗處躲著的老鼠就該乖乖的自投羅網了！」

白卿言抬眸看向這漆黑的深夜，所有能想到的預防措施，白卿言都已經想到了……

「大姑娘！」白家暗衛小隊長扶著門框踉蹌從門內出來，單膝跪在白卿言面前，抬頭望著白卿言道，「大姑娘南門城外的確是埋伏著伏兵，屬下剛一出城門沒跑出多遠，馬就被打斷了馬腿，伏兵還不少，瞧著像就是在等著大姑娘出城的樣子！」

柳平高手心收緊，果然和白卿言預料的一樣，崔老將軍之所以剛開始沒有讓西涼兵圍住南城門，為的就是放一口子，讓白卿言從南門出……活捉白卿言！

此時，柳平高後怕不已，若是當時他真的護著白卿言出城，怕此時白卿言已經被西涼活捉，自家皇帝被活捉，這仗……就不用再打了！

「你辛苦了！」白卿言將人扶了起來。

「屬下也已經大概摸清楚，此次崔老將軍帶來了五萬多的西涼兵力，但是糧草方面應當是跟不上，屬下聽那些兵卒說……似乎是因為今夜要圍城，在南門外設伏的西涼兵才勉強吃了頓飽飯！」白家暗衛小隊長深陷困境的時候，也沒有忘記留心打探消息，「審訊行刑的小兵剛打了沒幾鞭子就換人，力道也並不大，從鞭子甩在身上的力道看起來，倒不像是裝著沒有吃飽飯，揮五六鞭之後力道就沒法穩定控制。」

柳平高聽得一愣一愣的，這白家的暗衛在別人對他行刑的時候，竟然還能捕捉這種細微的差別來摸索情報，這也是……相當了不起了！

都說白家的護衛都是白家軍退下來的，難怪曾經的白家軍讓人聞風喪膽，常勝不敗，若是白家軍中各個都是這樣的鐵血漢子，又有什麼軍隊是他們不可以戰勝的呢？

白卿言點了點頭，立在搖曳的羊皮燈籠下，看著廊廡紅漆木柱被燈影拉長晃動的影子，半晌之後抬頭問柳平高：「下一次大周糧食送過來是什麼時候？」

柳平高上前一步道：「下一次糧食送來應當是在二月十一……最晚二月十二，陛下是擔心西涼軍搶糧！」柳平高的心也砰砰跳了起來，他握緊了腰間佩劍同白卿言說：「此時，除非是點燃狼煙警戒求援，否則二月十一……或者十二，糧食照常送來，這不是便宜了西涼人嗎？」

總不能讓西涼兵吃著他們大周的糧食，然後來圍攻他們大周皇帝。

白卿言閉了閉眼，細細思索著：「二月十一……十二……」

西涼既然這麼缺糧，連打仗的將士們都吃不飽，那勢必就要搶糧食！

她知道大周接下來糧食送來的時程，可崔老將軍並不知道，這就是他們的優勢。

而崔老將軍現在等糧食，還要等白卿言撐不住點燃狼煙求援，他們好率兵前去伏擊。

白卿言藏在狐裘大氅之下的手輕輕攥住了荷包裡的玉蟬，心中有了這一仗應該如何打的大致輪廓。她轉而看向柳平高道：「讓城內巡邏的將士打起十二萬分精神，務必要將西涼派進來的暗兵全部抓住！城牆之上的將士們不必全部上陣戒備，輪班巡邏，讓將士們休息好！」

「陛下心中已有對策？」柳平高瞧著白卿言眸色鎮定的模樣，便知道白卿言心中已有成算。

白卿言頷首：「告訴將士們雖然崔老將軍暫時不會攻城，可以好好歇息養足精力，但也切不可太過放鬆警惕。」

「是！」柳平高抱拳應聲，抬頭雙眼亮晶晶等著白卿言下令準備今夜偷襲西涼軍的命令。

「至少今天晚上，我們的將士可以安安穩穩睡個好覺！」白卿言如此說。

柳平高一怔：「陛下，難道今夜陛下沒有打算讓將士們偷襲西涼軍營嗎？」

柳平高還以為白卿言在崔老將軍面前說絕不坐以待斃要主動出戰，是打算今晚襲營！

白卿言唇角勾起：「崔老將軍或許也和你一樣，以為我今天提起夜裡襲營之事，就是為了麻痺他們，今夜必定會襲營！就讓他們西涼軍好好戒備，我們大周的將士們都睡一個好覺，哦……對了，別忘了……讓各個城門今夜開合一次，不必固定時間，讓西涼人的皮都繃緊一點。」

「是！」柳平高應聲。

都以為襲營是夜裡最為合適，白卿言偏偏要反其道而行，夜裡大周軍弄出動靜，卻不襲營……讓西涼兵全身心戒備睡不好，白天再派出小股騎兵騷擾，讓他們也無法安眠。

真真假假虛虛實實，等到白卿言真的出兵時，才會讓西涼防不勝防。

也正如白卿言所料，崔老將軍回去之後，下令全軍戒備，做好埋伏等待大周夜襲……

崔老將軍覺得白卿言詭計多端，之前和雲破行的幾場仗，都是帶著小股人馬夜裡襲營，燒糧草，燒兵器營。

現在白卿言既然明目張膽說了夜裡會來襲營，他們若是不當回事，說不準正中白卿言下懷！

現在西涼最缺的糧食糧草，崔老將軍不得不防，與此同時……崔老將軍還想要折損白卿言派出襲營的小股力量，城內的將士越少對西涼來說越有利。

畢竟，若是真的到最後不能引來大周主力回援救自家皇帝，大周軍隊已快要打到雲京時，崔老將軍就不得不改變策略攻城抓住白卿言，來挽救局勢了。

他此時更希望的，是他派人將西涼圍城的消息送到葉城關，葉城關的守將能夠儘快的派兵來探，再將消息傳到大周前線主力那裡去，到時候葉城關的大周守將來救駕被伏擊，那大周主力便不得不回頭前來救駕。

崔老將軍長長歎了一口氣，抬頭看著烏雲密布的天空，下令：「讓探子悄悄盯著，一旦大周軍城門打開……立刻來報！」

「是！」

柳平高放心不下，親自登上幾個城牆巡視……

杜三保瞧見柳平高來了，拱了拱手後道：「柳大人，聽說他們西涼缺糧啊，你說要不要我讓兄弟們在這兒架上一頭烤豬，這風向是往西涼軍營方向吹的，聞到肉味兒，可不得饞死他們！」

柳平高雙手負在身後，握著馬鞭的手輕輕晃動著馬鞭，開口：「好嘛！人家餓著……你這兒烤豬！那餓極了的人什麼做不出來，你這是催著人家攻城，還是著急投胎？」

柳平高不冷不熱的訓斥杜三保。

杜三保抿住唇，皺眉說：「我這辦法想的不好，將軍不用就是了，也犯不著這麼說話，以前末將跟著王喜平將軍的時候，王喜平將軍就最喜歡我們想辦法了，哪怕法子不能用，說明我們有動腦子了！」

「那我是不是還得誇誇你！」柳平高用馬鞭輕輕在杜三保肩膀上抽了一下，又靠近杜三保，話音倒是軟了下來，「陛下如今在城中，我們萬事以穩妥為重，你腦子活泛我也很喜歡，可就是喜歡先斬後奏亂來！眼下陛下在……不是活泛的時候，好好按照陛下的命令行事！等回頭陛下不在……咱們打仗的時候，你隨便出主意！」

聽柳平高如此說，杜三保抱拳朝著柳平高拱手：「柳大人的話在理，杜三保一定不會先斬後奏，萬事聽從柳大人和陛下調遣！」

柳平高低笑一聲又握著馬鞭點了點杜三保的盔帽：「陛下都能記住你，以後你前途無量，千萬別亂來，知道了嗎？」

「是！」杜三保應聲，心中對柳平高那點子不服氣也悄然消散。

目送柳平高離開，杜三保的下屬小跑過來，扶正了頭上的盔帽問杜三保：「將軍，咱們啥時候開城門？」

「急個啥……」杜三保朝著遠處繞城紮營的西涼軍道，「瞧著這西涼軍營還燈火通明的，等到他們睡了，咱們再開城門，嚇不死他們！」

寒風呼嘯，頗有種風聲鶴唳之感。

江孜城樓上的燈籠，被風吹得胡亂搖曳，而遠處西涼軍營的燈火卻如同摧殘星河一般，嚴嚴實實將江孜城環繞其中，若非兩軍將士都是嚴陣以待，遠遠望去當真是一副美景。

二月十一便是白卿言定下要反攻的日子，那日……她要讓崔老將軍不論是搶糧食，還是埋伏從葉城關方向前來的大周軍全都實現，將他五萬西涼兵分化開來，如此便好對付了。

在此之前，白卿言希望盡可能的得到城內百姓的幫助。

這一夜，在高牆之內的大周軍倒是睡了一個好覺，可城外的西涼軍就沒有這麼好的運氣了。

崔老將軍也是一夜未眠，讓將士們熄了燈之後，便靜靜坐在營帳之中等待白卿言派兵夜襲。

果然，他們西涼軍熄了燈沒過多久，他們的探子便來報說大周的西城門開了……

西涼軍上下頓時嚴陣以待，尤其是圍住西城門的西涼軍，手緊緊握著刀箭不敢鬆開。

可誰知道等了一個多時辰都不見大周軍來攻，又聽說東城門開了，圍住東城門的西涼軍再次高度戒備，但等了很久卻還是不見來攻。崔老將軍坐於帥帳之中，傳令讓圍住江孜城四個城門的將軍全部戒備，這一定是白卿言的詭計，為的就是麻痺他們西涼軍。

但，等到北城門打開過了一個時辰之後還是不見大周軍來襲營，崔老將軍便察覺出不對勁兒了。

此時，這大半夜已經都過去了，已戒備了大半個夜的西涼軍沒有等來敵軍襲營，反倒是各個都露出了疲態。吃不飽不說，還不能睡好，甚至有人開始懷疑崔老將軍對戰局的判斷，嘟噥著崔老將軍是不是老了。

大周軍這樣動作頻頻開關城門，讓已經吩咐將士們堅守防備了如此之久的崔老將軍……越是覺得這是白卿言故布疑陣。她定然是為了擾亂他們西涼大軍，讓西涼以為大周每一次開關城門都是嚇唬他們，並沒有真的要襲營的意思。

崔老將軍對西涼眾將領說：「接下來，大周便要開南門了！我若是大周皇帝，南門一開……必定還是不會有大周軍襲營，裝作戲弄西涼軍，等我們西涼放下戒心之後，必然會再次開城門派兵出來襲營！去……再派幾個探子盯著南門，看江孜城南門開了之後有沒有大周兵出來！」

很快西涼往南門加派了探子，南門大開又緩緩關上，果然是不見大周派兵出來襲營。

探子回稟之後，西涼將士們紛紛讚歎崔老將軍料事如神。

崔老將軍咬緊了牙關，站起身，肯定道：「下一次大周城門再開，便是出兵之時！」

「傳令下去！讓我們西涼勇士全體戒備，今夜……只要大周的人敢來，就絕對不能讓他們回去！」

「是！」

崔山中老將軍篤信白卿言會來襲營，除了正率兵戒備埋伏的西涼將軍之外，其餘將領都隨崔老將軍坐在營帳之內，一直等……

天際已漸漸放亮，可大周卻始終沒有來襲營。別說已經年邁的崔山中老將軍，就是跟崔山中老將軍一同在營帳中等候的西涼壯年將領，也已經開始昏昏欲睡。

直到天際肚白，終於有將領看向崔山中老將軍：「將軍，看來這一次大周是不會襲營了，他們開關城門，為的就是讓我們以為他們接下來將要夜襲，消耗我們西涼軍休息的時間。」

崔山中老將軍並非是一個頑固的人，看到如今天際大亮，心裡也明白他上了白卿言的當，白卿言根本就沒有想過要夜襲。

她有一句話說的很對，他們大周在高高的城牆之內，自然是不害怕突襲的，可他們西涼軍是圍住城池，沒有高牆作為屏障，突襲西涼……要比突襲他們大周更容易。

崔山中老將軍一向小心謹慎，想到這裡鬆口讓人去傳令：「讓將士們輪換休息，切不可全都睡了過去，以防大周皇帝出其不意在白日裡襲營。」

「是！」很快打著哈欠的西涼將軍出去傳令。

「崔老將軍，您也歇著吧，您跟著熬了一夜這樣下去身體一定吃不消！」有西涼將軍低聲勸道。

崔山中老將軍點了點頭，擺手示意其他將領都回去休息，又忍不住再次叮囑道：「一定要留出足夠的人手警戒，江孜城內的大周軍有任何異動，隨時來報！」

「老將軍放心，有我看著呢！」一位西涼將軍十分恭敬道。

將軍們從崔山中老將軍的營帳中出來，有年輕氣盛的難免抱怨：「這崔老將軍是不是年紀大了太過謹慎了些，這才讓我們被人家大周皇帝耍的團團轉！就他們城中那一點點兵力，還敢襲營？怎麼不上天？」

「你慎言！」那位將軍的同伴回頭朝著老將軍的營帳看了眼，低聲道，「你可不要忘了，雖然江孜城內的兵力少，可我們面對的可是大周的皇帝白卿言，當年甕山一戰，還有後來的雲破行將軍不都死在了這位大周皇帝的手中，就連炎王最後也沒有能撐過去！」

聽到這話，那位西涼小將抿了抿唇點頭，想起李天驕是帶著炎王的屍身回到了雲京，而後不惜下跪才求得崔老將軍出山。

他們西涼最勇猛的輔國大將軍雲破行，死在了這個大周皇帝手中，炎王也沒了，這個大周皇帝的確是不可輕視，而他們的西涼女帝既然能跪請崔老將軍出山，想來西涼也就只有崔老將軍能夠贏這位大周皇帝了，否則……他們西涼的陛下何以要對一個臣子下跪。

想到這裡，他點了點頭道：「我們回去好好歇著吧！萬一大周主力折返前來救駕，後面說不準還有硬仗要打呢！」

大周軍安心休息了一整夜，精力充沛登上城牆的時候，折騰了一夜的的西涼軍已是疲乏得很了，西涼將士大半數都在營帳裡睡著，而沒有能去休息的，也已經是睏倦至極，又累又餓，勉力支撐，提不起勁兒來。

白卿言在城牆上巡視後，轉而吩咐柳平高：「今日讓將士們提前半個時辰造飯！」

柳平高一怔，想到白卿言可能要在今日派兵出去襲營了，興奮的抱拳應聲。

也是，吃飽了才好打仗！這西涼軍昨天夜裡以為他們要去襲營，強撐了一夜，這會兒正睏倦，這個時候大周軍去突襲再合適不過，定能打得西涼軍屁滾尿流。

很快，大周軍提前半個時辰造飯的消息送到了剛睡沒多少時間的崔老將軍帳中，崔老將軍扶著小童的手坐起身，身上披著大氅，用冰帕子抹了把臉。

「果然啊，昨夜開關城門弄得我們西涼軍不得休息，為的就是這個時候突襲！幸虧崔老將軍派人提前盯著大周的動向！」西涼將軍憤憤道。

崔老將軍被冰帕子一激，這會兒人感覺清醒了不少，提前半個時辰造飯……定然會有炊煙，這麼明顯的漏洞，白卿言會犯嗎？或許，白卿言就是要露出這個漏洞讓他以為，他們大周和昨夜一樣都只是虛晃一槍呢？畢竟西涼枕戈待旦一夜，這會兒已經疲憊不堪，正是偷襲的好時候。

哪怕此次白卿言還是虛晃一招，崔老將軍都不得不防！因為西涼沒有大周那麼能輸得起！

崔老將軍知道自己犯了一個錯誤，為將者都應該知道最好的防守便是攻擊。

可西涼如今的情況，卻容不得崔老將軍主動攻城。一來攻城代價太大，而且攻城之後勢必會鬧出動靜來，城牆上的狼煙一點，很容易讓西涼陷入幾面夾擊，西涼可沒有大周兵多糧多。

更重要的，還是崔老將軍有自己的打算。

可這麼打著西涼太過被動，還需要給大周一個警告，讓大周安分些才是……

「馬將軍，傳令圍堵江孜城四門的將軍，帶兵就在城門處設伏……務必要讓大周人看到！以此來威懾大周！讓我們的將士們今夜好好的休息，飯吃不飽總得讓人休息好，休息好了我們才能從大周人的手裡搶糧食，才能打大周援兵一個有來無回！」

帳中將軍們你看我我看你，最終還是應聲抱拳出去。

很快，崔老將軍安排人在故意露出破綻在四城門設伏的消息，也送到了白卿言的案前。

「哎呀！」柳平高一拍腦門自責了起來，「都怪屬下不好，太高興了沒有交代清楚，提前造飯有炊煙，這就明擺著告訴西涼人，我們要去襲營啊！」

柳平高也在心中感歎，崔老將軍真是厲害。

「我什麼時候說今日要去襲營了？」白卿言握著手中的竹簡，語聲裡帶著淺笑。

柳平高表情錯愕。「可是……陛下不是說讓提前造飯，這不是要襲營所以才……」

白卿言搖了搖頭，她就沒有想著今日攻城：「提前造飯燃起炊煙，不過是為了引起崔老將軍的警覺，讓剛剛睡下沒多久的西涼兵再次被弄起來，為的是讓西涼軍吃不飽又休息不好。」

可沒想到崔老將軍倒是厲害，江孜城內的大周軍人少，若是明晃晃設伏他們倒是不能出城襲營，也能讓一大部分西涼兵休息好。但，能拖累一小部分西涼兵也是好的。

「陛下，那接下來我們怎麼辦？」柳平高問。

「派人在城門上盯著，若是那些明晃晃埋伏在那裡的西涼兵撤了，就打開城門讓騎兵出去晃一晃，逼得那些西涼軍再回來，瞧見他們重返，就趕快進城……千萬不要交戰！」白卿言說。

柳平高這才反應過來，白卿言是在消耗西涼兵，不讓西涼兵好好休息，他應聲離去。

「對了，杜三保被我派去做別的事情了，你看著換一個將領負責東南城牆的防守。」白卿言抬頭看向柳平高。

「好，末將明白！」柳平高應聲退下。

瞧見柳平高離開，春枝端著頓好的燕窩進來，放在白卿言的几案上，道：「大姑娘，用了燕窩您就去睡一會兒吧！您不為自己想想也要為自己肚子裡的孩子想想，洪大夫不在……您要是休息不好哪裡不舒服，奴婢都不知道怎麼辦才好！」

「嗯，放心吧，我心裡有數！」白卿言抖了抖手中的竹簡，突然想起什麼似的轉過頭看向春枝，「你去歇著吧，守著我很久沒有合眼了吧！」

春枝不好意思的說：「奴婢不爭氣，守著大姑娘的時候靠著柱子就睡著了，魏公公守著大姑娘才辛苦，剛才還是奴婢再三同魏公公保證一定不會離開大姑娘半步，魏公公才去歇息的！」

白卿言端起燕窩用勺子攪了攪笑著同春枝道：「你已經很厲害了，出乎我的意料之外。」

「春枝以後會更努力的！」春枝笑著同白卿言道，「只要大姑娘不嫌棄春枝愚笨就好！」

白卿言嘗了一口燕窩，垂眸細思如果杜三保失敗，如何在二月十二之前，將西涼軍先消耗一部分，且還不能太過……以免逼得崔老將軍不得不捨棄糧食攻城，畢竟城內也有糧食。

得有兩手準備才是。

如今圍城，看似大周被動，可西涼輸不起……崔老將軍顧忌和想要的又太多，便造成了西涼比大周更為被動的局面。

此時的杜三保帶著人進了江孜城的密道。

密道出口已經被封死，當初柳平高是為了防止西涼軍入城，自然了密道的出口必然也會有西涼軍把守，大周的將士也沒有辦法真的出去。

杜三保怕驚動了密道出口處把守的西涼兵，幾十個人靜悄悄的慢慢從密道右側挖地道，按照白卿言吩咐利用這個密道的結構挖出一條通往西涼包圍圈外的地道，好派人去往白龍城送信……還要給葉城關的葉守關將軍送信，要這兩城守將配合白卿言打一場仗，將西涼主力全部殲滅。

杜三保不敢弄出大動靜來，所以挖地道的速度就特別慢，每天都是灰頭土臉精疲力竭的回去，第二天一早又精神奕奕帶人出發。

與此同時，城內崔老將軍早早派遣隨流民入城的西涼軍也已逐一被抓住，但白卿言並未將他們送回去，也未聲張，只命人關押在牢獄中。

而柳平高也帶著人去遊說百姓，同他們一起保衛江孜城。

這些百姓正如白卿言所說的那般，經歷過餓死……甚至看到過易子而食，他們以為大周能給他們糧食和房子讓他們活下來，他們很是願意成為大周的百姓。

雖然他們前半生都是西涼人不假，可要是真的讓西涼大軍得到了江孜城，他們又會過回以前那種沒有糧食，反而要被西涼大軍強奪糧食的日子，那還有活路嗎？

現在大周皇帝就在江孜城內，大周軍定然會來馳援，他們跟著大周皇帝一同守城，立功之後還可以免除欠了府衙的銀子和糧食，這是好事情，他們又怎麼會不願意。

但柳平高也同他們說了，若是他們不願意和大周同生共死，想要離開江孜城逃避戰火，柳平高也可以放他們出城，想來他們都是西涼的百姓崔老將軍也不會太過為難，可但凡離開的再想成為大周百姓可就絕無可能了！

很快，整個城池的百姓都動了起來。

有的百姓們願意在西涼大軍還沒有開始攻城之前，便主動幫助將士們往城牆上運送抵禦敵軍的物資，還有的百姓思慮再三決定出城避免戰火。

柳平高親自騎馬出城，說了西涼百姓要出城之事，可崔老將軍擔心大周軍會以其人之道還治其人之身，讓將士們混在百姓之中出去送信。

而將那些百姓接過來關押起來，每日又需要給百姓口糧，西涼大軍口糧都不夠，哪裡還有糧食養百姓？反而，西涼百姓在城中，大周給糧食吃才能活命！

所以，西涼大軍不許百姓出城……

柳平高回來之後，耍了個心眼兒，一臉憤慨同西涼百姓說：「西涼的將軍說了，不允許你們出城！你們入了大周的城池就是大周的百姓，和他們西涼再無瓜葛！來日他們攻入城中也必不會對你們這些西涼叛徒留情！我們敢放你們出城……便立刻射殺！」

那些身上挎著包袱準備出城的百姓們驚慌失措不知道該如何是好，有人高喊著：「將軍你是不是不想讓我們出城騙我們?!」

「是啊！你是不是騙我們！」

柳平高一臉心痛的模樣：「既然你們不相信，我也沒有辦法，這樣……想要離開的現在就可以出城，但是……出城之後就不能再入我們大周的城池，如此……願意出城的請排列在右側！」

「王金！」柳平高轉頭看向王金，「你帶著這些百姓們登上城樓好好看看，看看到底是我們大周不放人，還是人家西涼根本就不會讓他們離開！」

有的西涼人不死心，不想留在城中與大周軍一同等死，便抱著僥倖之心站在了右側。

畢竟江孜城四面被圍，城內的糧食有限，現在他們大周軍還願意給百姓糧食吃，誰知道是不是養著他們……

他們在逃荒的路上不是沒有遇見過……

雖然每每午夜夢迴都會夢到向他索命，可醒來發現自己還活著，他們已經覺得很幸運。

如今城內四門被堵死，為了避免自己變成大周軍的糧食，他們不論如何都是要出城的。

一部分百姓聽到柳平高還讓將士帶他們去城牆上看的話，終於還是信了柳平高，想跟隨王金上城牆去看看……

還有一小部分堅持要出城的百姓和妻子爭吵之後，將妻兒留在城中，稱自己先出去試試，若是真的能出去，讓妻兒再出來不晚。

很快城門打開，那些百姓縮在一起，緩緩朝著西涼軍的方向走去，用西涼土話高喊著：「我們是西涼的百姓，從城內出來只為求一個活命，請將軍放我們離開吧！」

城牆之上，剛剛成為大周百姓不久的百姓們緊張不已，他們看著遠處越走越遠的出城百姓，心中暗暗祈禱他們能夠順利過去，這樣他們也就可以出城了。

誰知，不等他們靠近，西涼騎兵狂奔而出，舉著弓箭逼迫他們回去……

那些百姓朝著西涼兵跪下，哭求著說：「我們不想和大周死在城裡！我們原本也是西涼百姓，不過是為了一口飯吃，不過是為了活命這才入城成為大周人，可我們是土生土長的西涼人啊！」

「是啊，若不是為了活命誰願意成為大周人啊！求將軍給我們一條活路放我們走吧！」

騎在馬背上的西涼將軍知道，絕不能讓這些百姓離開，否則真的有出去傳信的大周將士混在其中頂替了西涼百姓的身分，那個時候可要壞了西涼的大事！

他將弓拉滿：「我再說一次，滾回去，否則殺無赦！」

「將軍！將軍求您看在我們都是西涼人的分兒上，讓我們走吧……」

那懇求西涼將軍的百姓剛剛膝行上前，就被一箭穿心頓時倒在血泊之中。

頓時百姓們驚慌失措擠成一團。

殺了百姓的西涼將軍手微微顫抖，緊緊攥著韁繩高聲道：「再敢往前這人便是你們的下場！」

雖然知道這些人可能大部分是西涼的百姓，可是他是真的不能放這些百姓離開，更不能讓大周皇帝知道他們西涼在意這些百姓，否則……大周皇帝必然會用這些百姓來要脅他們西涼大軍！

西涼將軍認為，白卿言放這些百姓出來，就是在試探西涼，他絕不能露怯。

只有西涼不在乎這些百姓，讓這些百姓留在城中消耗大周的糧食，大周又得時時刻刻防著這些百姓，才能消耗大周軍。

百姓們看到這個狀況，連忙掉頭朝著江孜城城牆的方向跑來。

「弓箭手準備！」柳平高高聲喊道。

那西涼將軍聽到柳平高的聲音睜大了眼，險些都要出聲將那些百姓叫回來……

「將軍！將軍不能啊！求你了，我孩子還小不能沒有爹啊！」

「將軍求您讓他們進城吧！」

眼看著西涼不讓百姓走，還殺人，大周這邊兒剛才有言在先出城之後就不是大周百姓，不能進城了，現在已經讓弓箭手準備，作為手無寸鐵的百姓除了跪地懇求還能做什麼？

「我們有言在先……」柳平高做出痛苦掙扎的表情，「出了城，就不是我們大周的百姓了，是他們要棄我們而去，難不成我們江孜城只能成為你們的退路嗎？」

「我們再也不敢了將軍！我們以後安安分分當大周的百姓！」

「將軍，我們一定和大周軍合力抗敵，西涼要殺我們，可是大周給我們糧食，還給我們分房子，誰是好誰是壞我們分的清楚啊！求將軍再給他們一次機會，讓他們回來吧！」

「將軍，求你了！」百姓們紛紛叩首懇求！

很快那些出城門的百姓已經跑回了城牆下，跪著懇求柳平高開城門讓他們入城……

遠處，西涼將軍騎在馬背之上靜靜看著，若是大周殺了這些百姓，那說明這些人的確都是普通百姓，他說不準這一次不讓百姓們離開錯了！

可是，若大周開了城門讓那些百姓入城，就說明這百姓之中有他們大周的人，他殺的就沒有錯！

軍人自古以來，就是為了保護百姓而存在的，可他這一次卻為了西涼不得不親手殺了一個，他不希望自己殺錯了。

很快，柳平高咬了咬牙道：「罷了！他們都已經成為大周百姓了，我們身為大周銳士沒有道理將自家百姓拒之門外，開城門讓他們進來！」

話音一落，城牆之上全都是叩頭謝恩的聲音。

遠處西涼將軍看到城門開了一條縫隙，大周軍讓那些百姓入城，冷笑一聲……心腸頓時也冷硬了下來。果然，大周讓他們自家的將士混在西涼百姓之中，欺騙他想要讓他放那些百姓離開。

幸虧他殺了一個！否則真的讓他們過去了還不壞了西涼的大事！

這些人作為西涼百姓，卻通敵叛國，幫著大周對付西涼，死有餘辜！

想到這裡，那將軍狠狠看了眼倒在血珀之中的屍體，調轉馬頭，帶兵回去。

他將屍體留在那裡，就是為了震懾大周軍，看他們還敢不敢送人出來。

柳平高握緊了腰間佩劍從城牆之上下來，百姓們緊隨其後。

那些從城外死裡逃生的百姓一進城門，就癱倒在地，背後已經汗出如漿。

瞧見柳平高過來，連忙拖著嚇到虛脱的身子跪好，朝柳平高謝恩。

「多謝將軍！」

「多謝將軍啊！」

柳平高繃著臉開口：「我們原本有言在先，你們出了城就不能進來了，可本將軍念在你們到底已經是大周百姓的分兒上，自作主張，還是允許你們進城來，你們要明白這樣的好事絕不會再有第二次！」

「如今你們也算是知道了……對西涼軍來說，你們已經是大周的百姓，西涼軍的習性你們應該知道，奪城之後便是屠城！」柳平高視線掃過這些百姓，高聲道，「所以，諸位要是想活命，便要與將士們同心協力守住江孜城！」

「而你們！」柳平高再次看向跪在地上，剛從城外回來的那些百姓，「你們這一次的事情，暫且給你們記著！這一次抗擊敵軍能夠立功也就罷了，若是不能立功……」

柳平高聲音一頓：「若是不能立功讓西涼攻打進來，就真的得死了！」

說完，柳平高轉身離開……

至此，城中的百姓深信，若是江孜城被攻破，他們就必死無疑。

是個人便有求生的慾望，人哪有不想活著的？

所以百姓們幹的越發賣力，將城中能夠抵禦敵軍的物資拼命往城牆上運送。

柳平高興高采烈來向白卿言覆命，自然也將怎麼激怒了那些西涼將軍，又怎麼引得那西涼將軍懷疑，百姓對西涼大軍心死，都詳細複述了一遍。

「這件事你辦的很好！」白卿言眉目間帶著淺淺的笑，「瞧著現在城中的百姓齊心協力，即便是西涼真的攻城，怕是一時半刻也拿不下江孜城。」

「陛下說的是！」

「另外今夜組建一支小隊伍，悄悄出去，隨便在西涼軍營放幾把火，擾亂他們之後便回來！」

白卿言的目的就是不讓西涼的將士們休息好。

「是！」柳平高領命。

西涼大軍圍城的消息傳到了葉城關，楊武策一聽忙派人去打探，打探的人回來稱西涼的確是圍住了江孜城，但是也問了沿途的城池，並未看到陛下點燃狼煙。

楊武策雖然跟隨白卿言不久，心中也清楚，白卿言做事一向有分寸。既然白卿言沒有讓點燃狼煙，那便是說明，白卿言不想讓他們去救駕，她有自己的打算。

楊武策想了半晌之後，派人時時刻刻盯著江孜城的狀況，若江孜城中有任何異動，立刻派人來報。如此，楊武策還不放心，命人帶了小部隊過去，每半日派人送個消息回來。

崔山中老將軍得知葉城關方向終於派人來打探情況，頓時心緒大振，他就害怕葉城關沒有動靜。

可是楊武策派人來探，卻遲遲沒有帶兵來援，崔山中老將軍不得不安撫軍中的將領沉住氣，不要妄動。

後來沒多久從葉城關來了一小隊不過五十人的人馬，這還不夠西涼軍塞牙縫的不說，若是真的打了……反而讓葉城關的守將警覺。

今日，葉城關方向又來了一百人的隊伍，頻繁往葉城關送消息。

葉城關的西涼探子也送來了消息，說楊武策已經整合大軍，看那個架勢隨時準備前來救駕。

「派人盯緊葉城關，若他們派來的探子回去報信也不要阻攔。」

「將軍我們明日攻城吧！讓葉城關的探子回去稟報葉城關守城將軍我就不相信他們不來救駕！」崔山中老將軍麾下的將領高聲請命，「只要他們來……我們就能設伏以最小的代價剿滅葉城關的兵力！而後奪回葉城關……大周往我國都雲京去的主力可就斷糧了！」

崔老將軍沉默著，可……他們西涼大軍的糧食也不多了啊！

他原本是打算為了糧食想要再堅持對峙一段時間，先搶了大周的糧食，然後再利用被困在江孜城之中的大周皇帝，引葉城關的守軍前來救駕，他們西涼軍好設伏一舉殲滅。

可這段日子以來，他們實在是被那高牆之內的大周軍搞得很狼狽。

大周軍時不時開關城門，要麼造飯時間更改，要麼就是派出騎兵溜達一圈放把火，等到西涼軍衝殺出來又回去。隔著高牆，西涼軍奈何不得前來搗亂的大周軍，讓人很是惱火，弄得西涼將士們都休息不好，卻也只能無可奈何地怒罵大周軍膽小窩囊廢。

再這麼下去休息不好也就罷了，就怕西涼將士們都以為大周只會這麼小打小鬧，反而輕視了大周，一旦大周真的襲營便是滅頂之災。

崔山中老將軍算著日子，差不多大周也該給前線送糧食了……

思及此，崔老將軍轉而問自己的副將：「讓你派人去幾個還未被大周攻占的城池調兵，可有回覆？」

「回老將軍，他們聽說老將軍出山，都願意跟隨老將軍，已經啟程在路上了，加上我向他們保證，只要帶夠路上的軍糧，來到前線之後軍糧由我們供給，所以……在我們抵達江孜城之前，他們便已日夜兼程趕路了，雖然現在還未到，可是每日都派人前來回稟，估摸著最晚明日中午就到了！」副將回答道。

聽到這裡，崔老將軍心中有了底氣，道：「派劉將軍即刻出發與援兵碰頭，直接帶著援兵繞江孜城前往大周糧道設伏！讓圍城的將士們今夜吃飽，好好休息，明日……攻城！逼葉城關守將前來江孜城，」

再想到這幾日西涼每日只升一次炊煙，崔老將軍又道：「今日晌午造飯的時候，讓火頭軍將下午的乾糧趕出來，晚上將士們就吃點兒乾糧，不要再造飯了，否則被大周軍發現恐怕會有防備，一定要表現的同平日裡一樣！」

「是！」

聽到終於要攻城了，西涼的將軍們振奮不已。

第八章 始料未及

這幾日，白卿言將善於觀察敵軍動向的白家暗衛都派了出去，監視著對面的西涼軍。

白家暗衛先是看到，安生了幾日的西涼軍……先是有傳令兵從崔山中老將軍所在江孜城南門外的軍營出發，又見東門外、北門外、西門外的西涼軍營在接到傳令兵傳令之後，都動了起來，明顯是有什麼行動。

白家幾個暗衛沒敢耽擱，速速回城，將此事報給了白卿言。

白卿言聞言放下手中的竹簡，估摸著應當是崔山中老將軍將她被困江孜城的消息送到了葉城關方向之後，此時……要麼是楊武策聽到消息派兵來援，要麼就是……楊武策知道江孜城沒有點燃狼煙，心中猜測她有別的安排又不放心，頻繁派探子來查探江孜城的情況，所以崔山中老將軍打算做做樣子攻城，逼迫楊武策帶兵來援。

白卿言算著杜三保所辦之事，這幾日她一直不斷在給杜三保加派人手，應當是差不多了。

她起身，從桌几上找出那封早已經寫好的密信交給白家護衛：「派一個人帶著這封信，去找杜三保，命杜三保不論如何今日一定要挖通！帶著密信的人出去後，即刻去找楊武策將軍的探子，若是找不到不要耽擱時間，直奔葉城關，將密信親自交給楊武策將軍，西涼現在巴不得葉城關出來的探子回去報信，所以絕不會攔我們去報信的人！」

「再派一個白家護衛，一同從密道出城，直奔北方務必要在今日天黑之前趕到白龍城，告訴白龍城的守將，接到信就大張旗鼓做準備……一定要讓西涼探子以為後天他們就會往江孜城來送糧，務必要小心西涼軍的埋伏，仗怎麼打我不管，但一定要贏……不但要贏，還要讓去埋伏他們準備搶糧的西涼兵有去無回！」

「是！」白家護衛領命，接過白卿言手中的信出去辦事。

白卿言換了身衣裳，在白家暗衛的陪同下，登上四個城門仔細瞧了瞧。

她算了算時間，今日西涼炊煙嫋嫋直升的時間，可要比前幾日都長啊……

難不成……是為了不讓炊煙升起兩次引起大周的戒備，所以要在今日晌午造飯時，一併將夜裡和明日一早吃的乾糧製作好，好讓將士們明日攻城？

柳平高緊隨白卿言身後，他倒是沒有瞧出這遠處的西涼軍營有什麼變化，好像還和平日裡一模一樣。

白卿言轉過身來，算了算自從圍城那日她同崔山中老將軍見面拒絕和談之後到現在的時間，若是楊武策出兵來援……早就來了！

柳平高聽著獵獵作響的旗聲，上前一步，同白卿言道：「陛下不必太過擔心，末將一定將江孜城牢牢守住！」

這幾日白卿言一直在殫精極慮的布置，每到西涼造飯時，就要登上城牆仔細盯著，聽魏公公說陛下下了城牆就立在輿圖前一看就是幾個時辰，陛下到底是懷有身孕的人，哪能這麼操勞。

「估摸著，葉城關的楊武策將軍應當已經得到了江孜城被圍的消息，且已經派了探子前來打探幾次，但……因為擔心我這裡有什麼安排，他冒然出兵救駕會壞了我的謀劃布置，所以才按兵不動！」白卿言轉而再次看向遠處的西涼軍營，「崔老將軍明日怕是要攻城，逼迫楊武策將軍帶兵救駕，他們好中途設伏！」

西涼軍想要重奪葉城關，斷了大周主力的糧道。

柳平高頗為詫異朝著西涼軍營瞧了眼：「攻城？」

「按照我之前對崔老將軍遲遲圍而不攻的猜測，是因崔老將軍在等白龍城往江孜城送的糧草，崔老將軍原本……應該是想搶了糧草之後，西涼大軍手中有糧，而後再逼迫葉城關守將前來馳援，西涼趁機設伏。」白卿言語聲慢條斯理。

柳平高點頭，如此西涼這場仗就打活了。

「崔老將軍如此謹慎的人，竟然會下令明日攻城，難道就不怕驚動了白龍城，糧食送不過來了嗎？畢竟白龍城和江孜城相隔不遠……」白卿言抿了抿唇，細細想著，「我們比崔老將軍優勢之處，是……知道白龍城下一次送糧的時間約莫在本月十一或者十二，而崔老將軍是全靠之前白龍城每次送糧的間隔時長來猜測。」

柳平高想了想之後道：「可是，之前送糧間隔短，是因為葉城關要救濟西涼百姓，如今葉城關的糧食可是充足了，我們送糧的時間肯定不會像之前那樣頻繁。」

「要麼就是崔老將軍已經截到了軍糧……」白卿言盯著西涼軍營的方向眉頭緊皺。

「末將覺得這個不可能！白龍城守將是個十分守規矩的人，陛下又沒有派人前往白龍城命令送糧，他是吃多了撐著……有糧沒處送了還是怎麼的，非要送到江孜城來？」柳平高和白龍城的守將相熟，「再說了，白龍城的守將戚將軍本就反感西涼人！最開始還想要給陛下上摺子，不想用大周的糧食救西涼人，硬是被我攔了下來！」

這樣一個人，怎麼可能急吼吼送糧食讓大周救西涼人，他不拖著不送來就不錯了。

「那麼……」白卿言抬頭，輕輕呼出一口氣，「就是崔老將軍請來了援兵，崔老將軍會派援兵在糧道設伏！」這是白卿言最不願意看到的結果。

「西涼還有哪裡會來援兵？」柳平高一臉不可思議。

「還有些大周和燕國沒有打到的城池，援兵怕就是出自這裡，一個城池的守兵不多，兩個城池……三個城池……四個、五個呢？加起來就不少了！」

白卿言的話，讓柳平高脊背陡然緊繃了起來：「陛下，糧食要是讓西涼人搶走了，那我們……」

怕給柳平高壓力，白卿言轉而看向他道：「不過，也有可能是我多慮了！或許崔老將軍只是想假意攻城，做給楊武策將軍看的，畢竟西涼可就這點兒家底子了。」

白卿言語聲並不大，卻十分清晰：「崔老將軍可捨不得讓西涼將士們真的用命攻城。」

「陛下，不管明天西涼是佯裝攻城還是真的攻城，我們都得提前布置……力求盡可能多多的折損部分西涼兵力！」柳平高立在白卿言的身邊，「即便是明日他們不攻城，我們也要提前做好準備，等到他們真的攻城的時候讓他們喝上一壺！咬下他們一口肥肉！」

白卿言眉目間露出淺淺的笑意，她發現柳平高越來越貪心了，之前言語間擔心城內只有五千兵力，現在竟然還想要咬下西涼一口肉，這個心態很好。

柳平高看了眼西涼軍營，又同白卿言說：「陛下，這些日子咱們小範圍騷擾，開關城門，造飯時間不定，將害怕西涼兵力折損的崔老將軍折騰的夠嗆！再加上……這麼長時間咱們大周都是小打小鬧，令西涼軍疲憊惱火，警惕性一次比一次小，末將以為今夜就是襲營的最好時候，在他們為明日蓄力之時，我們先搗個亂！」

白卿言搖了搖頭：「今夜，讓我們的將士和城中百姓也睡個安穩覺吧！」

柳平高沒有想到白卿言竟然沒有准許偷襲，還想再爭一爭：「西涼軍警惕性變低，正是偷襲的好時候啊！而且……屬下以為我們可以在今夜偷襲之時，趁機讓我們的將士殺出重圍，前往葉城關，通知一下楊武策將軍千萬不要來救駕！否則就中計了！」

「雖然楊武策將軍跟隨陛下的時間不算短，可是到底不是白家軍那般和陛下有默契，萬一著急上火來救駕……」柳平高欲言又止。

白卿言搖了搖頭：「不必憑白的葬送我們大周將士的性命，明日攻城憑藉我們城中的兵力，必定是一場苦戰！」如今，白卿言只希望杜三保能儘快將事情辦好。

柳平高雖然不放心，可心裡還是認為自家陛下這麼安排必然有這麼安排的道理。

今日已經二月初六，白卿言觀察西涼的軍營每日只有一次炊煙，看起來西涼的糧食已經撐不住了。現在就怕西涼狗急跳牆來攻城搶糧，可實際上城中的糧食也不多了，柳平高算過……最多也就是再支撐幾天。

正在白卿言垂眸細思之時，杜三保粗獷有力的聲音率先從城牆下傳了上來……

「陛下！」

白卿言抬頭，就見滿臉土……又壯又髒的杜三保從城牆之下跑了。

魏忠瞧見是杜三保，笑著從白卿言身後走上前，示意護衛不要攔著杜三保。

看杜三保這麼高興的模樣，白卿言知道杜三保的事情應該是成了，白卿言頓時鬆一口氣。

「陛下！」杜三保跑到白卿言面前，身上全都是潮濕的土味，「陛下，挖通了！」

「挖通？」柳平高滿目疑惑。

杜三保顧不上解答柳平高的疑惑：「兩個白家護衛都已經出去了，一個按照陛下的吩咐帶著密信去找楊武策將軍派來的探子，讓楊武策將軍按照陛下密信所書行事！一個已經前往我大周城池，囑咐糧食提前送來！也按照陛下的吩咐，送白家護衛出去後，將洞口又給封死了！」

白卿言長長呼出一口氣，看來老天爺是站在大周這邊兒的，否則怎麼不早不晚偏偏這個時候讓杜三保挖通了通道。「辛苦了！」白卿言抬手拍了拍杜三保的肩膀，這幾天杜三保帶著人沒日沒夜的幹，還不能發出聲音被西涼軍知道，實在是辛苦。

「陛下這是哪裡的話，軍隊裡軍令如山，若是杜三保沒有完成那才真的是對不起陛下！」杜三保挺起胸膛道，「而且也不是我杜三保一個人挖通的，兄弟們都跟著我一起加油幹，這才及時挖通了！」

「好，回頭等這場仗打贏了，你們都有功一起賞！」白卿言笑道。

柳平高這才恍然，鬧了半天杜三保是被白卿言派去挖地道了，如此派人將信送出去，就可以聯合白龍城、江孜城和葉城關三城一起打。

雖然柳平高到現在也不知道這杜三保到底是怎麼從這高牆壁壘之下挖通了地道，可能挖通就好。

明日西涼還是會攻城，那麼……就得想辦法讓西涼折損一部分兵力，如此……白龍城、葉城關就更加容易將西涼軍消化。

柳平高和杜三保目送白卿言離開後，柳平高還是耐不住問杜三保：「你是怎麼挖通的？」

「陛下讓我們利用這江孜城原本的密道來挖，說是容易一些，果然……就是我們連大氣兒都不敢喘，生怕守在那頭的西涼兵聽到！」杜三保得意洋洋，「怎麼樣……牛吧！這麼快就挖通了！」

「是是是！你厲害……要不要給你放串鞭炮，再披紅掛彩遊個城？」柳平高笑著拍了一下杜三保額頭，「不過，你能在明日西涼攻城之前挖通通道的確是大功一件。」

「鞭炮遊街那倒不用！」杜三保用髒手蹭了蹭臉上的汗，道，「可柳將軍怎麼也得請我喝個酒吧！」

柳平高笑著應了下來：「等打贏了請你喝酒！」

「別等打贏了，今天晚上我去偷襲西涼軍營，回來你請我喝酒怎麼樣？」

「陛下剛說了，今日不許襲營。」柳平高歎氣。

「為啥呀？西涼被咱們耍了這麼久，也是時候見真章了啊！」杜三保一臉不理解，「而且，既然咱們都已經知道明日西涼要攻城了，咱們這個時候不騷擾騷擾讓西涼疲憊不堪，難不成還等他們睡得飽飽的然後來打我們嗎？」

「這是陛下的命令，你我遵從就是了！快回去洗洗，換身衣服……好好歇一歇！」柳平高同杜三保說完，便先離開。

杜三保望著柳平高的背影，皺眉想了想，覺著今日這個機會若是不偷襲那就太便宜西涼了，他得想個辦法。

杜三保突然想到了剛才柳平高提起放鞭炮，像是突然通了什麼，低聲嘟囔著：「鞭炮……」

「將軍，您快回去洗洗吧！」守在城牆下的守城兵同杜三保道。

「嗯好！」杜三保敷衍的應了一聲之後，若有所思的模樣摸了摸下巴，轉而同那個將士說，「你……派個人去查一下，這江孜城裡有沒有過年沒有放完的鞭炮！要是有的話通通給我拿過來！」

守城兵太守搔了搔頭：「將軍要鞭炮做甚啊？」

「讓你去查你就去查！我這是給陛下辦事兒，不該你打聽的就不要打聽！」杜三保說。

那將士被杜三保這麼一嚇唬，連忙應聲，稱馬上去查……

當天夜裡，杜三保接替了南門守城將軍，讓他去守好北門即可，隨後又悄悄叫了二十四個平日裡和他一起挖通道的兄弟，準備等到西涼兵都歇下之後出城襲營。雖然柳將軍說……陛下說了不允許他們大周軍今夜去襲營，可作為大周的將軍，杜三保怎麼能錯過這一次好機會？

「陛下說了不允許襲營，所以帶著隊伍出城肯定是不可能的，只能我們幾人偷偷行事。」杜三保壓低了聲音說，「明日西涼就要攻城了，今夜不給西涼人搗亂，難不成真的讓他們睡飽了……明日來打我們嗎？這堅決不能夠！」

「可是……將軍，我們就二十多個人，就算是捨了這條命不要，恐怕也在西涼軍營之中鬧不出多大的動靜啊！」有人一臉難為同杜三保說。

「所以啊，我讓人去將這江孜城過年沒有放完的鞭炮都搜集了過來，咱們可以帶上，等到西涼軍睡得正好的時候，什麼火油、火把……鞭炮，全都給他丟到軍營裡去！總是夠他們喝一壺的！」杜三保提到西涼軍就一臉咬牙切齒的模樣，道，「咱們呢，在城內留下兩個人，然後從南門出發，我們一走……這兩個人便要立刻去找柳平高將軍，將我帶人分別前往東、西、南、北四個方向去襲營的事情告知柳平高將軍，一旦四面的西涼軍同時遇襲，西涼軍營著起火來，我們就往回撤，柳平高將軍一定會給我們開城門的！」

「將軍，您說的這個能行嗎？」有大周將士猶猶豫豫，「不是末將怕死，可我們這樣先斬後奏……回頭會被軍法處置的！」

「放心吧！柳平高將軍也想要偷襲西涼軍營的，不過是……陛下怕我們將士們白白殞命捨不得！」杜三保一副明白白卿言深意的模樣，「可我們大周將士是怕死的人嗎？明天西涼可就要攻城了，我們必須攪和攪和他們！再說我們又不正面交鋒！」

看到其他將士還在猶豫，杜三保又道：「再說了，我杜三保都幹了多少次先斬後奏的事情，哪一次是把事情辦砸了的？咱們下面的人要懂得為陛下分憂，陛下現在可是有孕在身啊！」

聽杜三保如此說，幾個將士又想起白卿言單獨命令杜三保帶著他們去挖通道的事情，說明白卿言是信任杜三保的。

他們抬頭望著杜三保，鄭重道：「我們聽杜將軍的，願意捨命為陛下盡忠！不過……將軍，屬下以為咱們不必連柳將軍都驚動，點了火之後咱們從咱們挖的通道跑回來就是了！那通道我們可沒有封實，到時候留下兩個兄弟看著洞口也就是了。」

杜三保想了想，嘿嘿一笑：「你小子這是想要做好事不留名啊！」

「反正都是為國盡忠，不留名也免得受罰嘛！」那小將笑著道。

「不過，出去還得從南門出，不然馬和我們要帶的東西，可沒有辦法從那麼小的洞口帶出！」杜三保抬頭看著這些將士們道，「到時候看情況，要是西涼人咬的緊……開關城門會威脅到城內安全，我們就設法從洞口回來，如果西涼人沒發現，我們最好還是從城門回來，馬也很寶貴的！」

「你小子就留在城內，你射箭還是很有準頭的，到時候我們出城後，你要是看到西涼探子動了！就直接射死不必留情！」杜三保轉頭對那個做好事不想留名的小將道，「帶著城牆上咱們自家兄弟將戲做足了，嚇死西涼那幫狗日的！」

事情杜三保拍板，他帶著二十二個人騎著掛滿了火油和鞭炮的馬匹，假傳上命騎快馬出城……

西涼探子瞧見江孜城的城門再次打開，派了一個人回去報信，可這些日子以來，大周總是這樣戲弄西涼，不過小打小鬧。

可誰知還沒等探子回去報信，剛起身一動，城門之上不知道從那兒呼嘯而來的箭矢，直射進那西涼探子的心口，那探子還來不及發出一聲慘叫便倒地沒有了氣息。

因著這幾日連續被戲弄，已經散漫了的西涼探子見狀頓時打起十二萬分精神，仰頭朝著江孜城城牆之上看去，大氣都不敢喘，僵直著身子，聽到城樓上有個粗聲粗氣的將軍喊道：「快快快！都打起精神來，今夜襲營務必要打散西涼的士氣！快！」

那西涼探子悄悄的匍匐往弓弩的射擊範圍外退，等退到射擊範圍之外後，立刻高聲喊著：「大周要襲營！大周要襲營了！」

這邊兒西涼探子扯著嗓子高喊起來，杜三保帶著騎兵已經將火油、火把和鞭炮通通都丟進了西涼的軍營之中。

大周將士們衝出來，火油罐子一扔，火把一扔，鞭炮丟進去就急速往江孜城內狂奔。

西涼軍營猛然竄起大火，鞭炮劈里啪啦炸開，先是驚了西涼的戰馬，又是四處起火。

很快北城門的西涼軍營和東城門西涼軍營，還有西門的西涼軍營全都火光沖天，鞭炮炸開劈里啪啦的作響。

杜三保出城之前讓人去打過招呼，讓守門將軍給他們留著門，因著杜三保之前是去給白卿言辦事的，又強硬說要出城有任務，守門將軍也不敢問把人放了出去之後，到底是沒有敢耽誤前去給柳平高報信。

躺在床上的柳平高一聽，驚得衣裳都沒有穿好，趿拉著鞋就從內室衝了出來：「杜三保人已經走了?!你們就那麼給他們放出城去了?!」

「將軍，杜將軍非要出城不可，說有任務，讓我們不該問的不許問！我們也是攔不住啊！」守門將軍苦哈哈道。

柳平高想了想道：「杜三保一定是出城襲營去了！這個杜三保帶二十多個人就敢去襲營，簡直是膽大妄為！傳令四個城門我們前往西涼軍營的將士們折返時，務必將城門打開！」

「將軍，要給陛下稟報一聲嗎？」守門將軍問。

柳平高搖頭：「陛下懷著身孕還要操心戰事，已經很辛苦了，能在我們掌控範圍內的事情，就不要打擾陛下休息了，你先去城門傳令，我穿好衣裳就來！」

「是！」

此時，江孜城外，杜三保朝著西涼軍營看了眼，扯著嗓子高聲喊道：「撤！撤！往回走！」

氣急敗壞的西涼將軍命人上馬急速追趕，可如今西涼大軍根本沒有準備好攻城，這會兒追趕上，到了江孜城城下，給人家大周軍送人頭嗎？

崔老將軍忙讓人下令，不許追擊。

但到底杜三保丟進軍營內的鞭炮一響，將本就沒有休息好的西涼將士全都吵了起來，西涼軍沒有辦法安心休息。抓住馬，救了火之後，西涼將軍們都怒氣沖沖擠在了崔老將軍的軍帳之中，紛紛嚷嚷著現在就要攻城。

崔老將軍瞧著現在的士氣都被點燃了，也覺著不能再等，必須得給大周一個教訓，他剛站起身，就見探子回來，單膝跪地並報告：「稟報將軍，白龍城今夜正在加緊籌備糧食，預計明日送糧！」

「天助西涼啊！」崔老將軍底氣十足，高聲道：「點兵，攻城！」
漆黑的江孜城外，西涼軍營突然都亮了起來。
柳平高看著杜三保等人入城，高聲喊道：「快關城門！」
瞧見遠處西涼軍還在窮追不捨，柳平高的心都懸在了嗓子眼兒，看到杜三保帶人平安入城，城門也關上了，緊握著佩劍劍柄的柳平高鬆了一口氣，這才發現手心裡全都是汗。
他急速走下城牆，瞧見從馬背上一躍而下的杜三保，大聲訓斥杜三保：「杜三保！誰給你的膽子出城襲營的？陛下不許出城襲營你不知道！」
杜三保下了馬背，嘿嘿笑著道：「我這不是瞧著柳將軍也想攻城，這才敢有所動作，這不是效果挺好的嘛！這西涼軍全都得讓這鞭炮吵醒來！」
「就怕你弄巧成拙！萬一要是西涼提前攻城……你就壞了陛下的大事了！」柳平高厲聲訓斥。
柳平高也是剛剛才想明白，白卿言為何不允許今日襲營！
白卿言派去送信的護衛才出城沒多久，白龍城就不說了，這葉城關相距較遠，信送不到……冒然攻城，萬一西涼提前攻城葉城關的將士又來不及趕來怎麼辦？
杜三保一怔，他是真沒有想這麼多：「應當……不會吧！天黑漆漆的他們攻什麼城？」
杜三保話音剛落，就聽到西涼軍營之中戰鼓雷鳴，聲震四野。
「攻城了！」柳平高瞪大了眼。
杜三保也沒有想到，不過一次襲營竟然會引得西涼提前攻城，頓時嚇得臉色煞白。
「柳將軍，這……這可怎麼辦啊？我本來只是想要讓西涼不能好好休息罷了！」杜三保露出慌張的神情，「我是不是影響陛下大計了？」

白卿言得到消息的時候略顯錯愕，不過戰場之上本也沒有什麼是絕對的，好在白卿言早有準備，城中百姓訓練的也差不多，送信的人也已經出城。

白卿言隨手將長髮束起，穿上銀甲帶上射日弓便帶著護衛朝城樓方向快馬而去。

柳平高正在城牆上指揮布防，聽到城牆下疊聲的稱呼陛下，連忙從城樓上下來，闖了禍的杜三保也忙跟在柳平高的身後匆匆下樓。

瞧見白卿言下馬，柳平高單膝跪地，率先請罪：「陛下，末將未聽陛下之言，冒然派人出城襲營，卻沒想到引得西涼大軍提前攻城！還請陛下降罪！」

杜三保沒想到柳平高竟然一力承擔下來，心中越發愧疚難安忙道：「陛下不是的，是我沒有聽從……」

「現在不是爭著領罪的時候！」白卿言隨手將馬鞭丟給身後護衛，抬腳越過柳平高和杜三保，朝著城樓上走去。

柳平高和杜三保連忙起身跟在白卿言身後，登上城牆。

白卿言朝著遠處看了眼，西涼大軍正在集結，她轉頭道：「去！敲鑼……將百姓們全都喊起來，就說西涼要開始攻城了！」

「是！」杜三保領命朝著城樓下跑去。

剎時，江孜城內鑼聲喧天。

將士們敲著鑼高聲喊百姓起來：「西涼攻城了！西涼攻城了！起來守城牆啊！守不住城牆西涼軍入江孜城要屠城啊！」

百姓們聽到西涼要攻城，進來之後還要屠城的話，想起在城牆外被西涼將軍射殺的西涼人，積極回應，立時爬了起來，穿好衣服抄起傢伙兒，就往城樓上跑，高聲喊著鄰里出來抗敵，西涼要攻城了。

之前白卿言讓柳平高帶人大致訓練過百姓，將救治傷患，運送武器的事情全都交給百姓，所有將士登上城樓務必要箭無虛發，珍惜羽箭，一定要射中西涼軍。

這幾天的訓練到底沒有白費，城牆上的鼓聲和號聲一響，百姓們按照平日裡訓練時被安排的位置跑向四個城門的方向，將士們拉滿了弓只等著西涼進入射程範圍，百姓紛紛將弓箭往城牆上搬運，還有力氣大的百姓立在床弩旁轉動絞盤，蓄勢待發。

白卿言立在城樓上，瞧著遠處朝江孜城逼近的西涼軍，在大軍之中雖然沒有找到崔老將軍的身影，卻已經找到了幾個西涼大將，她手握射日弓，從腰間箭筒抽出羽箭，瞄準遠處……

江孜城四面城牆全部戒備。

崔老將軍並非真的打算攻城，也非集合全部兵力專攻南城門，而是四個城門一同發動攻擊。這樣雖然看起來聲勢浩大，卻不見得能達到攻城效果，但若是城內兵力不足，這樣四面開花的攻擊，會讓城內防守的一方很吃力。

可崔老將軍不知道的是，托西涼將軍不允許百姓出城，殺了百姓的福，現在這些原本還心存西涼的百姓，卯足了勁兒幫著大周防守城池，畢竟……他們現在已經成為了大周百姓，誰不怕西涼軍入城之後屠城？

百姓加入到戰爭之中的確在崔老將軍意料之外，崔老將軍還想著城中的百姓怎麼說都做了半輩子的西涼人，定然會向著西涼。

城中的百姓們，都是為了活命有口飯吃，不得不勉強成為大周百姓，他完全沒有想到西涼的百姓會真的幫著大周軍抵抗西涼。

再加上長途跋涉的西涼軍……並未帶著投石車這樣的攻城重器，攻城必然會吃力。

所以在第一波攻城開始之時，城牆上的大周軍有條不紊用弓弩射擊。

白卿言瞧著不怕死朝江孜城衝來的西涼大軍，高聲喊道：「柳平高！命在床弩箭的箭矢上纏著火油罐子，再點燃射出！」

「是！」柳平高領命轉而吩咐將士衝下城牆，去給百姓傳令。

魏忠還想要將白卿言護在身後，可白卿言卻抽出羽箭瞄準了遠處，放箭……便是箭無虛發。

柳平高的命令一下，百姓們在城樓下往瓦罐中裝進火油，纏死，又派腳程快的百姓送上去，大周軍絲毫不擔心阻擋敵軍的利器會跟不上。

床弩的弩箭最前端，纏著裝著火油的瓦罐，帶著火光，呼嘯扎入西涼大軍之中，所到之處就是一片火海。有的火油罐子在空中碰撞撒了下去，沾染著弩箭上的火，就跟天上下火雨似的，西涼軍慘叫連連。

遠方天際已經露出了一絲白，眼看著天漸漸就要亮了，可大周的攻擊太猛，到現在能靠近江孜城城牆下的西涼兵都已經成了屍體。

白卿言的動作已經顯得吃力，頭上身上全都是汗水。

崔老將軍遠遠看著大周抵擋西涼軍攻城的氣勢，驚得死死攥住戰車的扶手！

難道，城內的大周軍數目要比他猜測的多?!

不可能啊！白卿言未到之前，城中不過那點兒守城兵力，白卿言來時帶來了兩千人，加起來絕對不會超過五千啊！可是四面城牆同時進攻，這樣的攻擊速度，這樣有條不紊，絕非是只有千人可以抵擋！現在西涼大軍已經開始攻城，要是連江孜城的皮毛都傷不到，這對西涼的士氣來說絕不算是好事，所以只能一打到底。

原本崔老將軍只是想著佯攻江孜城引葉城關守將帶兵來援，他好設伏，滅了葉城關的大周兵！可現在，瞧著江孜城城樓上越發猛烈的攻勢，崔老將軍又在心中改變了策略，反正現在他們西涼的援兵已經在糧道設伏，很快就會搶到大周的糧食！

他們西涼現在士氣正盛，且明顯越挫越勇帶著股子不怕死，誓要拿下江孜城的氣勢，他此刻要是將西涼將士們都叫回來，怕是會打擊士氣。

之前他一直圍而不攻也不過是為了等糧食，如今糧食既然快要到手，改變策略攻下江孜城活捉大周皇帝，轉而再設伏前來馳援的葉城關大周軍，即便是設伏失敗……有大周皇帝在手，他們難道還怕葉城關不降？

崔山中老將軍算了一下葉城關探子折返報信，和葉城關守將率兵前來馳援的時間，高聲喊道：「西涼的勇士們，此戰我們退無可退，大周主力已經逼近雲京，雲京若失我西涼必亡！勇士們！我們務必要在今日晌午之前奪回我們西涼的江孜城！活捉大周皇帝為我西涼雲京解困！殺啊！」

西涼將士們聽到崔山中老將軍的喊聲，都知道此戰可以說輸贏事關西涼存亡，又有誰想要做這亡國奴喪家犬，他們都沒有退路，想要護住西涼……就必須拼死搏殺。

西涼將士們背水一戰，都抱著捨命護國的決心，不怕死地往前衝。

城牆之上的大周將士們，知道自家皇帝在這裡，江孜城堅決不能有失！

而城中的百姓，更是懼怕西涼屠城的傳統，怕西涼軍殺入城後，將他們當做西涼叛徒處置，殺之而後快，更是賣力的運送可以禦敵的一切物資。

仗打到下午，西涼軍露出了疲軟之態，城牆上的大周軍也已經累的拉不動弓箭。

杜三保衝到白卿言的面前，抱拳道：「陛下！我們的火油快沒了，就連城中能夠引火的酒也快沒了，罐子末將瞧著也用完了！末將剛才去兵器庫看了眼，要是西涼還保持這樣的攻擊強度，兵器庫的箭恐在明早就會射光了！」

杜三保現在後悔的要死，早知道他為什麼要提前去襲營，引得西涼提前攻城……

若是按照陛下原本的計畫，應當是等到消息送到再開始打，那麼西涼分兵去應付葉城關方向的援兵也好，還是去打劫白龍城來的糧食也罷，都會減輕江孜城的壓力，可因為他的冒失激怒了西涼，導致西涼軍提早攻城！

杜三保自責不已，這都是他的錯！陛下可是白家軍的小白帥啊，難道不知道在西涼軍攻城前我們先夜襲營的好，想來是因為陛下曾經去兵器庫和糧庫看過……計算過了，就是怕突襲會引得西涼提前攻城他們江孜城撐不住，可他卻自作聰明冒失了。

白卿言喘息粗重，因為大周軍阻擋的攻勢逐漸弱了下來，所以西涼軍已經突破了他們的射程範圍，遠處城牆已經有西涼將士扛著雲梯，將梯子搭在了城牆之上。

看來崔山中老將軍現在想的已經不是佯裝攻城，他在確定了白龍城糧食會在今日送出之後，想要在拿到糧食的同時，在葉城關守將楊武策帶援兵快到江孜城之前就拿下江孜城，活捉她這個大周皇帝，再轉而設伏滅了葉城關的援軍，挾持她再去打葉城關。

「陛下，杜三保已經挖通了暗道，不如讓杜將軍帶人去重新將通道打開，白家護衛護著陛下先走！」魏忠上前道。

杜三保用力點頭：「陛下！您先出城去，您放心……杜三保一定死守江孜城！城在人在！城亡人亡！」

「還沒到走這一步的時候！」白卿言調整呼吸道。

她知道，如今她在就是大周將士的軍心，若是她真的丟下了江孜城自己逃了，大周的軍心就散了！這仗打了一夜，才剛剛開始。曾經白家軍多少次被困城中，她的爺爺、父親和叔父都能帶著缺糧少武器的白家軍堅守，她又有什麼理由後退？

白家軍去送信的將士……是昨日下午出發，按照白家軍送信的速度，最晚今日中午必定會到葉城關，葉城關楊武策來援急行軍兩天也就到了。

她抬頭看著天空，算時辰……若是白龍城送糧食的隊伍今天早上出發，現在……崔老將軍派去設伏的隊伍應當已經發現被耍了，派人回來同崔老將軍報信。

而後，定然會換來西涼全力以赴攻城。

白家護衛通知了白龍城送糧之後，會接著前往平陽城求援，平陽城大軍前來還需要時間。西涼提前了幾個時辰攻城，所以白卿言其他謀劃都不能按時跟上。

現在，她只要不走，這江孜城定然能堅持到葉城關楊武策來援……或者平陽城大軍前來，因為他們不止有將士，還有城中齊心協力的百姓。

「陛下！您是大周的皇帝，我們所有人都可以死！但陛下絕對不能被西涼抓住！否則……會阻礙我們大周一統天下的大計！」杜三保還在苦勸白卿言，「陛下是我們大周的定海神針！我們這些將士們的命沒有陛下重要！就是城中的百姓加起來也沒有！因為陛下是帶著我們大周一統天下之人，只有陛下活著，只有陛下不被活捉……才能護住更多的百姓存活，為更多的百姓爭取海晏河清的太平盛世！這是城中所有人和所有將士們加起來都不可能做到的！」

杜三保眼眶發紅，跪地請求：「陛下！末將知道錯了！是末將擅自襲營，才會破壞陛下的計畫，陛下……不能讓您承擔杜三保的錯誤！陛下出城吧！」

杜三保得到命令讓封死，可他擔心萬一西涼圍城出不去，他得給白卿言留下一條護著白卿言出城的通道。

白卿言已經決意留在城中死守，高聲道：「讓將士們再堅持堅持！西涼軍雖然說已經攻到城下！可是打了一天……西涼軍也總要吃東西！也需要休息！西涼軍也不是鐵打的！」

說完，她看向跪在地上的杜三保：「起來！拿起你的弓箭！」

「陛下！」杜三保聲音哽咽。

大周軍依靠城牆為防護，將士們都沒有時間去吃口東西，更別提西涼！

原本，白卿言倒是覺得，城內有五千將士，再加上百姓，即便是西涼有五萬且在糧食充足的情況下想要在短時間內破城也十分困難。可西涼背水一戰，人數眾多，將士又都敢豁出命去和大周軍拼殺，還有越挫越勇之勢，白卿言心中隱隱生出幾分擔憂來。

看著西涼人不要命似的拿命給同袍鋪路，雲梯最上端全都綁著繩子，重盾兵緊貼著城牆死死拉著繩子，以此來穩固雲梯，雲梯之下堆滿了西涼將士的屍體。

西涼人瘋了一般，全然不懼死，好似也不知道疲憊。

若是城破了……

白卿言不敢想。

若是城破……以西涼如此缺糧的情況下看，城中的大周將士們恐怕是活不成了，西涼絕不會浪費糧食養著戰俘。城中百姓們，就算是西涼軍不殺，也必會將這些百姓手中的糧食洗劫一空，百姓也就沒有了活路。

而她被俘，以她弟弟妹妹的心性必然會不惜一切代價前來營救！

白卿言堅決不能讓這樣的事情發生！

所以，江孜城只能死守，她要帶著將士們如同她的父輩一般，不戰死，不卸甲！

她瞧著崔老將軍這個架勢，似乎是今日不攻破城門誓不甘休的模樣。

略作盤算之後，白卿言抬頭感受著風向，轉而看向不遠處正在射箭的杜三保：「杜三保！」

正在猛烈對著城牆下射箭的杜三保應聲，朝著白卿言跑來：「陛下！」

白卿言一把扯過杜三保，道：「你帶著人手去將城內的花椒辣椒等辛辣香料收集過來，按照對付巨象的法子，對付西涼軍！將花椒辣椒全部紮成小包，弄濕，快去！」

「是！」杜三保撇下手中的弓箭高聲一吆喝就帶著將士們朝著城牆下衝去，高聲吩咐百姓們去香料鋪子和調料鋪子將所有的東西都拉來紮成小包。

很快聽到杜三保喊聲的百姓紛紛行動。

城牆之上，將士們奮勇抗敵，城牆之下百姓們抓緊時間將已經點燃炭火和辛辣等香料捆在一起噴濕往城牆之上送！大周軍已經全部帶上了面巾，剛往城牆下投擲了一些冒著煙的調料包，就見西涼大軍後方出現了滾滾的沙塵，猶如巨龍朝著西涼大軍的後方衝去。

很快，西涼大軍就亂了，後方傳來殺聲陣陣。

沙塵和殺聲之中，白卿言聽到了巨象的嘶鳴。

有將士指著遠處，高聲喊道：「援兵來了！」

白卿言抬眸，上前兩步，手死死扣在城牆上，她看到……遠處塵沙飛揚之中，獵獵招展的是燕國的玄鳥青雀旗！玄鳥青雀……唯燕國皇室可用！還有巨象！

難道是慕容衍?!

遠遠的，白卿言只見一通體黝黑的駿馬，以雷霆萬鈞之勢，帶著滾滾黃沙已然衝殺到西涼大軍中央，縱橫馳騁，風馳電掣。駿馬揚蹄長嘶，掀翻了不知多少西涼將士，馬背上手持長劍戴著面具的男子，黑甲光寒凜凜，披風獵獵翻飛如雄鷹展翼。

他戰甲浴血，帶著氣勢磅礴的凜然殺意，宛若剛從地獄歸來的修羅，駭人的驚心動魄。

果然是慕容衍！

白卿言看著單槍匹馬手持長劍衝殺進西涼大軍之中的慕容衍，心提到了嗓子眼兒，隨手從一旁將士的箭筒中抽出羽箭，搭箭拉弓，一箭又一箭呼嘯而去，有的擦著慕容衍的盔甲而過，射中要偷襲慕容衍的西涼軍頸脖。

慕容衍單手緊握韁繩，轉向左側長劍剛剛砍下一西涼軍頭顱，右側手中高舉著長矛全身鮮血淋漓的西涼兵正要拼盡自己全部的生命，將慕容衍從馬背上打下來。

慕容衍察覺危險，感覺危險來臨的本能讓他還未轉身便已經高舉手中的長劍，攔住了朝自己打來的長矛，不等他再次揮劍，就見呼嘯而來的羽箭傾刻洞穿了那西涼兵的頸脖。

慕容衍面具下一雙眸子幽沉寒涼，不帶半絲溫度，凶神惡煞的面具被鮮血噴紅，整個人就如同地獄歸來的羅剎。

騎著駿馬而來的月拾，終於衝破層層疊疊的西涼軍，殺到了慕容衍的身邊，將慕容衍左面全然護住。

城牆之上，看到援軍的大周將士們振臂高呼。

白卿言轉頭語聲又急又穩，高聲道：「大燕援軍已到！傳令不必再往城牆下丟擲煙包，大周的將士們不要吝惜羽箭，務必要在此一戰，讓西涼有來無回！」

城牆之上，不止大周的將士們，還有百姓們紛紛發出高亢的喊聲，聲震四野。

大燕援軍的突然出現，就如同讓大周將士們飲下一碗雞血，他們一掃剛才的疲憊，各個熱血沸騰，情緒激盪，嘶吼著要和西涼軍拼命。

「柳平高！」白卿言抽出羽箭，瞄準慕容衍的方向。

「末將在！」正在射箭的柳平高連忙應聲。

白卿言朝著慕容衍方向放了一箭，高聲下令：「命你和杜三保抽調城牆上防守的半數兵力，即刻出城……與大燕裡應外合，不惜一切代價，活捉西涼主將崔山中！」

「柳平高領命！」

當柳平高看到大燕軍旗的時候就已經熱血沸騰，早就等著白卿言下令了。

很快，城牆大門緩緩打開，柳平高和杜三保快馬而出衝在最前，率領大周將士們拼死搏殺。

一時間，江孜城外沙塵四起，殺聲漸沸。

烈馬對撞，兩軍將士廝殺，金戈交錯，火花四濺。

比起剛才殺聲震懾四野，此刻的殺聲和嘶吼聲，簡直是沸反盈天，聲震九霄。

大周將士見自家將士殺了出去，弓箭手立刻收斂了箭勢，不似剛才卯足勁兒往下射，他們怕傷到自家將士，此刻都是瞄準再射。

百姓們死死攥著城門絞盤，怕的全身在顫抖，只等將士們一出門便將城門關起來，他們可不想西涼軍進城。

燕國帶來的兩頭鐵甲巨象在戰場上橫衝直撞，完全不分敵我，所到之處都是一片死屍，血肉模糊。

崔老將軍意外的睜大了眼，燕國……燕國怎麼會出現在這裡?!

那是……大燕皇室的旗幟！燕國不應該正在前往雲京的路上，和大周爭奪誰先攻破雲京嗎？怎麼會來江孜城救大周的皇帝?!

眼瞧著在那兩頭鐵甲巨象的面前，他們西涼軍就和螻蟻一般，全然沒有反抗餘地，不是被踩死就是被撞死！

「燕國來了多少兵力？」崔老將軍高聲問，「探子呢?!探子為什麼沒有來報?!」

這燕國都帶著人殺到了屁股後面了，探子是幹什麼吃的竟然沒有發現！

「將軍！燕國人來的太快，我們的探子根本來不及過來報信！」護在崔老將軍身邊的西涼將領高聲喊道，「將軍我們撤吧！江孜城內絕對不止五千兵力，他們已經開城門殺了出來，說不準就是掩藏實力等著和燕國裡應外合，我們眼下這點兒兵力，已經是西涼最後的希望了！」

自從兩頭鐵甲巨象和燕國大軍的旗幟出現在戰場上，西涼的軍心就亂了。

人天然的就會對比自己龐大的動物產生恐懼，更別說那兩頭嘶嚎著胡亂衝撞的鐵甲巨象是突然出現在戰場上，西涼將士們沒有準備，也從來沒有和鐵甲巨象正面衝突過，全然沒有辦法，只能被踩死，連一點點反抗的機會都沒有，這誰不怕！

就在崔老將軍還在猶豫的時候，就聽到探子來報……

「報……」背插旌旗的西涼探子快馬穿過戰場衝到崔老將軍面前，一躍下馬單膝跪地道：「崔老將軍，我們前去設伏搶糧食的大軍被騙了，糧食袋子裡裝的都是石頭，我們的軍隊一到，大周軍就衝了上來，此刻兩軍正在交戰，請求援兵！」

崔老將軍心口一股腥甜直沖嗓子眼兒，他瞪大了眼……一張臉被憋得通紅。中計了！崔老將軍緊緊捂著心口朝著江孜城城牆之上望去，是那個白家的女娃娃嗎？她是不是早就猜到了他的打算，所以早早就做了準備！

此刻，崔老將軍也明白了，他是何處被白卿言看出的破綻，他寧願分散兵力也要將江孜城團團圍住，不允許一隻蒼蠅飛出去，反而暴露了搶糧食的目的。

昨夜襲營，也是因為知道今日燕軍會到，所以有恃無恐！

陣陣眩暈襲上崔老將軍的頭頂，崔老將軍幾乎支撐不住。

「將軍！」

「老將軍！」守在崔老將軍身邊的將領紛紛喊著崔老將軍。

崔老將軍捂著心口，援軍……哪裡還來的援軍?!西涼現在就這點兒家底子了，要是現在去救劫掠糧食的西涼兵，說不準會被大周和燕國合圍，若是現在撤退……或許還能保住一點兒兵力。

「將軍！」崔老將軍身邊的將領用力握住崔老將軍的手臂，高聲道，「不能再猶豫了！我帶兵留下掩護，老將軍您帶著大軍撤退！」

「撤！撤退！」崔老將軍高聲喊道。

西涼傳令兵騎馬朝著前面狂奔而去，高聲喊著：「撤退！撤退！」

立在城牆之上的白卿言瞄準剛剛接到撤退命令調轉馬頭的西涼將領，放箭……

羽箭呼嘯，一箭射掉了那西涼將領頭上的盔帽，他轉頭朝著城牆之上看去，可還沒有看清楚第二箭便緊跟著呼嘯而來，不偏不倚洞穿了他的喉嚨，血霧剎時噴濺。

她餘光掃到慕容衍身邊意圖偷襲的西涼兵，手速極快沉穩抽箭搭弓，放箭！意圖偷襲慕容衍的西涼兵的刀還沒有碰到慕容衍的鎧甲，人就在血霧之中倒地。

白卿言握著射日弓，單手抓了個箭筒掛在腰間，目光鎖定慕容衍，隨著慕容衍坐下駿馬方位的變換調整方向，力求讓慕容衍在她的可視範圍內。

柳平高帶著杜三保出城拼殺了沒多久，就瞧見掛著主帥的戰車要跑，杜三保高聲喊道：「西涼狗賊要跑！兄弟們……殺啊！活捉崔山中……戴罪立功了！殺！」

杜三保對崔老將軍恨得牙癢癢，也是戴罪立功心切，白卿言說了要不惜一切代價活捉崔山中，杜三保就是不要這條命也一定要活捉崔老將軍。

隨著崔老將軍一聲令下，西涼將士們紛紛跟隨主將逃離戰場。

慕容衍擔心白卿言心切，瞧見大周將士去追西涼敗兵，下令月拾帶兵前去堵截東、西、北三個城門逃竄的西涼潰兵，他則帶著護衛快馬朝著城牆方向而來。

慕容衍身邊的護衛一夾馬肚，率先衝到城門前，高聲喊道：「燕國九王爺率兵來援，還請開城門。」

白卿言看著只帶著一隊護衛快馬朝江孜城的方向而來，握著射日弓的手用力收緊，看到慕容衍黑色駿馬馬腿和腹部的黑泥，就知道他應當是馬不停蹄趕來的。

不知道為何，她眼底竟湧動熱流。

自從祖父和父親還有叔父們不在了之後，她便從未想過還有人會前來救她。

她時時刻刻記得自己是長姐，是白家的嫡長女，即便是前路再難她也應當為阿娘為嬸嬸們，為弟弟妹妹們，遮風擋雨，堅決不能成為他們的拖累。

她可以晝夜不息奔襲大樑救妹妹，可以為弟弟捨命，可以為母親和嬸嬸們捨命，可以為大業捨命！在她的生命裡，白家志向和所有家人的安危都排在她的性命之前。

她從未想過，有人也會為了自己，這樣日夜不休來救她！

若是弟弟妹妹……她也絕對不會允許他們來為她涉險，決不允許他們為了她，而放棄雲京，使大業受阻。她全然沒有想過慕容衍會來，因為在她的心裡，慕容衍是一個同她一樣，將國事放在男女之情前面的人。

如今大燕也正在攻打西涼，雖然兩國都未曾說，可暗地裡的確是在較量誰會先拿下雲京。大周拿下了葉城關活捉了李天馥，燕國若是想在氣勢上壓過大周，就必須先大周一步拿下雲京活捉李天驕。

可他……卻沒有去攻打雲京，而是來救她！來的這樣快！

她知道這對慕容衍來說，是捨棄了什麼。

將來燕國同大周較量國政時，最為重要的一個城池，西涼的國都雲京是西涼早已經建設完善的……整個西涼的中心。

若是有雲京，燕國或許還有能力和大周一搏，沒了雲京，燕國就要輸了。

此刻，慕容衍人已經抵達城牆之下，他仰頭朝著白卿言看去，看到白卿言平安總算是鬆了一口氣。不眠不休帶兵趕路，總算是……趕上了！

慕容衍不敢想，他若是晚來一天，讓西涼攻破了江孜城會是什麼樣的結果。

他太瞭解白卿言，白卿言必不會讓自己成為白家諸位將軍的拖累，更不會讓她自己成為天下一統道路上的阻礙！就像當初……白卿言的父親白家軍副帥白岐山，舉箭射殺白家五子。

白卿言從不怕死，可他怕……

這幾天慕容衍滿腦子都是這個想法，揪心到幾乎要了他的命。

屍山血海之中，慕容衍坐下駿馬踢踏著馬蹄，他扯緊韁繩目不轉睛盯著城牆之上，將長髮束於頭頂，一身銀甲的白卿言，恨不能現在就將她緊緊擁進懷裡，再也不鬆開。

白卿言喉頭發緊，轉頭吩咐王金：「開城門，讓燕九王爺進來。」

王金應聲高聲傳令：「開城門！」

「陛下……」魏忠上前想要從白卿言的手中接過沉重的射日弓，「老奴扶您下樓！」

明明在慕容衍出現之前，她一點兒都沒有覺得疲憊，此刻慕容衍就出現在城下，她反倒好像用力過度，陡然失去了力氣。

白卿言點了點頭，扶著魏忠的手臂朝樓下走去。

江孜城內的百姓和將士們分列兩側，看著前來馳援他們的燕國九王爺入城。

慕容衍一身鎧甲染血，帶著濃重的血腥氣入城，他坐下黑色駿馬身上的鬃毛也正滴滴答答往下滴著刺目的鮮血，也不知道是這馬受了傷，還是敵軍的血。

百姓們被燕軍身上的血腥氣逼得不住向後退，瞧見那位戴著面具的燕國九王爺一躍下馬，將手中帶血的長劍丟給身後燕軍，百姓們紛紛向後退了一步，不敢直視燕九王爺那通身的威儀。

聽到城牆之上白卿言走下來的動靜，百姓們連忙讓開一條通道，注視著白卿言走至慕容衍身邊。

「九王爺……」白卿言淺淺朝慕容衍頷首，「此次多謝九王爺前來馳援。」

慕容衍喉頭翻滾，朝白卿言拱手，聲音沙啞的不成樣子：「陛下可安好？」

白卿言抿住唇，朝慕容衍露出溫潤的笑意：「九王爺放心，一切都好……」

「陛下還是先回府邸，讓將士們打掃戰場。」魏忠上前低聲同白卿言說完，又笑著朝慕容衍行禮，「九王爺也要整理整理換身衣服，喝口熱茶！」

「回去再談！九王爺請……」白卿言對慕容衍做了一個請的姿勢。

慕容衍一本正經頷首，跟在白卿言身後往她下榻的府邸走去，他盯著白卿言的背影，每一步都走的極為艱難。重傷未癒，因掛心白卿言，帶兵晝夜不息而來，這一路慕容衍高燒都未退，又經歷了剛才一戰，已經快要支撐不住。

很快，到達府邸後，魏忠恭敬請慕容衍在白卿言臨時書房落坐，僕從們哆哆嗦嗦進來給慕容衍上了熱茶便退下。

坐立不安的春枝瞧見白卿言回來，連忙迎了上去，倒是被渾身是血一身黑甲的慕容衍嚇了一跳。

魏忠立在一旁問慕容衍：「九王爺軍醫很快就過來，您可要先去更衣？」

慕容衍薄唇緊抿著，不適地搖了搖頭。

「魏公公你和春枝……先退下。」白卿言解開戰甲上的披風隨手搭在一旁，「一會兒軍醫到了你帶進來。」

「是！」魏忠應聲退下，出去後叮囑旁人，說九王爺和陛下正在商議要事，讓僕從們都退下不得打擾，又同春枝道，「春枝，陛下和九王爺這會兒正在商議要事，也不用我們伺候，你先去小廚房燒熱水。」

春枝連連點頭，卻又不放心，靠近魏忠低聲道：「陛下和燕國九王爺共處一室……」

魏忠朝著四周看了眼，用兩個人能聽到的聲音說：「外敵來襲這種時候還顧忌這麼多做什麼，只要咱們做奴才的將嘴巴管嚴實一些就是了！」

春枝覺得魏忠說的有理，連忙去小廚房燒水。

魏忠看了眼院子裡的僕從，乾脆將人全都換成了白家護衛。白家護衛都是自己人，嘴巴緊。

魏忠一走，白卿言便道：「洪大夫給我準備了藥箱，裡面有止血藥，我先給你敷上。」說著，白卿言就要去屏風後給慕容衍拿藥箱，她剛走出沒兩步，慕容衍便站起身三步併成兩步一把扯住白卿言的手臂，將人扯過來按在牆邊的柱子上。

已經摘下面具的慕容衍面部線條緊繃著，雙手緊緊扣著白卿言的肩膀，手還有些輕微顫抖。

「不點狼煙求援，是因為捨不得丟了葉城關，可你就不怕你出事?!」慕容衍面色蒼白，呼吸略顯急促，整個人看上去表情十分陰沉，聲音低沉嚴厲，冷肅又威嚴，「白卿言……你當真不把你自己的命當命！」他不敢想像，若是今日他沒有及時趕到，這城破之後會是個什麼局面。

白卿言肩膀被慕容衍抓的很疼，抬手輕輕扣住慕容衍結實的手腕，這才發現慕容衍的體溫燙的驚人。「你怎麼這麼燙?」白卿言抬手覆在慕容衍的額頭上，眉頭緊皺，「你發燒了，你帶傷來的?傷到哪兒了?」要是剛受的傷，人絕對不會這麼燙!

慕容衍看著眼前眼底全都是擔憂的白卿言，瞳仁顫了顫問：「我受傷你擔心，你自己呢?」

白卿言望著慕容衍瞳仁輕顫，四目相對，她眼底有熱流湧動，心口不知為何酸脹的厲害：「你傷到哪兒了?讓我看看……」

慕容衍瞧著白卿言的模樣，到底是心軟了下來，他咬緊了牙關，喉結滑動，垂眸望著她的唇角，低下頭吻住她，懲罰似的狠狠咬住她的唇。

可她不敢推開慕容衍……怕碰到他身上的傷，想起慕容衍不顧生死率先衝殺進西涼軍之中，持劍斬殺西涼敵軍時全身染血的模樣，她雙手緊緊抓住慕容衍身上的鎧甲。

兩人的身體緊緊貼著，慕容衍顧忌著白卿言的肚子，到底沒有將人狠壓在柱子上。

嘗到白卿言的淚水，慕容衍鬆開白卿言，深邃的視線定定望著她：「不在意你自己的生死，也不在意我們的孩子，阿寶……你的心裡是不是只有白家，只有天下一統？」

慕容衍語聲有些哽咽，即便現在看到白卿言安安穩穩站在自己眼前，他還是後怕不已。

白卿言想解釋，可瞧著慕容衍疲憊充血……滿目失望的眸子，她像是被人扼住了喉嚨。

「遇大事不論私情，這話……是曾經我說的！我們達成了共識！可阿寶，你在真正遇事的時候可有……可有想過我哪怕一點點？嗯？」慕容衍靠近白卿言，疲憊的同白卿言額頭相抵，「你可有想過，你若是出了什麼事，孩子若是出了什麼事，我……該怎麼辦？嗯？」

白卿言唇瓣囁喏，半晌答不出來。

「我不如你……」慕容衍嗓音疲憊，似帶著低笑，「阿寶，我是真的不如你！」

遇大事不論私情，若是他真的能做到，也不會不顧阻攔……帶兵前來江孜城了。

能為對方捨命，但不會為對方捨國，這原本是他們彼此都明白的默契，可此次明知道放棄了雲京意味著什麼，可在燕國和白卿言的安危之間，他選擇了白卿言。

他知道，白卿言是絕不會讓消息送到前線，也是絕不會讓大周丟了葉城關的。

所以他來了，因為他不知道如果沒有了白卿言，他會是什麼樣子，他想像不出，他只知道自己決不能失去。

「我真怕，怕等不到我們在白沃城定居，做個小生意……過自己日子的時候。」

撐到極限的慕容衍低聲呢喃，眼前陣陣發黑，撐不住身體在白卿言面前軟軟地跪倒了下去。

「阿衍……」白卿言驚呼，「魏忠！魏忠！」

魏忠聞聲衝了進來，瞧見大著肚子的白卿言跪倒在地，緊緊抱著還未脫去染血鎧甲的慕容衍，三步併成兩步上前，幫白卿言將慕容衍扶到床上。

「軍醫來了嗎？」白卿言面色煞白問。

魏忠抬頭瞧見白卿言唇瓣上的傷，錯愕一瞬忙道：「還沒有，老奴這就派人去催！」

「快去！」

白卿言坐在床邊，一點一點將慕容衍的鎧甲解下，他內裡腰部處的衣裳已被膿血沁透。

白卿言瞳仁顫抖，輕輕掀開他腰腹上的衣裳，纏繞著腰腹的細棉布早已捲在了一起，粗繩子似的纏繞在他無一絲餘贅的窄腰上，癒合又被生生撕裂繃開的傷口，沒能及時換藥清理，又被悶壓在鎧甲之下，早已經潰膿……

白卿言看著全身冷汗，五官輪廓緊繃著的慕容衍，眼淚如同斷線一般。

他就是拖著這樣的身子，來救她的！

白卿言緊緊攥著慕容衍的手，站起身高聲同外面喊道：「魏忠！軍醫來了嗎？」

「陛下，已經派人去催了！」魏忠也著急的不行。

很快，看到軍醫跨進院門，魏忠連忙進門，拿起慕容衍的面具，匆匆繞過屏風進來，雙手將面具遞給白卿言：「陛下來了！」

白卿言拿過面具，輕輕覆在慕容衍的臉，將慕容衍的手擱在床上正要起身，手卻緊緊被慕容衍攥住。

「阿寶……」

聽到慕容衍的呢喃，白卿言在床邊坐下應聲：「我在！我和孩子都好好的沒事，讓軍醫瞧瞧你的傷！」

慕容衍好似已經聽不到白卿言的話，攥著白卿言的手越發用力，生疼，將白卿言的指尖都攥白了。

眼瞧著軍醫已經進門，魏忠頗為著急，低聲喚她：「陛下！」

「陛下……」軍醫進門隔著屏風行禮。

白卿言握住了慕容衍的手，看了眼慕容衍潰膿的傷口，轉頭啞著聲音道：「進來！」

軍醫背著藥箱進來，瞧見白卿言在床邊黃花梨木的踏腳上坐著，愣了一瞬，便連忙走了過去：「陛下……煩請您讓一讓，屬下給九王爺診脈。」

白卿言用力也沒有能將手抽出來，望著軍醫問：「就這樣能診脈嗎？」

軍醫忙道：「不如屬下先給九王爺處理傷口？」

白卿言頷首。

軍醫打開藥箱，魏忠在一旁幫忙。

她親眼看著軍醫將原本纏在慕容衍腰間的細棉布剪開，又將刀子烤熱就那麼生生將腐肉從慕容衍的身上一點一點剜下來。

睡夢中的慕容衍疼得全身都是汗，死死攥著白卿言的手，她亦是用力握住慕容衍的手。

清理完前面的傷口，軍醫給慕容衍上了藥，又同魏忠說：「勞煩魏公公幫忙將九王爺側過來，九王爺這是貫穿傷口，背後也一定潰膿了，還得將腐肉挖出來！」

魏忠應聲上前，可慕容衍緊攥著白卿言的手未曾鬆開分毫，軍醫也看向被慕容衍緊緊攥著不撒手的白卿言：「陛下……」

「我來吧！」白卿言身上盔甲未脫，從慕容衍的身上跨了過去，將慕容衍側過來。

果然如同軍醫說的一樣，慕容衍的傷口是貫穿傷，背後也潰膿了，簡直慘不忍睹。

白卿言望著面具從臉上滑落的慕容衍，不知道他是怎麼支撐著帶兵趕來救她的，再想到剛才慕容衍暈過去前，問她是否有想過他哪怕一點點的話，她眼眶再次被一股酸澀的熱流襲擊。

軍醫處理好慕容衍背後的傷口，又在魏忠的幫助下給慕容衍重新包紮好傷口，魏忠這才將軍醫送出去，低聲叮囑軍醫：「洪大夫能讓您跟著陛下回大都城，就證明信得過您的醫術和人品，說起來您也算是洪大夫的徒弟，是白家軍的自己人，所以不該說的……千萬不要往外傳。」

說完這話，魏忠又笑盈盈朝著軍醫拱手行禮，道：「我知道這話對您說，是多此一舉，人老了就免不了嘮叨，還請您海涵一二！」

軍醫連連擺手：「魏公公客氣了！即便我不是白家軍出身，也是大周的人！九王爺為救江孜城帶兵馳援受了傷，陛下信得過我才請我過來為九王爺療傷，這都是應當應分的！一會兒九王爺的藥我親自來煎，煎好了送過來。」

魏忠聽軍醫這麼說，就知道……軍醫對外就只會說這麼多，欣慰點了點頭，將人送出院子。

小廚房裡的熱水已經燒好了，春枝見魏忠回來，詢問熱水要不要送進去，魏忠想了想親自將熱水兌溫了端進去：「陛下，熱水來了，老奴伺候九王爺擦一擦身子，換身衣裳！」

白卿言本來想親自來，可手被慕容衍緊緊抓著，她抬眸朝著屏風外恭恭敬敬的魏忠看去，應聲：「好……」

很快，魏忠端著熱水進來，換了好幾盆水，才給慕容衍稍微清理乾淨了些，上衣因慕容衍死死攥著白卿言的手不鬆開的緣故，沒法給慕容衍穿上，只能先給蓋上被子。

魏忠見白卿言還是一身鎧甲，道：「陛下若是信得過春枝姑娘，老奴讓春枝姑娘進來伺候陛下脫了鎧甲，也能鬆快一些！」

白卿言頷首，又從床內下來，坐在魏忠給她端來的小繡敦上：「讓春枝進來吧！」

春枝雖然膽子小，但是個忠心的。

魏忠應聲出去，換春枝進來時，因為魏忠已經同春枝打過招呼，所以春枝瞧見白卿言的手被慕容衍緊緊攥著倒也沒有大驚小怪，她替白卿言脫下盔甲，身上披了一件大氅，端了個火盆擱在白卿言的身邊，低聲問白卿言要不要用一點吃食：「奴婢餵您？」

進來前，魏忠同春枝說，燕國九王爺此次帶兵而來救了整個江孜城，暈過去前抓著他們大姑娘的手緊緊不鬆開，大姑娘為了報答救命之恩便任由燕國九王爺抓著手，春枝就信了。

「大姑娘也乏了吧！」春枝看了眼白卿言被緊緊攥著的手，道，「要不然奴婢試著扒開燕國九王爺的手。」

「算了，你出去歇著吧，給我拿一個隱囊過來，我就靠在這裡歇會兒！」白卿言說完，又道，「今夜你和魏公公都不必在外面守著，都去歇一歇吧！」

「那怎麼成！」春枝朝著慕容衍看了眼，「這……到底是外男！」

「院子裡都是白家護衛，不打緊！去吧！」

春枝不敢違拗白卿言，只得應聲退下。

聽到關門聲，白卿言這才將輕輕覆在慕容衍面頰上的面具挪開，她替慕容衍掖了掖被角，垂眸親吻慕容衍緊緊攥著她的手，輕輕撫了撫慕容衍輪廓挺立的五官，眼淚就在眼眶裡打轉。

不知道是不是因為有孕在身的緣故，白卿言從未覺得自己如此喜歡掉眼淚過。打了一仗，昨夜半夜又匆匆醒來，白卿言也是疲累極了，她坐在踏腳上，枕著隱囊沒一會兒便睡著了。

直到慕容衍的藥被魏忠送了進來，白卿言才驚醒，她看了眼還在熟睡的慕容衍，輕輕從慕容衍手中抽回自己被攥得青紫的手，接過藥碗同魏忠說：「你把他扶起來，我來餵。」

「是！」魏忠拎著衣裳下擺踏在踏腳上，將慕容衍扶了起來。

白卿言用勺子餵發現不成，魏忠忙道：「陛下，現在九王爺高燒不醒，怕是得用灌的！老奴來吧！」

白卿言瞧著面無血色的慕容衍說：「我來！」

她將勺子放在一旁，輕輕捏著慕容衍的下巴，將湯藥一點點慢慢倒入慕容衍的口中，見慕容衍喉頭翻滾將藥吞咽了下去，白卿言這才小心翼翼灌第二口。

很快一碗藥見底，魏忠將慕容衍平躺放下，又同白卿言說：「軍醫說，喝完藥半個時辰他過來給九王爺用針！」

白卿言點頭：「好！」

「大姑娘……」春枝立在門外沒有進來，低聲稟報，「姑爺之前身邊的那個護衛月拾，求見大姑娘！」

白卿言打起精神：「請進來！我正好有話要問他！」

魏忠見狀退了出去。

白卿言穿好衣裳，從屏風後出來，聽見魏忠和月拾說話的聲音道：「讓月拾進來！」

魏忠親自給月拾打簾。

月拾一進來，瞧見白卿言已然坐在主位上，立時紅了眼便跪下叩首行禮：「大姑娘！」

「你們家主子身上的傷到底是怎麼回事兒？」白卿言問。

月拾不敢抬頭看白卿言，道：「前幾日在開戰前，我聽說了大姑娘被西涼崔山中將軍率西涼主力圍困江孜城的消息，攔著沒有讓人告訴主子，誰知我自己卻沒留神，是主子替我攔下了一箭。都是我不好！」

消息在開戰之前送來，月拾怕慕容衍擔心白卿言和白卿言腹中孩子分心，就硬是壓著消息，沒成想他自己分了心，反而讓主子救了他。

月拾說到這裡語聲已經哽咽，朝著白卿言重重叩首：「月拾請罰！」

白卿言沉默半晌，對月拾說：「既然瞞了，為何不瞞到底?怎能讓他帶著這麼重的傷來?」

「我……」月拾喉頭翻滾，「我怕瞞著主子，回頭大姑娘這裡要是真的出了什麼事，主子會抱憾終生，就……就說了……」

月拾也沒有想到，他說完之後，慕容衍會直接帶兵日夜不歇朝江孜城的方向來。

他明白主子對大姑娘的心，所以這一路也不敢攔著，只能咬牙跟在主子身後，從戰場上下來到江孜城這一路，慕容衍幾乎就沒有下馬背。

月拾知道他們家主子心中帶著一股子怒火，一直沉默不語，他以為主子是生氣他沒有早早將大姑娘被圍困江孜城的消息告訴他，這一路乖的和鵪鶉一樣，站在主子身邊大氣都不敢喘。

看著月拾的模樣，白卿言知道他定然也是一路跟著慕容衍，慕容衍多久沒睡他也多久沒睡……

「你放心吧，你們家主子沒事，軍醫已經替他診治過了，你們家主子就是太累了，剛才藥也餵下去了，只要高熱一退就會好起來！」白卿言垂眸望著月拾乾淨湛黑的濕紅眸子，聲音也不自覺柔和了下來，「你們這一路過來辛苦了，去歇著吧，你們主子這裡我守著就行了！」

「屬下……想要跪在外面守著主子。」月拾哽咽開口。

「去歇著吧，你就算是跪廢了膝蓋，於你主子也沒有助益！」白卿言的聲音裡帶著疲憊，「魏公公對外會說燕國九王爺被安排在了我隔壁的院子，你在那邊院子也好掩人耳目，去吃點兒東西就過去歇著，明日好好來貼身伺候你們主子。」

「是！」月拾領命，退了出去。

月拾剛出去，春枝就端著燕窩打簾進來，瞧見白卿言手肘擔在桌几上，閉眼疲憊的模樣，邁著碎步上前，低聲說：「大姑娘用點兒燕窩粥吧！」

春枝看著白卿言的樣子心疼不已，可她只是一個小小的女婢，就連戰場上去了都是拖累，只能在府邸內守著，半點不能替大姑娘分擔。

白卿言深深吸了一口氣，直起身道：「給月拾拿去吧！讓門口的白家護衛不必都守著，留兩個人便好，其他人去歇著，你也去歇著吧！另外……派個人去葉城關給楊武策報個信，就說燕國來援，江孜城困境已解！」

春枝見白卿言疲乏，將孤男寡女共處一室的話咽了回去，想起話本子上說英雄救美，美人兒以身相許的段子，心中頓時恍然。

約莫是這位九王爺此次率兵馳援相救，讓他們大姑娘生了將這位大燕九王爺立為皇夫的心思？

春枝沒敢多問，所幸他們大姑娘住的院子裡，守著的全都是白家的人，倒也不擔心旁人說嘴。

「大姑娘，奴婢就在外面守著，大姑娘有什麼吩咐喊奴婢！」春枝說完端著燕窩粥退下。

白卿言長長呼出一口氣，走到案桌上，提筆給前線的弟弟妹妹們寫了一封信，又寫了此次守江孜城將士們的封賞，直到軍醫過來為慕容衍施針，她這才停筆歇下。

那夜，白卿言守了慕容衍一夜，給慕容衍換了一夜的冰帕子，直到天濛濛亮的時候，燒總算是有降下去的跡象。白卿言終於放心，也趴在擱在床邊的隱囊上睡了過去。

春枝支著耳朵聽到屋內半晌都沒有白卿言在水裡擺帕子的聲音，便輕輕喚了一聲：「大姑娘……」沒有聽到有人回答，春枝悄悄推門進來，寒風撲進來撩的燭火忽明忽滅。

隔著屏風瞧見白卿言睡著了，忙在火盆前烤了烤自己的寒氣，這才搓了搓手拿了件大氅輕手輕腳披在白卿言的身上，又躡手躡腳滅了幾個蠟燭，將掛在鎏金纏枝銅鉤上厚實的錦織垂帷放下退出屋內。

春枝一出去，就見白家護衛手裡捧著幾卷竹簡從院門外跨進來，同春枝道：「大姑娘可醒了？」

春枝忙做了一個悄聲的姿勢擺了擺手，朝屋內看了眼，示意護衛走到一旁說，別吵著大姑娘了。

「出什麼事了嗎？」春枝同白家護衛走到一旁低聲問。

「柳將軍帶兵去追西涼潰兵還沒回來，這不……白龍城送糧食來了，結果沒有人做主點對，王金將軍就送到了大姑娘這裡來，我想著陛下剛睡下沒多久，便自作主張帶著兩個兄弟去點對交接清楚了，想著過來將文書給大姑娘送來。」白家護衛道。

春枝雙手接過：「給我吧，一會兒大姑娘醒來奴婢再給大姑娘送去，您也快去歇著吧！」

仗打了多久，這些白家護衛就跟白卿言一同多久沒睡，這些護衛也都是因為疼惜自家大姑娘想讓大姑娘多睡一會兒，所以自己強撐著去交接糧食，交接完了這才來回稟。

「好，那就辛苦春枝姑娘了。」護衛說完就打了一個哈欠。

一夜之間，江孜城外的屍山雖然被清理乾淨，可浸入土地之中的鮮血沒法處理，城外的地面血和泥攪和在一起，看起來是大片大片的暗紅色。

很快，柳平高和杜三保帶著大周軍和燕軍，迎著從東方天際翻湧雲海之中躍出的耀目晨光，快馬而回，身後是被大周軍和燕軍抓住的西涼俘虜。

城牆之上的哨兵看到大周軍和燕軍的旗幟，高聲喊著：「回來了……將軍和援軍都回來了！還帶著俘虜！」

大周將士們朝著遠方看去，歡呼雀躍，他們盼望著柳平高和杜三保能將西涼的主帥崔山中老將軍給抓回來，消息傳到前線去……必然能讓前線將士們更加奮勇殺敵。

杜三保胳膊上的傷口，是用披風撕碎的布條胡亂纏上的，胸前的盔甲上還有箭矢卡進去後被折斷箭身的羽箭。杜三保雖然沒有受重傷，外傷也不少，表情不大痛快，耷拉著腦袋表情自責。

他原本想要活捉崔山中老將軍戴罪立功的，可是最後還是沒有能抓住崔老將軍，他都不知道回來該怎麼給陛下交代。

柳平高回頭看著跟在自己身後的杜三保，用馬鞭輕輕在杜三保的盔帽上拍了一下，訓斥：「行了！打起精神來！」。

馬背上搖搖晃晃的杜三保扶正了自己被柳平高拍歪的盔帽，對柳平高的話顧若罔聞。

這一次，杜三保自作主張襲營，導致西涼提前攻城，是真的怕了，以後就是有人鼓動他先斬後奏，他都不敢了。

也是之前他在王喜平將軍麾下每每先斬後奏，都會歪打正著，王喜平將軍也就沒有罰過他，反而對杜三保這個勇於殺敵的將士很是喜愛，也很是抬舉，這才養成了杜三保這樣的性子。

柳平高扯住韁繩降低了速度，和杜三保並肩而行，道：「回頭，我替你向陛下求個情，派你去前線做個先鋒，你好好的戴罪立功！以後……萬不可先斬後奏！聽到了沒有！」

杜三保聽到派他去前線做先鋒，連忙應聲：「好！」

「我們勝仗回來，將士們正高興呢，你別耷拉個腦袋。」柳平高見慣了杜三保洋洋得意模樣，這樣同霜打的茄子一般，他實在是不習慣，「不知道的還以為我們吃了敗仗！」

杜三保緊緊攥著韁繩說：「我一會兒去跪在陛下府邸前請罪！柳將軍……您可一定要替我求情啊！」

「先去找軍醫包紮傷口！陛下是最見不得我們這些將士受傷的！」柳平高安撫杜三保，「放心吧，我一定會替你說好話的！」

城門越來越近，杜三保打起精神，同柳平高還有燕國的將軍一同入城。

將士與百姓們都在歡呼，為他們打了勝仗，為他們逃過一劫。看到王金帶著人在城樓上朝他招手，杜三保這才露出笑意，也朝著王金揮手，誰知扯到了傷口，疼得呲牙咧嘴。

太陽緩緩攀升，日光漸盛，察覺到亮光，白卿言睫毛顫了顫，想睜眼，可眼皮似有千金重似的睜不開，她迷迷糊糊的夢中看到了慕容衍，陡然睜開了眼，緩過神來連忙直起身去摸慕容衍的額頭，已經不似昨天那般滾燙，熱度到底是降了下來。

白卿言鬆了一口氣，這才感覺到這麼趴了一夜，腿麻的厲害。

她雙手撐在床邊緩了緩喚了一聲：「春枝……」

守在門外的魏忠連忙進來：「陛下，春枝姑娘守了一夜，剛去睡下！陛下有什麼吩咐？」

「我腿麻了，扶我起來……」白卿言道。

大著肚子，白卿言不敢大意，怕就這麼站起來摔著了。

魏忠聽到這話，繞過屏風，用手挑開垂帷進來，將白卿言扶起，又道：「陛下要不要用點兒雞湯，小廚房裡小火一直煨著，老奴也餵九王爺用一點。」

魏忠沒說，今兒個一早月拾就來了，說要過來伺候他的主子，讓魏忠給勸了回去，畢竟現在對外都說九王爺在隔壁院子裡養傷，月拾杵在白卿言這裡難保不會讓人看出破綻。

月拾覺著魏忠說的也對，便耷拉著腦袋回去了。

白卿言正要開口說給慕容衍盛一碗就行了，便察覺腹中的孩子動了動，她垂眸輕撫著腹部，頷首：「好，柳平高將軍他們回來了嗎？」

「剛入城，抓了不少俘虜，但是沒有能抓到崔山中老將軍，具體戰報柳將軍說等陛下醒來了親自來報！燕軍入城也都安置妥當，陛下放心。」魏忠照實回答完之後，又說，「昨夜白龍城糧食送來了，陛下睡了，是白家護衛去點對了糧食，冊子春枝姑娘已經放在了陛下案桌上。」

她頷首：「桌上有封信，派人送到前線阿瑜的手中！還有關於此次守城的獎賞標準，杜三保擅自帶人出城夜襲西涼軍營的處罰，交給柳平高將軍，讓他自行處置便是。」

「是！」魏忠頷首，「那老奴先下去，讓人將熱水送進來伺候陛下洗漱，隨後讓軍醫過來為九王爺診脈。」

「嗯！」她應聲，轉而看向還未醒來的慕容衍。

很快，婢女們魚貫而入，將熱水和盥洗用具擱在屋內又退了出去，也沒有弄清楚為什麼今日陛下不讓人伺候。

軍醫知道白卿言掛心慕容衍，早早就準備好，魏忠這邊兒剛遣人過去，軍醫便背著藥箱過來了。診了脈，又見慕容衍的熱度已經退了下去，軍醫鬆了一口氣，同白卿言行禮後道：「陛下不必憂心，高熱已退，九王爺接下來只要好好用藥，就無礙了。」

白卿言點了點頭：「辛苦了！」

送走了軍醫，魏忠這才笑著說：「陛下，燕國將領回來後，本來想要來看九王爺，被月拾擋了回去，但……燕國將領要來看自家王爺，咱們也不好總攔著，依陛下的意思，看……要不要將九王爺挪到旁邊的院子去？」

「先不挪，等他醒來再說吧！」白卿言在床邊坐著，輕輕攥住了慕容衍的手。

「是！」魏忠應聲。

晌午，慕容衍才緩緩睜開眼。傷口處的鈍痛讓他倒吸一口涼氣，他陡然想起江孜城，捂著傷口猛然坐起身，一把撩開床帳……

自橫梁之上垂下的厚重垂帷已經被鎏金纏枝的銅鉤掛在了兩側，隔著山水楠木屏風，慕容衍瞧見白卿言坐在主位上，正在同白家護衛下令，似乎是察覺慕容衍醒來了，她朝著屏風內看了眼，同白家護衛道：「去吧！」

「是！」白家護衛領命退了出去。

「魏公公，把藥端進來！」白卿言拎著裙擺站起身朝屏風內走去。

白卿言繞過屏風，瞧見捂著傷口坐在床邊的慕容衍，面色依舊很是蒼白，略微弓著腰。

她立在屏風旁，腦子裡都是慕容衍暈過去之前問她的那些話，攥著裙擺的手不自覺收緊，對慕容衍露出一個難看的笑容，朝慕容衍走來：「傷口還是很疼嗎？」

慕容衍看著平安無事的白卿言，鬆了一口氣，這才想起他已經到了江孜城，還派月拾去追擊西涼逃兵了。「還好。」慕容衍啞著聲音回答後，將敞開的褻衣攏好繫上帶子，起身拿過擱在一旁小繡墩上祥雲暗紋的霜色衣裳，自行動手穿上。

白卿言立在那裡瞧著慕容衍，雖然他不說，可她能察覺到慕容衍心中有氣。

慕容衍倒像是不在意自己身上的傷，開口問道：「月拾回來了嗎？可有剿滅西涼主力？」

「抓到了些俘虜，但是沒有能抓住崔山中老將軍，想來接下來崔山中老將軍還會設法來對抗大周或者大燕。」白卿言瞧見慕容衍單手繫盤扣，伸手去拿面具，先一步替慕容衍拿了起來。

「多謝。」慕容衍接過面具，道謝後接著同白卿言說，「此次西涼損兵折將，崔山中老將軍接下來或許需要重整旗鼓，護衛雲京，江孜城暫時安穩了！」

他深沉幽邃的眸子望著白卿言，一邊整理面具系帶，一邊道：「西涼流民知道大周會收留他們，必然會源源不斷的朝大周打下的城池湧來，現在大周收留西涼流民已經有了章程，你大可不必再擔心！你是大周皇帝為了避免橫生枝節，還是早日回大都的好！」

說完，慕容衍便要將面具帶上。

白卿言抬手輕輕攥住慕容衍拿著面具的手腕，阻止他戴面具的動作，低聲問：「你去哪兒？」

「去谷峰……」慕容衍就那麼盯著白卿言的眸子，「之前同大周軍商議過雲京的打法，估摸著大周軍距離雲京也就是相隔兩三個城池了，我得率兵儘快趕過去，或許……還能提早進入雲京。」

「你身上的傷比較嚴重，高燒剛退，這個時候要長途跋涉，不要命了？」白卿言攥著慕容衍結實手腕兒的手收緊。

聽到這話，慕容衍靜靜看著白卿言，彷彿要看透她的心。

四目相對，白卿言的手心收緊，竟有種不知所措的心虛感。

男人純熟厚重的嗓音帶著自嘲似的低笑，挺拔高大的身影靠近了白卿言半步，身影將她籠罩其中，抬手撫上她的側臉，淺笑著同白卿言額頭相抵，語聲輕緩有度：「說的……好像你很在意。」

慕容衍的聲音很溫柔，可她的心像是被蠍子輕輕蟄了一下。

她緊緊握著慕容衍的手腕，沒有急著辯解，只認真道：「阿衍，我是在意的！」

慕容衍敷衍的「嗯」了一聲，輕輕親吻住白卿言的唇後又鬆開她，拇指在她唇角摩挲著，平靜望著白卿言，唇瓣再次壓了下來。

鼻頭相碰，白卿言看到慕容衍半垂著極長極密的睫毛，沒有了之前讓人心悸的緊張，心口反而悶悶的疼。

正端著藥要進來的魏忠，隱約瞧見兩人站在一起的輪廓，連忙退出去，想了想讓人將藥端到小廚房用火煨著。

她迎合著慕容衍的吻，緊扣著慕容衍手腕的手鬆開，想要環住慕容衍又顧忌慕容衍身上的傷，雙手只能扣在他堅實的肩膀，踮起腳尖。

因為白卿言的迎合，慕容衍克制不住的淺吻變成了深吻，齒關被撬開，他的氣息強勢侵襲她的心肺，吻得她的身子不住向後退……

她是在意慕容衍的，若是不在意……怎麼會和他成為夫妻？她似乎是想要用這個吻來證明。

兩人腳下步子錯亂，白卿言的腳跟碰到踏腳，整個人後傾，慕容衍一手攬住白卿言的腰，一手猛地撐在雕花木床的床柱，兩人必定會跌倒在床上。

白卿言驚魂未定，抬眸就見慕容衍正深深注視著她。

剛站穩要問他的傷，慕容衍便捧起她的側臉，唇瓣再次壓了下來，這一次淺嘗輒止。

慕容衍拇指摩挲著她的面容，低聲說：「我走了，你早點兒回大都。」

「阿衍，你在生氣……」

他淺淺點頭安撫白卿言，蒼白的唇瓣帶著溫潤的淺笑：「我都明白，你不必解釋，我們本就有言在先，要是生氣會顯得我很無理取鬧！你是一個有著雄心抱負……心懷天下的姑娘，你睿智聰慧，有手腕、鐵血，有時狠辣，可你心繫百姓，更心繫白家，為了你的家人你的弟弟妹妹們可以捨棄一切，這些都是我愛上你之初便知道的。」

一直以來，慕容衍都以為自己同白卿言是同一種人。可直到聽見白卿言被困江孜城，他毫不猶豫從安汾率兵一路快馬而來，探子時時來報都稱白卿言未曾點燃狼煙，他就知道，他們不一樣。

她一旦認定了一個目標，不達目的誓不甘休，有著自己的原則和堅持，並且絕不會因為他……因為他們還未出生的孩子，妥協半步。

「我得走了……」慕容衍低聲說。

「你身上的傷剛剛重新包紮好……」

「我得去替燕國拿到雲京，這是我欠大燕的。」慕容衍眼底的笑意溫柔又冷靜，他因為放不下私人情感，帶著原本應當在西涼城池征戰的燕軍來到江孜城。

現在，他就得重新回到戰場上去，替燕國拿到雲京來彌補。否則……消息傳到他嫂嫂的耳朵裡，還不知道嫂嫂要如何想，怕是又要弄出將阿瀝夾在中間左右為難的事情來。

「阿寶，我不想勉強你給你負擔，但……下一次遇到危險，就算是不為我，不為我們還未出世的孩子，也為了你的母親和嬸嬸們，和你的弟弟妹妹們多多考慮考慮，若是他們知道……你為了讓他們專心打雲京，不點狼煙求援，而在江孜城出了什麼事，他們會不會悔恨終身？嗯？」

慕容衍的語氣很是溫柔，比以往任何一次同白卿言說話時都要溫柔，卻讓她心頭又酸又疼。

她不是沒有察覺到慕容衍掩藏在淺淡笑意之後的，是深到濃稠的情緒。

「我沒有不在意你，不在意我們即將出生的孩子……」

「那麼……在你決意不點狼煙求援時，你在想什麼呢？」慕容衍笑著說，「你想的是不能讓葉城關來援，否則會被西涼崔山中老將軍設伏，從而丟了葉城關！丟了葉城關就斷了給你弟弟妹妹們供給糧食的糧道？想的是一定要拿下作為西涼中心的雲京，為來日兩國以誰家國策能使國力強盛百姓富強時……打下基礎。」

「阿寶……」慕容衍輕撫著白卿言被他吻得嫣紅的唇，「你可有那麼一瞬，想到你還懷著我們的孩子，你和孩子要是出了事，我也活不下去了？嗯？」

白卿言唇瓣微張，眼眶被熱流衝擊，所以……慕容衍才會不顧重傷帶著燕軍前來江孜城的吧！

不知道從什麼時候起，白卿言在慕容衍心中的位置越來越重……

「我想過的阿寶。」慕容衍的眉目間帶著掩藏不住的疲倦，「我想過，要是我死了，或許你會痛不欲生，又或許你會很難過……甚至這輩子都忘不了我這個人，但是你還是會打起精神來，去完成你想要完成的所有事情！可但凡有一點會讓你痛苦的可能，我都告訴我自己再難也不能讓自己遇險！讓你憂心，但阿寶你呢？」

不見白卿言回答，他歎息道：「這點上……我不如你！」

他的嫂嫂曾說，她不放心他，是因為姬后是那樣一個深情的女子，慕容衍是姬后的兒子，所以嫂嫂才怕，慕容衍會和姬后一般，最後將自己將整個國都葬送在一個「情」字上，也怕白卿言會成為老燕帝。

他不覺得阿寶會成為下一個老燕帝，可他會不會成為母親，他以前不知道……

現在，似乎有一點知道了。

「阿衍，我是有把握的！」她雙手攥住慕容衍的手腕，「只是出了點差錯，崔老將軍派人去劫白龍城送來的糧食，但我已經提前通知白龍城守軍，會反將西涼一軍，而後前來江孜城馳援牽制西涼軍北面！崔老將軍在得到葉城關守將率兵前來江孜城馳援的消息，必不會讓前來馳援的葉城關援軍打西涼軍一個措手不及，便需要分兵前去設伏……」

她仰頭望著慕容衍：「西涼提前攻城，始料未及……」

「如果我沒有來，你會點狼煙嗎？」慕容衍問。

白卿言抿住唇……

「狼煙一點，其他城池便知道江孜城求援之事，必然會有消息送到前線大周主力手中！影響你的弟弟妹妹們……」慕容衍望著她，「阿寶，你真的會點嗎？你不擅長說謊……」

白卿言沒有吭聲。

「你打了多少次仗？難道不知道戰場上你算的再準確，只要稍微有所變動，就會改變全域？說到底，你沒有把自己的安危……」他垂眸看著白卿言隆起的腹部，「和孩子的安危放在心上！」

他望著白卿言的腹部，無數次想過，若是當初……那麼多大夫沒有斷定白卿言這輩子無法有孕，白卿言還會不會和他那麼草率的在一起。

答案是肯定的，白卿言不會……

這個孩子來的意料之外，即便是在白卿言的腹中，白卿言會拼盡全力保護這個孩子，可對她來說恐怕也沒有白家人和大周這個國家來的重要。

他從不否認白卿言同樣也是愛他和孩子的，但他們只是沒有那麼重要。

慕容衍笑著將白卿言鬢邊碎髮攏在耳後：「阿寶，我是可以對旁人狠得下心，你是可以對自己狠得下心，雖然都是狠心，還是不同的。」

白卿言含淚搖頭。

「不過這樣也好……」他蒼白的唇瓣勾起，再次親吻了白卿言唇角，輪廓分明的五官，乍一看上去俊美又溫潤，「這樣，即便是我真的出了什麼事死了，也不用太擔心你！」

白卿言聽到死字如此輕而易舉從慕容衍的口中說出來，頭像是被人敲了一悶棍，用力抓住慕容衍的手腕，眼淚一下就湧了出來：「阿衍，你別說這樣的話！」

「別哭阿寶！」慕容衍用手指拭去白卿言臉上的淚水，眼看著擦不乾淨，他便親吻她的眼睛，「不說了，我以後再也不說這樣的話了，別哭了，嗯？」

白卿言雙臂緊緊環住慕容衍的頸脖：「你是我的丈夫，我怎麼可能不在意你，怎麼可能不在意我們的孩子！」

慕容衍輕撫著白卿言的脊背：「是我不好，我不說了，好了……我真的該走了。」

「可你身上的傷很重，你……」

「若是易地而處，你受了這樣的傷，你難道不會為了大周即刻出發嗎？」

知道阻止不了慕容衍，她緩緩鬆開慕容衍，又抓住他的手腕：「藥熬好了，我讓魏公公端進來，你喝了再走，軍醫你帶上……處理這樣的傷，他比較在行。」

不等慕容衍開口，白卿言便道：「你不要拒絕，有軍醫跟著能放心一些，我和孩子……都等著你回來。」

很快，魏忠將藥端了進來，慕容衍深深看了眼白卿言，還是單手拿起碗一飲而盡，戴好了面具。

他從白卿言院中走出來，就瞧見大燕的將領在隔壁院子門口候著。

一看到慕容衍，大燕將領都圍了過來，七嘴八舌詢問慕容衍身上的傷。

白卿言立在院門內，聽著慕容衍同那些燕國將領說：「無事了……」

「王爺，末將聽說與宋將軍交好的王將軍已經派人送信回咱們大燕都城，將王爺擅自帶兵前來江孜城馳援的事情稟報了上去，說要勸太后和陛下收回王爺的兵權，這事太后知道了肯定要怪罪王爺的，王爺不如快快寫一封摺子，末將派腳程快的將士送回都城！」

跟隨慕容衍的將領著急的不行。太后耳根子軟，如今王爺不在都城，要是太后真的被小人利用，那他們燕國才是一統天下無望了。

「本王知道了。」慕容衍應了一聲，吩咐道，「你們去點兵，大軍即刻出發前往谷峰！」

「是！」燕國眾將士領命離開。

月拾上前湊到慕容衍的跟前，擔憂又自責的望著自家主子：「主子……」

慕容衍抬手在月拾頭頂上揉了揉：「走吧！」

「九王爺請留步。」白卿言抬腳從院門內跨出來。

慕容衍轉身，帶著月拾一同正經朝白卿言行禮：「陛下……」

她轉頭從魏忠手中接過洪大夫給她準備的藥箱，走到慕容衍面前：「這個藥箱裡有洪大夫研製的一些傷藥，對戰場上的刀傷箭傷十分管用，還望九王爺不嫌棄帶上。」

月拾上前替慕容衍接過來，又規規矩矩立在慕容衍身後。

「我送九王爺……」白卿言對慕容衍做了一個請的姿勢。

慕容衍頷首，負手同白卿言在最前方通行。

第九章　燕九王妃

長廊之上，魏忠和月拾走在後面刻意將白卿言和慕容衍的護衛壓在後面，不讓他們靠近。

「阿衍，我沒有你說的那麼不在意你的感受，不在意我們的孩子。」

白卿言的步子很慢，上臺階時，慕容衍下意識伸出手將白卿言扶著跨了上去，輕輕應了一聲：「嗯！」

她輕撫著自己的腹部：「我只是覺得戰局還在我能掌控的範圍，即便是脫離了掌控，我也有把握我能重新掌控戰局。」

慕容衍沉默不語跟在白卿言的身旁。

「阿衍，你和孩子對於我來說，都是我的家人……」白卿言聲音很輕，「你一直都在我的心裡，我承認在江孜城被圍之時，我想到了所有，卻沒有想到你，是因為……阿衍我沒有想過你會放棄燕國率先攻入雲京的機會來救我。」

負手而行的慕容衍腳下步子一頓，白卿言也跟著停了下來。

魏忠連忙將身後的護衛們攔住，又向後退退出幾步，笑著讓眾人轉過身去。

「你不必這樣費心解釋！」面具後慕容衍那雙深沉又肅穆的眸子望著白卿言，上前一步輕輕攥住白卿言的肩膀，「有些事我做了，是我自己的事，我不能要求你必須也做到，阿寶……你做你自己就好。」說完，慕容衍又同她道：「不必送了，早做準備，你越早回到大都城……你母親也好，嬸嬸也好，還是弟弟妹妹也好……放心！」

他鬆開白卿言的肩膀，喊了一聲月拾……

母親、嬸嬸、弟弟妹妹，他獨獨沒有將他自己算進去。「阿衍！」白卿言攥住他的手，仰頭望著慕容衍的眸子，低聲說，「你是我的丈夫，我也很在意你，就像你在意我一樣！」

抱著藥箱的月拾轉過頭來，瞧見白卿言攥住了慕容衍的手，又忙轉過身去，裝作沒有聽到自家主子的喊聲。

「若是我要你……在你的弟弟妹妹之間，或是在大周之間做出一個選擇，阿寶……你會怎麼選？」

白卿言表情錯愕。

見白卿言答不出來，慕容衍又問：「要是我和你的弟弟或者妹妹同時被西涼圍困，都是命在旦夕，阿寶你手中兵力只能救一人，你會救誰？」

面具下慕容衍卻淺淺勾起了唇，他輕輕上前一步，逾矩將白卿言擁在懷中：「我怎麼捨得真的讓你，做這樣為難的選擇……」

白卿言雙手就在慕容衍的胸前，隔著衣衫她能感覺到慕容衍結實肌肉下，強而有力的心跳。

他低頭，面具緊貼著白卿言的左耳，用極為低啞的嗓音說：「更別說……我也很怕，怕你會選擇捨棄我啊！所以阿寶，如果真的有我和你的弟弟一同被困的那一日，你一定要去救你的弟弟，這是我的選擇和要求。」

驕傲如慕容衍，這輩子他從未向任何人低頭示弱過，可這一次……他在白卿言面前輸的一敗塗地。

白卿言眼眶頓時濕紅，十指微微收緊，幾乎要控制不住淚水。

他輕輕鬆開白卿言，再次叮嚀：「早日回大都城，不要再耽擱了，別讓我擔心，知道嗎？」

不等白卿言應聲，慕容衍再次喚了一聲月拾。

月拾這一次不敢耽擱，立刻帶著慕容衍的護衛疾步上前：「月拾在！」

慕容衍後退一步，長揖同白卿言行禮：「陛下身懷有孕，不必再送，慕容衍就此告辭，還望陛下多多保重。」同白卿言說完，他帶著護衛抬腳朝著前方走去。

月拾匆匆對白卿言行了禮，便抱著藥箱跟上。

望著慕容衍疾步而行的挺拔背影，完全看不出他受重傷，若非白卿言親眼見過……

白卿言從不知道慕容衍心裡竟然是這樣想的。

害怕她會為了大周，為了弟弟妹妹們，捨棄他……

在白卿言的印象裡，慕容衍是那麼的高高在上，那麼的強大，強大的無所畏懼，不可一世。

她到現在還清楚的記得，上一世大都城的城門前，他一身白衣身披黑色皮毛大氅，斧鑿般深刻的硬朗五官，平靜無瀾，卻似有著極為逼人的戾氣。

他騎於馬背之上，居高臨下望著她，目光深如寒潭，高深地看不出情緒，但眼神之中帶著身居高位者對弱者的憐憫，將玉蟬遞給她，讓她自去逃命。

這樣的一個男人，竟然會對她說怕被她捨棄……

她曾經以為，慕容衍的世界裡，這個字從來沒有存在過。

他是白卿言心中，在這個世上最強的強者。

她眼眶濕紅，反覆在想慕容衍說的那句……若是弟弟或者妹妹和他同時被圍，她會去救誰。

她想一定會先去救弟弟妹妹，然後再去救慕容衍，可這絕不是她二選一的捨棄，而是因為她相信慕容衍的能耐，知道他的強大，知道他一定能夠制勝。

因為上一世，至少在她重生回來之前，這個天下歸於燕國……是大勢所趨，燕國那樣的局面都是慕容衍努力的，他率領一個快要亡國的燕國，讓列國聞風喪膽。

可若是如此回答，慕容衍定會覺得她是在詭辯，必然會心寒吧！

這一次，她是真的傷了慕容衍的心。

瞧著慕容衍已經走遠，魏忠這才緩緩上前，低聲喚道：「陛下，九王爺已經走了，老奴扶您回去歇著吧……」

「嗯。」白卿言望著慕容衍應聲，手輕輕覆在腹部，「準備準備，回大都城吧！」

白卿言將殿試的日子定在了三月十五，這一路回去估摸著還要耗費不少時間，是得啟程了。

「是！」魏忠應聲。

前線，白卿瑜收到白卿言的來信，說了崔山中老將軍掛帥圍了江孜城，但好在慕容衍急時帶著燕軍馳援，江孜城困境已解，她已經準備啟程回大都城，讓白卿瑜和其他弟弟妹妹們不用擔心，專心攻城。並且還告知白卿瑜，如今崔老將軍在江孜城敗北，必定會重整旗鼓，讓白卿瑜小心後方偷襲，崔老將軍戰場上手段從來不拘一格，這一次吃了敗仗不過是因為西涼缺兵缺糧，崔老將軍比我們想像的要厲害得多。

可吃了此次敗仗，想來崔山中老將軍心中定然會對大周軍產生極為深的戒備，防著大周的同時還會防著燕國，下次若是遇上崔老將軍一定要慎之又慎，可與燕軍聯合互動，務必要在這一次大戰，徹底平定西涼。

白卿瑜看完將信遞給白錦繡，心中不免後怕：「依阿姐的性子定然不會讓消息傳到前線來，若非燕國九王爺及時趕到，西涼提前襲營後果不堪設想。」

白錦繡看著信中白卿言的輕描淡寫，也只覺驚心動魄。

白卿琦手指摩挲，瞇著眼道：「若是我記得不錯，那時燕國九王爺正率兵在打安汾，他是怎知長姐被困江孜城的消息？怎會……轉而率兵前往江孜城？這對燕國來說似乎並不合算。」

因為大周兵多將猛，勢強的緣故，西涼著重抵抗的就是大周，燕軍這一路反倒受阻很小。

燕國九王爺慕容衍當時已經帶兵打到了安汾，這就說明燕國其實是有機會先大周一步打入雲京，可燕國九王爺又是為什麼放棄了繼續進軍雲京，帶兵掉頭去馳援長姐？

「看來這位燕國九王爺，在我們大周安排了不少探子啊！」白卿玦手中握著茶杯，「竟然如此快就知道長姐受困江孜城的消息！不論如何這一次都是我們大周欠了燕國一個天大的人情，畢竟燕國救了我們大周的皇帝。」

白卿玦若是單純站在政治的角度上來看，如此想的確沒有錯。可白卿瑜心裡卻明白，慕容衍放棄雲京，選擇帶兵前往江孜城救長姐，其中有對長姐情深義重的緣故。

之前，白卿瑜怎麼看這位燕國九王爺都不順眼，經此一事……倒是對慕容衍有所改觀。

若是慕容衍能為阿姐捨棄雲京，這樣的人是有資格成為他姐夫的。

「燕國九王爺救下長姐這分人情，我們大周可以以旁的方式償還，但……雲京絕不能讓。」

白卿琦緩緩開口，「西涼與我們白家積怨甚深，所以滅西涼的只能是我們大周！」

「三哥所言甚是！」白卿玦頷首。

「那就都打起精神來，長姐已經平安無事，白龍城是我白家軍的地盤，他們會護著長姐過荊河，之後就安全了……」白卿琦站起身道，「我們在這裡耽誤了太久，今夜必須拿下瀘全，過經榮，直達雲京！」

「是！」白錦昭和白錦華、白錦瑟齊齊應聲。

在荊河旁，白卿言祭拜了曾經戰死在這裡的白家軍將士們。

過了荊河到鳳城，過鳳鳴山，快到天門關之前，白卿言算時間來得及在三月十五前趕回大都城，便輕裝簡行，帶著白家護衛和魏忠、春枝，扮做商人出行，想一路看一看大周境內推行新政之後到現在，百姓的生活是否有大的改善。

快入天門關之前，魏忠安排在驛站休整用了午膳再出發。

白卿言在將慕容衍的事來回想了幾天後，終於提筆給他寫了封信，同慕容衍說那日他走的太著急，所以她沒有來得及說，斟酌了幾天覺得等不到慕容衍平安回來再說，便提筆寫這封信。

她答應慕容衍日後，遇事一定會多為自己的安危，多為孩子考慮，也請慕容衍一定不要讓自己再受傷。

這幾日裡，她睡不好，她說她以前從未想過若是慕容衍沒有了她會怎麼樣，她以前不去想，是因為在她的心裡，慕容衍強大到無堅不摧，她一直在努力向他看齊。而今，她想了卻不敢深想，因為她不想再經歷失去所愛之人的痛，也請慕容衍為了她和孩子千萬保重自己。

白卿言筆尖在紙上停留了片刻，最終還是收了筆，有些話寫出來都讓她的心像被磨盤來回碾壓一般疼。

她在信中沒有辦法同慕容衍說，她一直都是在努力做到前世慕容衍做到過的事情，不過是以她自己的方式。祖父、父親、叔父和弟弟們的死，還有上一世母親和嬸嬸們的死，曾經時時刻刻折磨著她。哪怕到這一世，每每午夜夢迴，她都怕這一世的一切只是一場夢，怕她還是沒有能護住母親和嬸嬸們，沒有能救下妹妹們。

上一世失去過，那種痛讓她承受不住，她是憑藉著要為白家翻案所以才撐著不讓自己死，可過的每一個時辰都是生不如死。所以上天垂憐重生回來，她是將弟弟妹妹們，將母親嬸嬸們放在了最前，將白家先祖未能實現的大志向也放在了前面。

和慕容衍在一起，相愛……成親，這是白卿言的意料之外。

遇大事不論私情，這一點上，她一直覺得慕容衍其實一直做的比她要好。

利用阿瑜的身分，將阿瑜的身分透露給西涼……

那個時候，白卿言心中也有怨氣，可都被「遇大事不論私情」這句約定而勸服。

畢竟他們一個是大周人，一個是燕國人，各為母國各出其力都是應該應分的。是她動了私情，一直沒有忍心將慕容衍的真實身分抖出來，這不代表慕容衍就必須要為了她也這麼做。

若非這一次江孜城被圍，慕容衍來了，白卿言會一直這樣覺得。

或許不論是出賣阿瑜身分，還是利用阿瑜身分，都沒有危及她的安危，所以慕容衍會做的毫不猶豫，一旦關乎她的安危，慕容衍便會奮不顧身……甚至不顧燕國。

白卿言突然想到了姬后，想起慕容衍同她說起姬后時的表情，他的母親這輩子受困於一個情字，他的父親老燕帝又是那樣一個男人，他看過自己的母親，所以立志要護自己的妻一輩子，因為他是姬后的子嗣，所以骨子裡……他是一個十分深情的人。

她將信封好，又讓人帶著傷藥，一併給慕容衍送去。

魏忠接過信，正要派人去給慕容衍送信，就聽白卿言說：「魏公公，讓人準備準備，入天門關前，我想去豐縣看一看。」

豐縣曾經是每一次西涼越境便會首當其衝的城池，白卿言一直掛心不已，曾經叮囑過推行新政的李明瑞和董長元，要給豐縣更多的支持和照顧。

現在既然已經走到了天門關，她便想去看看，也等等……慕容衍給她的回信。

自從大周的邊界因為南疆一戰推到了銅古山，豐縣的日子就好過多了。可距離上一次南疆之戰過去也沒幾年，所以百姓們都還記得當初的淒慘日子，自然也不曾忘記白家軍。

白卿言的馬車進城時，城門內正在徵兵……

畢竟平定西涼這一仗需要很多兵，占領的城池也需要將士們去駐防，大周其他大營的軍隊也不是說動就能動的，只能徵召新兵。

坐在馬車上的白卿言抬手撩開湛青色的馬車窗簾，瞅著外面排了長隊前來應徵的百姓，隊伍裡竟然還有拿著木劍的小娃娃，不知道從哪兒衝出來一個還圍著圍裙的盤髮婦人，伸手扭住那小娃娃的耳朵，就往回提溜。

「哎呀！娘！您別擰我耳朵，春生哥哥都能去當兵，我為啥不能去！我要去找春生哥哥！」

婦人氣得扯著小兒的胳膊，用力在那小兒屁股上拍了幾下：「胡鬧什麼！你才幾歲！」再說了春生那是有軍隊裡的將軍作保，才去從軍的！你以為你這小小年紀人家會收你！讓你上戰場幹啥，給咱們白家軍添亂嗎！」

「娘……」

「趕緊給我回家！」

婦人二話沒說，扯著小兒的胳膊把人往回拽，小兒的哭喊聲，和婦人的訓斥聲漸行漸遠。

春枝聽到那婦人和小兒的對話，笑道：「沒想到，豐縣這麼小的娃娃竟然也敢去從軍。」

「如今還能留在豐縣的百姓，都很是勇敢！」白卿言眉目帶著淺笑，「南疆之戰前，豐縣這地方……每年西涼都會來搶糧，百姓們可以說過的苦不堪言，但他們最終選擇留下，是因為相信白家軍會護住他們。」

春枝點了點頭：「奴婢以前也聽咱們白家護衛說過。」

「冰糖葫蘆！賣冰糖葫蘆嘞……」

看到扛著冰糖葫蘆叫賣的小商，白卿言突然想起曾經慕容衍給她買冰糖葫蘆的事情，眉目間染上了笑意。

「魏忠，停了馬車下來走走吧！」白卿言放下窗簾同馬車外說了一聲。

魏忠應聲抬手，馬車緩緩停下。

護在馬車前後的白家護衛紛紛下馬，春枝扶著一身尋常富貴人家夫人裝扮的白卿言下了馬車……到底是這護衛氣度都不一樣，引得百姓們頻頻朝白卿言的方向注目。

路過草安堂，白卿言記得這是紀琅華的父親開的。

草安堂的夥計瞧見大著肚子的白卿言帶著護衛和婢女立在草安堂門外，還以為是慕名而來請他們先生診脈的富貴夫人，忙迎了出來：「這位夫人可是來找我們紀大夫診脈的？真是不巧……我們家紀大夫外診去了！」

夥計話音剛落，就見一輛馬車緩緩停了下來，那夥計忙笑道：「哎呀！巧了！我們紀大夫回來了！」說著，夥計忙迎了下去。

馬車夾了棉的青黑車簾被掀開，一個戴著漆紗籠冠，身著月白色寬袖祥雲滾邊長袍的中年男子拎著藥箱，被車夫扶著走了下來。

夥計連忙從紀大夫的手上接過藥箱，笑著道：「先生回來了，正巧，有人來找大夫診脈！」

留著山羊鬚的紀大夫抬頭，便瞧見通身尊貴氣場，且有護衛相隨的白卿言。

他倒是沒有認出白卿言，卻認出了跟在白卿言身邊的魏忠，臉色頓時一白，再看腹部高挺的白卿言，立刻便猜出了她的身分，連忙弓著身子疾步上前，撩起衣裳就跪。

「紀先生在外不必多禮！」

白卿言話音一落，魏忠便上前扶住了單膝剛跪下去的紀大夫，魏忠笑著道：「紀大夫，一別多年……別來無恙！今日老奴陪我們家大姑娘來豐縣走走，不成想竟然碰到了舊相識。」

紀大夫唇瓣顫抖，他瞧著白卿言生怕失了禮數，連忙弓著身子上前對白卿言做了一個請的姿勢：「陛……大姑娘請！」知道白卿言便裝而來，便是不想讓旁人知道身分，紀大夫話到嘴邊連忙改了口。

「那就叨擾了。」白卿言扶著春枝的手，在紀大夫恭敬帶領下往裡走。

紀琅華的父親紀大夫在豐縣這一帶也算得上是名醫了，醫術高明不說，經常為實在拿不出銀子的百姓診治，不收診費不說還送草藥，百姓們對這位紀大夫都很是尊重。

而這位紀大夫和醫術一樣出名的，是出了名的不畏懼權貴，看診都是按照順序來，絕不允許權貴插隊，除非人命關天，最開始有些權貴還給紀大夫使絆子，再後來紀大夫的女兒成了當今陛下身邊的紅人，權貴也不敢再找草安堂的麻煩。

草安堂內前來求診的百姓，瞧見紀大夫竟然恭恭敬敬將一位身懷有孕的年輕夫人往裡請，頓時對這位年輕夫人的身分猜測紛紛。

紀大夫將白卿言請到後宅正廳主位上坐下，正要恭恭敬敬朝白卿言行禮，就聽白卿言笑著道：「紀先生是琅華的父親，按照道理說也算是長輩，這不是在朝廷上還要論君臣之禮，私下裡紀先生心意到了就好。」

「要跪的！」紀大夫眼眶通紅，堅持跪下道，「當年若非大長公主讓魏公公解圍，我們一家子……怕是活不到這個時候，後來白家的將軍又在西涼人刀下救了我女兒琅華，琅華來信都說了……白家不僅救了琅華，還救了寧嬅！我定是要叩謝白家的。」

紀大夫跪地重重叩首，心中對白家有說不盡的謝意。

謝大長公主給他們一門留了性命，謝白家少年將軍和白卿言救了紀琅華，更謝白家軍護衛豐縣，從來沒有放棄過豐縣的百姓。

「那我就斗膽，替祖母和我弟弟受了紀先生這一拜。」白卿言示意魏忠將紀大夫扶起來。

紀大夫起身，忙對魏忠道謝，而後又同白卿言道：「陛下帶領白家軍奪下葉城關，後又被西涼主力圍困江孜城之事都傳遍了，這兩天豐縣年輕人鬧騰著要參軍，要護衛陛下，護衛大周！」

雖然白卿言現在身懷有孕，不論是為大周，還是為自身……都不應當去戰場，可她去了！

這極大的鼓舞了大周熱血百姓的參軍之心。

畢竟他們的陛下身懷有孕都在征戰沙場，堂堂七尺男兒又怎麼能縮在陛下的身後？

白卿言笑著點了點頭：「進城的時候看到了。」

她又同紀大夫說起了紀琅華的事：「紀姑娘如今跟著白家軍在前線，她醫術很好，回頭等平定了雲京，大軍折返之時，我會命人送紀姑娘回來，讓你們父女團聚。」

「陛下能用得上琅華，是琅華的福氣！」紀大夫笑著道，「我這個女兒，心氣兒高，醫術盡得她祖父的真傳，若是尋常嫁人生子，倒是埋沒了她的志向，如今她能跟在陛下身邊分憂，草民很是高興！說到這個……」

紀大夫大著膽子朝白卿言望去，由衷道：「陛下在豐縣設立學堂允許女子讀書，還允許女子科考，給了女子憑藉自身出人頭地的機會，草民以為這對女子來說是天大的恩賜。」

春枝從門外紀家僕從手中接過熱茶，倒出一些試了之後，這才送到白卿言手邊的桌几上。

白卿言瞧著紀大夫似乎對新政有些見解的樣子，端起茶杯，問：「說到這個，我想問問紀大夫，這新政推行以來……豐縣的百姓過的可好，還有什麼地方是需要改進的，紀大夫盡可說說自己的想法。」

紀大夫朝著白卿言長揖一拜：「陛下每一條新政都是為民著想，以民為出發點，可以說……沒有一條是不為百姓好的，可是……唯獨這許女子讀書，許女子科考的新政，推行起來自然是有些困難的，當然草民並非說陛下此舉不好，只是……歷來都是男尊女卑，陛下此舉可以說是將女子抬舉到了和男子一般的地位，便損害了有些男子的利益，這是其一！」

紀大夫見白卿言點頭接著道：「之前豐縣來過一位蔡先生，聽說是高義君身邊的幕僚，這位蔡先生在豐縣待了很久，幾乎日日去學堂，有一次這位蔡先生病了，來草安堂診脈時，同草民說過一點擔憂。」

蔡子源來了豐縣白卿言是知道的，想來現在蔡子源已經同白錦稚匯合了。

「都說十年寒窗，為的就是一朝登科，我大周女子原本是及笄之年便可出嫁，但若是讀書、參加科考，及笄之年怕是嫁不了，即便是登科之後成親，可女子要經歷懷孕生產這一遭，入朝為官之後……遇到懷有身孕害喜不適，是否還能繼續勝任？生產便是鬼門關，可否平安渡過，坐月子之時職責所在的政務該如何？這是其二。」

紀大夫知道白卿言是一個包容心極強，且能聽的進去意見的君主，所以才敢在白卿言面前說這麼多。見白卿言點頭，紀大夫便接著道：「這些，我們大周並沒有頒布明確的法令，而這……也是百姓們覺得，即便女子參加科考，即便是勝過男子狀元及第，也不會得到重用的緣由，也都正在用這個說辭來勸服自己和自家女兒放棄讀書，都覺得不過是如今出了一個女皇帝，所以皇帝急於抬高女子地位的措施而已，推行不了多久。」

「紀大夫所言正是這個道理，為女子開放科舉，就要有針對她們的配套措施來實行，來鼓勵。」白卿言摩挲著茶杯邊緣，又問，「其他新政呢？在豐縣實行的可好？」

「其他新政，最開始的時候，有一些百姓或許還有不理解，但因為陛下是白家軍出身，所以豐縣的百姓們都照做了！後來大家漸漸體會到其中好處。」紀大夫笑了笑，「再加上蔡先生來講解了一番，百姓這才明白陛下是真心實意為了百姓好，越發起勁兒了。」

白卿言笑著道：「看來蔡先生來豐縣，還做了不少事。」說著，白卿言將手中的杯子擱下，站起身來：「多謝紀先生告知我這些事情，我還打算在豐縣轉轉，就不在此叨擾紀先生了。」

紀大夫連忙頷首，讓開門口，又忍不住提醒道：「算日子，陛下還有兩三個月就要臨盆了，這一路回大都城……切不可太過顛簸勞累，要多多保重才是。」

「好，我記下了！」白卿言扶住春枝的手，抬腳朝外走去，「紀先生留步。」

紀大夫親自將人從紀府後門送了出去，望著白卿言一行人離開的背影，紀大夫對著白卿言的背影再次長揖一拜，直起身不免在心中感慨，他從未見過白卿言這樣的皇帝，全無高高在上的架子，懷著身孕還來豐縣詢問新政之事。

他想起白卿言剛剛登基之初，紀琅華來信所書……她說白家大姑娘一定會是一個好皇帝，現在紀大夫信了。紀大夫想，若是大周日後的皇帝都如白卿言這般，何愁大周不能興盛，何愁大周國祚不能不朽綿長。

春枝扶著白卿言上馬車後，瞧見紀大夫還立在門口，低聲問白卿言：「大姑娘怎麼不叫紀大夫一家回大都城？若是讓紀大夫去太醫院任職，這樣紀姑娘回大都城也能一家子團圓，必會更好的為大姑娘辦事。」

白卿言依在隱囊上，低聲道：「紀姑娘一家，在當年御史簡從文的案子中起到了關鍵作用，若是現在讓紀姑娘一家回到大都城，紀大夫去太醫院任職，被人翻出了家世，他們一家子以後還怎麼在大都城做人？別人又會怎麼想？御史簡從文這樣的忠直之臣全族盡滅，陷害忠良之人的後人還能再入太醫院，豈不讓世人寒心……」

「再者，紀大夫醫術高明，留在豐縣這樣偏遠的地方行醫救人，要比入太醫院發揮的作用更大！我相信……當初他們選擇在豐縣落腳，也是有為長輩之過錯贖罪的意思。」白卿言笑著道。

春枝點了點頭：「大姑娘說的都對！」

白卿言抬眸看著傻的和春桃如出一轍的春枝，笑著道：「大姑娘把你也賣了，也對？」

春枝想了想，認真回答白卿言：「大姑娘要是賣了春枝，肯定是遇到什麼難事，為了春枝好才把春枝給賣了，不想連累春枝，春桃姐姐說過……大姑娘就是這樣的好人！」

她被春枝逗笑：「瞧瞧春桃都把你給教成什麼樣子了，活脫脫另一個傻春桃！」

白卿言在豐縣逛了逛，瞧著百姓們日子過的似乎是比以前好了些，至於要看到新政真的見成效，還得兩年後。

白家護衛和魏忠、春枝陪著白卿言在各個街道走走買買，白卿言會時不時同百姓們交談幾句，還會去村落旁百姓們湊在一堆做農活的地方討水喝，百姓瞧見白卿言是個大著肚子的，也都很客氣的給了水。

喝了水，白卿言讓護衛給了銀子，之後也不嫌棄不乾淨，坐在樹墩子上和納鞋底子的婦人們聊起之前來豐縣的模樣。

一提起這個，婦人們就笑得合不攏嘴。

「這位夫人說的可不就是麼，以前我們這些人哪能穿個正經點兒的衣裳！這啊……都是咱們大周陛下的新政好！」老婦人笑著在用錐子穿透鞋底，手上動作利索的勾線抽錐，「要不說，這白家將軍是老天爺派來救我們豐縣百姓的呢！那以前……白家軍將軍帶著白家軍護衛我們豐縣百姓，現在陛下當了皇帝之後推行新政，也都是為了讓我們過上好日子，那個蔡先生怎麼說的來著……」

老婦人轉頭問自己的兒媳婦兒。

「娘，那蔡先生說，陛下的新政是減少權貴的好處，提高百姓的好處！所以那些不願意讓新政順利推行，說新政不好的，都是富貴人……」兒媳婦兒笑著說。

「對對對！就是這句話！」老婦人眉眼皆笑，「我們家現在不缺勞力，就讓二妞帶著弟弟去學堂讀書認字，那可是朝廷出銀子讓我們孩子去學認字啊，那要是放在以前我們可出不起給那教書先生的束脩，十里八村的能出一個讀書人，那就是了不起的事情！現在我們孩子以後都能當讀書人了！這可不是天大的好事兒麼！」

「可不是，要是真的讀書讀得好，將來科舉考試能榜上有名，那我們全家可都跟著翻身了！」有年輕潑辣的媳婦兒插話，「那蔡先生說了，像我們這些窮苦人家，想要出人頭地，除了考科舉也沒有旁的出路，現在陛下做主給免了束脩，我們只要給孩子們擠出一點兒時間，讓他們去學堂就行了，這是天大的好事兒！」

豐縣百姓最開始讓孩子們去學堂，是覺得以前那束脩出不起，現在不用出就能去，是自家占便宜，後來發現孩子走了家裡缺了勞力，又把孩子給喊了回來給家裡幫忙做農活。

還是蔡先生來了豐縣，遊說了一番，百姓們才明白，讓孩子讀書，才能擺脫他們祖祖輩輩面朝黃土背朝天，地裡刨食的命運。

誰家晚上睡覺的時候沒有做過狀元夢，以前束脩出不起，現在要是捨不得孩子那點兒勞力，非要孩子回來幹活，那才是正兒八經的把一家子的前程給耽擱了。

「顧大娘，我們家二虎子要下學了，我得回去做飯了！走了啊！」一個婦人端起自己的簸籮，起身同那位老婦人告辭，又拘謹的同白卿言點了下頭，紅著臉就走了，乖乖……她長這麼大還沒有見過這麼好看的夫人呢，跟仙女下凡似的，還沒有一點兒架子。

和豐縣百姓聊的差不多，白卿言起身告辭，說想要在豐縣再轉轉。

「奇了，竟然是燕國的商鋪……」白卿言在長街上看到店門招牌下寫這個燕字的招牌，「燕國怎麼會把商鋪開到了豐縣？」按照道理說，燕國商人入周，尤其是這種賣衣裳鋪子應當開在繁華的城池才是，至少也應當在天門關內。

「瞧著是賣燕國時興服飾的……」魏忠恭敬問著，「大姑娘要不要進去瞧瞧？」

推行新政之後，白卿言同呂太尉商議過，但凡他國商人來大周開商鋪，除了需要在官府登記備案之外，還要在招牌上註明是燕國商人的鋪子，如此是為了方便監管。

原本白卿言不怎麼感興趣，準備走，卻聽到那脖子上纏著軟尺的裁縫笑著道：「對對對，我們九王爺的準王妃喜歡的就是這樣的樣式，這樣的樣式在大都城賣的極好！」

「你們九王爺的準王妃？你們燕國的九王爺定親了？」那夫人像是聽到了什麼奇聞，忙問。

「可不是，都說我們九王爺是位手段狠辣之人，但對我們準王妃可是百依百順的，我們燕國到處都是我們九王爺和準王妃的畫本子！夫人要是感興趣，回頭等衣裳做好了，小的一併送到您的府上。」

九王爺的準王妃？白卿言腳下步子一頓，笑著道：「我們也進去瞅瞅，我倒是對這九王爺和準王妃的畫本子很感興趣。」

扶著春枝的手抬腳跨進了衣裳鋪子，那店小二一瞧便知道白卿言絕非尋常的富貴夫人，又瞧著進來的夫人長的跟天仙似的，愣了片刻……不禁想他們做衣裳的，若是能在富太太的圈子裡得到肯定，那以後還不是財源滾滾，連忙迎了上去。

「哎呦夫人！快裡面請！快給夫人上好茶！」說完那店小二忙招呼道，「您先坐，您有沒有喜歡的布料或是衣裳樣式，我們這兒什麼都有。」

說著話，茶就上來了。

白卿言端起茶杯聞了聞，雲霧茶……好茶。她並未喝，隨手放在一旁的小几上，笑著道：「聽說，你們店裡有你們燕國九王爺的準王妃喜歡的衣裳樣式？」

「哎呦，這位夫人您可真會挑！」說著，那小二就忙去招呼人將成品衣裳給捧了過來，笑著道，「我們九王爺可是位出了名的冷情人，誰知道就是看到我們準王妃穿著這套衣裳，就動了心，非在太后那裡請旨賜婚的！這不……我們這雲裳鋪子，就這麼出了名，才敢斗膽開到大周來。」

春枝想起那位九王爺帶兵來馳援，受傷昏倒之後，大姑娘一直守在身旁的事情，頓時倒吸了一口涼氣，卻又忍不住替自家大姑娘抱不平。

她看了眼白卿言，忍不住問：「你們這九王爺的準王妃，是你們燕國哪家千金？」

「是我們燕國孟尚書之女，我們燕國的第一美人兒孟昭容，當年和晉國的郡主柳若芙齊名，想來很多人都知道，那和我們九王爺可是郎才女貌，天作之合，等到西涼戰事結束，九王爺榮耀回國，估摸著我們燕國太后就會做主，為九王爺和孟姑娘把人生大事辦了呢！」

春枝更著急了，她忍不住替白卿言揪心：「你們九王爺……」

「聽說你們這裡還有九王爺和你們準王妃的話本子？」白卿言不等春枝說完，便笑著道。

「是呢！您要是感興趣，回頭等衣裳做好了，小的一併給您送到府上……」店小二笑著道。

「我這懷著身孕，要做也得等到生了孩子之後再做才是，否則肚子一天一天大了，怕是不合身不是……」白卿言側目看向魏忠。

魏忠會意，從袖口摸出銀子送到小二手中，笑道：「我們家夫人，孕中喜歡看話本子打發時間，您看能否將那話本子賣給我們一本，等回頭我們夫人順利生產後，定然再來做衣裳。」

「這……」小二有些猶豫。

「給這位夫人拿一本。」一個清亮的嗓音從後面傳來。

白卿言抬眸，瞧見一個身形窈窕纖細，身著素色流雲緞，戴著面紗的姑娘。

「是，孟姑娘……」小二連忙朝著那姑娘行禮。

那姑娘朝著白卿言看去，看到白卿言清豔的五官時一怔，而後略略頷首，便帶著婢女進了後方。

「姑娘，那位夫人……生的當真是好看。」扶著那位姑娘的婢女低聲同自家主子道。

「是啊，當真生的傾國傾城！坦坦蕩蕩毫不遮掩。」那姑娘輕輕撫了撫自己臉上的面紗，「如此，戴著面紗……反倒顯得我故弄玄虛了。」

「姑娘這是哪裡話！到底那位夫人是已經成親的婦人，姑娘您還未出閣，自然是要注意些的！」婢女忙道，「姑娘，要是崔公子在，定然會將衣裳送給那位夫人，若是那夫人穿上咱們家的衣裳，走出去就成活招牌了，崔公子將這鋪子送了您，這就是您的鋪子，您得為這個鋪子打算才是！您說……要不要將衣裳送給那位夫人？」

「我們又不會在這裡久留！」孟姑娘低聲說。

「久不久留的，怎麼說這鋪子是崔公子送給您的，就是您的鋪子，您也得上心才是！」婢女勸道，「就算我們之後就會走，這鋪子生意好才能賣個好價錢啊！」

聽到這話，孟姑娘低笑一聲，像是被勸服了一般：「那位夫人有孕在身，現在量了尺寸等做出來也不合身了，不如現在結個善緣，等來日那位夫人生產之後，為那位夫人量身定做，送與那位夫人就是了。」

「還是姑娘聰明！那奴婢派個人去跟著，也好知道那位夫人到底是哪家的貴人！」

「嗯！」

管事的已吩咐了，小二忙將魏忠遞過去的銀子推辭了回去：「夫人您稍後，我給您去拿。」

原本做衣服送書，等衣服做好了送話本子，是為了提高銷量的，沒成想來了一位只想買話本子不要衣裳的。

魏忠訂好了一家酒樓的雅間兒，正好在樓上，推開窗就能看到外面長街的街景兒。

白卿言在窗邊坐下，翻看今日從那雲裳鋪子裡拿到的話本子。

白家護衛同魏忠說從那家叫雲裳的鋪子出來後，那鋪子的人一直在跟著他們。魏忠估摸著應是那鋪子瞧見白卿言氣度非凡，想要瞧瞧是哪家的夫人，日後好攀交情做生意，便沒怎麼在意。

魏忠給白卿言倒了熱茶，看著這豐縣夜市的熱鬧景象，笑盈盈說：「豐縣百姓的日子過的好不好，其實從天黑之後的街景就能看得出來！窮苦的地方，一到夜裡……都是黑漆漆的，哪裡會有小攤販擺攤子，就是有小攤販擺攤子，百姓手中也沒有餘錢來逛不是！可如今您瞧瞧，這燈火輝煌的，如同白晝，雖然不能同大都城比，可也是熱鬧得很了。」

她應聲接過魏忠遞來的茶杯，攥著杯蓋，視線從話本子上挪開看向外間的市集，熱鬧又喧囂，吆喝聲和嬉戲聲此起彼伏，充滿了人間煙火氣。

白卿言目光落在一個賣餛飩的小攤上，油布棚下泥糊的爐子裡柴火旺盛，煙囪裡往外冒著滾滾熱浪，有總角小兒扯著自家娘親說要吃餛飩，伸手就在娘親的衣袖裡摸銅板，被娘親揪著耳朵好一陣教訓。

這樣的市井喧囂，白卿言很喜歡。

一國真正的繁榮，就是庶民繁榮。她希望百姓們都能過上這樣太平且市井的日子，這對百姓來說……才是真正的民富國強，才是真正的海晏河清。

在酒樓用過晚膳，魏忠的本意是讓白卿言今夜在豐縣落腳，白卿言卻道：「走吧，看過也就放心了，先入天門關。」按照回大都城的路線，她現在就應該在天門關。那日慕容衍雖然還是一如既往的溫柔，可卻是那樣走的，他身上還帶著那樣重的傷。

她知道慕容衍定然是知道她記掛著他身上的傷，她怕慕容衍會讓人給她遞信……送到天門關她卻不在。慕容衍遞信過來，她想第一時間看到。

車馬出了豐縣，到達天門關的時候天門關的城門已經關了，魏忠出示了權杖，方才進了城門。

可白卿言到的消息到底是沒有瞞住守城將軍，一進城守城將軍便請白卿言去府邸下榻。

「陛下放心，算著日子知道您要來，府邸早就給騰空收拾了，就等著陛下入住，絕對不會有閒雜人等擾到陛下！」

白卿言擺了擺手道：「在驛館歇著也就是了，便不去將軍府邸叨擾了。」

安頓好，她問之前她先行讓入天門關的白家護衛：「可有前方送來的消息？」

算日子，若是慕容衍給她來了信，也應當到了。

「有戰報，說是公子和姑娘他們已經拿下了瀘全城，現在正在去經榮的路上，估摸著這個時候應當已經到了經榮！」白家護衛說。

白卿言點了點頭，現在整個西涼除了崔山中老將軍之外，其他的將領都不是白家軍的對手，更何況還有最善於攻城的朔陽軍在。

她又問：「還有沒有別的消息送來？」

白家護衛以為白卿言是問白錦稚的消息，忙道：「有的，還有四姑娘和沈將軍送來的消息，說是他們已經到了岡底，卻遲遲沒有攻打，就是為了等大周主力到達經榮，四姑娘如今和沈將軍已經兵分兩路，一路已經偷偷前往雲京北面，萬一要是李天驕出逃，也好直接抓獲。」

她看著那白家護衛，護衛被看的心虛，摸不著頭腦朝著魏忠看了眼。

魏忠笑著問道：「燕國的消息呢？有嗎？」

「暫時還沒有，一般來說……燕國的消息應是直接送到前線的幾位公子姑娘那裡，估摸著是公子和姑娘們擔心大姑娘這身懷有孕，不想讓大姑娘操心，所以就沒有將消息送過來。」白家護衛笑著道。

「好，我知道了……去歇著吧！」白卿言笑道。

「是！」

白家護衛退下後，白卿言坐在軟榻上沉默了良久。

也不急，她的信才剛剛送出去，等慕容衍看到了信，定然會給她回信的。

「魏公公也去歇著吧，春枝留在這裡伺候就是了。」白卿言說。

「是！」魏忠應聲退下。

春枝見白卿言又翻開了話本子，便給白卿言換了盞更亮的燈，端來今日買的點心和參茶。

瞧見白卿言看的津津有味，春枝擔心讓白卿言傷心，便道：「奴婢後來學會了識字，也跟著旁人看過幾本話本子，裡面大多都是胡扯的！」

「嗯……我知道。」白卿言又翻了一頁，反而研究起這話本子用的紙。紙向來價貴，可這雲裳鋪子竟然將用紙記錄的話本子就這樣送人，看來燕國是找到了將製紙成本降下來的法子。

話本子並不厚，白卿言很快看完，裡面記載的內容，大約說的就是……早在慕容或在世的時候，便有意想要將這位燕國第一美人兒孟昭容指給燕國九王爺，但是這位九王爺個性暴戾，根本就沒有娶妻的打算，連見都不願意見。

後來，大燕九王爺便裝出行，在長街碰到了一位善心姑娘，她將被動貴馬車撞倒……抱著孩子的乞丐婦人，送到醫館，還給醫治的銀子，九王爺便對這位姑娘一見傾心。

兩人相識後都瞞著自己的身分，九王爺對他人狠辣卻對這位孟昭容寵溺包容。

而後，燕帝慕容或離世後，太后本意完成先帝遺願為九王爺和孟昭容賜婚，孟昭容抵死不從被孟尚書禁足在家中不許其外出。九王爺怎麼都找不到孟昭容，一怒之下幾乎將整個燕國國都翻過來，更是抗旨拒婚，甚至稱若是太后執意賜婚，他就將自己的侄子拉下皇位。

孟昭容被拘禁在家中幾個月，而九王爺以為孟昭容是棄他而去了，也成為了燕國人人懼怕的攝政王，因孟昭容的「拋棄」個性更加暴戾可怕。

誰知，偶然一次，在御花園內碰到了被太后召見的孟昭容，這才知道鬧了一個天大的誤會，鬧了半天他們本就應該是未婚夫妻。原本他們二人都要成親了，卻出了西涼的事情，九王爺迫不得已帶著大軍出發，太后答應九王爺，等西涼的事情平定了，就為兩人賜婚。

故事到這裡，寫了一個未完待續。

白卿言看完話本子，用帕子擦了擦手心，端起熱茶喝了一口，難怪這樣的話本子會出現在大周，若是放在燕國……怕是已經成了禁書。

不過是為了提高衣裳銷量的一個手段，而且稱得上是好手段。

若是話本子看到這裡，自然是有人想要知道後續，這樣就又得去做衣裳了……

對於高門大戶來說，做一套衣裳不過是小事情，後宅無事可做的婦人和姑娘們，可是靠著這些話本子打發時光的。

她想了想，同春枝道：「將這個話本子收好。」

等下一次同慕容衍見面的時候，她一定要讓慕容衍好好看一看這個故事，可真是曲折呢。

「是！」春枝瞧著自家大姑娘似笑非笑的模樣，心裡難過，小心翼翼將話本子收好，也不知道該不該恨這個燕國九王爺，畢竟人家帶兵來解了江孜城的困境。

可他們家大姑娘是個什麼樣的人春枝還能不知道嗎？大姑娘本就和已經過世的姑爺感情深厚，否則也不會在姑爺病重的時候和姑爺成親。要不是這個九王爺同大姑娘說了什麼，或者表達了什麼，即便是救命恩人，大姑娘也絕不會什麼都不管不顧的守在那個燕國九王爺身邊。

這可怎麼辦啊，他們姑爺剛走沒多久，大姑娘還懷著身孕，都怪這個殺千刀的燕國九王爺，都已經和那個什麼孟姑娘定親了，幹什麼要趁著大姑爺剛走……大姑娘傷心的時候趁虛而入，撩撥他們大姑娘！

「姑娘，咱們的人沒有回來，人還在城外，請託守門將士給遞了一封信，說……似乎今天來我們店裡的那位夫人很有來頭。咱們的人跟著出了豐縣，眼看著到了天門關，咱們的人就不敢跟了，可遠遠瞧著……天門關如此重要的關口，那位夫人身邊的僕從不知道說了什麼，竟然就打開了！」孟昭容身邊的婢女忙將信遞給自家姑娘，「那可是天門關啊！竟然為那位夫人開了！姑娘……您說那夫人可得是個什麼身分。」

長髮披散在肩頭的孟昭容接過信細細流覽了一遍，垂眸回想今日見到白卿言時的情景，再想到白卿言身邊那個缺了一根手指的男人。

她手心陡然收緊，太監！

沒錯，那個男子雖然極力掩飾，可瞧著那姿態倒像是標準的宮中太監禮儀。

那麼……那位氣度非凡，長相出塵絕豔，又懷著身孕的夫人，應當是大周皇帝?!

孟昭容抬起頭來，真是想什麼來什麼。原本她是算好了大周皇帝必然會趕在大周科考之前回大都城，在豐縣落腳之後，便計畫著找機會甩開崔鳳年的人，去天門關堵白卿言，然後再去找慕容衍，沒成想白卿言竟然輕裝簡行來豐縣。

一個多月前她騙了崔鳳年……說太后不日就要下旨賜婚，她不想嫁給九王爺，母親也不想讓她嫁給那樣冷血薄情的男人，所以要帶著母親的暗衛逃婚逃出來，還請崔鳳年幫她安排一條出路。意料之外的是崔鳳年對她竟然如此上心，不但利用他的商道護著她來到了豐縣，還在這裡安排了鋪子給她，說是至少能夠保證她手裡有用不完的銀子。

若非崔鳳年是個商人，其實孟昭容倒不是不能考慮崔鳳年。只可惜，商人身分始終低賤了些，且她早已決定要去征服九王爺，心裡再也容不下其他人了。

太后說了，九王爺之所以連一向敬重的兄長都可以忤逆，拒不接受和她的婚約，就是因為這位大周皇帝，因為這位大周皇帝……美的讓人過目難忘。

那個時候，一向以自己容貌和才氣為傲的孟昭容十分不服氣，她是燕國的第一美人兒，甚至還要比那個什麼晉國的第一美人南都郡主柳若芙更美上幾分，那個大周皇帝又能有多美？

可太后說，大周皇帝比她還要美上三四分不止，說這位大周皇帝應當是她這輩子除卻姬后和先皇之外見過最美麗之人，她的美又和姬后還有先皇那種美不同，大周皇帝的美，正如當初西涼炎王形容的那般，美麗強大兼具一身。

孟昭容雖然也不喜歡婚姻就這麼被太后決定，可她更不喜歡九王爺連見都沒有見過她便拒絕。她是很喜歡九王爺的，雖然人人都說九王爺心狠手辣，做人做事不留餘地，可孟昭容卻覺得這樣的男子很有男人味兒和陽剛之氣，要比那些滿嘴仁義道德的偽君子更為高尚，更覺得若是能得到這樣的男子傾心，這男子此生必定只對她一人好，絕對覺不會像她爹爹那樣娶幾房妾侍。

所以她不想放棄九王爺。

既然她不能放棄，那她便只有先逃出來，若是真的運氣好能見大周皇帝一面，讓大周皇帝知難而退，再去找九王爺，就以她這分兒決心，九王爺也必定會對她另眼相看。

「那位哪裡是普通人家的夫人，分明就是……大周皇帝！」孟昭容道。

孟昭容的貼身婢女睜大了眼，一臉震驚，她自然是知道孟昭容的打算，若是能見到大周皇帝最好，見不到……就直接去找九王爺。

婢女忙道：「姑娘，這大周皇帝入了天門關，接下來就是要回去了，姑娘要去見嗎？這大周皇帝既然是便裝，想來要比姑娘之前預計的要好見很多，姑娘……打算明日就去見這位大周皇帝，還是等兩日甩開崔鳳年的人，直接去找九王爺？」
「現在就算是我們要走，豐縣的城門和天門關都已經關了，我不是大周皇帝，城門可不會為我開關。」孟昭容抬眸朝著自家婢女看去，「不過，可以準備起來了，明日一早……城門一開就走！今夜你帶著母親給我的暗衛，小心行事。」
「是！」婢女應聲之後，突然想起了崔鳳年，小聲同孟昭容說，「可姑娘，崔公子為您安排了這麼多，還有這個鋪子，我們就這麼走了，崔公子會不會著急？」
「你放心，我會留一封信，就說不想連累他。」孟昭容盯著輕微搖曳的燭火低聲呢喃，「我也是真的不想連累他，他……是真心對我的，我知道！」
「那是自然了，我們姑娘這麼好又這麼漂亮，當初還幫過崔公子在我們燕都立住了腳，崔公子自然將我們姑娘放在心上，就是可惜身分低賤了些。」婢女搖了搖頭，也認為崔鳳年不是一個好的選擇。
「好了，別說了，去準備吧！明天一早，城門一開我們就走！」孟昭容道。
「是！」婢女應聲。

這夜白卿言睡得還算踏實，或許是壓在心底的話寫出來讓人給慕容衍送了過去，也下定了決心為了慕容衍和孩子，日後儘量避免讓自己遇到危險，心中多少會鬆快了一些。
魏忠和春枝見白卿言睡得香，也沒有喊白卿言起來，直到魏忠聽到了裡面傳來細微的動靜，這才隔著雕花隔扇低聲詢問：「大姑娘，您起了嗎？要不要派人進來伺候您洗漱？」

「嗯……」白卿言應了一聲。

春枝連忙去準備，伺候白卿言洗漱停當，魏忠這才將白錦桐派人送來的信遞到白卿言手邊。

「是三姑娘派人送來的，昨夜信送到的時候大姑娘已經睡了，老奴就沒有吵醒大姑娘。」魏忠笑著道，「來送信的……是之前大姑娘派去護著三姑娘的暗衛，說奉三姑娘之命，早早就在天門關內候著大姑娘了，想著大姑娘從西涼戰場上回來，必定要過天門關。」

白家的人一向聰慧。

春枝還在擺膳的間隙，白卿言將信拆開……

信中，白錦桐說燕太后先後通過母家派人秘密前往西涼，不知道做什麼，而後又有西涼人秘密入燕國國都，甚至還入宮見了燕太后。

如今燕國與大周結盟，卻又和西涼曖昧不清，目的不明，讓白卿言小心留意多加戒備，她已經派暗衛去前線給兄長送信，讓白卿言不必憂心。

再一個，便是現在燕軍和大周軍都已經逼近雲京，西涼滅國已然勢不可擋，燕國朝廷現在對來日如何與大周分西涼做準備，朝臣爭論不休。

白錦桐在信中列出了如今燕國朝堂之上，認為……在大戰之中大周仁義將戰利所得多數分給燕國，所以在城池分割之上，燕國不能只管燕國私利的大臣。

又列出了和大周似有血海深仇一般，要求寸步不讓，認為可以還給大周重利來報答，但土地寸步不能讓的大臣名單。還分別列出了兩方陣營之中在燕太后那裡有分量的大臣，白錦桐以為趁著現在雲京還沒有打下來，應當儘早做準備以重利爭取一二重臣向著大周，請示白卿言是否要現在開始做準備，冒險一試爭取爭取。

還有第二件事，她同白卿言說，曾經出身羅盤山四海閣的水利大家司馬勝的後人司馬明道，她已經攀上交情，聽說大周在修廣河渠，在她的勸說和鼓動下，司馬明道已經啟程前往大周燕沃，若是長姐要用此人可以提前給主持修建廣河渠的主事之人打個招呼。

廣河渠原本就是司馬明道的祖父設計修建的，她在同司馬明道談聊之中瞭解到，當初水利大家司馬勝留下廣河渠修建的完整圖紙，後來司馬明道又對圖紙加以改良。

當初司馬勝從四海閣出來，因為一條廣河渠名揚四海，如今司馬明道願意完成祖父遺留的圖紙，成就真正的廣河渠，再度為司馬家揚名。

另外，白錦桐還在信中說，大燕太后決意要給九王爺慕容衍賜婚，對象是孟尚書的女兒燕國第一美人孟昭容，據孟昭容說太后拿到了她父親的把柄，打算逼她嫁給九王爺以美色來拉攏九王爺，甚至逼著她成為太后的細作。

孟昭容不願意，孟夫人也不願意女兒嫁給九王爺受制於太后，就想要安排孟昭容逃走，找到她又給了她許多銀子，求她幫忙利用商道神不知鬼不覺將孟昭容送出燕國。

她覺著女子處世不已，便推辭了銀子，幫著將孟昭容送出燕國送往豐縣落腳，給她安排了一個店鋪將來也好過活，並且讓人嚴加看管。

更重要的是……她打算將孟昭容失蹤的事情，做局推到九王爺慕容衍的身上，以此來引起太后對燕九王爺更強烈的警惕，讓燕國朝局分割更大，燕國朝局不穩對大周來說便是好事。

白錦桐又在信的末尾，絮絮叨叨囑白卿言要注意身體，覺得白卿言身懷有孕還帶著將士們打仗很是草率，要為腹中孩子多想一想，別讓她擔心。

看到白卿言已經將信看完了，疊起來，魏忠又笑著道：「三姑娘還送來了一箱子給孩子玩兒的小玩意兒，說是送給未來小外甥小外甥女的，老奴已經讓人裝在車上了。」

「好……」白卿言笑著頷首，略作思索，起身走至桌几前給白錦桐回了信。

她在信中讓白錦桐暫時按兵不動，她會送信過去讓大周駐燕使臣去辦這件事情。

白卿言遲疑著，最終沒有告訴白錦桐燕國皇帝和燕國九王爺不和本就是假象的事，只叮囑白錦桐不要貿然行動，她已經同燕國皇帝和九王爺達成了協約，這一次不論是燕國還是大周哪一國拿下雲京，燕國皇帝都會有所行動，讓白錦桐一定要保護好自己的安全，不要冒進。

再者，西涼李天驕那裡已經知道了白錦桐的身分，按照李天驕那個性子，要麼就會將白錦桐大周細作的身分出賣給燕國，要麼就是希望白錦桐這個大周細作攪和的大燕也不安生，對白錦桐的身分閉口不言。

但不論如何，白錦桐都要做好身分已經被大燕知道的準備，留好後手，必要的時候現在就提前將鋪子盤出去，一切以她的安全為先。

讓魏忠將信送出去，白卿言接過春枝遞來的熱帕子擦了擦手，這才用早膳。

她反覆想著白錦桐信中所言，燕太后要給慕容衍和孟昭容指婚之事，不免又想起當初燕太后來找她說的那番話。

這一次慕容衍放棄雲京，轉而帶兵前來救她，消息若是傳回燕國國都，怕是燕太后又會找慕容衍麻煩。慕容衍重情重義，尤其是對他的兄長……可以說長兄如父，故而對這位嫂子，慕容衍也是十分敬重的。

雲京……

白卿言攥著粥勺的手輕微收緊。

或許……可以用雲京給兩國合併鋪一條路，但前提是大周必須奪下雲京。

在白卿言愣神細思時，魏忠瞧見護衛進了小院子，正與守在門外的護衛說什麼，他出去問了問，之後回頭朝著白卿言瞧了眼，想起昨夜白卿言看的那個話本子，猶豫了一瞬還是進門，低聲同白卿言說：「陛下，外面來了一個姑娘，說是孟昭容，求見陛下，這姑娘知道陛下的身分。」

白卿言想起白錦桐信中所書，頭都沒有抬起來，輕笑一聲：「這也值得你來同我稟報一聲？她一個他國尚書府的姑娘，就算是在燕國見他們燕國皇帝怕都沒有這麼容易，竟然來求見他國皇帝，她怎麼就覺得我一定會見，打發了。」

「護衛說，那姑娘說是以燕國九王爺準王妃的身分求見的。」魏忠低聲說。

「她說她是燕國九王爺的準王妃就是了？去查查她可有通關的文書，可是用孟昭容的身分入城的，若不是……告訴天門關守將，一律按細作處置。」白卿言垂眸喝粥，完全沒有要見她的意思，「收拾收拾吧，用完早膳我們就啟程回大都，這一路我想去看看的城池還有幾個。」

約莫是在燕國的時候，孟昭容是孟尚書之女，又有著燕國第一美人兒的身分，再加上之前慕容或有意將孟昭容指給慕容衍，所以被捧的高了些。

估摸著孟昭容入燕皇宮相對容易，便以為她在大周也同樣吃得開。

同樣有著第一美人兒的身分，就算是柳若芙怕是也比這個叫孟昭容的有分寸多了。

「是！」魏忠應聲。

門外，孟昭容孤身一人，還等著白卿言見她，誰知沒有等來白卿言，卻等來了巡城的官兵，讓孟昭容出示文書。

孟昭容將崔鳳年給她準備好的文書遞給巡城官兵，官兵一邊看一邊念：「豐縣人士，名喚江盼兒？」

在外面的白家護衛高聲道：「這不對啊，你不是說你是大燕九王爺的準王妃，要求見我們家大姑娘的嗎？」

孟昭容臉色一變，還沒來得及開口，那巡城官兵就將文書一合：「燕國來的！那對不住……姑娘您得和我們走一趟！帶走！」

蒙著面紗的孟昭容怎麼說都是大家閨秀，尚書府的千金，哪裡受得了這樣的折辱，高聲道：「你們放肆！我是燕國九王爺的準王妃，正在等著你們大周皇帝召見，你們敢抓我！」

白家護衛忙道：「這位姑娘您可別亂說啊！您來求見我們大姑娘……我們家大姑娘姓白不錯，可也不敢冒認是當今陛下啊！」

已經被巡城官兵拿住的孟昭容氣急敗壞：「你……」

「再說了，看你的打扮還是個未出閣的姑娘家，怎麼說話這麼不害臊，到處嚷嚷你是燕國九王爺的準王妃，我看你是失心瘋了吧！」白家護衛上下打量著孟昭容。

「你們放開我，我是燕國孟尚書之女孟昭容！」

「瞧見了沒有，承認了……是燕國人，捏造身分入我大周，身分多可疑！」白家護衛指著孟昭容高聲嚷嚷道。

「形跡可疑帶走！」帶頭的巡邏官兵道。

「放開我！放開我！」孟昭容正喊著，就見一輛寬敞奢華的馬車緩緩停在門前，再往裡一瞧，就見白卿言在魏忠、春枝，和護衛簇擁之下，不緊不慢朝著門口的方向走來。

春枝瞧見孟昭容一怔，低聲在白卿言耳邊說：「大姑娘，是昨天那個燕國製衣坊的那個姑娘！」

孟昭容已經被巡城官兵們拖著走遠，她扭過頭來伸長了脖子高聲喊著：「大周陛下，我是燕國孟尚書之女，大燕九王爺的未婚妻！」

白卿言扶著春枝的手跨出驛館，又慢條斯理上了馬車，絲毫沒有搭理孟昭容的意思。

孟昭容瞧見白卿言上了馬車，白家護衛紛紛上馬，緩緩離開，一顆心不斷向下沉，再想到自己被當成燕國細作抓住，頓時頭皮發麻，驚慌失措喊道：「這城內有沒有崔氏商行？你們大周富商崔恭行……崔鳳年的商鋪！勞煩你們給崔氏商行帶個信，崔氏商行會證明我的身分！」

巡城將士哪裡會管那麼多，上面有命，他們不過是領命辦事，照規矩抓人罷了。

白卿言坐在馬車內對孟昭容的喊聲無動於衷，倒是春枝氣得撩開馬車車簾超外面看了眼，心中別提多痛快了：「燕國的閨閣女兒家都這麼不知羞恥的嗎？什麼叫準王妃，都沒有定親就在這兒嚷嚷著是人家的準王妃，還有沒有一點廉恥心。」

白卿言眸色淡漠，平靜無瀾，所以錦桐幫忙將這個孟昭容送到豐縣的時候，應當已經隱約有預感這孟昭容的話有騙人的成分在，但因為同是女子，覺得女子在這世道上不容易，所以幫了一把的同時，也將人監控了起來。

不過錦桐或許是小瞧了這位閨閣千金……否則這孟昭容是怎麼擺脫了錦桐的人，還有膽子來天門關見她的。

想起在豐縣製衣鋪子裡，孟昭容說讓小二送她一本，店小二就應了……

如此看來，那個話本子，應當也是這位孟昭容的手筆吧！

真是……好一齣郎情妾意，陰差陽錯。

白卿言唇角淺淺勾起，她讓春枝將那本話本子找出來，撩開馬車車簾喊道：「魏忠……」

騎著馬的魏忠聽到白卿言喚他，忙扯住韁繩慢了幾步，與馬車並行，恭敬道：「老奴在！」

「你再派人給大燕九王爺傳個……口信，將我們在豐縣遇到孟昭容，和孟昭容趕到天門關來求見我之事都告訴九王爺，好好的詳細的說清楚。」白卿言聲音不冷不熱，將手中的話本子遞給魏忠，「還有這個話本子。」

「是！大姑娘放心，老奴一定會讓人將此事說的清清楚楚！」魏忠忙雙手接過話本子。

入夜，慕容衍正跪坐在軍帳几案後，他看完大周軍那邊送來此次制定如何進軍雲京……和需要燕軍如何配合的打法。

打法是白卿瑜制定的，白卿瑜的意思是燕軍和大周軍相互配合，白卿瑜會詐敗誘西涼來活捉他，燕軍早早設伏，將西涼主力消耗差不多之後，大周和燕國就各憑本事攻打城門，誰先殺入雲京皇宮，誰家就得雲京。

慕容衍倒是沒有想到，他這位小舅子寫的打法倒是同他想到了一起。

只不過，慕容衍原本是想自己詐敗誘敵，畢竟他是燕國的攝政王。

他將白卿瑜的信擱在一旁，正想著一會兒怎麼給白卿瑜回覆，燕國都城的密報就到了。

慕容衍又詳看來自燕國都城的密報，藥放在一旁已經涼透了還沒有喝。

密信上稱，在他捨棄雲京帶兵去江孜城救白卿言前，燕太后便頻繁召見孟尚書之女孟昭容，甚至傳出太后意圖為他和孟昭容賜婚，而後孟昭容竟然不見了，但是太后不讓消息外傳。

有人給太后吹耳邊風，說是九王爺現在連太后臉面都不顧了，太后說要給九王爺賜婚，九王爺不滿意……就膽大包天行這釜底抽薪之計，將孟昭容給弄不見了，明著打太后的臉。

甚至還有人說，九王爺是要將孟昭容藏了起來，等到西涼勝仗回去之後，向太后要人……到時候明著打太后的臉。

分立在慕容衍背後的青銅仙鶴燈，火光搖曳，將慕容衍輪廓分明的五官映得忽明忽暗。

「主子！主子！」月拾手中拿著白卿言給慕容衍送來的信，和白卿言送來的傷藥匆匆進帳，笑著道，「白家大姑娘的信，還有給您送來的傷藥。」

慕容衍抬頭，朝著月拾看去。

只見月拾興沖沖在慕容衍的几案前跪坐下來，將信和傷藥都推到慕容衍的面前：「主子，大姑娘讓人送來的信和傷藥。」說完，月拾瞧見自家主子的藥還沒喝：「主子，您藥還沒喝啊？」

慕容衍沒有回答，他拿過白卿言的信……拆開，是白卿言的親筆信。

月拾很有眼色的將燈挪到慕容衍的跟前，還杵在那裡不走，打算等主子看完大姑娘的信，好勸主子喝藥，這樣不喝藥怎麼能行。

慕容衍將白卿言的信來來回回的看，眉宇間連日的陰霾好似被什麼逐漸驅散。

雖說白卿言在信中狡辯，她是真的對戰局有所把握，所以才敢以已身犯險，絕非不顧及自己的安危，還說杜三保已經挖通的通道，最後實在是不行她也有退路。

慕容衍知道爬地道走這話是白卿言哄他的，可是細細想來，白卿言做的每一件事都有她的目的和作用，就像當初在大都城帶著白家死裡求活，手段環環相扣層出不窮，的確……不是一個冒失的人。

白卿言是一個自信但不狂妄，強大卻不剛愎的人，只是慕容衍關心則亂了。

這一點，在路上他便已經想明白了。尤其是在看到信的最後，白卿言說以後做任何事之前，都會為他……和他們的孩子多加考慮，一定不會再拿自己的安危冒險，讓他也好好照顧自己，一定要按時換藥喝藥，慕容衍眼底總算是有了極為淺淡的笑。

瞧見自家主子的情緒總算是有了些笑意，月拾忙道：「主子，為了不讓大姑娘擔憂，這個藥……您還是喝了吧！否則下一次見面，要是您這傷還沒好，大姑娘肯定要找我算帳的，畢竟您這傷是為了救我受的！」

慕容衍攥著白卿言的信，輕輕摩挲了下，隨手端過藥碗，仰頭將那碗已涼了的藥喝了下去。

「唉……主子！」月拾瞧見自家主子已經咕嘟咕嘟喝完，要去給慕容衍將藥熱一熱的話最終沒有說出口。

藥苦的人舌頭發麻，慕容衍心頭卻絲毫不覺得苦，他將白卿言的信疊好，放在桌几上的一個錦盒裡，同月拾說：「大姑娘讓跟著來的那位軍醫，是不是還在等著給本王包紮傷口？」

「是，主子！」月拾應聲，心裡只覺還是白大姑娘的信管用，這不……大姑娘的信一來，主子立馬就讓人家軍醫換藥了。之前人家軍醫來，總是嫌人家煩，現在還主動想起要換藥。

「去叫過來吧！」慕容衍低聲開口。

「是！」月拾連忙起身，歡歡喜喜去喊軍醫。

軍醫正在愁完不成大姑娘交給自己的任務，這燕國九王爺也太不配合了些，而且威勢極為逼人，軍醫哪敢強硬換藥。正琢磨著，再過一會兒就背著藥箱再去一趟，月拾就來請他了。

軍醫還有點兒不能相信，這九王爺怎麼突然轉性了，這平日裡都需要他去個七八五六趟的……還要被九王爺訓斥他擾亂行軍，才勉勉強強讓他上藥，今兒個讓護衛來請？

遲疑歸遲疑，大姑娘交代的任務還是要完成的，軍醫忙背上藥箱哼哧哼哧跟著月拾去慕容衍的大帳內給慕容衍換藥。換完藥，軍醫還覺得順利的有些不可思議，背著自己的藥箱就走。

月拾在慕容衍一旁，等了半晌，不見主子讓他派人去給大姑娘送回信，終於還是忍不住問：「主子，您要給大姑娘寫封回信嗎？」

「不必……」

從信中慕容衍能看得出白卿言放低了姿態來致歉哄他，這似乎證明了慕容衍在白卿言的心中也是很重要的，他很喜歡這種被白卿言牽掛的感覺，他想讓白卿言多牽掛幾日。

慕容衍話音剛落，就聽外面又有人來報，說是有白家護衛求見。

慕容衍臉色陡然一變，白卿言的信剛送來沒多久，緊跟著便又有白家護衛過來，難不成是白卿言出事了。

「請進來！」慕容衍手心收緊，薄唇緊緊繃著。

很快，白家護衛進了大帳，對慕容衍行禮：「見過大燕九王爺。」

月拾一瞧，熟人！

他也是擔心白卿言出了什麼事兒，忙問道：「大姑娘的信剛過來，您怎麼就來送信了？」

白家護衛還沒回答，月拾又拔高了音量嚷嚷：「是不是大姑娘有什麼不妥當？是不是大姑娘要生了？」月拾胡亂猜測。

慕容衍想到了早產，驚得險些站起身來，他拳頭緊緊攥著，沉住氣問：「大姑娘出什麼事了？」

「多謝九王爺惦念，大姑娘和姑娘腹中孩子都安然無事，還請放心。」白家護衛表情沉穩回答，「此次前來，是因大姑娘在回大都城的路上臨時去豐縣查探民情，正巧遇到了燕國孟尚書的女兒，大燕九王爺的準王妃……」

月拾瞪大眼，準王妃？什麼時候的事兒？他怎麼不知道！

白家護衛抬頭瞧了眼慕容衍的表情，接著垂眸說：「所以，魏公公便派小的前來同九王爺說一說這件事，順便……」

白家護衛從胸前掏出一本話本子，示意月拾給慕容衍拿過去。

月拾忙上前接過話本子，他正要瞧這話本子的名字，就瞧見白家護衛示意他把話本子遞上去，月拾連忙將話本子恭恭敬敬遞給自家主子。

「這是九王爺的準王妃孟昭容，在豐縣開的製衣鋪子裡送的話本子，我們大姑娘隨意逛到這家製衣鋪子外面，就聽到裡面的店小二說起燕國九王爺和準王妃的愛恨情仇，便進去聽了一耳朵……」

白家護衛見慕容衍速度極快翻看著那話本子，原原本本將白卿言到了豐縣之後的事情說了一遍，還同慕容衍說了從那製衣鋪子出來，就有人跟蹤他們到天門關外，而後第二天一早這孟昭便以九王爺準王妃的身分來求見大姑娘。

自然，白家護衛也將孟昭容被當做細作關入天門關大牢的消息，也一併告訴了慕容衍。

慕容衍聽完，也大致將這亂七八糟的話本子流覽完畢了，這話本子裡面絲毫不避諱他的名字，也不避諱孟昭容的名字，想來在燕國是沒有傳開的。

「你說，這孟昭容……是以燕國九王爺準王妃的身分，去求見大周皇帝的？」慕容衍淡漠醇厚的嗓音，帶著漫不經心的冷冽。

「正是，在被天門關的巡城官兵帶走的時候，還在高喊著她是燕國九王爺的準王妃，應當是沒錯的。」白家護衛多老實，自然是如實相告了。

慕容衍隨手將手中的話本子丟在桌几上，同白家護衛道：「辛苦你過來將此事告知於我，月拾……你帶這位護衛下去歇一歇，吃點兒東西！一會兒還得辛苦你將給大姑娘的信帶回去。」

「是！」白家護衛應聲。

月拾瞧了眼自家主子，剛才還說不給人家大姑娘寫信，這會兒又巴巴的要寫信了。

慕容衍瞧了眼那話本子，正準備丟進火盆裡再給白卿言寫封信，想了想又將那話本子放下。他將信寫完封好之後，放在一旁，手指在信封上敲了敲，喊道：「傳王九州過來！」

很快，王九州領命前來。

慕容衍抬眸看向王九州：「你回一趟都城，告訴皇嫂……就說，本王聽今日來送糧的將軍說，皇嫂有意想要將孟尚書家的孟姑娘指給我，若是皇嫂真的有意關心我的終身大事，等雲京大勝之後……可以找個名頭舉辦宴會，屆時我若真的看上了哪家姑娘，長嫂如母……自會向皇嫂開口請皇嫂賜婚，但……這個大燕第一美人兒孟昭容絕不行。」

慕容衍將那個話本子朝王九州的方向推過去：「本王，不喜歡變成旁人茶餘飯後的談資！」

慕容衍之所以讓王九州回去如此稟告燕太后，是為了給嫂嫂吃一顆定心丸。

畢竟有他捨棄雲京……帶兵前往江孜城救白卿言在先，嫂嫂難免會懷疑他將來會為了白卿言棄燕國於不顧，他只有答應了嫂嫂回去之後願意談親事，嫂嫂才能放心。

二來，那些人在耳根子軟的嫂嫂跟前成日裡挑唆，他只有將態度擺出來，嫂嫂才知道他從未想過與嫂嫂和阿瀝站在對立面，這孟昭容他不要，但他並沒有拿孟昭容來打嫂嫂臉的意思。

可以說，阿寶送來的這本話本子，送的很及時……

他相信在燕國定然也有，只是在燕國流傳的版本，不會將名字寫的這樣清楚。

「是！」王九州領命，上前拿過那本話本子，視線從大周白卿瑜送來的信上掃過，退出了大帳。

很快，月拾和白家護衛又回來，拿了慕容衍給白卿言的信，又快馬出發回去給白卿言送信。

月拾雙手負在身後，瞧著馳馬而去的白家護衛，眉目間全都是笑意，以前這送信的活兒可都是他幹的，現在總算是有人替他給大姑娘給主子當信差了。

魏忠和白家護衛護著白卿言一路往回走，路過燕沃的時候，白卿言又停了下來。

幾個月沒見，秦尚志又消瘦不少，聽說白卿言來了，匆匆而來面見白卿言的時候還病著，雖說強忍著咳嗽，可說話時時不時就會帶兩聲咳嗽聲出來，臉都憋紅了。

白卿言讓隨行的大夫給秦尚志診了脈，開了藥去煎，又讓魏忠給秦尚志拿了一件厚實的大氅，這才讓秦尚志陪著在堤壩上走走看看，說著修渠的事情。

「修渠的進度倒是在微臣的計畫範圍，但是有一件事還需要陛下定奪！」秦尚志忍著咳嗽轉身。一直跟在秦尚志身後的下屬連忙捧著羊皮圖紙上前，秦尚志接過圖紙，同白卿言說：「陛下，前面不遠處有休息的棚子，還請陛下挪步去那裡，微臣詳細同陛下說……」

白卿言頷首，同秦尚志走到了稍微能遮擋一些寒風的棚子裡。

秦尚志在已經掉漆的方桌上將圖紙展開，恭敬請白卿言上前來看：「陛下，這是水利大家司馬勝的孫子……司馬明道送上來修建廣河渠的圖紙，聽說是司馬勝先生留下來的，然後司馬明道在此圖紙上有添改了一些！」

白卿言看過司馬明道的圖紙，笑道：「這和秦先生給我看過的圖紙，好像也並沒有什麼太大的差別。」司馬明道來燕沃的事情，白錦桐在信中已經同白卿言說過了，只是沒有想到司馬明道來找的是秦尚志。

「有些小地方的改動……咳咳咳！」秦尚志用衣袖遮住口鼻，咳嗽了幾聲平靜後手指指著圖紙上的幾點，「這幾個地方的小小改動，倒是可以讓廣河渠的作用發揮的更大，只不過……所要花費的人力物力也就要更多。」

白卿言點了點頭：「依秦大人所見，值不值得？」

秦尚志一怔，抿了抿唇之後說：「依微臣之見，從如今大周的情況來看，暫時……是不值得。」

「說來聽聽！」白卿言扶著春枝的手在一旁小凳子上坐了下來。

秦尚志又猛烈咳嗽了一陣子之後，才道：「陛下要的是天下，而不是僅僅局限在大周，一旦天下一統，廣河渠能修的可就不僅僅只是這一段，而是可以延長到燕國境內，若是如此陛下便不僅僅能將燕沃這一帶變為大周糧倉，連通燕國境內的晴碧城一路延伸至荊河，陛下想想……這些土地可都成為大周糧倉了啊！」

說起這個，秦尚志雙眼發亮，似乎早有規劃，言辭中透露出野心勃勃和躍躍欲試。

秦尚志是一個全才，白卿言早就知道。白卿言手指有一下沒一下在桌几上敲著，半晌之後笑著道：「那麼……此事便還是交由秦大人負責。」

秦尚志一怔，猛烈咳嗽了幾聲之後，後退兩步朝著白卿言一拜：「陛下，秦尚志曾言修好了這條渠便告辭離開，去陪伴晉朝廢太子，我已經答應了廢太子……會成為前朝廢太子子嗣的老師，修渠之事陛下可以委派給司馬勝先生的孫子司馬明道。」

「秦先生是一個心懷大志的人，我並沒有逼著秦先生非要棄了晉朝廢太子，跟隨於我！只是……秦先生既然已經規劃了天下一統之後這渠該怎麼修，難道就不想親手將它修出來？」白卿言聽到秦尚志改了對他自己的稱呼，也笑著改了對秦尚志的稱呼，稱他為先生，半晌之後她又道，「自然了，我也不勉強秦先生。」

白卿言扶著春枝的手站起身：「秦先生若是願意，待天下一統之日，便來主持修渠，我必然會讓戶部工部鼎力相助！若是秦先生不願意，正如秦先生所言……還有司馬勝先生的孫子在！」

「修渠，乃是利在千秋，能夠萬古留名之事，可以說渠在……便會有人記得曾經這個世上有過一個人叫做秦尚志！可若是先生不願意，也不過是茫茫長時，滾滾歷史之中毫不起眼的塵粟，百年……幾百年之後，又有誰會記得先生這位忠義之士。」

白卿言笑著望著秦尚志：「主持修建廣河渠的人是秦先生，秦先生若是覺得這個司馬明道可用，那便用！我說過修渠之事秦先生全權負責，朝廷配合！秦先生要用什麼人自己決定，不必事事都來請示！」

秦尚志忍不住咳嗽了幾聲，長揖行禮：「是，多謝陛下信任！」

「秦大人如今廣河渠還未修完，修渠之事還需仰仗秦大人，若是大人身體不適還是要多加休息，否則秦大人若是倒下了，反而耽誤事。」

「是！微臣記住了。」秦尚志說完，又看向白卿言問，「陛下要見見這位司馬明道嗎？」

秦尚志見了這個司馬明道，似乎因為自己是司馬勝的後人，自視甚高，說是不願意去大都城以祖父的名義走捷徑，所以便來了燕沃。

但秦尚志以為，這個司馬明道的確是有幾分真材實料，倒是很願意引薦給白卿言。

「他託付你，求見的？」白卿言問。

「那倒沒有，這位司馬公子有本領，人也自然就清高一些。」秦尚志道。

「那就不見了。」白卿言回答的乾脆，「等到什麼時候，他真的立下大功，不負司馬勝先生的盛名，什麼時候再見吧！秦大人還是回去好好歇息歇息，魏忠和護衛陪著我在這堤壩上走一走看一看就是了。」

「微臣……咳咳咳，微臣還是陪著陛下吧！也能沿途為陛下講一講，咳咳咳……」秦尚志忍不住咳嗽。

「秦大人還是好好回去休息，往後修渠之事還要仰仗大人！老奴和護衛們陪著陛下走走，也要出發回大都城了，大人不必擔心。」魏忠笑著說。

秦尚志實在是咳的難受，一張臉通紅，半晌之後也覺得自己的狀況確實無法陪著白卿言，這才領命告辭。

白卿言扶著春枝的手，在魏忠的陪伴下延著堤壩走了一圈之後，便準備啟程回大都城，慕容衍的信也到了。

馬車上，白卿言將信拆開。

「阿寶吾妻，見字如晤……」白卿言看到前四個字，唇角已經忍不住勾了起來。

許是慕容衍見她那封信字句懇切，態度也是極好的，說他明白白卿言對戰局的把握總是超乎尋常，他關心則亂但也是真的擔心，因為不論白卿言再強大，對他來說也只是他身懷有孕的妻子。

慕容衍還說，他們稟告過上天，叩拜過天地，已經是夫妻。他作為丈夫，應當為白卿言擋風遮雨，如今身在兩國有很多的身不由己，可他還是希望白卿言不要用自己和孩子冒險。

到最後，慕容衍毫不隱瞞如今燕國都城的事情，他說他打算先給燕太后吃一顆定心丸，表示等西涼的事情了結，讓燕太后舉辦個宴會，有了心怡的姑娘一定同燕太后說，讓燕太后為他做主，但是這個孟昭容不行。

並且慕容衍已經讓人將那個話本子帶回去給燕太后瞧瞧，告訴燕太后他不想成為別人的談資，以此來表明，他並未擄走孟昭容。而他也算好了，等西涼戰事一了，回去之後阿瀝就該提出兩國合併之策，到時候慕容衍請燕太后勸阿瀝收回成命，再稱沒有心情想終身大事，又再加上燕太后也會煩，便絕不會找慕容衍婚事的麻煩。

信中慕容衍隻字未提……要如何處置被天門關守將當做細作抓起來的孟昭容，顯然是不打算管的。

白卿言看著慕容衍的來信，越到後面眼底的笑意便越是淡了些，雖然慕容衍信中只有寥寥幾筆，可白卿言知道之前慕容衍便被他嫂嫂的防備傷得措手不及，這一次瞧著是習以為常了，可心中想必還是極為難受的。

慕容衍本是一個善於算計人心之人，可從他對慕容彧和慕容瀝來看，他是一個不會將手腕兒用在自家人身上的人，但……這一次他是迫不得已，算計了自己嫂嫂的心。

慕容彧何等人物，竟然會娶了這樣一個耳根子軟的皇后。

他留下旨意，讓慕容衍和燕太后輔佐慕容瀝，真的就不怕燕太后將慕容瀝耽誤了嗎？

白卿言不知道的是，這個燕帝的位置原本是慕容衍的，是慕容衍假傳皇兄的旨意，讓慕容瀝繼位，也是他因為念著嫂嫂，怕嫂嫂因為思念兄長跟著去了，所以才會在假聖旨裡加上燕太后的。

其實這些，就算是慕容衍不在信中同她解釋，她也是能夠理解的。

畢竟，燕太后知道她和慕容衍成了親，知道他們有了孩子，慕容衍總得安撫燕太后一二，否則……燕太后整日提防慕容衍，燕國本就分裂的朝局就會更加鮮明的分裂成攝政王黨和太后黨。這是慕容衍作為攝政王也好，作為慕容瀝的叔叔也好，都不願意看到的。

不過，等到兩國合併的事情敲定再無迴旋的餘地時，想來不論是太后黨還是攝政王一黨的燕國大臣，又會擰成一股繩齊心協力共建燕國吧！

因著白卿言有身孕，所以這一路走的比較慢，到白沃城時，已經是三月初三。

軍報成日不斷的快馬送到她的手中，今日得到的消息……燕國和大周此時都已經到了雲京城外，只等最後一戰。

白卿言估摸著等她回到大都城，雲京到底鹿死誰手就有定數了，而後便是兩國合併之事。

這件事，白卿言需要在慕容瀝那邊兒遣使來大都城之前，先和信得過的大臣通氣兒，白卿言覺著先同呂太尉通個氣就是了，旁人不能多說。

倒並非是白卿言信不過沈敬中和舅舅董卿平，只是在這件事兒拍板之前，知道的人越少越好。

已經傍晚，金烏西沉，天際一片火燒似的霞光，滿天金紫。

這白沃城城外的官道，馱著貨物的車馬依舊絡繹，行人如織，打馬而過的銅鈴聲不絕於耳。她挑起馬車簾子往外瞧了眼，車水馬龍的官道兩側，樹木已經有抽芽的跡象，冒出點點青綠。

她想起慕容衍曾說，等到天下大定想要在白沃城定居的事情，莫名對白沃城好感倍增。

半晌，白卿言喚了一聲：「魏忠……」

「大姑娘！」魏忠提韁上前，靠近馬車車窗，「大姑娘有什麼吩咐？」

「等我們走後，你派個人留在白沃城，看看白沃城裡的宅子，遇到合適的就買下來。」

魏忠一怔，又忙問：「老奴冒昧，不知道大姑娘買宅子是做什麼用，知道了用處，去買宅子的人才好掂量清楚，不會辦砸了大姑娘的差事。」

「住人，宅子不必太過打眼，平常一些、寬敞一些便好。」白卿言說。

魏忠一聽便明白了白卿言的意思，就是在這個白沃城裡找一個中上等的宅子。

「老奴明白了，這會兒就吩咐下去。」魏忠笑著道。

「此事不必太過著急，瞧準了再買。」

「是！」魏忠應聲。

春枝給白卿言倒了一杯熱茶，輕聲問：「大姑娘要在白沃城買宅子幹什麼？」

白卿言笑了笑端起茶杯未答話，察覺腹中胎兒動了動，白卿言垂眸輕輕撫著腹部眉目間笑意更深了些。連孩子都喜歡這白沃城，可見……白沃城是個好地方。

那夜，白卿言在白沃城下榻，第二日一早出發前往曲澧，沒想到陳慶生和春桃早早就在曲澧迎候白卿言了。

陳慶生凡事想的妥帖，知道白卿言是輕裝簡行而回，並不想擾民，早早就將一家客棧包了下來。

跟著陳慶生和春桃來的，還有洪大夫的師弟……太醫院的黃院判。

春桃已經將頭髮盤了起來，簡簡單單插著個白玉簪子，穿了窄袖繡喜鵲落枝的上杉，月白色的襦裙。一瞧見白卿言從馬車上下來，春桃立時就紅了眼，拎著裙擺就迎了上來：「大姑娘！」

白卿言扶著春枝的手下了馬車，就被春桃扶住，她拉著春桃仔細打量，半晌才扭頭對行禮還未起身的陳慶生道：「不錯，沒有瘦，看著氣色好了不少，可見陳慶生對我們春桃不錯。」

「姑娘！」春桃嗔了一句，剛剛見到自家姑娘的淚眼汪汪立刻就變成滿面羞赧。

春枝用帕子掩著唇低笑一聲：「可不是麼，春桃姐姐可要比成親的時候，看起來整個人都紅潤了不少！」

「呀！你個小蹄子也打趣我！」春桃佯裝生氣在春枝胳膊上擰了一下，又扶著白卿言往客棧裡面走，「大姑娘，一路風塵僕僕辛苦了，大姑娘先歇一歇，用盞酪漿，奴婢給您準備沐浴的水，伺候您沐浴，便能睡得安穩些。」這些小事上春桃一向細心。

「好……」白卿言輕輕握了握春桃的手，同春桃一起朝裡面走去。

陳慶生包的是曲澧最好的客棧，往裡走有個單獨的小院子。

知道白卿言這一路回來，帶的都是白家護衛和暗衛，這一次陳慶生奉命過來迎白卿言帶來了很多皇家暗衛，這不是董氏太過謹慎，而是白卿言如今有孕在身，目標太過明顯。

「夫人不放心大姑娘，所以讓小的將黃院判一同請了過來。」陳慶生笑著同白卿言說，「黃太醫正等著給您請脈呢。」

白卿言頷首：「好！」

春桃帶來的都是之前白卿言在白府用慣了的婢女，白卿言一到便按照平日的規矩，將白卿言一切伺候的妥妥當當。

第十章　生死不明

沐浴過後，黃太醫來給白卿言請了脈，因為太后早有交代，洪大夫也叮囑過黃太醫，黃太醫對白卿言身孕比大家知道的月份要大這件事，心知肚明。

診過脈後，黃太醫見屋內只有白卿言，這才低聲開口：「陛下，您的胎象安穩，一切都好！但……微臣會對外說，陛下因為顛簸勞累胎象不穩，脈案一式兩份，陛下這裡放一份，微臣這裡留一份，自然了安胎藥也是兩份，回頭微臣會叮囑春桃姑姑不要弄錯了。」

黃太醫這是在為白卿言來日提前生產做準備，白卿言明白，道謝：「辛苦黃太醫了。」

「這都是微臣應該盡的本分！」黃太醫已經將藥箱收拾妥當，對白卿言行禮，「微臣就先告退了，陛下早些歇息。」

白卿言頷首。

黃太醫從屋內出來，瞧見端著燕窩正準備進去的春桃，笑道：「春桃姑姑，陛下的安胎藥，還要勞煩春桃姑姑隨老朽去一趟。」

春桃明白黃太醫的意思，將手中的燕窩遞給春枝，同黃太醫一同離開。

春枝進門，將燕窩放在白卿言手邊笑著道：「春桃姐姐成了親，現在奴婢聽見旁人都稱呼春桃姐姐為姑姑了。」

春桃成了親，又提拔了身分，旁人自然尊稱一聲姑姑。

白卿言嘗了一口燕窩，笑道：「春枝這是盼嫁了？」

「哎呀大姑娘！」春枝咬了咬唇，「大姑娘快別打趣春枝了，來日只求大姑娘把我指的近一些，我想一輩子伺候在姑娘身邊。」這話春枝說的實心實意，沒有一味的表忠心說自己願意終身不嫁，大有終身大事讓白卿言做主的意思，她只求一點就是別將她指的太遠。

「這還是盼嫁了……」白卿言用帕子沾了沾嘴角，笑著道，「你放心，我會讓魏忠給你留意個合適的人選！」

春枝紅著臉，不吭聲。

白卿言看著春枝這模樣，眉目間笑意更深了。

「我……我先去看看給大姑娘的晚膳準備的怎麼樣了。」春枝逃似的跑出去，緊緊握著手中的黑漆方盤，低垂下的眉目是喜悅的表情。

春枝知道自己蠢笨，但她能瞧得出，有不少人打她的主意，不是因為喜歡她這個人，而是喜歡她有大周皇帝貼身侍婢這個身分！

她瞧著陳慶生對春桃姐姐那麼好，她的確是也生了想要嫁人的心思，只要她嫁了……那些心術不正的人就能打消念頭，不然以她這個腦子不知道什麼時候就會被騙，自己也就罷了，要是給大姑娘帶來了什麼麻煩她便是萬死難贖。

可她也不想離開大姑娘，希望她也能遇到和陳慶生對春桃姐姐那般……對她好，且不是想要利用她在大姑娘這裡討好處的人。

在曲沃歇了一夜，隊伍又浩浩蕩蕩出發，於三月初九終於回到了大都城。

白卿言沒有讓聲張，只給母親和嬸嬸們去了封信說了回宮的時間。小八白婉卿從五嬸齊氏那裡知道白卿言今日回來，今兒個晨起便一直對著乳母長姐長姐念叨個不停。

乳母笑著給淨了面的小八肉嘟嘟白嫩嫩的臉上擦香膏，笑著說：「咱們八姑娘最喜歡的就是陛下了，只要大姑娘在……就賴在大姑娘的懷裡！」

「大姑娘就算是批閱奏摺也會抱著八姑娘在懷裡，咱們八姑娘將來一定會像大姑娘那樣，能文能武！」乳母笑著在小八的鼻子上點了點，「是不是啊八姑娘！」

白婉卿抬起下巴，乖乖讓乳母給她繫盤扣，望著自己的乳母，堅定道：「長姐說……只要小八足夠努力！小八一定會比長姐更厲害！」

白婉卿肉嘟嘟的小臉都是堅定，長姐的話從來都沒有錯，母親說了……長姐為了撐著白家一直很苦，母親讓她好好的努力，等長大了便能為長姐分擔一二。

母親還說，不求她能有長姐那麼厲害，至少能有長姐五分就好。

可白婉卿覺得自己有一日一定能比長姐還厲害，為整個白家擋風遮雨。

分明是個小小稚女，可那雙眼睛卻明亮又堅韌，讓人不敢輕視。

乳母望著白婉卿這般模樣，只覺得將來白婉卿或許真的可以成為如同他們大周皇帝白卿言那樣的人物。「好！我們八姑娘只要努力，一定會比大姑娘更厲害！」乳母哄著白婉卿，「那今日奴婢給我們八姑娘梳兩個頂頂漂亮的小福包，大姑娘看了定然會高興！」

「嗯！」白婉卿用力點頭。

「回來了！」一個十一二歲冒冒失失的小宮女跑進了白婉卿的宮殿，高聲道，「八姑娘！陛下回來了！這會兒馬車已經從武德門進來，正往寢宮的方向去了！太后和夫人都過去候著了！」

白婉卿聽到白卿言回來了，一躍從床上跳了下來就往外跑。

「唉唉唉唉！八姑娘……這頭髮還沒梳呢！」乳母拎著衣裙下擺小跑著去追白婉卿。

石蓮柱基紅漆長柱的金瓦長廊之下，小不點兒跑的極快，身後宮婢和乳母根本就追不上。

董氏和幾位夫人立在白卿言的寢宮門前，焦急的朝向武德門方向張望。

「不是說都過了武德門了嗎？怎麼還不來……」四夫人王氏不斷撥動著手中的佛珠，焦心不已，「大著肚子上戰場，又連日顛簸的，不知道阿寶和孩子都好不好。」

「大著肚子上戰場，簡直是……胡鬧！」董氏一想起這件事心就像懸在嗓子眼兒一樣。

還有西涼崔山中老將軍率兵圍困江孜城，她不點狼煙，董氏看到那戰報的時候……雖然慕容衍率兵馳援已經解了困境，她還嚇得要站不起來。

她自己生的女兒還能不明白麼，她每每都能接到前線戰報，大約也能分析出一二來，女兒是害怕自己被困的消息傳到葉城關，在葉城關的阿雲沉不住氣率兵而出，讓崔山中老將軍打個伏擊不說，葉城關一空崔山中就能帶著西涼主力奪下葉城關，從而斷了阿瑜他們的糧道。

這一點連她這個後宅婦人都能從軍報之中猜到，更別提是白卿言了。

雖說，從大局出發，董氏也認為不點狼煙是對的，可白卿言膽子也太大了，她可是懷著身孕啊！

「大嫂……」五夫人齊氏笑著伸手拍了拍董氏的臂彎，「阿寶是最有分寸的孩子，您一會兒見了孩子，可別凶她！孩子勞累了一路了。」

「是啊大嫂！」三夫人李氏忍不住笑，「這阿寶和錦繡可是咱們家最值得人放心的孩子了！

不像小四那個莽撞的！」

二夫人劉氏牽著拿著塊點心啃的望哥兒，笑著彎腰給望哥兒擦了擦嘴角：「阿寶已經是咱們家最讓人省心不過的孩子了，這一次江孜城的事情，阿寶的確是做的讓人擔心，大嫂少少的說上一兩句就是了！畢竟現在阿寶是有身孕的人！」

「你這是給阿寶說情呢，還是希望嫂子說一說阿寶？」三夫人李氏忍不住笑著道。

二夫人劉氏尷尬一笑，隨即板著臉說：「還是要說說的！太讓人操心了！你說那江孜城圍城多危險！阿寶膽子也太大了，若非人家燕國九王爺率兵來援，真要是出了什麼，我們這幾個孤兒寡母的就是哭死了也不頂事！」

劉氏是真的擔心，聽到西涼兵圍城的消息，還是那個崔山中老將軍掛帥，阿寶一個人在城裡弟弟妹妹們都不在，她險些嚇得暈過去，後來得知是人家燕國九王爺得到了消息率兵解圍，劉氏當月就去寺廟裡給燕國九王爺點了一盞長生燈祈福。

瞧見馬車緩緩而來，二夫人劉氏一驚一乍道：「來了！來了！回來了！回來了！」

「小八怎麼還沒有來？」五夫人齊氏轉頭看向翟嬤嬤，笑著說，「是不是還在貪睡啊？明明昨日說要比長姐小時候還要努力，還起的早，結果今日還是懶在床上。」

馬車之後，符若兮拿著戰報急速追趕白卿言的馬車。

宮內除非得了命令，否則不允許馳馬，符若兮本就只剩一條手臂，追得很是吃力。

「陛下！」符若兮穿著粗氣，「陛下！陛下西涼戰報！」

符若兮的聲音隱隱傳來，馬車內正在整理衣裳的白卿言手一頓，頭皮立刻緊繃了起來：「魏忠，停車！」

走在馬車旁的魏忠連忙抬手，馬車立刻停下。

魏忠朝著背後看了眼：「陛下，是符將軍，好像拿著西涼軍報！」

算日子，西涼雲京之事應當是大定了。

「大姑娘！必定是雲京的捷報！」春枝一臉高興。

白卿言掀開馬車車簾：「去迎一迎符將軍！」

老遠，董氏她們瞧見馬車停了下來，心口陡然一緊，忙扶著秦嬤嬤的手朝下走了兩步：「怎麼了？馬車怎麼停了？可是有什麼不舒服？秦嬤嬤快……我們過去瞧瞧！」

董氏一刻也等不了，領著一群太監宮女朝著馬車的方向而去。

劉氏也一手拎著裙擺，一手牽著望哥兒跟在董氏身後，朝著馬車的方向疾步跑去。

白卿言剛從馬車內彎腰出來，還來不及下馬車，便一把搶過魏忠遞來的西涼戰報，是白卿琦的親筆信，她正逐字逐句地看，瞳仁緊縮，臉上的血色也逐漸消失，心口絞痛如撕心裂肺般，一陣血氣湧到心口……

正午晴空如洗，不見片雲。馬車所在偌大廣場的四周，盡是耀目日光之下的重簷巍峨，白玉臺階都被金陽染成了最輝煌的顏色。

四匹駿馬的馬蹄踢踏著，卻遲遲不見白卿言下馬車。

她死死盯著羊皮軍報，指節泛白，幾乎要將羊皮紙穿透，喉嚨發緊，要透不過氣來。

春桃瞧見自家大姑娘慘白若紙的臉色，小心翼翼喚了一聲：「大姑娘……」

「符若兮！」白卿言抬眸看向氣喘吁吁的符若兮，緊緊攥著軍報，抬腳就往馬車下走，語聲擲地，怒恨如滔天烈火，如同嚼穿齦血，「即刻調安平大軍，即刻出發，與我踏平西涼……」

一腳踩空……

「陛下！」

「大姑娘！」

天旋地轉，白卿言重重從馬車之上摔倒在廣場上光可鑒人的青石地板上。

腹部傳來劇痛，密密麻麻的痛死死纏繞在腹部、腰部，她緊緊捂著肚子，痛呼出聲。

可身體上的痛，遠不敵心裡萬蟻鑽心般難受，叫她生不如死。

「阿寶！阿寶！」董氏親眼看到女兒從馬車上摔了下來，驚得頭皮都要緊繃裂開，顧不上規矩撒開秦嬤嬤的手，拎著裙擺急速朝著白卿言的方向跑去，「快！快宣太醫！宣太醫！」

白卿言的幾個嬸嬸也被嚇到了，五夫人齊氏驚得睜大眼，她心險些從嘴裡跳了出來，忙穩住心神，轉過頭語速極快道：「快去！陛下要生了！準備接生用具，燒熱水！讓提前準備的接生嬤嬤全都過來！快！」

魏忠不敢耽誤，上前一把將白卿言抱了起來，送上馬車：「快！回陛下寢宮！」

「阿寶！阿寶……」董氏跟著一起上了馬車。

馬車動了起來，直奔白卿言的寢宮。董氏將白卿言抱在懷中，瞧見白卿言面色慘白，緊捂著腹部，蜷縮在一起，眼淚吧嗒吧嗒往下掉：「阿寶！阿寶不怕！阿娘在！阿娘在呢！」

白卿言痛的說不出一句話來，她手中緊緊攥著白卿琦親手所書西涼戰報……

大周與燕國原定計策，是白卿瑜率兵詐敗，引西涼軍入燕國伏擊之地，滅之！

可不知道從哪裡走漏了風聲，西涼人提前得知，在還不到燕國伏擊之地處由崔山中率兵設伏，據白卿瑜麾下逃回去送信的白家軍說，白卿瑜身中數箭。

等白卿琦帶兵趕到之時，遍地都是屍身，白卿瑜已經不知所終，就連跟著白卿瑜一同去戰場上見識的小七白錦瑟，也未曾找到，兩人生死不明！

大周知道兩軍打法的只有他們幾個白家子，絕無可能對外透露，若是消息走漏定是大燕那。如今白卿琦已經派人去打探，看白卿瑜和小七是否被崔山中老將軍給活捉了。

他讓白卿言放心，一定會拼盡全力找到白卿瑜和小七白錦瑟。

生死不明……白卿言此時，腦子裡是那個夢，阿瑜身中數箭，全身是血，喚她……求她救他！腦子裡，是小七白錦瑟仰頭望著她笑的模樣。

她早該有所戒備的！

她能重生回來就是老天的恩賜，老天這一次又給了她夢警示，可她竟然只當那是個夢！

生死不明四個字，絞的她五內俱焚。白卿言唇瓣緊抿著，疼得全身已經被汗水濕透，她死死攥著軍報，不願意讓母親看到，不願意讓母親擔心。

燕國……真的是燕國嗎？

是慕容衍嗎？若是慕容衍……

疼痛襲來，白卿言疼得要昏死過去，硬生生忍住一聲也沒有喊出來。

不，不是慕容衍！難道是……燕太后？

白卿言想起白錦桐信中所書，說燕太后似乎秘密派人前往西涼，西涼也有人秘密進了燕皇宮。

那麼，是不是慕容衍為了讓他的嫂嫂安心，所以將大周和燕國商議好的戰法一併告訴了燕太后，才讓白家軍……讓阿瑜和小七遭此橫禍？不等白卿言混沌混亂的思維將此事想明白，她便已被送入了早就備下……安排在寢宮偏殿的產房裡。

董氏就坐在床邊，用帕子給白卿言擦汗，白卿言的幾位嬸嬸也都在，到底都是生過孩子的，都有經驗，接生嬤嬤沒有來之前還是能頂上用的。

劉氏讓羅嬤嬤把望哥兒帶了回去，安排人去熬濃濃的參湯，必要的時候給白卿言用。

李氏低聲同白卿言說：「阿寶，這個疼……肯定是一陣一陣的，不疼的時候你就喝兩口水，別喊……保持體力，等接生嬤嬤來了，說讓用力的時候你再使勁兒用力啊！千萬不要提前用力，提前用力會傷到你自己的！」李氏說完又覺得自己說了一句廢話，阿寶是最能忍不過的人，以前不管受了多重的傷，總是一聲不吭。

八姑娘白婉卿還沒有靠近白卿言的寢宮，便被五夫人齊氏身邊的翟嬤嬤給攔了回去。

很快，白卿言接到西涼軍報，意外墜落馬車的消息傳了開來。

呂太尉、沈司空、董司徒也已經知道了西涼的戰報，沒敢耽擱立刻入宮。

呂太尉出門時，戶部尚書魏不恭和刑部尚書呂晉、兵部尚書張端寧得到消息不約而同來了呂太尉府上，將正要入宮的呂太尉給堵住了。

「呂太尉，您說這……我們要不要一同進宮？」魏不恭恭敬敬詢問呂太尉，「按照規制，陛下要是龍體不適，咱們這些品級的大臣都要入宮的！可咱們從來沒有遇到過女皇帝，也不知道這皇帝產子，是否要入宮啊！」

白卿言產子，那就是一腳踏入鬼門關，算得上是生死攸關了，他們這些大臣在皇帝生死攸關之際是應當入宮的。

「是啊！禮部尚書柳大人去了董司徒那裡！工部尚書沈大人去了沈司空府上。」刑部尚書呂晉跟著朝呂太尉長揖行禮，「還請呂太尉明示！」

「老夫沒有讓錦賢入宮，就是擔心太亂了！這樣……幾位尚書大人，先入呂府稍候，老夫這就入宮詢問太后如何定奪！」呂太尉朝著三位尚書大人拱了拱手，拎著官服下擺，上了馬車離去。

跟在呂太尉身後的呂錦賢，對幾位尚書大人做了一個請的姿勢：「幾位大人請！」

魏不恭還正在猶豫，就見呂晉同呂錦賢還禮：「那就叨擾了！」

到的最早的是司徒董卿平，隨後呂太尉和沈司空也都到了，可是他們都去不了白卿言的寢宮，只能在前殿候著。

呂太尉忍不住厲聲訓斥符若兮道：「你怎能如此莽撞！你至少也得等陛下到了寢宮再將戰報呈上去！陛下是有身孕的人你不知道？即便是陛下沒有身孕，這軍報裡不見的可是陛下的親弟弟和親妹妹，你……」

「是末將的錯！」符若兮低著頭，他現在都快後悔死了。

瞧見符若兮認錯的模樣，呂太尉堵了一肚子的火不知道該朝誰發。

因為白卿言一向看重軍報，他這才著急將軍報送了過去，要是早知道白卿言看完軍報之後會從馬車上摔下來，就算是砍了他的腦袋他也不會那麼著急將軍報送去！

太醫都已經去了白卿言的寢宮，呂太尉急得團團轉。

他望著天空，默默祈求老天爺保佑白卿言平安產子，畢竟……偌大一個國，能出白卿言這樣一個明君賢主太難了！

白卿言登基之後，他好不容易看到了自己曾經期盼過的那個清明朝堂，好不容易能看到天下一統的希望。他不希望這個時候白卿言出什麼事！哪怕……讓他折壽十年，二十年！哪怕現在就將自己這條老命拿去也好！他都希望上天能保佑白卿言平安！

當了一輩子的官，呂太尉太知道一個好皇帝對一國能夠起到的作用，要比十個百個甚至千個萬個太尉要更為重要，一朝的皇帝就是一國的源頭。

白卿言的寢宮裡，太醫給白卿言開了助氣力的藥，讓佟嬤嬤親自去煎的濃濃的給白卿言服下。

董氏衣袖被襻膊束起，心絞痛著守在女兒的床邊，瞧著女兒明明痛苦不已，卻死死咬著牙不曾喊出聲的模樣。

「魏忠！」白卿言高聲喊道。

魏忠連忙上前，隔著屏風應聲：「陛下！」

「即刻派符若兮持兵符前往安平大營，調兩萬安平大軍直奔西涼，踏平西涼，即刻出發！」白卿言疼得齒關打顫，腦子裡一陣陣的空白，慘白的面頰全都是豆大的汗珠子，她用手肘半撐起身子，氣息紊亂，凌亂的髮絲全都沾在呼吸間凹凸明顯的纖細頸脖上，還條理分明下令，「命呂太尉即刻傳旨，調韓城守軍趕赴燕國邊境，石攀山將軍、甄則平將軍領兵在周燕交界的廣陵駐兵，燕國若有異動直驅燕都不必來稟！江如海將軍奔赴平陽城，備戰燕國，不得有誤！」

白卿言願意相信不是慕容衍出賣了大周，可不代表白卿言能相信燕太后。

她從一個前朝無權的嫡女，走到今天大周皇帝的位置，為的……就是護住白家的每一個人，護住白家軍不再遭受陷害和背叛。此事若和燕太后有關，她絕不善了！

要是阿瑜和小七出了任何事，她定會將燕太后剝皮抽筋，滅國洩恨。

董氏死死咬著後槽牙，想讓女兒這會兒就別擔心軍務了，可是她的女兒又不僅僅只是她的女兒，她還是大周的皇帝，是弟弟妹妹們的長姐。兒子和小女兒下落不明，大女兒如今又是生產等於一隻腳踏在鬼門關，董氏才是真的心如刀絞，不知應當如何是好。

魏忠立刻應聲，匆匆而去。

一陣劇痛襲來，白卿言疼得用力抓緊了身下褥子，手背青筋爆起突突直跳，腦子一陣陣空白，全身都跟著顫慄，高聲喊道：「星辰何在！」

暗衛星辰聽到白卿言喚她，屋內燭火一閃，陡然出現，跪在屏風之外。

「你帶著人現在就去西涼，務必……要找到五公子和七姑娘！不論用什麼法子都給我把人找回來！不惜一切代價！」白卿言疼得最後一句話近乎尖銳。

「屬下領命！」星辰頓時又消失在大殿之中。

「好了！好了！阿寶……」董氏眼淚啪嗒啪嗒掉著，語聲卻很是沉穩，「好了！先生孩子，我們先挺過眼前的難關！」

董氏給女兒擦著汗，問接生嬤嬤：「湯藥呢？」

「呃……」

劇痛襲來，白卿言再次緊緊抓住錦被，董氏聽到了錦帛斷裂的聲音。

接生嬤嬤看了眼，高聲說：「陛下可以用力了！陛下……陛下一會兒老奴讓您用力的時候，您就接著那股子勁兒用力，您看著自己肚子尖兒的位置向下使勁兒！」

白卿言點頭，深深吸了一口氣，呼吸錯亂的不像樣子，長髮全都黏在了滿是汗水的身上。

疼痛再次席捲而來，她耳邊除了尖銳的嗡鳴聲之外，還有接生嬤嬤喊用力的聲音，白卿言扣住木床邊緣，咬緊了牙，向下用力……

四夫人王氏實在擔心的不行，乾脆回到自己寢宮，跪在佛龕前不住的磕頭。

李氏和齊氏也在產房外團團轉，兩人互相安慰，女人家生第一胎是比較慢。

一直在前殿候著的董卿平遠遠瞧見魏忠匆匆而來，喊了一聲：「魏公公來了！」

呂太尉和沈司空還有董卿平連忙圍了上去。

「怎麼樣，陛下生了嗎？」董卿平問。

「陛下這是頭一胎，怕是沒有這麼快！」魏忠如實相告，又道，「陛下有旨，符若兮將軍持兵符，即刻前往安平大營，調安平大營守軍兩萬，即刻前往西涼，踏平西涼！」

符若兮聽到這話，立刻跪地領命：「符若兮領命！」

符若兮領命疾步離開，魏忠又看向呂太尉：「呂太尉，調韓城守軍趕赴燕國邊境，石攀山將軍、甄則平將軍領兵在周燕交界的廣陵駐兵，江如海將軍奔赴平陽城，備戰燕國，燕國若有異動直驅燕都。」

呂太尉一個激靈，怔了片刻和沈司空對望一眼。

司空沈敬中上前一步，低聲問魏忠：「魏公公，陛下這可是盛怒之下做的決定，燕國和大周兩國剛剛定盟……」

「定什麼盟！」董卿平滿腔的怒火，「定盟就是讓燕國在我們大周背後使刀子?!」

董卿平情緒失控，抬手抹了把臉，語聲哽咽顫抖，用手指著戎狄的方向：「那阿瑜……九死一生，是多少白家軍兄弟捨命才搶了回來的！自己都滿身的傷……又為大周拿下戎狄！那是陛下的親弟弟！親弟弟！那七姑娘……才多大！他燕國害我們大周，開戰怎了？開戰怎麼了?!我們大周是打不起，還是軟骨頭！」

想起自己在外受苦的外甥，董卿平不知道心裡有多少憤懣，他到現在還沒正兒八經的見到自己剛剛失而復得的外甥，現在又告訴他……他的外甥生死不明！

「我甚至覺得，就是燕軍故意走漏的風聲！」董卿平越說越激動，「畢竟西涼平定之後，要想一統天下，大周和燕國就必有一場關乎生死存亡之戰，燕國這是要在我們大周毫無防備，還信任盟約的時候，給我們一刀子！沈司空難道你連這個都看不出來！」

「董司徒，您先別激動！」沈敬中知道董卿平難過，語聲難見的溫和，「我沈敬中也是軍旅出生，軍人血性還是有的！只是事情還沒有完全弄清楚，即便是我們認定了是燕國做的，也需要拿到實證，再出兵方能名正言順！」

董卿平喉頭翻滾：「這還用查！三公子軍報寫的不夠清楚？難不成還是白家人自己害阿瑜和七姑娘?!」

「三公子軍報之中也只是說猜測！」沈敬中低聲安撫，「如今陛下盛怒，又是在生產的關口，思緒混亂，我的意思不是不打，可以先讓符將軍調安平大營的兵去西涼，滅西涼這都是應該的！但……陳兵燕國邊界這件事，讓魏公公先回稟陛下緩一緩，等陛下生產之後若是陛下還是執意如此，我們再行動不晚。」

呂太尉此刻沒有見到白卿言本人，也不知道白卿言到底是一時意氣用事，還是真的要和燕國開戰。

魏忠見狀低聲開口：「三位大人都是朝中柱石，老奴也知道三位大人對大周的忠心，但……陛下是一個什麼樣的人，呂太尉和沈司空應當知道，當初白家傳來消息男兒盡數葬生南疆，陛下可有行差踏錯過?沈司空讓老奴回稟陛下緩一緩之事，老奴便不替沈司空帶話了，畢竟陛下現在正在生產，一腳正在鬼門關，老奴已經將陛下的旨意帶到，至於三位大人是否要抗旨，那是三位大人自己的事情，老奴告退！」

魏忠點到為止，朝著三位大人頷首，轉身離去。

沈敬中唇瓣微張瞧著魏忠的背影，背後拳頭收緊，想起當初白家慘烈消息傳回大都城時，那時的陛下應當比現在更為悲痛，可她的所作所為……看似冒險卻都恰到好處。

白家夜半臨淵之際，白卿言護住了白家不說，還得到了去戰場的機會。

到現在沈敬中想起白卿言那些曾經驚天駭人之事，還覺得內心震盪不已。

沈敬中回神就瞧見呂太尉拎著官服轉身匆匆而去，他忙揚聲問：「呂太尉您幹什麼去？」

「擬旨！回府，召戶部尚書好好商議糧草之事！」呂太尉頭也不回。

兵馬未動糧草先行，這是定數。

不管白卿言調兵燕國國境是真的要打，還是做做樣子嚇唬燕國，他們都要做萬全準備。

這個時候白卿言受傷產子，正在鬼門關上徘徊，不是他們這些大臣與白卿言爭論對錯的時候。

而且，白卿言是大周的皇帝，天子之言，一言既出就斷斷沒有收回的道理，呂太尉得了白卿言的尊重坐在了太尉的位置上，就是要替白卿言分憂的！

再說了，正如魏忠所言，即便是當初白家生死存亡之時，也從不見白卿言因憤怒沖昏頭做出什麼錯的事情來，他相信他效忠的皇帝。

現在整個朝廷上下眼睛都在白卿言的肚子上盯著，對於白卿言生男生女……多數大臣們倒是沒有多少擔憂，畢竟白卿言就是女皇帝，即便是生了一個公主，也可以是皇太女，朝臣擔心的是白卿言早產，能不能平安生產。

當初多少官員都是被白卿言決意登上皇位之時，那番天下一統的言論所打動的……

就拿侍郎這個官位來說，當大周的侍郎，和當整個天下的侍郎，雖然都是那個品級的官兒，可實際上是不一樣的。
能當官的多是聰明人也都明白，若是白卿言這一次生產真出了什麼岔子，他們大周剛看到一絲天下一統的希望，很可能就要破滅了，那麼在他們這輩子……怕是見不到山河一統了。
然而，他們現在還活著，又在朝為官，都想拼盡全力一試，親眼見證大周一統河山！
一直在大都城董府的董老太君也坐不住，跪在佛龕前，一個勁兒的撥動念珠。
原本，兒媳婦兒宋氏來找董老太君想要入宮去看看，可董老太君不想入宮添亂，便在府內為白卿言祈福。
這一跪，董老太君就跪了整整一夜，身邊的貼身嬤嬤也不敢勸，只陪著董老太君跪著。
宋氏也是焦心了一夜，濃茶喝了不知道多少盞，坐立不安在前廳等著董卿平傳消息回來。就連正在準備考試的董葶珍也坐立不安，每隔一個時辰就來前廳詢問母親宮中是否傳來消息。
初陽躍出翻湧的雲層，金光照亮大都城皇宮的金瓦重簷……蓮基紅柱時，雲海中霞光翻湧，紫金的光華彷彿在雲層之中流動，引得許多百姓攀高朝著東面望去，不知為何今日會有這樣的異象。
欽天監的官員也都匆匆跑上了重簷巍峨的高臺之上，看到東方紫金流雲的大吉徵兆，頓時想到了正在皇宮內生產的白卿言。
「吉兆啊！這是大大的吉兆！」欽天監的官員高聲道，「這是賢君明主降生之兆！」
宮內。
「生了！生了！」產房內傳來春桃和春枝高興的歡呼聲，「大姑娘生了！」
一直候在產房外的五夫人齊氏連忙放下手中的濃茶站起身，同劉氏和李氏一同疾步走到產房門前。

「阿寶可還好！」

「母子平安嗎？皇子還是公主！」

「大嫂！阿寶還好嗎？」

三人幾乎同時開口問。

「母子平安！是個男孩兒！」董氏鬆了一口氣的聲音傳來。

話音剛落，就聽到產房內白卿言痛呼了一聲，三人頓時緊張了起來。

「大嫂！阿寶怎麼了？」五夫人齊氏高聲問，手忍不住搭在隔扇上，想要衝進去瞧瞧。

接生嬤嬤手還搭在白卿言的腹部，高聲道：「還有一個！還有一個！陛下腹中還有一個！」

「雙生！」五夫人齊氏的手收緊，惦記著白卿言已經生了一夜，怕白卿言撐不住，高聲問道，「阿寶可還有力氣？」

「快！將熬的濃濃的參湯拿過來！快！」劉氏轉過身著急著朝身邊的嬤嬤喊道。

白卿言疼了一天一夜，腦子一陣陣空白，可一想到阿瑜……一想到夢中全身是血的阿瑜，想到不知所蹤生死不明的小七，她緊緊咬著牙，用盡全力。

「哇……」

屋內，小皇子已經在乳娘的胸前喝上了奶，小公主便伴著一聲小貓似的啼哭也出生了。

白卿言也累的癱倒在床上。

接生嬤嬤連忙將小公主全身擦乾淨，用早已經準備好的繈褓給包裹起來，交給乳娘餵奶。

董氏顧不上看小外孫和小外孫女，忙用帕子給白卿言擦汗，語聲哽咽眼淚吧嗒吧嗒往下掉：

「好了！好了！生出來了！」

白卿言喘息不止，疲倦不已，朝著自己兩個孩子看了眼，啞著嗓子道：「讓送軍報回來的人，即刻……即刻到寢宮來！我有話要問！」

知道女兒是掛念弟弟和妹妹，董氏也掛念，也知道自己勸不住，便只是緊緊摟著女兒，不住的祈求上蒼不要對她這麼殘忍，兒子才回來，他們母子還沒有正式相認，不要就這樣讓他們母子再次陰陽相隔。

待接生嬤嬤給她清理了傷口，她也從產房轉移到了寢宮。

乳娘餵了奶，白卿言的幾個嬸嬸將孩子抱在懷中。

四夫人王氏懷裡抱著小公主，又朝著二夫人劉氏懷裡的小皇子瞧了眼，忍不住感慨：「這兩個小不點兒長的可真好看！我還從未見過出生就如此漂亮的小不點兒了！」

「是啊，竟然比阿寶出生的時候還要漂亮！」五夫人齊氏笑著朝白卿言的方向看去，卻見白卿言神色凝重，她這才想起白卿言剛才生孩子的時候，還要派兵滅西涼，防備燕國，再想到白卿言看了軍報之後墜落馬車，還是將剛才心中疑問……卻不敢問的問題，問出了聲，「大嫂，可是西涼的孩子們……出了什麼事？」

五夫人齊氏這話一出，其他幾位夫人頓時脊背緊繃了起來。

剛才，因著白卿言墜馬早產，幾位夫人一顆心都撲在白卿言的身上，生怕白卿言和孩子出什麼意外，哪有心思去操心什麼軍報，也沒有細想，就以為可能是打了敗仗，也不曾派人出去問問。

這會兒白卿言平安生產，人心一放下來，察覺出不對味兒來。

白卿言是一個什麼樣的人，旁人不瞭解，她們這些做嬸嬸的還能不瞭解嗎？

勝敗本就是兵家常事，白卿言是久經沙場之人不說，又飽讀兵書，受鎮國王白威霆和鎮國公白岐山悉心教導，怎麼會接受不了一次敗仗。

董氏剛剛在陪白卿言生產時，就已經看到了被白卿言緊緊攥在手中的軍報，聽到五夫人問起這件事兒，眼淚就忍不住了，她強撐著將眼淚咽下去，道：「阿瑜和小七不見了。」

幾位夫人都怔住。

「怎麼……怎麼會?!」四夫人王氏睜大了眼，「阿玦和阿琦，他們不應當好好的將阿瑜護好嗎？」

「此次需要有人詐敗誘敵深入，好設伏，阿瑜帶著小七去誘敵，誰知道崔山中早已經得到了消息在中途設伏。」白卿言聲音啞的厲害。

「是燕國不小心走漏了風聲?!」五夫人齊氏陡然想到剛才白卿言調兵前往燕國邊界，稱燕國若有異動，直驅燕都之事，指尖深深陷入掌心嫩肉之中，眼眶濕紅，試探問道，「還是……燕國故意?!」

白卿言搖了搖頭，沒有吭聲。

幾位夫人雖然聽到這個消息都焦心不已，可是……她們再焦心也沒有大嫂和阿寶更難挨，尤其是現在阿寶才剛生完孩子。

五夫人齊氏伸手從四夫人王氏和二夫人劉氏手中接過兩個孩子，走到床榻旁，將兩個孩子放在白卿言的身邊，看著董氏和白卿言說：「大嫂，阿寶……你們放心，阿琦是兄長，有阿琦在，阿琦必會拼盡全力，即便是捨命也定會找到阿瑜和小七的！」

五夫人齊氏忍住情緒，彎腰握住白卿言和董氏的手：「阿寶生了龍鳳呈祥，這是吉兆……阿瑜和小七都是足智多謀的孩子，一定會平安無事的！」

「是啊！」三夫人李氏也道，「都說大難不死必有後福，咱們白家經歷的生死之事還少嗎？哪一次不是平平安安過來了！阿寶你現在是月子裡，切不可太過擔心，好好坐月子！知道了嗎？」

白卿言轉頭看著自己的兩個孩子，伸出手指輕輕在兩個孩子的小臉上碰了碰。

「好了，阿寶累了一天一夜，也是時候該歇著了，我們就別在這裡擾阿寶清淨了！大嫂你也辛苦了這麼久，好好歇一歇。」五夫人齊氏起身側頭用帕子沾了沾淚水，同其他妯娌說，「咱們先走吧！」

二夫人劉氏和三夫人李氏，四夫人王氏隨五夫人齊氏從白卿言的寢宮裡一出來，齊氏便轉過頭同自己的嫂嫂們道：「阿瑜是大嫂和阿寶的精神支柱，阿寶現在正是月子的時候，不能讓大嫂和阿寶因為阿瑜和小七的事情太過傷心，西涼出了這樣的事情，軍報肯定是瞞不住了！消息很快就會傳開，這樣……嫂子們，咱們母家多少都有些能人，全都派出去去西涼找阿瑜和小七！多一個人就多一點希望，這也算是我們這些做嬸嬸的為阿瑜和小七，略盡綿力。」

「我也是這個意思！」三夫人李氏不等五夫人齊氏話說完，就已經連連點頭，她急不可耐拎起衣裙下擺，扶住嬤嬤的手就走，「我這就去給母家寫信！」

「我也去給母家寫信！」二夫人劉氏也連忙回去。

四夫人王氏聽到這話唇瓣動了動，可她回頭瞧了眼寢宮，還是用力點頭。

「四嫂！我知道你母家的情況。」五夫人齊氏挽著王氏的手臂，同她一同往高階下走去，「你寫信回去，就說……若是能找到阿瑜和小七，就是大功一件！因著王家對四嫂不好的緣故，阿寶登基並未提拔王家，你同他們說，此次就是王家的最好機會，若是王家抓不住就是沒有富貴命！

你再告訴王家……就說我們其他幾個夫人為了搶這分功勞，已經都寫信回母家求援了！」

四夫人王氏手心裡都是汗：「這能行嗎？」

「四嫂還不知道您那個庶弟嗎？最喜歡以己度人，要是說咱們幾個妯娌搶功勞，他必定搶著去！」齊氏輕輕拍了拍王氏的手。

王氏撥動佛珠的手一頓，點頭：「好！我聽五弟妹的！」

寢宮內，白卿言本已經睏倦到不行，應當好好睡一覺，可因為掛心阿瑜和小七，即便是身體疲倦到極致，腦子還是十分清明。

佟嬤嬤帶著春枝讓宮婢太監們將窗戶封嚴實，又添了幾個炭盆進來，白卿言剛生了孩子不能受風。地龍也燒了起來。

董卿平作為白卿言的舅舅先行進宮，畢竟白卿言才剛生產完，他沒法進去看白卿言，卻能隔著輕紗垂帷同白卿言說幾句話。

白卿言生了一對龍鳳胎，是一件讓人極為高興之事，董卿平將剛才白卿言生產前東方天際的祥瑞之兆說給了白卿言聽：「有這樣的大吉之兆，阿瑜和七姑娘肯定會平安的！阿寶……你好好坐月子！我已經讓人回去給你外祖母送信，讓外祖母和舅母明日再過來，今日你好好歇著。」

「去報喜吧！讓朝臣們都知道，陛下生了……龍鳳呈祥！」董氏歎了一口氣，緩緩開口。

「好！」董卿平應聲，克制住自己心中對阿瑜的擔憂道，「我這就去！」

說完，董卿平行禮後都要走了，又同白卿言說：「阿寶，你吩咐的事情，呂太尉已經去辦了！你不要太過憂心，董家的暗衛我已經悉數派去西涼尋阿瑜和七姑娘，你小舅舅那裡……你祖母也去了信，讓長瀾親自帶著人去西涼尋人！你放心！」

「多謝外祖母和舅舅……」

「這話就外道了！」董卿平說完，不想打擾白卿言休息，行禮後先去給朝臣報喜。

春桃端著早就煨在爐子上的雞湯，挑開垂帷進來立在床邊，紅著眼低聲道：「大姑娘，您喝點兒熱雞湯，就快些歇下吧！」

白卿言這一摔，突然早產，著實將許多人嚇了個半死。整個太醫院和接生嬤嬤都提著腦袋接生，這會兒白卿言生了，不論是董氏還是太醫院都鬆了一口氣。

陳慶生已經回白府報喜去了，也好讓郝管家和盧平他們都知道……大姑娘已經生了。

董氏給白卿言餵了半碗雞湯，回來送軍報的白家軍就被帶到了，正在大殿外候著。

白卿言輕輕擋住董氏給她餵雞湯的手，低聲說：「阿娘陪了我一夜，先回去歇著，替我照顧好兩個孩子。」

聽到白卿言這話，董氏便知道白卿言要做什麼，抬眼神色肅穆看著她：「阿寶……你現在剛生完孩子，還在月子！」

「我弟弟妹妹的命，交給誰，我都不放心！阿娘……是我的錯！我不應該回來，上天給了我啟示，可我以為那就是個夢！」白卿言語聲哽咽，說不下去，抬手抹去眼淚道，「阿娘，我要去救他們！」

「阿瑜是我的骨肉，小七是我一手抱大，難道我不比你擔心?!」董氏聲音止不住的拔高，「可你……可你也是阿娘的心肝！你這剛生完孩子，哪裡受得了路途顛簸?!萬一……萬一阿瑜有個什麼！阿娘就只剩你了！你要是再出什麼事，阿娘還活不活了?!」

白卿言聽到這話酸澀襲擊眼眶，眼淚就在眼眶打轉，董氏的聲音連忙軟了下來，抽出帕子給白卿言擦眼淚：「好了好了！剛生完孩子不能哭！對眼睛不好！聽話！」

「阿娘，我知道你心疼我，兩個孩子才剛出生，這些我都知道，可我得去找阿瑜和小七，我是阿姐……」白卿言緊緊咬著牙關，「西涼很可能已經抓了阿瑜和小七，只有我這個大周皇帝不顧自己剛剛產子，即刻趕赴戰場的消息傳出去，西涼才會明白我對阿瑜和小七有多麼看重，有利用價值……西涼便必不會要了阿瑜和小七的命！」

更不會讓阿瑜和小七自盡！

阿瑜和小七都是白家子，白家的孩子……絕不會讓自己在戰局上成為白家軍的拖累，這才是白卿言最怕的！

董氏聽到這話，連忙偏過頭去，不想讓女兒看到自己的淚水，她咽下淚水，轉頭紅著眼眶望著白卿言，再次盛了一勺雞湯送到白卿言的嘴邊：「阿娘知道，你這個孩子性子最是固執，阿娘阻止不了你！雞湯喝完，來……已經不燙了，阿娘餵你！」

現在別說白卿言，董氏都恨不得奔去戰場上找兒子！她剛剛失而復得的兒子，要是再次失去……這比要了她的命還殘忍，還不如一開始就不要讓她知道兒子還活著。

看著女兒垂眸喝雞湯的模樣，董氏抑制不住，鼻翼煽動著眼淚直往下掉。

「陛下，人帶到了。」魏忠隔著楠木八寶嵌翠玉的屏風同白卿言說。

「末將叩見太后、陛下！」白家軍的嗓音十分沙啞，他衣裳也沒有換，更沒有來的及洗漱，全身都是風塵僕僕。

戰報送來，導致白卿言墜下馬車意外早產的事情他已經聽說了。

如今五公子和七姑娘生死不明，要是小白帥這裡再出現任何意外，那他真的是萬死難贖。

董氏將雞湯放在一側，用帕子沾了沾淚水，端莊坐在床邊，隔著朦朦朧朧的紗織垂帷望著那位白家軍將士。

白卿言靠坐在隱囊上，轉頭看向在紗織繡金羽垂帷外跪地叩首的白家軍，開口問：「三公子在軍報中說，五公子和七姑娘還沒有到燕國的設伏地點，就被崔山中老將軍伏擊了，具體什麼情況你可清楚？」

提到這個，白家軍悲憤極了，他抬頭朝著垂帷內的白卿言看去，語聲哽咽，滿腔的怒火不知該怎麼宣洩：「西涼設伏的地點，離燕國設伏的地方雖然還有段距離，可難道燕國就沒有探子前去看看嗎？小白帥……定然是燕國出賣了我們，否則崔山中怎麼會那麼巧在那個地方設伏！」

說到最後，這位白家軍的聲音近乎哽咽：「等到五公子派的人回來報信，我們大周援兵趕到的時候，燕國大軍已經在那裡了！五公子和七姑娘都已經不見，白家軍的兄弟沒有一個活口！若是真的只是同西涼廝殺，怎麼會連一個活口都沒有！」

說到這裡，白家軍的將士已經忍不住哭出了聲。

這些，是白卿琦的信中沒有同白卿言說的。白卿言手緊緊攥住了身下的床褥，咬緊了牙關，呼吸急促，想到了慕容衍她稍稍平復了自己的怒火。

哪怕慕容衍曾經利用過阿瑜的身分，可他也同自己說了，是在確保不會真的傷害到阿瑜！

這一次帶兵的不僅僅是阿瑜，還有她的妹妹小七白錦瑟，慕容衍知道阿瑜和小七……和她所有的弟弟妹妹對她來說意味著什麼，所以斷斷不會真的將大周出賣給西涼。

她啞著聲線問：「燕國帶兵伏擊的……可是燕國九王爺?!」

「正是！」那位白家軍咬牙切齒，「雖然三公子不允許我們亂猜，怕壞了兩國同盟，可小白帥……西涼一滅，雲京大定，我們大周和他們燕國都要天下一統，就站在了對立面，我們大周坦坦蕩蕩，將他們當做盟友對待，戰利所得都緊著燕國分，可難保燕國不會早做打算，我懷疑就是燕國抓了五公子和七姑娘做要脅！小白帥我們大周要早做打算啊！」

這些都是白家軍各位將軍的猜測，但三公子白卿琦覺得，或許西涼就是要讓他們大周這樣猜測盟友。白卿琦和白卿言一樣，他們都願意相信，能夠為救白卿言而捨棄率先殺入雲京機會的大燕九王爺，是斷斷不會出賣盟友。

可大燕九王爺不出賣，不代表旁人不會出賣……

她要去問問慕容衍，此次伏擊的計畫，除了他和她的弟弟妹妹之外，還有誰知道！

她要知道，是誰……要害她的弟弟和妹妹！她必將此人千刀萬剮，剝皮抽筋！

「魏忠，備馬車！」白卿言啞著聲音道，「傳呂太尉、沈司空、董司徒即刻入宮！」

「是！」魏忠應聲連忙去準備。

跪在地上的白家軍將士猛然抬頭：「小白帥……」

小白帥難道是要去西涼？可是，小白帥才剛生完孩子啊！

董氏知道白卿言這是……要動身去西涼了，她緊緊攥著自己手中已經濕透的帕子，眼淚湧出，不知道如何去勸，也不知道該不該勸。

白卿言垂眸看著兩個孩子，俯身在兩個孩子柔軟的面頰上親了親。

兩個孩子看著就要比一般嬰孩小，而女兒更是明顯要比兒子還小很多，剛才的哭聲小的……和那剛出生的小奶貓似的，她心中滿是心疼，猜測都是她懷著孩子上戰場，讓孩子在胎裡受苦了。

太醫和董氏一直瞧著白卿言的肚子並不大，沒有想到竟是雙生胎，就連白卿言自己都沒有想到，她記得四叔的侍妾懷上小五和小六的時候，她瞧過一次，那肚子十分大，可她似乎並不是很顯肚子。白卿言心中懊惱反思，之前她總覺得孩子在腹中很乖，都不怎麼動，怕是……因為她勞累，且又不注意飲食，讓孩子在娘胎裡就虧了身子，自己還不自知。

「你別擔心……」董氏低聲同白卿言說，「太醫瞧過了，說是兩個孩子雖然生下來小貓似的，體質比旁的嬰孩虛弱，可後面咱們好好給兩個孩子調理，慢慢就能養回來。」

雙生出生的孩子本就體弱，哭聲都跟小貓似的不大，不像其他孩子出生時聲音洪亮，而小外孫女的體質弱的不是一星半點，剛才乳母餵奶……還吐了一次奶。

說出來，怕白卿言擔憂，董氏便讓太醫瞞了下來。

只希望上天保佑，白家的列祖列宗保佑，太醫調理一陣子兩個孩子能好起來。

「阿娘，兩個孩子……哥哥叫白海宴，妹妹叫白河清，取自海晏河清，乳名……就叫喜樂和康樂。請阿娘代為照顧喜樂和康樂，阿娘……我一定會將阿瑜和小七平安帶回來！讓阿瑜好好的跪在阿娘的面前，說一句……平安還都！」

董氏再也撐不住淚水，抱著自己的女兒失聲痛哭。

佟嬤嬤帶著春桃上前，跪在董氏和白卿言的面前。

「夫人、大姑娘，這一次大姑娘剛剛生產要去西涼，老奴攔不住，老奴請命跟著沿途照顧大姑娘！」佟嬤嬤語聲堅定，重重叩首，「若是夫人和大姑娘不答應，老奴今日就不起來了！跪到大姑娘回來為止！」

「奴婢也是！」春桃跟著叩首，眼淚吧嗒吧嗒往下掉，「大姑娘要走，春桃是一定要跟著的！大姑娘身子現在這麼弱，沒有人照顧怎麼可以！大姑娘一定要帶上奴婢！」

「奴婢也是！」春枝連忙跟著跪下，「春枝已經跟大姑娘去過一次，這一次會比較熟，大姑娘請一定要帶上奴婢！」

董氏轉頭看向佟嬤嬤和春桃、春枝，看到這樣的忠僕心中感慨萬千。

「佟嬤嬤就不要跟著了！」白卿言含淚看向佟嬤嬤，春桃肯定是要帶的，不帶……母親不放心，春桃也整日掛心，可佟嬤嬤到底年紀大了，經受不起那樣的顛簸。

她見佟嬤嬤挺直腰脊要爭辯，道：「兩個孩子，還需要佟嬤嬤幫忙照看！我是佟嬤嬤一手帶大，嬤嬤對照顧孩子有經驗，我不在孩子身邊……已經很愧疚了！還請嬤嬤幫我母親好好照顧好兩個孩子！」

聽到這話，佟嬤嬤果然不再爭辯，她頷首朝著白卿言叩首：「大姑娘放心，老奴……一定拼盡全力！」

白卿言點了點頭：「春枝和春桃，我帶上！」

董氏點了點頭：「好！但阿娘要叮囑一點，阿娘知道你心繫阿瑜和小七，可你要記得你是剛剛生產完的，不能騎馬……一定要乖乖坐馬車！春桃、春枝你們二人一定要照顧好大姑娘！旁的時候也就罷了，現在大姑娘剛剛生產，不能受風，不能受涼，絕不允許她騎馬！若是她騎馬……回來我知道了，我奈何不了你們大姑娘，但定會唯你們二人是問！」

春桃表情鄭重叩首：「夫人放心，春桃就是拼了這條命也堅決不會讓大姑娘騎馬！若是大姑娘要騎馬……就先從春桃的屍身上踏過去！」

「春枝也是如此！」春枝也忙跟著磕頭。

董氏緊緊握著女兒的手，點了點頭，轉而又吩咐秦嬤嬤：「秦嬤嬤你去給阿寶收拾馬車，不能讓馬車透風，炭要帶夠！對了……還有盧平，盧平呢？」

秦嬤嬤忙道：「盧平昨日休沐回白府了，想來這會兒已經得了大姑娘順利生產的消息。」

董氏頷首：「去讓盧平這一次跟著阿寶一起去！我們在宮中不需要盧平守著！」

「夫人放心，老奴明白，一定安排妥當！」秦嬤嬤行禮後匆匆出門去給白卿言收拾行裝。

回過頭，董氏瞧見女兒正盯著兩個孩子看，她知道女兒捨不得兩個孩子，畢竟孩子才剛剛出生，可她也放不下她的弟弟妹妹。

董氏忍不住開口勸女兒：「你可以不去的阿寶，你剛剛生產，你舅舅已經派出了董家暗衛……」

白卿言搖頭：「哪怕有萬分之一的可能，阿瑜和小七是被西涼抓了，我就必須去！還得讓人將消息傳出去！」

她對兩個孩子的不捨之情，又怎麼抵得上阿瑜和小七的性命攸關。

她重生一世回來，就是為了護住她的母親嬸嬸和弟弟妹妹，她怎麼能讓阿瑜和小七出事！

而且，兩個孩子在大都城內，安危不必擔心，母親和嬸嬸她們不論如何也不會讓兩個孩子受半分委屈。

她望著兩個孩子，他們剛剛出生她便要同他們分離，以後……等天下大定，她定然會好好補償他們，陪在他們身邊，好好教導他們。

黃太醫和端著湯藥的太監進來。

黃太醫行禮後才起身入內去給白卿言診脈，小太監將湯藥交給春桃。

「陛下原本是不適宜懷孕生子的，這一次又是雙生子，身子虧了不少，隨後還需要慢慢補著急不得！」黃太醫語聲緩慢同白卿言說，「陛下要切記不能勞累，不能憂思……」

「黃太醫，兩個孩子我瞧著要比旁的孩子出生時瘦小很多，是不是因為在母體內被虧了身子的緣故？」白卿言低聲問，「之前生小五小六的時候，洪大夫都能摸出懷的是雙生胎，為何……洪大夫一直給我診脈，卻沒有察覺是雙生胎？」

黃太醫從藥箱拿出洪大夫派人和他交接的脈案。

「陛下，師兄之前……日日給陛下診脈，有一兩次從脈象之中隱隱察覺陛下懷的是雙生胎，可瞧著陛下的肚子並不大，加上大姑娘早年舊傷和寒疾的緣故，脈象本就和尋常不同，這脈象也只是出現了那麼一兩次，所以師兄很是拿不准，故而沒有說出來，但師兄都記錄在案……」黃太醫手中捧著洪大夫記錄的脈案。

白卿言想起洪大夫有時在為她診脈會診很久，皺眉之後又欲言又止，想來……洪大夫可能是有那麼一兩次隱隱察覺是雙生胎，可兩孩子體質本就弱，女兒更弱，所以不敢確定，怕讓她白歡喜一場。

洪大夫除了將脈案讓人帶給了黃太醫，還給黃太醫寫了封私信，告訴黃太醫，白卿言的身子雖然說後來去戰場歷練，成日又不曾懈怠的練習，日漸恢復，可身體內裡虧了這麼多年，不是一下子能補得回來的，而且補身體是一個極為緩慢的過程，加上白卿言懷孕懷的有些不是時候，若是懷一個孩子，或許還能給孩子供給上，若是真的是兩個，恐怕有一個不是死胎……就是生下來活不久。

所以洪大夫叮囑黃太醫，若是在給白卿言請脈的時候又碰到了這種脈象，什麼都不要說，就按照正常給白卿言進補的方子溫和進補，否則白家人和白卿言以為懷著雙生胎，到時候只生了一個還好，若是只活了一個孩子，怕期盼了如此久，他們心理上受不了。

還好，這一次雙生胎落地，小皇子和小公主身體雖然弱，可都活下來了！

小公主的身子恐怕麻煩些，但黃太醫也不是全然束手無策。

白卿言看到脈案上洪大夫的字跡，視線又落在兩個孩子身上，點了點頭……心中愧疚不已，若是她對孩子再多上心些，察覺孩子動的不是很頻繁，就應該多多休息，而不是覺得孩子乖，或許……現在兩個孩子體質能更好些。

「陛下……」魏忠急匆匆進來，恭敬行禮後道，「姑爺曾經的護衛月拾，說是奉燕國九王爺之命前來求見。」

白卿言聽到月拾來了，心沉了沉，月拾竟來的這麼快。對於這件事的始末她也很想知道，到底是燕國哪裡除了紕漏，還是燕太后所為，白卿言總要弄清楚。

「傳進來！」她調整了坐姿。

佟嬤嬤連忙起身往白卿言背後墊了一個隱囊，就聽董氏說：「兩個孩子還睡著，讓乳母先抱下去吧！佟嬤嬤你跟著，今日開始你和秦嬤嬤輪換，你寸步不離守著兩個孩子，尤其是康樂……」

「是！」佟嬤嬤應聲。

白卿言又親了親兩個孩子，這才交給乳母抱走。這兩個孩子一直都是這麼乖，之前白卿言去西涼戰場，他們在肚子裡就乖乖的，如今出生了也是這麼乖。

孩子被抱走沒有多久，風塵僕僕的月拾便進來了。

月拾在來的路上也看到了東方天際的異象，聽說白卿言早產生了，心裡咯噔了一聲。主子就是因為怕大姑娘擔心，所以才讓他快馬加鞭過來，沒想到大姑娘還是出了事……

女人生孩子本就是鬼門關轉一遭，更別提是早產生子了。

月拾一進門，只能隱約看到紗織垂帷後床影和人影的輪廓。

那白家軍將士瞅向月拾，儘管知道這位月拾曾經是自家姑爺的護衛，可他現在已經成了燕國九王爺的走狗，白家軍將士恨不得烹宰了月拾。

「月拾叩見大姑娘！」月拾恭恭敬敬對白卿言叩首行禮，「月拾奉燕國九王爺之命，來給大姑娘送信。」說著，月拾從胸前拿出信，恭敬高舉過頭頂。

魏忠從月拾的手中拿過信，上前走到垂帷前，挑開紗織垂帷又將信遞給春桃。

春桃瞧了眼低眉順眼跪在那裡的月拾，疾步走至白卿言跟前，將信遞給她。

她接過信，拆開……

信中，慕容衍說此次與阿瑜制定的伏擊計畫，燕國知道的人只有他和朱、楚兩位將軍，白卿瑜和白錦瑟出事之後，慕容衍便立刻將二人捉拿，嚴刑審問，才知道楚將軍是因擔心拿到雲京之後，大周下一個要滅的就是燕國，所以將大周軍出賣給了西涼，為了讓西涼和大周兩虎相鬥，燕國漁翁得利。

而在他已經帶兵去鶴壁設伏之時，他得到了王九州送來的消息，西涼可能已經知道大周和燕國聯合，打算誘西涼入埋伏的事情，他命月拾獨自一人快馬繞行，在中途截住了正在引西涼軍入埋伏圈的白卿瑜。

白卿瑜卻想將計就計，不願意錯過這次機會。

他說，西涼此次得到他們燕國和大周打算引他們入局伏擊，應當不僅僅只是想激怒大周，導致大周不顧一切的攻打雲京，更大的目的怕是要破壞燕國和大周的聯盟，最好趁這個機會，讓大周惱怒之下攻打燕國，好給雲京一個喘息的機會。

他重新制訂了計畫，讓慕容衍只需配合他，白卿瑜的計畫是讓自己和白家軍假裝被西涼活捉入雲京，與他裡應外合來拿下西涼雲京。

他們以煙花為信，只要白卿瑜準備好了，便會立刻放出煙火，白卿瑜會設法開雲京北城門和東城門。但為了使西涼真的相信他們西涼的計策奏效，他讓月拾帶話給慕容衍，暫時不要告訴他們白家的兄弟姐妹。

崔山中老將軍經過江孜城一戰之後，必定會萬分謹慎，也一定會派人盯著大周軍營。只有讓西涼人心想他真的是意外被抓，大周軍營亂成一團，他這邊兒才好行動！否則，哪怕讓崔山中老將軍看出一點點端倪，他必定會被嚴加看管，無法施展。此計，務必要讓西涼上下相信，他們大周和燕國被離間了。

因當時時間緊迫，白卿瑜沒有同七姑娘白錦瑟解釋，便讓月拾帶走白七姑娘，自己帶著白家軍繼續引已經追來的西涼兵，沒想到西涼兵來的如此之快，月拾也被捲入大戰之中，等到他拼死殺出包圍圈，一路狂奔出來後，他牽著韁繩的馬背上已經沒有了白錦瑟的身影。

慕容衍說，他已經派出大量人手出去尋人，或許白錦瑟也被西涼活捉了，他也必會拼盡全力將白卿瑜和白家七姑娘救出來，讓白卿言不要著急，他對天起誓會用自己的性命護白卿瑜和白錦瑟的平安。

如今這位楚將軍他已經以通敵之罪，斬首示眾，且等平定西涼的大戰過後，他會讓燕國給白卿言一個交代。

他還同白卿言說，讓她信他一次，安心在大都城養胎，他一定會在白卿言生產之前，平平安安將白卿瑜和白家七姑娘救回來，且帶著他們平安回大都城，陪著白卿言生產。

白卿言看完信心情起起伏伏，阿瑜知道此事，故意讓自己被抓入西涼，身中數箭或許也是阿瑜的手段，可小七呢？

小七一向聽從阿瑜的話，尤其是在戰場上，小七明白什麼叫做軍令如山，阿瑜讓小七走，小七必定一個字都不會多問跟隨月拾走。小七能在月拾毫無察覺的情況下不見了，或許……是墜馬了！或許是被人直接從馬上拉了下來……

白卿言光是想到這些腦子就一陣陣嗡鳴作響。

月拾抬頭隔著紗織垂帷朝著內殿裡的白卿言看了眼，手緊緊攥著自己的衣裳，心中愧疚難當……

是他著急著回去給主子說白家五公子重新制定的戰法，所以沒有太留心身後那匹馬，他原本在發現白家七姑娘不見的時候，就應該直接回去找！

可他……可他卻害怕耽誤白家五公子的計畫，先回去將白家五公子的戰法同主子稟報之後，這才掉頭去找白家七姑娘。他帶著人找遍了那附近，都不見白家七姑娘，還想著七姑娘回了大周軍營，他匆忙去大周軍營問時，被白錦昭帶著群情激憤的白家軍給打了出來，後來還是主子親自去了，才知道白家七姑娘並沒有回去。

白卿言沉默了半晌，想起白錦桐信中說……燕國太后與西涼人過從甚密之事。

她半晌才抬起頭，看向老老實實跪在外面的月拾：「九王爺推出一個楚將軍，是這個楚將軍真的有這麼大的膽子敢與西涼勾結，還是……你們九王爺為了護住燕太后?!」

她尾音不住抬高，隨手將慕容衍的信丟了出去。

月拾一個激靈，連忙叩首：「不是的大姑娘，真的是楚將軍所為，請大姑娘明鑒……」

春桃上前將白卿言丟出的信撿起來，遞給董氏……

董氏看完信之後，心又提了起來，原來兒子是知道的！她明白了自己的兒子此次涉險，是為了讓大周和燕國能以最少的兵將損失來拿下雲京！而小七竟然也不知所蹤了！

董氏用帕子掩著唇，強忍著才沒有讓自己哭出聲來。

所以身中數箭，也是為了取信西涼吧！

不過好在知道兒子有所準備，必定不會讓他自己受太重的傷，否則還要怎麼在雲京裡行動。

董氏真的是恨死了戰爭！

STORY 082

女帝 卷十一

作者 千樺盡落
主編 汪婷婷
編輯協力 謝翠鈺
企劃 鄭家謙
美術設計 卷里工作室 季曉彤

董事長 趙政岷
出版者 時報文化出版企業股份有限公司
108019 台北市和平西路三段二四〇號七樓
發行專線——(〇二)二三〇六六八四二
讀者服務專線——〇八〇〇二三一七〇五
(〇二)二三〇四七一〇三
讀者服務傳真——(〇二)二三〇四六八五八
郵撥——一九三四四七二四時報文化出版公司
信箱——一〇八九九 台北華江橋郵局第九九信箱
時報悅讀網 http://www.readingtimes.com.tw
法律顧問 理律法律事務所 陳長文律師、李念祖律師
印刷 勁達印刷有限公司
一版一刷 二〇二四年七月二十六日
定價 新台幣三八〇元
缺頁或破損的書，請寄回更換

時報文化出版公司成立於一九七五年，
並於一九九九年股票上櫃公開發行，於二〇〇八年脫離中時集團非屬旺中，
以「尊重智慧與創意的文化事業」為信念。

女帝 / 千樺盡落作 . -- 一版 . -- 臺北市 : 時報文化出版企業股份有限公司 , 2024.07-
冊 ; 14.8×21 公分 . -- (Story ; 82-)
ISBN 978-626-396-500-3 (卷 11 : 平裝). --

857.7 113009177

ISBN 978-626-396-500-3
Printed in Taiwan